苏轼辛弃疾词选

(宋)苏轼 著
(宋)辛弃疾

李之亮 王兆鹏 注评

长江文艺出版社

图书在版编目（CIP）数据

苏轼辛弃疾词选 / （宋）苏轼，（宋）辛弃疾著；李之亮，王兆鹏注评. -- 武汉：长江文艺出版社，2019.6
（国学经典丛书. 第二辑）
ISBN 978-7-5702-0527-1

Ⅰ. ①苏… Ⅱ. ①苏… ②辛… ③李… ④王… Ⅲ. ①宋词－选集 Ⅳ. ①I222.844

中国版本图书馆 CIP 数据核字(2018)第 167300 号

责任编辑：张远林　　　　　　　责任校对：毛　娟
封面设计：徐慧芳　　　　　　　责任印制：邱　莉　杨　帆

出版：长江出版传媒　长江文艺出版社
地址：武汉市雄楚大街 268 号　　　邮编：430070
发行：长江文艺出版社
http://www.cjlap.com
印刷：湖北新华印务有限公司

开本：880 毫米×1230 毫米　　1/32　　印张：8.875　　插页：4 页
版次：2019 年 6 月第 1 版　　　　　　2019 年 6 月第 1 次印刷
字数：237 千字

定价：33.00 元

版权所有，盗版必究（举报电话：027—87679308　87679310）
（图书出现印装问题，本社负责调换）

总　序

郭齐勇　武汉大学国学院院长

　　国学大师钱穆先生曾说"今人率言'革新',然革新固当知旧"。对现代人尤其是青年一代来说,缺乏的也许不是所谓的"革新力量",而是"知旧",也即对传统的了解。
　　中国文化传统的源头,都在中国古代经典当中。从先秦的《诗经》《易经》,晚周诸子,前四史与《资治通鉴》,骚体诗、汉乐府和辞赋,六朝骈文,直到唐诗、宋词、元曲和明清小说,在传统经典这条源远流长的巨川大河中,流淌着多少滋养着我们精神的养分和元气!
　　《说文解字》上说"经"是一种有条不紊的编织排列,《广韵》上说"典"是一种法、一种规则。经与典交织运作,演绎中国文化的风貌,制约着我们的日常行为规范、生活秩序。中国文化的基调,总体上是倾向于人间的,是关心人生、参与人生、反映人生的,当然也是指导人生的。无论是春秋战国的诸子哲学,汉魏各家的传经事业,韩柳欧苏的道德文章,程朱陆王的心性义理;还是先民传唱的诗歌,屈原的忧患行吟,都洋溢着强烈的平民性格、人伦大爱、家国情怀、理想境界。尤其是四书五经,更是中国人的常经、常道。这些对当下中国人治国理政,建构健康人格,铸造民族精魂都具有重要意义。经典是当代人增长生命智慧的源头活水!

长江文艺出版社历来重视中华民族优秀传统文化的传播及普及，近年来更在阐释传统经典、传承核心文化价值，建构文化认同的大纛下努力向中国古典文化的宝库掘进。他们欲推出《国学经典丛书》，殊为可喜。

怎么样推广这些传统文化经典呢？

古代经典和现代读者的阅读习惯及趣味本来有一定差距，如果再板起面孔、高高在上，只会让现代读者望而生畏。当然，经典也不是任人打扮的小姑娘，一味将它鸡汤化、庸俗化、功利化，也会让它变味。最好的办法就是，既忠实于经典的原汁原味，又方便读者读懂经典，易于接受。在这个原则的指导下，《国学经典丛书》首先是以原典为主，尊重原典，呈现原典。同时又照顾现实需要，为现代读者阅读经典扫除障碍，对经典作必要的字词义的疏通。这些必要精到的疏通，给了现代读者一把迈入经典大门的钥匙，开启了现代读者与古圣先贤神交的窗口。

放眼当下出版界，传统文化出版物鱼目混珠、泥沙俱下，诸多出版商打着传承古典文化的旗号，曲解经典，对现代读者尤其是广大青少年认知传承经典起了误导作用。有鉴于此，长江文艺出版社推出的《国学经典丛书》特别注重版本的选取。这套丛书大多数择取了当前国内已经出版过的优秀版本，是请相关领域的名家、专业人士重新梳理的。这些版本在尊重原典的前提下同时兼顾其普及性，希望读者能有一次轻松愉悦的古典之旅。

种种原因，这套丛书必然会有缺点和疏漏，祈望方家指正。

目录

苏轼词精选

前　言・003

卷一　润州　密州　徐州

虞美人（湖山信是东南美）・011
蝶恋花（雨后春容清更丽）・013
沁园春（孤馆灯青）・015
卜算子（蜀客到江南）・017
江城子（十年生死两茫茫）・018
江神子（老夫聊发少年狂）・019
水调歌头（明月几时有）・021
满江红（东武南城）・023
望江南（春未老）・025
浣溪沙（簌簌衣巾落枣花）・027
永遇乐（明月如霜）・028
南乡子（凉簟碧纱厨）・030

江神子（天涯流落思无穷）·031

西江月（三过平山堂下）·032

卷二　黄州

卜算子（缺月挂疏桐）·034

满庭芳（元丰七年四月一日）·036

西江月（世事一场大梦）·038

定风波（晚景落琼杯）·039

水龙吟（似花还似非花）·040

满江红（江汉西来）·042

定风波（与客携壶上翠微）·045

念奴娇（大江东去）·046

洞仙歌（冰肌玉骨）·049

定风波（莫听穿林打叶声）·050

满庭芳（蜗角虚名）·051

哨　遍（为米折腰）·053

临江仙（夜饮东坡醒复醉）·056

定风波（霜降水痕收）·058

江神子（梦中了了醉中醒）·059

浣溪沙（山下兰芽短浸溪）·062

念奴娇（凭高眺远）·064

西江月（照野瀰瀰浅浪）·066

水调歌头（落日绣帘卷）·067

鹧鸪天（林断山明竹隐墙）·070

浣溪沙（倾盖相逢胜白头）·071

南歌子（见说东园好）·073

满庭芳（归去来兮）·074

阮郎归（绿槐高柳咽新蝉）·077
减字木兰花（江南游女）·078
渔父（渔父醉）·080

卷三　常州　杭州　扬州

踏莎行（山秀芙蓉）·081
菩萨蛮（买田阳羡吾将老）·083
定风波（常羡人间琢玉郎）·084
如梦令（为向东坡传语）·086
点绛唇（我辈情钟）·087
减字木兰花（双龙对起）·089
南歌子（苒苒中秋过）·091
南歌子（古岸开青葑）·093
点绛唇（闲倚胡床）·095
八声甘州（有情风、万里卷潮来）·096
木兰花令（霜余已失长淮阔）·098
临江仙（一别都门三改火）·100
江城子（墨云拖雨过西楼）·101

卷四　惠州　儋州

浣溪沙（罗袜空飞洛浦尘）·103
西江月（玉骨那愁瘴雾）·105
蝶恋花（花褪残红青杏小）·106
减字木兰花（春牛春杖）·108
减字木兰花（海南奇宝）·109

卷五　其他

行香子（清夜无尘）·112
贺新郎（乳燕飞华屋）·113
渔家傲（皎皎牵牛河汉女）·115
南歌子（紫陌寻春去）·116

辛弃疾词选注

导　言·121

卷一　豪情词

鹧鸪天（老病那堪岁月侵）·154
鹧鸪天（壮岁旌旗拥万夫）·155
破阵子（醉里挑灯看剑）·159
一枝花（千丈擎天手）·161
水龙吟（楚天千里清秋）·163
太常引（一轮秋影转金波）·166
清平乐（绕床饥鼠）·167
菩萨蛮（郁孤台下清江水）·169
霜天晓角（雪堂迁客）·173
水调歌头（落日塞尘起）·174
满江红（过眼溪山）·178
水龙吟（渡江天马南来）·180
贺新郎（把酒长亭说）·182
水调歌头（客子久不到）·185
水龙吟（举头西北浮云）·187

南乡子（何处望神州）·190
永遇乐（千古江山）·191

卷二　闲情词

浣溪沙（新葺茅檐次第成）·195
朝中措（夜深残月过山房）·196
鹧鸪天（枕簟溪堂冷欲秋）·197
水调歌头（头白齿牙缺）·198
鹧鸪天（有甚闲愁可皱眉）·199
丑奴儿（少年不识愁滋味）·200
丑奴儿（近来愁似天来大）·201
添字浣溪沙（记得瓢泉快活时）·201
最高楼（吾衰矣）·203
西江月（万事云烟忽过）·205
浣溪沙（总把平生入醉乡）·206
定风波（昨夜山公倒载归）·207
西江月（醉里且贪欢笑）·209
沁园春（杯汝来前）·210
鹧鸪天（晚岁躬耕不怨贫）·212
贺新郎（甚矣吾衰矣）·213

卷三　友情亲情词

木兰花慢（老来情味减）·216
摸鱼儿（更能消、几番风雨）·218
临江仙（钟鼎山林都是梦）·221
贺新郎（绿树听鹈鴂）·222
鹧鸪天（唱彻阳关泪未干）·224

菩萨蛮（西风都是行人恨）·225
武陵春（走去走来三百里）·226
念奴娇（野棠花落）·227
一剪梅（记得同烧此夜香）·229
祝英台近（宝钗分）·230
清平乐（春宵睡重）·232
南歌子（散发披襟处）·233
卜算子（千古李将军）·234
踏莎行（进退存亡，行藏用舍）·235
水调歌头（我亦卜居者）·237
千年调（卮酒向人时）·239

卷四　山水乡村词

菩萨蛮（青山欲共高人语）·241
沁园春（三径初成）·242
水调歌头（带湖吾甚爱）·245
沁园春（叠嶂西驰）·247
水调歌头（木末翠楼出）·249
千年调（左手把青霓）·251
临江仙（莫笑吾家苍壁小）·252
生查子（青山招不来）·254
鹧鸪天（不向长安路上行）·255
玉楼春（何人半夜推山去）·256
西江月（明月别枝惊鹊）·257
浣溪沙（北陇田高踏水频）·259
满江红（几个轻鸥）·260
鹧鸪天（陌上柔桑初破芽）·261

鹧鸪天（鸡鸭成群晚不收）·262
清平乐（茅檐低小）·263
清平乐（连云松竹）·265
玉楼春（三三两两谁家女）·266
浣溪沙（父老争言雨水匀）·267
青玉案（东风夜放花千树）·268

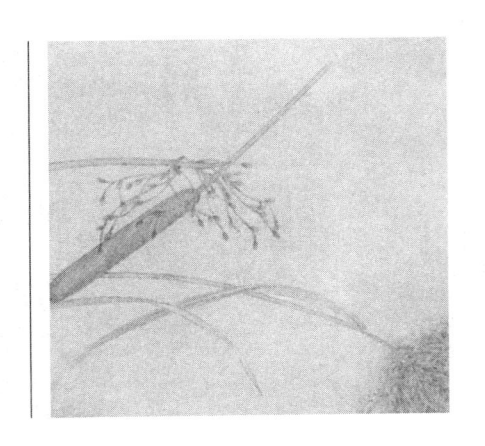

苏轼词精选

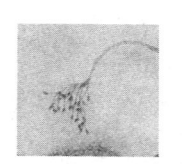

前　言

　　苏轼字子瞻，号东坡居士，眉州眉山（今四川眉山）人，生于仁宗景祐三年（1036）十二月，卒于徽宗建中靖国元年（1101）七月，享年六十六岁。他是我国历史上最伟大的文学家，被后人列为"唐宋八大家"之一；他的诗词是后人反复研究和欣赏的对象；他因书法被尊为北宋四大名家之一。他对儒学经典、诸子百家、前朝历史、中医中药、佛教道教、音乐舞蹈、饮食养生、天文博物、自然物理方面都有深湛的研究，他以容纳整个山川宇宙的阔大胸怀，感动和鼓舞着一代又一代的华夏后人。

　　苏轼的祖父叫苏序，有苏澹、苏涣和苏洵三个儿子。苏澹和苏涣都考中了进士，唯独苏洵"不喜学"，直到二十七岁才发愤读书，"六年而大究六经百家之书"。苏洵有三个儿子，老大苏景先早逝。老二苏轼、老三苏辙，都聪颖异常。苏轼八岁入小学，十九岁娶了青神王方之女王弗为妻，二十岁时，以诸生身份拜见成都知府张方平，张方平一见，便以国士待之。其后苏轼与苏洵、苏辙能噪声于士大夫间，与张方平的极力揄扬是分不开的。

　　嘉祐元年（1056），二十一岁的苏轼和弟弟苏辙取得了乡贡资格，旋即赴汴京参加嘉祐二年正月的礼部会试。本场的题目是《刑赏忠厚之至论》，大主考是大名鼎鼎的欧阳修。同考官梅尧臣阅罢苏轼答卷后，深感其文气势雄浑，于是推荐给欧阳修看。欧阳修看罢大为叹赏，本想把他置于第一，又疑此文可能是弟子曾巩所为，为了避嫌，将他置于第二。事后得知写此文者乃苏轼，感叹道："此我辈人也，吾当避之！"欧阳修为什么对苏轼的文章如此欣赏呢？原来直到仁宗嘉祐之前，文坛上一直弥漫着华而不实、崇尚字雕句琢的浮靡风气，力主文以载道的欧阳修对此深恶痛绝，而苏轼的雄文恰恰符合了欧阳修的主张，故而得到欧阳修深深的嘉赏。不过此举也得罪了很多人，有一次欧阳修回府的路上，竟遭到了被他黜落的举子们的合力围攻。《宋史·欧阳修传》说："时士子尚为险怪奇涩之文，号'太学体'，修痛排抑之，凡如是者辄黜。毕事，向之嚣薄者伺修出，聚噪于马首，街逻不能制；然场屋之习，从是遂变。"

就在苏轼顺利通过殿试取得乙科及第时，不幸的事发生了，这年四月，母亲程氏因病去世，尚未得官的苏轼只得离开京城回到眉山，去尽三年之孝。直到嘉祐四年（1059）年底除丧，才侍奉父亲苏洵再次回到京师。

嘉祐五年（1060），苏轼被授予河南府福昌县主簿。一年后赶上朝廷举行制科考试。不甘下僚的苏轼参加了这次考试，获入第三等，于是再授大理评事、凤翔府签判兼府学教授。苏轼带上妻子王弗赶到凤翔府，公务之余，他继续诗文的创作，这期间写下了脍炙人口的《喜雨亭记》《凌虚台记》等篇章，以及大量的诗歌。这些诗未必都是名篇，但从他创作的激情和数量来看，的确为他以后成为诗文名家奠定了基础。

英宗治平二年（1065），三年任满的苏轼离开凤翔回到京师，授判登闻鼓院之职。召试秘阁，又获得了第三等的上佳成绩，改官直史馆。眼看着仕进之门向他层层打开时，不幸的事又接连发生，这年五月，夫人王弗病逝。治平三年（1066）四月，父亲苏洵病故，苏轼不得不护送着苏洵和王弗的灵柩再次回到眉山。这期间，苏轼续娶了王弗的堂妹王闰之。神宗熙宁二年（1069）回京后，朝廷委任他为主管官告院兼判尚书祠部，算是很像样的朝廷官员了。此时正当王安石变法如火如荼之际，王安石打算变更科举旧制，神宗拿不定主意，召集两制三馆官员集体讨论。不知轻重的苏轼直言不讳地提出质疑，受到王安石的排挤，被下放到开封府担任推官。正赶上神宗为孝敬太皇太后曹氏和皇太后高氏，下旨在开封府购买浙灯四千余盏，合同签订后，朝廷又压低购价。苏轼认为此举很不妥，当即上了一封《谏买浙灯状》，这下可捅了马蜂窝，立刻招来不少官员的弹劾。万般无奈之下，他只好自请出京，担任了杭州通判。这是他仕途上第一次受到不公正的待遇。用现在的话说，他是"带着情绪"离开汴京的，这种情绪一直没有消减，延续到熙宁七年（1074）任密州知州、熙宁十年（1077）调任徐州知州、元丰二年（1079）调任湖州知州这些年中。

他对新法的不合作态度，一直令很多人耿耿于怀。元丰二年（1079）在湖州任上，他突然因"写反诗"遭到逮捕，这便是宋朝历史上著名的"乌台诗案"。当时变法派的李定、舒亶及骑墙派大臣王珪都想将他置于死地，赖太皇太后曹氏和大臣吴充等人救解，神宗也有所省悟，他最终没有被处以极刑，只贬为黄州团练副使，于元丰三年（1080）二月，来到了长江边上这座小城。这是他仕途上第二次遭受打击，而且是相当沉重的打击，以致他到了黄州后对仕途完全绝望，于是修建东坡雪堂，躬耕堂下，打算终老于此。这一时期，他深深感到了仕途的险恶，起初连诗文都很少再写，直到元丰四五年时，才渐渐恢复了旧有的创作激情，记录下那段不凡岁月的点点滴滴。

苏轼在黄州一待就是四年多，直到元丰七年（1084）四月，才得到量移汝州仍任团练副使的任命。这段日子里，苏轼在知州陈轼、继任知州徐大受、通判孟亨之的遮护下，在黄州人潘大临等人的关照下，在夫人王闰之、爱妾朝云的亲情呵护下，熬过了艰难的岁月，同时增加了很多人生阅历，看透了很多人情世态。

一年后，他对仕途死了心，向朝廷申请归老于常州宜兴，很快得到了恩准。谁知命运总是捉摸不定，元丰八年（1085）初神宗驾崩，哲宗即位，太皇太后高氏垂帘听政，立刻启用老臣司马光、吕公著主政。一时间局势大变，苏轼也迎来了仕途上的第二春，很快被启用为登州知州，到任几天后便受召回朝，被命为中书舍人，年内再擢为翰林学士，对于一个文士来说，这几乎到达了仕途的巅峰。从元祐元年（1086）到元祐四年（1089），苏轼既出尽风头，又饱尝了宦海倾轧。可悲的是，此时倾轧他的并不全是变法派人物，不少人恰恰是司马光旗下的旧党官员，这些官员没能团结一致，自我分裂成三个派系，这就是人们常说的蜀党、洛党和朔党。变法派官员以及旧党三派官员都在争取对朝政的控制权，不惜互相残杀，处在最弱势的蜀党受到了猛烈的攻击，而苏轼又是蜀党的标杆式人物，这就注定了他必须再次离开朝廷。为了达到把苏轼踢出朝廷的目的，侍御史王觌奏："苏轼去冬学士院试馆职策题，自谓借汉以喻今也。其借而喻今者，乃是王莽、曹操等篡国之难易，缙绅见之，莫不惊骇。"监察御史赵挺之也为此屡上弹劾之文。监察御史王彭年上书言苏轼担任侍读时"密藏意旨，以进奸说"。诸如此类，不一而足。苏轼自知难以立身，只得力请辞官，元祐四年，得到了杭州知州的任命。此时他虽然心力交瘁，还是没忘记为杭州士民做些实实在在的事，比如清理葑草、疏浚河道，使杭州变得更加美丽。

苏轼在杭州待了三年，元祐七年（1092）二月，改任扬州知州。当年九月，又鬼使神差地被召回朝，当了更大的官——端明殿学士兼翰林侍读学士、守礼部尚书。可惜天有不测风云，垂帘八年多的太皇太后高氏于元祐八年（1093）九月辞世。哲宗亲政后，立刻调转风向，启用变法派老臣章惇主政。隐忍了多年的章惇可不管什么蜀党、朔党还是洛党，只要是出于司马光旗下的官员，一律赶尽杀绝。于是旧党官员成批地被贬出朝廷，苏轼也被贬到中山府去当知府。然而这仅仅是他遭殃的开端，次年绍圣元年（1094），厄运再次光顾，他被贬为岭南的英州知州，走到半路，追贬惠州安置的诏命又来了，仅仅一年多，苏轼经历了天翻地覆的人生巨变，由翰林承旨的高官骤然成了贬谪岭南的罪人。从绍圣元年始，苏轼过起了比黄州团练副使更艰难的日子。此前的元祐八年（1093）八月，他夫人王闰之卒于汴京，所以此时遭贬南迁，身边只带了幼子苏过和爱妾朝云。不过这次遭贬，他的情绪并没有初贬黄州时那么糟糕。遗憾的是，一年多后，朝云死在惠州，苏轼身边连一个女人都没有了。好不容易熬到绍圣四年（1097），一场更大的灾难再度降临，他被追贬到了海南的儋州。在古代，那是个被内地官员视为有去无回的死亡之地。然而由于他越来越达观的人生态度，竟然奇迹般地熬到了哲宗去世、徽宗即位的元符三年（1098）。大赦使他从儋州重新回到内地，而且如愿以偿地回到了他梦寐以求的常州故宅。不过这位历尽万难的老人，终因内热过度无法排解，一个多月后便与世长辞了。

词这种文学形式在最初兴起时，仅仅是民间的俚语小调，是不登大雅之堂的配乐演唱小曲，后因其形式活泼，内容也大多是歌咏生活中的种种情感，慢慢引起了文人们的关注。大约在中晚唐以后，才陆续出现了出自文人之手的"词"。五代时期，词的衍续主要集中在南唐和后蜀，这是因为那段动荡不安的年代里，这两个偏国相对安定，又都比较富庶，贵族阶层的享乐欲望十分强烈，于是大量以词为载体的绮丽之作开始出现。宋朝建国后，词在中原地区并没有出现繁荣的局面，直到仁宗庆历以前，只有潘阆写过几首《酒泉子》、范仲淹写过几首杂词，接下来便是柳永了。柳永是个风流公子，一生中很多时间在花街柳巷里度过，他的词大多数属于艳情词。当时号称"凡有水井处皆能歌柳词"。

这个时期，宋朝进入到完全安定的状态，加上宋朝抑武重文的基本国策，使得文人士大夫不但政治地位很高，生活也很安逸和考究，于是一些身在高层的文人开始醉心于词的创作和欣赏，形成了以晏殊为领军人物的创作群体。这些人的词作，都还沿袭着南唐、后蜀绮靡香艳的风格，在很长一段时间里，这种既定的风格几乎没有多少改变。

苏轼的出现，极大地拓展了词的创作范围，在他看来，词不能仅仅作为咏妓女咏美人咏风花雪月的专属工具，而应该向"言志"的诗靠拢，承载人们各种各样的情感元素。他用自己的实践证明，这是完全可以做到并能做得很好的事，于是很多出自他笔下的豪放词汩汩而出，极大地丰富了词的内容和题材。后来有人把苏轼的词作理念称为"以诗为词"，更多的人则是把他的创作归结为"开创了豪放词一派"，总之这种"苏轼现象"，客观上使宋词的创作走向了更加宽广、更加丰富多样的繁荣时代。从这一点上说，对宋词发展贡献最大的两个人，一是柳永，把旖旎香艳写到了极致；二是苏轼，把壮志豪情写到了极致。至于从宋到清不少人批评苏轼"不晓音律"，属于外宗，丝毫不影响他在词史上不可撼动的崇高地位。

客观地说，苏轼的"以诗为词"和"开创豪放一派"或许最初并非出于理性的思考，而是历史给了华夏民族一个豪放不羁的苏轼，他的性格注定了只要他肯于涉足于词的创作，就绝不会墨守成规，蹈袭前人的老路，因为这个人一生中所有的行为，都是在突破前人、突破自我中蹒跚而行，只不过有些事他想突破而突不破，于是就成了失败者，比如他想在治国理念上有所突破，不被历史允许。而他想在书法绘画理论上有所突破，于是成就了书法大家和绘画理论的成功者；他想在烹饪上有所突破，于是有了流传千载的"东坡肉"。苏轼是个勤于思考、勇于实践的人，这完全是由于他特定的性格所致，绝不是靠拜师学艺能够达到的境界。在词的创作上，苏轼绝非正统的"学院派"，人家周邦彦才是真正意义上的"学院派"，可到了今天，"明月几时有把酒问青天""大江东去浪淘尽千古风流人物""老夫聊发少年狂"等词句，几乎是妇孺皆知，扪心自问，你能背诵几首周邦彦的词？我认为文学创作的开拓与创新，很多情况下是由于特定作者的特定性格决定的，而不是庸俗教育所能奏效的。

这并不等于说苏轼属于完全彻底地"离经叛道"，他同时也写过很多柔丽美艳的词，所以我说他"开创豪放一派或许最初并不是出于理性的思考"，他只是认为词不应该仅仅限于一种格套而已，苏轼的婉约词写得并不比其他名家差，这是因为他的性格中既有大江东去的万丈豪情，又有怜香惜玉的柔情万种，是个感情最丰富最完整、行事最磊落最坦诚的真男人，他心里没有肮脏和阴暗，对别人没有任何防范和猜忌，他喜欢朋友，以至于不辨真假，屡屡遭受"朋友"的暗箭；他喜欢女人，但只喜欢心性聪慧能懂他的女人，而不是那些射干狐狸。他的婉约词，大多是为友情、爱情所作，所以同样受到后人的喜爱。如歌咏爱妾朝云的《浣溪沙·端午》"彩线轻缠红玉臂，小符斜挂绿云鬟，佳人相见一千年"，既写出朝云的妩媚，更写出要爱她千年的真情实感，这是最美的爱情，而绝不是对女性的轻薄。

他的词不拘一格，还体现在他常常把田园风貌写进词中，这多少受到了陶渊明田园诗的影响。如《浣溪沙》词："簌簌衣巾落枣花，村南村北响缫车。牛衣古柳卖黄瓜。　酒困路长惟欲睡，日高人渴漫思茶。敲门试问野人家。"是最典型的"田园词"，与辛弃疾的《清平乐·村居》"茅檐低小，溪上青青草。醉里吴音相媚好，白发谁家翁媪？　大儿锄豆溪东，中儿正织鸡笼。最喜小儿亡赖，溪头卧剥莲蓬"相比，可谓异曲同工。这类词反映的是苏轼热爱自然、努力把自己融入自然的向往和追求，也是襟怀坦荡的大君子们共同的生命追求。

因篇制所限，本书选了苏轼词六十余首，大体涵盖了叙事、赠答、咏史、田园、咏物等各类佳作，同时照顾到豪放、婉约等不同风格的作品。我想，读罢这些荡涤心灵的文字，我们或许会对这位千年等一回的文学巨人有更深刻更完整的认知。

李之亮

卷一　润州　密州　徐州

虞美人

有美堂赠述古①

《本事集》云：陈述古守杭②，已及瓜代③。未交前数日④，宴僚佐于有美堂，因请贰车苏子瞻赋词⑤，子瞻即席而就，寄《摊破虞美人》⑥。

湖山信是东南美⑦，一望弥千里⑧。使君能得几回来？便使尊前醉倒、且徘徊。　　沙河塘里灯初上⑨，水调谁家唱⑩。夜阑风静欲归时⑪，惟有一江明月⑫、碧琉璃⑬。

【注释】　①有美堂：杭州堂名，故址在杭州吴山上。《淳祐临安志》卷五："有美堂旧在郡城吴山。嘉祐二年，龙图阁直学士梅公挚出守杭州，仁宗皇帝赐诗宠行云：'地有湖山美，东南第一州。剖符宣政化，持橐辍才流。暂出论思列，遥分旰昃忧。循良勤抚俗，来暮听欢讴。'挚乃取诗之首章作堂，而名之曰'有美'。欧阳公修为记，蔡公襄书。"述古：杭州知州陈襄的字。陈襄，福建侯官人，北宋中期名臣。神宗时任知制诰、修起居注，因反对王安石变法，出知陈州，徙知杭州。回朝判尚书都省，卒。《宋史》有传。②陈述古守杭：据《乾道临安志·郡守题名》载，陈襄于神宗熙宁五年五月乙未自知陈州来知杭州。熙宁七年六月己巳离任。③瓜代：《左传·庄公八年》："齐侯使连称、管至父戍葵丘，瓜时而往，曰：'及瓜而代。'"意谓等到明年瓜熟时派人去接替。后以官吏任职期满由他人接替为"瓜代"。④未交前数日:离任前几天。古代地方官离任,须向下一任官员办理交割手续,宋朝称为"交代"。⑤贰车:州郡中的副职。《礼记·少仪》:"乘贰车则式,佐车则否。"郑玄注:"贰车、佐车,皆副车也。朝祀之副曰贰。"后因称州郡副职为"贰车"。⑥《摊破虞美人》:即另一调的《虞美人》。"摊破"是唐、宋时填词的专门术语,指因乐曲节拍的变动引起句法、协韵的变化,突破原来词调的谱式。⑦信是:的确是。东南:国家的东南部,即今江浙一带地区。此处指杭州。⑧弥(mí):遍、满。⑨沙河塘:《咸淳临安志》卷三八载,此地"在(杭州)钱塘县旧治之南五里。潮水冲击钱塘江岸,奔逸入城,势莫能御。(唐)咸通二年,刺史崔彦曾开三沙河以决之,曰外沙、中沙、里沙"。⑩水调:古曲调名。唐杜牧《扬州》诗之一:"谁家唱《水调》,明月满扬州。"自注云:"(隋)炀帝凿汴渠成,自造《水调》。"旧属商调曲。比如《水调歌头》,实际上就是水调的《歌头》,却不同于《六州歌头》。⑪夜阑风静欲归时:夜已深风已静该回府去的时候。⑫一江明月:据《淳祐临安志》卷九载:"西湖本通海,东至沙河塘。向南一岸,皆大江也。"此处指天上的明月倒映在江面。⑬碧琉璃:碧绿色的琉璃。此处喻江面的澄澈。

【评点】 这首词作于神宗熙宁七年(1074)六七月间。当时知州陈襄任满,临行前在有美堂宴请僚属,苏轼作为最高级别的属官,不但出席这次宴会,而且是即席填词首当其冲者。本词就是在宴会上为陈襄送行所作。

王安石变法之初,陈襄便对新法提出了不同的看法,因此得罪了变法派,不得不出为州郡官员。在对待新法的问题上,苏轼与陈襄立场完全一致,尽管在陈襄面前他是"小字辈",官职也比陈襄低,但共同的政治见解,使两个人成为朋友。二人间的友谊是真诚的,因此这首词所表达的情感就显得真切感人。词的开篇为铺叙,说到东南景致之美,看似如同古风中的起兴,实则暗寓着对老知州为政的充分肯定:在轰轰烈烈的变法大潮中,一望千里的杭州一带,依旧保持着既往的醇美。接下来进入主题:可亲可爱的老知州就要离去,十有八九没有可能再回到此地,这种场合,作为朝夕相处的僚属,即使喝得大醉,也会徘徊不忍离去。古代交通不便,亲友一旦分别,不知何时才能重新聚首,所以古人最看重别离。战国时的屈原就曾有过"悲莫悲兮生别离,乐莫乐兮新相知"(《九歌·少司命》)的名句。可以想象,当时苏轼心中依依难舍之情该有多么强烈。

然而分别是不以人的意志为转移的,不管怎么惜别,都要回到现实中,这正是此词下阕要表现的主旨。既然"天下没有不散的筵席",那就该把离别后的日子过好。作者离开有美堂,眼中所见是沙河塘里华灯初放的美景,是人们讴歌生活的美妙《水调》,是江面倒映的明月,是万顷碧波的大江——河塘依旧是那个河塘,《水调》依旧是那曲《水调》,明月还是那轮明月,大江还是那条大江,甚至苏轼还是那个苏轼。什么都没有变,唯一变化的,是今后的苏轼身边少了一个可敬的长者,内心增添了一份对长者的思念。

蝶恋花

送春

雨后春容清更丽。只有离人,幽恨终难洗①。北固山前三面水②,碧琼梳拥青螺髻③。　　一纸乡书来万里④。问我何年,真个成归计⑤?白首送春拚一醉⑥,东风吹破千行泪。

【注释】　①幽恨:积郁已久的遗憾。②北固山:在今江苏镇江市北。《读史方舆纪要》卷二五:"北固山在(镇江)城北一里府治后,下临长江。自晋以来,郡治皆据其上。三面临水,回岭斗绝,势最险固,因名,盖郡之主山也。"③碧琼梳:碧玉制成的梳子。青螺髻:深青色的螺壳状发髻。晋崔豹《古今注·鱼虫》说:"童子结发,亦为螺髻,亦谓其形似螺壳。"此处比喻北固山的形状。④一纸乡书来万里:一封家乡寄来的书信来自万里之外的蜀地。⑤真个：真的。成归计：定下回乡的打算。⑥拼（pīn）：同"拚"，不顾一切。

【评点】　这是一首通俗易懂的小词，作于神宗熙宁七年（1074）春季。据施宿《东坡先生年谱》载，熙宁六年冬始，作者受转运司之命，辗转于常州、润州（即镇江）、苏州和秀州赈济饥民，其后仍时常来往于这几个州郡。词的背景是，作者在润州收到了一封来自家乡的书信，乡人以十分诚恳的口气向他问候，并问他何时才能回乡。就是这封信触痛了作者思乡之情，他把浓浓的乡情形诸笔端，写下了这首小词。

在苏轼诸多的诗文中，充满了对家乡的眷恋，可以说，自从他离开蜀地就怀念家乡的山山水水和故老亲朋，正因为如此，他与家乡的兄弟子侄及其他亲朋，都保持着书信来往，用现在的话说，他始终都没有淡忘生他养他的那块土地，因为那里是他的"根"——他的父亲、母亲、发妻王弗的坟茔都在那里。

开篇一句还算轻松，除点明时间之外，也托出北固山雨后的清丽，随后笔锋陡转，说春雨可以把一切都冲洗得十分清丽，唯独离乡之人内心的思念和凄苦，是无论如何都洗刷不掉的。这两句话使外界的清丽与内心的幽恨形成巨大的反差，更衬托出作者思乡情结的深固和无法排解的忧烦。直到此处，作者还没点破这份"幽恨"是如何引起的，他故意多写了两句"北固山前三面水，碧琼梳拥青螺髻"，似乎是在赞叹这里的景致，然而进入下阕，立刻点明自己收到了一封来自家乡的信，殷殷问他何年何月才能回到家乡。这就使前面的"幽恨"有了落点，也为下面的愁苦交代出原委：再美的镇江，毕竟不是家乡山水，为了那魂牵梦绕而不得回归的故乡，为了那份浓浓的乡思，他只有把自己麻醉，才能暂时宁静下来。可惜"借酒浇愁愁更愁"，内心不但没有得到宁静，反而被风吹落了成串的泪珠。作者此时愁肠百结无计可施，那份痛苦，几乎是一般人难以理解的。苏轼属于心大量宽的那类人，再大的痛苦他都能自我化解，唯独乡情，在他心里始终是个难以开解的结。

沁园春

赴密州早行①,马上寄子由

孤馆灯青②,野店鸡号,旅枕梦残。渐月华收练③,晨霜耿耿④,云山摘锦⑤,朝露漙漙⑥。世路无穷,劳生有限⑦,似此区区长鲜欢⑧。微吟罢,凭征鞍无语,往事千端。　　当时共客长安⑨。似二陆初来俱少年⑩。有笔头千字⑪,胸中万卷⑫,致君尧舜⑬,此事何难?用舍由时,行藏在我⑭,袖手何妨闲处看。身长健,但优游卒岁⑮,且斗尊前。

【注释】　①赴密州:作者自杭州通判调任密州知州在熙宁七年(1074)。据王宗稷《东坡先生年谱》载,苏轼于熙宁七年九月离开杭州,十月抵达密州。此时苏辙在齐州(今山东济南)节度掌书记任上。②孤馆:孤寂的客馆。③月华:月光。收练:谓月光收束。练指白色的丝绢,喻皎洁的月光。④耿耿:明亮之貌。《文选》谢朓《暂使下都夜发新林至京邑赠西府同僚》诗:"秋河曙耿耿,寒渚夜苍苍。"李善注:"耿耿,光也。"⑤摛(chī)锦:铺陈锦绣。班固《西都赋》:"若摛锦布绣,烛耀乎其陂。"⑥漙(tuán)漙:露水很多的样子。《诗经·郑风·野有蔓草》:"野有蔓草,零露漙兮。"毛亨传:"漙漙然,盛多也。"⑦劳生:辛劳的人生。⑧区区:渺小之貌。鲜欢:很少有欢乐。⑨当时共客长安:指嘉祐初年苏轼与弟弟苏辙一同来到汴京参加会试。客,客居。长安,汉唐时的都城,在今陕西西安。此处代指北宋都城汴京。王宗稷《东坡先生年谱》:"嘉祐二年丁酉,先生年二十二,赴试礼部,馆于兴国寺浴室院。"⑩二陆:指晋代陆机、陆云兄弟。二人皆有文才,少年时同赴京都洛阳,时人称为"二陆"。⑪笔头千字:意谓能写出好文章。李商隐《安平公诗》:"顾我下笔即千字,疑我读书倾五车。"此处特指嘉祐二年(1057)苏轼、苏辙参加会试的考卷。《东坡先生年谱》载,那一榜苏轼排名第二。又据《苏颖滨年表》载,苏辙与其兄为同榜进士。⑫胸中万卷:杜甫《奉赠韦左丞丈二十二韵》:"读书破万卷,下笔如有神。"⑬致君尧舜:辅佐帝王成为超越尧舜的圣君。杜甫《自京赴奉先县咏怀五百字》:"致君尧舜上,再使风俗淳。"⑭用舍由时,行藏在我:谓君子能否为世所用是由时势所定,而是否为世所用则取决于自己。《论语·述而》:"子谓颜渊曰:'用之则行,舍之则藏,惟我与尔有是夫。'"⑮优游卒岁:一年到头优哉游哉地过日子。《左传·襄公二十一年》:"优哉游哉,聊以卒岁。"

【评点】　这首词是苏轼豪放风格的处女作。此前的词大多偏于婉丽,风花雪月、儿女情长的痕迹十分明显,也不乏散文化的倾向,这首词无论从语言还是气势上,都具有了抑扬顿挫的诗歌倾向。上阕开篇大段写景之后,很快进入对人生世态的感慨,作者终于感悟到,以前孜孜以求的功名事业,其实并不能带来精神上的振奋,反而成了禁锢性情的枷锁,使原本劳碌的人生徒增了不少烦恼。他在北行的途中反复思考,涌上心头的尽是些令人夺气的感受。下阕回忆自己的青年时代,遥想当年,满怀着一颗报国之心来到京都,认为功名不过是探囊取物,甚至大言道:凭自己的聪颖和智慧,致君尧舜算不得多难的事。如果说那时的大志有点少年轻狂,那么直到如今,他依旧坚持认为那些想法并非痴人说梦,而是基于深深的自信。遗憾的是,他自认为致君尧舜的种种议论,都被朝廷无情地否定了,以至偌大朝廷里根本没有他的立身之地。在受到一个又一个无情打击后,他自然而然会想到孔子那句话:用之则行,舍之则藏——既然不能为世所用,就只能远远离开那充满阴暗和狡诈的官场,去过优哉游哉的生活。全篇大开大合,气势宏壮,为他在密州写下《江城子·密州出猎》那样的雄文奠定了基础。

综观苏轼的前半生,的确走得很不顺利:刚中进士不久,就赶上王安石变法,他忍不住要发议论,这就必然得罪主张变法的权臣及其追随者,当权者不再欣赏他,当然要把他从眼皮底下撵出去。来到开封府推官任上,他又因谏阻神宗购买浙灯,再次开罪权臣,这一回干脆在京城待不下去,只能躲到千里之外的杭州当个小官了。从主观上说,他的所作所为的确是出于对朝廷的忠诚;从他的性格而言,也的确存在着某些缺陷。比如他在《谏买浙灯状》中说:"陛下聪明睿圣,追迹尧舜,而群臣不以唐太宗、明皇事陛下,窃尝深咎之。臣忝备府僚,亲见其事,若又不言,臣罪大矣。"这不明明在指责帝王昏聩、臣子胡为吗?谁看了这样的奏章会感到舒服?所谓"知无不言言无不尽",仅仅是为臣者的原则而已,到了具体事上,还要讲究处置的方式,而苏轼恰恰缺乏这一点。他在《录陶渊明诗》中说:"言发于心而冲于口,吐之则逆人,茹之则逆予,以谓宁逆人也,故卒吐之。"不管别人感受如何,只要自己想说的话就一定得说出来,当然会处处碰壁,有志难伸。我们这样分析,丝毫没有贬低苏轼的意思,只是说明他的真率很多时候无法为时所容,这也是历朝历代大君子们壮志难酬的共同原因之一。

卜算子

感旧

蜀客到江南①,长忆吴山好②。吴蜀风流自古同,归去应须早。　　还与去年人③,共藉西湖草④。莫惜尊前仔细看,应是容颜老。

【注释】　①蜀客:苏轼自称。江南:此处指杭州。②吴山:《咸淳临安志》卷二二:"吴山在城中。吴人祠子胥山上,因命曰胥山。今山上有忠清庙、天明宫、中兴观、清源观、瑞云院。"③去年人:指杭州知州陈襄。④共藉西湖草:一同坐在西湖边的草地上。

【评点】　这首词作于熙宁七年(1074)三月苏轼从润州返回杭州途中。当时苏轼任杭州通判,与陈襄情同莫逆,虽是暂时离别,依然抑制不住思念之情,不但写了这首词,还有《常润道中有怀钱塘寄述古五首》诗。

此词除了对友人的思念这一主题之外,还注入了相当浓厚的思乡情绪。上阕开篇便强调自己是"蜀客"而不是江南人,为下面的思乡埋下伏线。当然,江南的确很好,很值得人眷恋,这也是不容置疑的实情。接下来怎么样呢?作者巧妙地把蜀中和江南联系在一起——"吴蜀风流自古同",蜀中天府的种种风流,丝毫不比江南逊色,这又为下一句"归去应须早"张目:既然吴蜀并没有太悬殊的优劣,何必非要流连于江南呢?

下阕回到二人的友情,作者回忆去年与陈襄一起到西湖游览,席地而坐的温馨场景,浓情不言自发。随后两句把前面强调的"蜀客"拉了进来,又把"归去应须早"的情绪也串联在一起,道出了内心深处的不变情愫,既然本是蜀客,年纪又已老大,还不该考虑归乡的大计吗?通读全篇,思乡之情无处不在,即使是说到友情,也没忘了强调自己的年纪。可以说此词的主线虽然是写对友情的珍视,但怀乡思归却一直紧紧缠绕在主线上,就像拧麻花一样,让人感到作者情绪的闪烁和跳跃甚至是纠缠,最终达到的竟是"喧宾夺主"的奇异效果。

江城子

乙卯正月二十日夜记梦①

十年生死两茫茫②,不思量,自难忘。千里孤坟③,无处话凄凉。纵使相逢应不识,尘满面,鬓如霜④。

夜深幽梦忽还乡,小轩窗⑤,正梳妆。相顾无言,惟有泪千行。料得年年肠断处,明月夜,短松冈⑥。

【注释】 ①乙卯:神宗熙宁八年(1075)。苏轼此时四十岁,在密州知州任上。②十年生死:作者的结发妻子王弗于英宗治平二年(1065)病逝,至此已经过了十年。两茫茫:两地茫茫,意思是说一在人间,一在泉下。③千里孤坟：王氏的坟在苏轼老家眉山，与密州相隔数千里之遥。④"尘满面"二句：作者自谓这十年之中，自己奔波劳碌，已是风尘满面，两鬓斑白，即使与亡妻相见，恐怕她也认不出来了。⑤轩窗：窗户。唐孟浩然《同王九题就师山房》诗："轩窗避炎暑，翰墨动新文。"⑥短松冈：长满小松的山冈。指王氏的坟墓。

【评点】 这是一首悼亡词。苏轼是很爱他妻子的，他与王弗两小无猜，感情弥笃。中进士后，王弗陪伴他到凤翔府任官，任满回京不久，二十几岁的王弗便因病去世。为了表示对妻子的挚爱，苏轼再娶王弗的堂妹王闰之为继室。

上阕直抒胸臆，感叹与妻子永别已整整十年。这句话既表达了与所爱之人生离死别的怆痛，又感慨自己在这十年中是何等忍受煎熬。接下来叙述仕途的坎坷，由于奔走于仕宦之途，如今的苏某已是个尘土满面、两鬓发白的老者之相了。下阕写梦境。由于对妻子一往情深，所以梦见亡妻，也是情理之中的事。而梦境又是如此真切："相顾无言，惟有泪千行"，这正是久别重逢的恩爱夫妻最真实的写照。可惜这次相逢仅仅是瞬间一梦，这就更加重了悲凉的气氛。结尾表达了对妻子永远不能忘怀的真挚情感：那埋葬着爱妻的青松小冈，将成为今后年年令他肠断的地方。

江神子

猎词①

老夫聊发少年狂②。左牵黄，右擎苍③。锦帽貂裘，千骑卷平冈④。为报倾城随太守⑤，亲射虎，看孙郎⑥。
酒酣胸胆尚开张⑦。鬓微霜，又何妨？持节云中，何日遣冯唐⑧？会挽雕弓如满月⑨，西北望，射天狼⑩。

【注释】　①猎词：一本副标题作《密州出猎》。据宋人傅藻《东坡纪年录》载，熙宁八年（1075）夏，密州大旱，苏轼带领僚属到州南的常山神祠祈雨。"与同官习射放鹰。……作《江神子》"。②老夫：作者自称。这一年苏轼四十岁。聊发少年狂：姑且发一发少年轻狂。③左牵黄，右擎苍：左手牵着黄犬，右臂肩着苍鹰。古代犬、鹰都是打猎时必备的助手。④千骑卷平冈：上千匹马席卷了平缓的山冈。指此次出猎气势十分宏壮。⑤为报倾城随太守：为了回报全城百姓都来捧场观看以知州为首的狩猎。汉代郡中的最高长官称太守，此处代指知州。⑥亲射虎，看孙郎：意谓要像当年孙权那样威猛，显示出亲手射杀猛虎的气概。《三国志·吴书·吴主传》载，汉献帝建安二十三年（208）十月，孙权率兵入吴，"亲乘马射虎于庱亭。马为虎所伤，权投以双戟，虎却废，常从张世击以戈，获之"。⑦酒酣胸胆：谓饮酒之后心胸开阔，胆气豪壮。尚开张：指酒劲正浓，充满精力。⑧持节云中，何日遣冯唐：用汉文帝时冯唐出使云中赦免功臣魏尚的典故。《汉书·冯唐传》载，云中太守魏尚多有边功，只因向朝廷汇报杀敌人数不实，文吏便以谎报之罪请罢魏尚之职。冯唐上书为魏尚开脱，称"臣窃闻魏尚为云中守，军市租尽以给士卒，出私养钱，五日一杀牛，以飨宾客军吏舍人，是以匈奴远避，不近云中之塞。虏尝一入，尚帅车骑击之，所杀甚众。……一言不相应，文吏以法绳之。其赏不行，吏奉法必用。愚以为陛下法太明，赏太轻，罚太重。且云中守尚坐上功首虏差六级，陛下下之吏，削其爵，罚作之。繇此言之，陛下虽得李牧，不能用也"。文帝采纳了冯唐的建议，并派他出使云中赦免魏尚，命其仍任云中太守。此处苏轼自比魏尚，只因一句不妥之词便遭到贬谪，希望朝廷也能尽快派人前来，还他清白。⑨会：将。如满月：把雕弓拉得如满月一样圆。⑩天狼：星名，主贪残，在西北方。古人往往以天狼代指西北凶悍的夷狄。《楚辞·九歌·东君》："举长矢兮射天狼。"王逸注："天狼，星名，以喻贪残。"

【评点】　这首词的立意和主旨都十分明显，没有任何隐晦难解处。全词用"聊发少年狂"开篇，体现了作者急于将积压在内心多年的忧郁与愤懑喷发出来，清除掉胸中的块垒。我们发现，他的做法达到了应有的效果，情绪顿时变得激越，只见他左手牵着黄犬，右臂架着苍鹰，一副赳赳威仪。这种尽情发散的畅快对苏轼来说，很久都没出现过了，一旦情绪被调动起来，那就真成了少年时的心态与做派了。不过他并没忘记自己的身份，他现在是密州的父母官，越是如此，就越要在全州百姓面前做出表率，越要以抖擞的精神回馈州民的信任和期待。作者选取了最能表现英雄气概的故事——三国孙郎射杀猛虎。尽管当今的苏轼早已过了孙郎射虎的年纪，但那种精神是不受时空限制的。他希望州民看到的知州，是个威武健壮、具有壮烈情怀的人，而威武健壮、具有壮烈情怀，正是他所追求的境界。

　　大概是意犹未尽的缘故吧，下阕前两句继续秀着自己的肌肉，畅畅快快地表现着他暂时放开的情怀：酒壮英雄胆，何惧鬓已霜？好像自己已不是昨天的自己，真成了横行江表的豪杰孙权。接下来几句重新回到现实中：他被朝廷冷淡至今，已经四五年了，这些年里，他像个罪人一样游走于州郡之间，看不到回朝的曙光。他渴望朝廷中能够出现一个冯唐，对皇帝说：苏轼虽有小过，毕竟一心报国，绝无他念，应该让他发挥更大的作用。假如真有那一天，他会向朝廷主动请缨，投笔从戎，马革裹尸，虽死犹荣。

　　这首词表现出的豪放风格被当时与后世普遍认可，并成为他豪放词的代表作之一。词中洋溢的爱国激情，也鼓舞着一代又一代热血男儿为国家和民族勇于献身的壮志豪情。

水调歌头

丙辰中秋欢饮达旦作此篇兼怀子由①

　　明月几时有，把酒问青天②。不知天上宫阙，今夕是何年。我欲乘风归去③，又恐琼楼玉宇④，高处不胜寒⑤。起舞弄清影，何似在人间。　　转朱阁，低绮户⑥，照无眠。不应有恨，何事长向别时圆？人有悲欢离合，月有阴晴圆缺，此事古难全。但愿人长久，千里共婵娟⑦。

【注释】 ①丙辰：神宗熙宁九年（1076），苏轼当时四十一岁，任密州（今山东诸城）知州。子由：苏轼的弟弟苏辙，字子由。此时苏辙在齐州（今山东济南）任节度掌书记。②"明月"二句：化用李白《把酒问月》诗："青天有月来几时，我欲停杯一问之。"③乘风归去：作者想象之词，谓能乘着清风飞到月宫。④琼楼玉宇：月亮中的华丽宫阙。《大业拾遗记》载，唐人瞿乾佑在江边赏月，有人问他："月中有何物？"瞿乾佑指给他看，但见"月规半天，琼楼玉宇灿然"。⑤不胜（shēng）：禁受不住。⑥低绮（qǐ）户：指月影渐移，使锦绣的门窗影子逐渐变低。绮户，雕绘华美的窗户。⑦婵娟：美好。这里指月中的嫦娥容貌姣好。千里共婵娟，指天下共享一轮明月。

【评点】 这首词是苏轼的名篇佳作之一，古往今来传诵不歇。宋人胡仔《苕溪渔隐丛话》中说："中秋词自东坡《水调歌头》一出，余词尽废。"确非虚言。全词主题是怀人，时间在中秋之夜。作者既写出了人与人之间的感情需要，又以宽广的胸怀表示人不可因离别而陷入愁思，而应以乐观旷达的态度对待人生。全词充满了对生活的热爱，以及对人生哲理的深深思索，除了美感之外，还能给读者以处世的启迪。

上阕用浪漫主义的写作手法。面对一轮明月，作者驰骋丰富的想象，勾画出一个天上的世界。"我欲乘风归去"，是说自己很希望能像仙人一样，摆脱世俗的羁累，飞升到广袤无垠的天国，体现了作者在仕途上受挫后压抑沉闷的情绪。中国古代知识分子，一旦在仕途上受到挫折，往往需要借助于道家学说来加以解脱。苏轼作为一个封建士子，也必然受到道家思想的深重影响。可贵的是，他没有因暂时的逆境而丧失对人生的追索。他觉得天上的琼楼玉宇固然美好，但毕竟有寒凉之感，所以打消了飞仙的念头，深感还是活在人间更加美好，更有真情。这几句话不仅把作者的生活态度表达得十分清楚，同时还有告诫世人的意味，"高处不胜寒"，是在规劝人们不要觉得仙境之中就万事顺遂，人既为万物之灵，就要真真切切地领悟人生的真谛。

下阕佳句迭出，先说"人有悲欢离合，月有阴晴圆缺"，揭示出万事万物的必然规律：一个月之中，月儿又圆又亮，仅仅一两日而已；人生之中，"不如意事常八九，能与人言无二三"是再正常不过的事。尽管如此，人毕竟还有最美好的情感，不要因为有失落，有悲痛，有折磨，有苦难就怨天尤人，把自己放在"渺沧海之一粟"的大背景下去体味，就不会为一点点的得失悲欢而萦心系怀了。接着又说"但愿人长久，千里共婵娟"，这两句也是全词的高潮。作者把对人生最美好的祝愿献给千里之外的手足兄弟，同时也把这份祝愿献给天下所有人。正因为这两句话具有十分积极的意义，所以成了千古绝唱，成了人们相互祝福的常用语。苏轼这种博爱胸襟，是他人格的主流，他虽然也有"悲欢离合"，也有愤懑不平，但他心中总是希望大家都好。宋人高文虎《蓼花洲闲录》中有这样几句话："苏子瞻泛爱天下士，无贤不肖，欢如也。尝言：'上可陪玉皇大帝，下可陪卑田院乞儿。'子由晦默少许可，尝戒子瞻择友，子瞻曰：'眼前见天下无一个不好人，此乃一病。'"正是由于他觉得"天下无一个不好人"，他才更加热爱生活，热爱生命，才希望天下所有的人都能互敬互爱，共享一轮明月。

满江红

东武会流怀亭①

东武南城，新堤固、涟漪初溢。隐隐遍、长林高阜②，卧红堆碧③。枝上残花吹尽也，与君更向江头觅。问向前、犹有几多春，三之一④。　　官里事，何时毕⑤？风雨外，无多日。相将泛曲水⑥，满城争出。君不见兰亭修禊事⑦，当时坐上皆豪逸⑧。到如今、修竹满山阴⑨，空陈迹。

【注释】　①东武：古县名，此处代指密州州治所在的诸城县，在今山东诸城。流怀亭：密州亭名。据本词，当在州城之南。②长林：茂密的树林。高阜：高岗。③卧红堆碧：指坠落的花瓣堆积在绿枝之下。④三之一：意谓自今往后的春日，只剩下三分之一了。古代在农历三月三日这一天行曲水流觞之戏，所以说往后的春日已经无多。⑤官里事，何时毕：官府里的事务何时算做完？意思是官府公务没完没了，只能忙里偷闲。⑥相将：相携，相跟。泛曲水：游于曲水之上。⑦兰亭修禊（xì）事：指晋代王羲之等人在山阴兰亭行曲水流觞的故事。王羲之《兰亭集序》："永和九年，岁在癸丑，暮春之初，会于会稽山阴之兰亭，修禊事也。群贤毕至，少长咸集。此地有崇山峻岭，茂林修竹，又有清流激湍，映带左右，引以为流觞曲水，列坐其次。虽无丝竹管弦之盛，一觞一咏，亦足以畅叙幽情。"禊，是古人祓除不祥之祭，春、秋二季于水滨举行。农历三月上巳行春禊，七月十四日行秋禊。⑧坐上皆豪逸：即上文所谓"群贤毕至"。据《嘉泰会稽志》引《水经注》说，当时与会者共计四十一人，赋诗者谢安、孙绰等二十六人，不能赋诗而被罚酒者王献之、孔炽等十五人，都是当时名流。⑨山阴：晋代郡名，在今浙江绍兴。

【评点】 这首词作于密州，时间是熙宁九年（1076），是苏轼来到密州的第三个年头。经过他的治理，密州已从一个盗贼横行、民不聊生的乱郡变成了和乐熙熙、秩序井然的州郡，所以他才有闲心来到曲水之滨，与同僚共行曲水流觞的雅戏。开篇"东武南城，新堤固、涟漪初溢"二句深得人们的赞赏。宋胡仔《苕溪渔隐丛话》后集卷二十六说："'东武南城，新堤固、涟漪初溢'……绝去笔墨畦径间，直造古人不到处，真可使人一唱而三叹。"意思是这两句词意蕴含蓄，自然流出，不见任何轨度。实则其后的"长林高阜""卧红堆碧"，也写得十分生动：前者是摹状树林和冈阜，虽然用了"长"和"高"两个意义相近的词，读者却能体会到高低错落的层次美，高高的冈阜上长着树林，冈阜之下同样长着树林，你说冈阜高，那长在冈阜上头的树林岂不比冈阜更高？你说树林高，那长在冈阜之下的树林显得并不高，这不正是作者想要的参差错落之美吗？至于"卧红堆碧"，更是把落花和绿枝的对比摹状得恰到好处，甚至可以和李清照的名句"绿肥红瘦"相媲美。接下来用算数的方法感慨春色无多，既有惜春之情，又有人生韶华易逝的惋叹。

下阕紧接上句,点出官身的操劳与无奈,不过他还是忙里偷闲来到曲水畔,度过了一个与民同乐的上巳节。这个安排十分巧妙,作者没有描写这次流觞活动的具体细节,甚至跳过这些细节,直接过渡到抚今追昔的感叹之中:遥想当年王羲之等人的兰亭盛会,"一时多少豪杰"。而今如何?斯人已去,空留遗迹,可悲可叹。作者为什么不写密州的流觞?因为流觞的形式古往今来并没有什么变化,写来写去还是相同的笔墨。今天的流觞与晋人真正不同的,仅仅是他们内心的感受。如果说当年王羲之是为"群贤毕至、少长咸集"的场面感到骄傲,那么数百年后在密州的苏轼,更多想到的却是"天下没有不散的筵席"、抚今追昔倍感苍凉的沉重。"到如今、修竹满山阴,空陈迹"十一个字,既强调了时空的漫长,又揭示了时空的短暂:"后之视今,亦尤今之视昔"(《兰亭集序》语),从短处看,兰亭雅集仿佛就在昨天;从长处看,兰亭雅集至今已经经历了十几个朝代的风云变幻,那是多么古老的时代啊。人生又何尝不是如此?"朝如青丝暮成雪",谁也绕不过去。

望江南

超然台作①

春未老,风细柳斜斜。试上超然台上望,半壕春水一城花②。烟雨暗千家。　寒食后③,酒醒却咨嗟。休对故人思故国④,且将新火试新茶⑤。诗酒趁年华⑥。

【注释】　①超然台:密州旧有土台,不知其名。苏轼到密州后,对已经荒破的旧台加以修葺,其弟苏辙命名为"超然台",并为其作《超然台赋》。②壕:护城河。据苏轼《超然台记》载,此台在州治北。"因城以为台",即与城墙相接所建的台。③寒食:节令名。春秋时,晋文公征介子推入朝做官,介子推不肯,文公命人烧山以迫其出,介子推抱木而死。为纪念这位高士，文公下令国人在这几日里不准起火炊饭，故名"寒食"。梁宗懔《荆楚岁时记》："去冬节一百五日，即有疾风甚雨，谓之寒食，禁火三日。"④休对故人思故国：不要在故人面前思念故乡。这里的故人指苏辙，现为齐州节度掌书记。故国，指苏氏兄弟的家乡眉州。⑤新火：寒食后第一天的火。新茶：指寒食清明前刚刚采的新茶。⑥诗酒趁年华：赋诗饮酒要抓紧大好年华。

【评点】　这首词作于神宗熙宁九年（1076）寒食节后。此前苏轼已写过《超然台记》，记述了修整此台的经过和登上此台的感受。文中说："台高而安，深而明，夏凉而冬温。雨雪之朝，风月之夕，余未尝不在，客未尝不从。撷园蔬，取池鱼，酿秫酒，瀹脱粟而食之，曰：乐哉游乎！方是时，余弟子由适在济南，闻而赋之，且名其台曰'超然'，以见余之无所往而不乐者，盖游于物之外也。"这首词表现的正是这种超然物外的恬淡心境。

寒食后第一天，作者再次登上高台，放眼四望，但见风细柳斜，烟雨蒙蒙，春水春花和一城的民居，都笼罩在烟雨之中。大约是来此之前饮了些酒，登上高台后恰好酒醒，见到这一片宁静，不觉触动了"对故人思故国"的情思和乡思：他与弟弟苏辙感情弥笃，堪称千古以来兄弟友于的楷模。如今二人虽然都在京东，却因公务牵缠难得一见，这种思念的绵永，只有自己体会最深。由思念弟弟而引出思念故乡，这也是苏轼一生永远不能释怀的一个情结。他太爱他的弟弟，太爱他的家乡。然而思念归思念，不得已离开家乡的日子，不得已与弟弟两地相思的日子还要过下去，而且要过得好，过得有滋有味，因为只有这样，才能让弟弟心里更踏实，更欣慰。暂时撂开浓浓的情思与乡思，煮上一瓮新茶，让心更清，神更爽，才是真正意义上的"超然"。从这个意义上讲，此词的灵魂就是"休对故人思故国，且将新火试新茶"，所谓风细柳斜，春水春花，烟雨迷蒙，千家宁谧的景致，不过是作者情思的陪衬。

浣溪沙

簌簌衣巾落枣花①，村南村北响缫车②。牛衣古柳卖黄瓜③。　　酒困路长惟欲睡，日高人渴漫思茶④。敲门试问野人家。

【注释】　①簌簌衣巾落枣花：谓枣树上的花扑扑簌簌落在衣巾上。②缫（sāo）车：抽茧出丝的工具。③牛衣：本指供牛御寒的披盖物，如蓑衣之类。后亦指穷人穿的粗布之衣。黄瓜：又叫胡瓜，圆柱形，成熟后为黄绿色，可以当蔬菜吃。此处泛指黄色的瓜。④漫思茶：想随便喝些茶水解渴。

【评点】　这首词是作者任徐州知州时写的一组词中的第四首。这组词共五首，全称是"徐门石潭谢雨道上作"。神宗元丰元年（1078），苏轼在徐州知州任上。这一年徐州大旱，于是他带领僚属到石潭祷雨。此前他还写了一首《起伏龙行》，序文说："徐州城东二十里有石潭。父老云与泗水通，增损清浊，相应不差，时有河鱼出焉。元丰元年春旱，或云置虎头潭中可以致雷雨。用其说，作《起伏龙行》一首。"这首词则是祷雨返回时所作。

上阕以精练的语言描绘了一幅生动的农家生活写意图，枣花扑簌簌落在头巾上、衣服上，既有声音又有动感，构思之巧，堪称出奇。接下来两句，一句描写声音，一句描写人物。全村到处都响着缫车的声音，却看不见一个人影，这种"只闻其声不见其人"的描写，不但没有削弱劳作者的辛苦和勤劳，反而表现得更加传神。写人物只选取了一个卖瓜者为代表，看那古朴的衣着、闲散的姿态、所卖物品的单纯，令人感到仿佛回到了上古击壤的尧民时代。下阕写祷雨大事做完后松懈的情致：天又热，路又远，绷着的心弦一旦松弛下来，累也来了，渴也来了，困劲儿来得更狠。想想当时苏大知州的狼狈相，实在是既可敬又可爱，甚至有点儿可笑，把那个潇洒出尘而又敬业为民的苏大人描绘得活灵活现。

这组词写的都是徐州郊外农村的景物和人事，文字通俗清新，代表着苏轼另一种词风，且对后人影响也不小。南宋辛弃疾所作大量的农家词，明显受到了这组词的影响和启发，最典型的《清平乐》："茅檐低小，溪上青青草。醉里蛮音相媚好，白发谁家翁媪？　大儿锄豆溪东，中儿正织鸡笼。最喜小儿亡赖，溪头卧剥莲蓬。"其风格与本词几无二致。

永遇乐

彭城夜宿燕子楼梦盼盼因作此词①

明月如霜，好风如水，清景无限。曲港跳鱼②，圆荷泻露③。寂寞无人见。紞如三鼓④，铿然一叶⑤，黯黯梦云惊断⑥。夜茫茫，重寻无处，觉来小园行遍。

天涯倦客⑦，山中归路，望断故园心眼⑧。燕子楼空，佳人何在？空锁楼中燕。古今如梦，何曾梦觉⑨，但有旧欢新怨。异时对、黄楼夜景⑩，为余浩叹。

【注释】　①彭城：旧郡名，宋代为徐州。燕子楼：古楼阁名，故址在今江苏徐州。白居易《燕子楼诗序》："徐州故尚书（张建封）有爱妓曰盼盼，善歌舞，雅多风态。尚书既没，彭城有旧第，第中有小楼名燕子。盼盼念旧爱而不嫁，居是楼十余年。"②曲港：弯弯曲曲的水港。③圆荷泻露：圆圆的荷叶当中滚动着晶露般的水珠。④紞（dǎn）如：击鼓的声音。如，词后缀，无义。三鼓：报三更的鼓声。⑤铿（kēng）然：金石撞击的声音。此处指在极静的夜间，一叶落地，其响便如金石相击一般震响。⑥"黯黯"句：化用战国宋玉《高唐赋序》中楚顷襄王与巫山神女欢会的故事。此处指作者的梦境。⑦天涯倦客：浪迹天涯身心俱疲的人。此处是作者自指。⑧故园心眼：指作者因怀念故园而望眼欲穿。⑨梦觉（jué）：梦醒。⑩黄楼：苏轼元丰初年知徐州时建在城东门的楼阁。苏辙《栾城集》卷十七《黄楼赋并叙》:"熙宁十年秋七月乙丑,河决于澶渊,东流入巨野,北溢于济南,溢于泗。八月戊戌,水及彭城下,余兄子瞻适为彭城守。……乃请增筑徐城,相水之冲,以木堤捍之,水虽复至,不能以病徐也。故水既去,而民益亲。于是即城之东门为大楼焉,垩以黄土,曰:'土实胜水。'徐人相劝成之。"

【评点】　这首词作于神宗元丰元年(1078),当时作者任徐州知州。全词以唐代张建封与关盼盼的爱情故事为线索,且将这条线索贯穿始终,而作者真正的用心,却是通过对燕子楼的凭吊抒发自己的人生感慨。作者步入仕途后,一直走得坎坎坷坷,这使他颇感身心疲惫,于是产生了退隐归乡的念头。这种思想的基础是作者悟出了"人生如梦"的真谛:当年的张建封是何等辉煌,爱妾关盼盼又是何等痴情,真可谓"英雄美人",如今却早已化为一场春梦。美人曾经居住的楼阁上,不过栖息着几只燕子而已。如今自己是一州之长,也有黄楼建在城东,可谁知道自己化为泥土之后,会有谁面对此楼发出感慨?如果我们从积极的方面去理解当时作者的内心,可以说苏轼是个不以名利萦怀的旷达之士,但他毕竟是个凡人,他深深地懂得,自己并不比张建封高明,也依然有着"旧欢新怨",这种矛盾心情才是真实可信的,如果没有常人的感情,那苏轼就不成其为苏轼;而如果仅有常人的旧欢新怨,没有超越世俗的阔大胸怀,那苏轼同样也不成其为苏轼。"燕子楼空",一个"空"字,道出了一切尘俗恩怨到头来都化为虚空的道理,而这个"空"又没有脱离燕子楼这个基础,没有摆脱张、关二人缠绵恩爱的影子,因此这个"空"只是相对的空、宏观意义上的空,是从"旧欢新怨"中生发出来、浓缩之后的人生感悟。正如没有"有"就没有"无","无"是相对于"有"的道理相同。冯振《诗词杂话》说:"燕子楼空,佳人何在?空锁楼中燕。化实为虚,不着迹象。"也是在赞赏"空"字之妙。

南乡子

凉簟碧纱厨①，一枕清风昼睡余②。睡听晚衙无一事③，徐徐④，读尽床头几卷书。　　搔首赋归欤⑤，自觉功名懒更疏。若问使君才与术⑥，何如？占得人间一味愚。

【注释】　①凉簟（diàn）：坐卧铺垫用的竹席，即今之凉席。碧纱厨：薄纱制成的帐子。②昼睡余：睡到自然醒的午觉。③晚衙：傍晚的坐衙。古时地方官吏一天两次坐衙，称为早衙和晚衙。④徐徐：慢条斯理。⑤赋归欤：写"归欤"之诗赋。《论语·公冶长》："子在陈，曰：'归与，归与！'"后人常用此表示辞官归隐。⑥使君：汉代太守的别称。此处是作者自指。

【评点】　这首词作于担任徐州知州时，大约在神宗元丰元年（1078）。作者自从熙宁四年（1071）因质疑王安石变法被排挤出京担任杭州通判到如今，已在州郡游走了七八年，这使他越来越感到有志难伸，故而心生怅惘，没有悲愤，没有怨恨，更没有什么成就感，有的只是一个字：烦。整首词流露出的，都是这种情绪。

上阕四句，生动地刻画出作者的慵懒之态：州里事简人淳，竟使他这个州官感到无所事事，那就舒舒服服地睡个午觉，而且睡到自然醒，一直睡到晚衙时分，还赖在碧纱橱里不想起来，反正有属官招呼衙，有什么必要亲自坐衙？于是百无聊赖地翻开床头放着的几卷闲书看起来。下阕由自然状态进入思想层面，是前面四句的延续：正是由于这种无聊和懒散，使他感到还不如离开官场，去过田夫野老的逍遥日子来得痛快。反正我是个既无才也无术的无用之人，那就索性当个名副其实的愚夫，"让别人说去吧"。

江神子

恨别

天涯流落思无穷。既相逢,却匆匆。携手佳人①,和泪折残红②。为问东风余几许,春纵在,与谁同?

隋堤三月水溶溶③。背归鸿④,去吴中⑤。回首彭城,清泗与淮通⑥。寄我相思千点泪,流不到,楚江东⑦。

【注释】 ①佳人:美人。此处当指作者身边的美人朝云。②和泪:含着眼泪。残红:已经衰败的花。③隋堤:隋炀帝时沿通济渠、邗沟河岸修筑的御道,道旁种植杨柳,后人称之为隋堤。溶溶:水流丰沛之貌。④背归鸿:与北归大雁相背的方向。春季大雁从南方飞回北方,作者此时是从北方的徐州到南方的湖州赴任,故云"背归鸿"。⑤吴中:古代江苏、浙江一带称为吴越之地。湖州在今浙江北部,亦称吴中之地。⑥清泗与淮通:谓泗水与淮河相连。⑦楚江:此处指长江。湖州在长江以南,属江东之地。

【评点】 此词作于徐州任满调任湖州知州之前,时间在元丰二年(1079)三月。清人黄苏《蓼园词评》说,这首词写的是作者离开徐州前,"于彭城遇旧好,又别之而赴淮扬,临别赠言也。先从自己流落写起,言旧好遇于彭城,又匆匆折残红以泣别"。从全词的叙述来看,大约如此,只是不知这位"旧好"究竟是何人。

词的基调比较悲怆,开篇对"旧好"流落天涯的不幸直言道出,接着说自从与旧友相别后,无日不深深思念。苏轼是个非常好交朋友也非常重感情的人,大凡与他交往过的人,只要不是对方主动疏远他坑害他,他是绝不会把友情忘却的。然而这次的相逢很不是时候,他马上要离开徐州,甚至来不及与友人畅叙别情就要出发,故发出深深的遗憾:既相逢,却匆匆。为了聊表情意,他带上爱妾朝云,折下一枝暮春的残花赠给友人,感叹道:即便还有春色,也无法再与故人同游。下阕想到即将赴任的情景,他将沿着泗水进入淮中,到遥远的吴地去。不管多远,那融融春水都是相通的,暗喻自己的心与故人相通,随后笔锋一转,又说即便是相思的泪水有千滴万滴,也很难流到大江之东。用这样的比喻表达相思之情的绵远无尽,使人很容易体会到真真切切又无可奈何的情绪,比直言难割难舍更显隽永。

西江月

平山堂①

三过平山堂下②,半生弹指声中。十年不见老仙翁③,壁上龙蛇飞动④。　　欲吊文章太守⑤,仍歌杨柳春风⑥。休言万事转头空⑦,未转头时皆梦⑧。

【注释】　①平山堂:仁宗庆历八年(1044)欧阳修任扬州知州时所建,在今扬州蜀冈上。《大明一统志》卷十二:"平山堂在蜀冈上,宋庆历中郡守欧阳修建。江南诸山拱列檐下,因名平山。"②三过平山堂下:言作者曾三度经过扬州。第一次在熙宁四年(1071),作者出任杭州通判,路过此地;第二次在熙宁七年(1074)从杭州北赴密州,再次经过此地;元丰二年(1079)从徐州南赴湖州,第三次经过此地。③十年不见老仙翁:指不得与欧阳修相见已经十年。作者赴任杭州通判时,曾到颍州拜见过欧阳修,自那以后将近十年,再也没有见过。④壁上龙蛇飞动:指堂壁上还留有欧阳修的墨迹。龙蛇飞动,谓笔势遒劲。⑤文章太守:以文章著称的太守。此处指欧阳修,他曾担任过滁州、颍州等州的知州。欧阳修《朝中措》词中有"文章太守,挥毫万字,一饮千钟"

的名句。⑥杨柳春风：也是借用欧阳修《朝中措》中"手种堂前杨柳，别来几度春风"的成句。⑦万事转头空：言人死后万事皆空。白居易《自咏》诗："百年随手过，万事转头空。"⑧未转头时皆梦：谓人生在世就如一场大梦。

【评点】　关于此词的写作年代，孔凡礼《苏轼年谱》说作于神宗元丰七年（1084），清人王文诰《苏诗总案》认为当作于元丰二年（1079）赴湖州知州任途中。究竟哪种说法更符合史实呢？其实很简单，词中说"十年不见老仙翁"，已经框定得清清楚楚。苏轼熙宁四年（1071）出任杭州通判路过颍州，曾与苏辙一道拜见过欧阳修，次年欧阳修病故，也就是说，熙宁四年是苏轼最后一次见到欧阳修。后移十年，当是元丰三年（1080）。此词作于元丰二年而言"十年"，是取其约数而已，这种用法在古诗词中经常遇见。如果按照元丰七年，则不见欧公已经十四年，离十年之说太远了点，所以我认为此词作于元丰二年较近情理。

欧阳修之于苏轼，恩情非同一般。苏轼嘉祐二年（1057）参加进士考试，主考官就是欧阳修。其后苏轼又与欧阳修之子欧阳奕结为儿女亲家，苏轼的次子苏迨娶的就是欧阳奕的女儿（参见拙著《欧阳修集编年笺注》卷六十三《祭欧阳文忠公夫人文二首》之二笺注）。足见苏轼对欧阳修的情感是何等深厚。路过欧公曾经守土的扬州，登上欧公亲建的平山堂，寄以深情的缅怀，无疑是他必须要做的一件事。

上阕围绕自己三次来到平山堂游欧公故迹说起，前后已经十年，时光之速，宛如弹指，这是对人生易老的感慨。接下来说虽然十年没见欧公，堂壁上的墨迹却宛然如新，这又是对斯人不朽的赞美。下阕巧妙地利用欧阳修的旧作对逝者进行凭吊，再次强调了文章对于士子的重要性。末二句对白居易"万事转头空"的名句做了更深一步的诠解：人生不过是一场大梦，完全没必要患得患失，真正重要的不是当世的名利地位，而是"文章"。陈廷焯《白雨斋词话》卷六说："休言万事转头空，未转头时皆梦。追进一层，唤醒痴愚不少。"他所谓的"痴愚"是什么人呢？很显然是指那些汲汲于眼前名利的营营之徒。真正的君子，是不会把物欲当作人生追求目标的。

卷二　黄州

卜算子

黄州定惠院寓居作①

缺月挂疏桐，漏断人初静②。时见幽人独往来③？飘渺孤鸿影。　　惊起却回头，有恨无人省④。拣尽寒枝不肯栖，寂寞沙洲冷。

【注释】　①黄州：宋代州名，治所在今湖北黄冈。定惠院：故址在今黄冈东南。苏轼被贬为黄州团练副使时，曾在此院寓居。②漏断：夜漏中的滴水渐少，声音渐轻。指夜深时分。③幽人：《周易·履卦》："幽人贞吉。"原指幽囚的人。苏轼被谪居黄州，如同囚犯，故以幽人自况。④省（xǐng）：理解、了解。

【评点】　这首词作于神宗元丰三年（1080），当时苏轼四十五岁，由于与当政者意见不合，受到小人李定、舒亶等人的陷害，下御史台狱，即宋史上有名的"乌台诗案"。因不少大臣极力解救，他才免于死罪，被贬为黄州团练副使、不签书州事。作者刚到黄州时，心情极为苦闷，他在写给李赝的信中说："得罪以来，深自闭塞。扁舟草履，放浪山水间，与渔樵杂处，往往为醉人所推骂，自喜渐不为人识。"在政治上受到致命打击后，作者如惊魂未定的鸿鸟，只希望默默以求全，不为人所知，尤其是不要进入当权者的视线，生怕大祸再次降临。最能体现这种心情的，就是本词的末句："拣尽寒枝不肯栖，寂寞沙洲冷。"这既是他当时的实际处境，又是当时的真实心态。据说他的朋友陈慥见他在黄州过于凄苦，请他到武昌去住，他给陈慥回信说："又恐好事君子便加粉饰，云擅去安置所，而居于别路。传闻京师，非细事（小事）也。"他宁可规规矩矩地待在黄州这片冰冷的沙洲上，也不敢随意择木而栖。

词的上阕与下阕有个很明显的转换：上阕写孤居于定惠院，以"疏月梧桐"、"漏断人静"、"幽人独往来"等自然景致和个人行止表达孤独寂寞之态，恰如一只离群的鸿雁，这里从人到雁是一种比喻。下阕只言雁而不言人，虽然仍是一种比喻，实际主角的替代却悄悄地完成了。黄氏《蓼园词选》说："此东坡自写在黄州之寂寞耳，初从人说起，言如孤鸿之冷落，下专就鸿说，语语双关，格奇而语隽，斯为超诣神品。"正指出这种主角转换的巧妙构思。

从意境上说，此词可谓空灵之作，全词营造了一个十分静谧的场景，然而这种静谧中，却有一个孤独的生命在活动，这就是无声有恨的落雁。我们可以想见：在万籁俱寂的大自然中，作者的胸中却如江海翻腾，不可遏止。这种自然与人、动与静、无声与有声的交织，使全词达到相当高的艺术境界。据说友人黄庭坚见到此词后赞不绝口，说道："语言高妙，似非吃烟火食人语。非胸中有万卷书，笔下无一点尘俗气，孰能至此？"

关于这首词，还有个很传奇的故事。《古今词话》引《女红余志》载，惠州温氏的小女名叫超超，已经到了嫁人的年龄，却迟迟不肯出嫁。听说大学士苏轼贬到此地，兴奋地说："这不正是我该嫁的人吗？"于是每天都在苏轼窗外听他吟咏诗词，一旦苏轼有所觉察便马上跑开。后来苏轼闻知，寻思道："不如就把她说给王郎，成其夫妇。"可惜此事还没来得及办，他又被贬到海南儋州。等他回到内地时，温超超已经去世，埋葬在一片沙滩上。苏轼有感于超超的痴情，写下这首《卜算子》作为纪念。这个故事凄楚动人，即便是后人附会，也给人们留下了十分美好的回味。

满庭芳

元丰七年四月一日,余将去黄移汝①,留别雪堂邻里二三君子②。会李仲览自江东来别③,遂书以遗之。

归去来兮,吾归何处,万里家在岷峨④。百年强半⑤,来日苦无多。坐见黄州再闰⑥,儿童尽、楚语吴歌⑦。山中友⑧,鸡豚社酒⑨,相劝老东坡⑩。　　云何,当此去,人生底事⑪,来往如梭⑫。待闲看,秋风洛水清波⑬。好在堂前细柳⑭,应念我、莫翦柔柯⑮。仍传语、江南父老⑯,时与晒渔蓑⑰。

【注释】①去黄移汝:离开黄州到汝州赴任。苏轼元丰七年(1084)遇赦量移汝州,仍为团练副使。虽然还属于谪宦,毕竟由江滨小城转移到了内地大郡。汝州在今河南省汝州市。②雪堂邻里二三君子:在东坡雪堂与相交往的几位君子道别。③李仲览:杨绘的弟子李翔。当时杨绘在江西,闻苏轼将移汝州,命李翔假道筠州先看望苏辙,而后到黄州看望苏轼,转达他对苏氏兄弟的问候。④万里家在岷峨:即"家在万里之外的岷山峨眉之间"的倒装。苏轼是蜀中眉州人,所以这样说。⑤百年强半:古人称人生为百年。强半,过半。这一年苏轼四十九周岁。⑥坐见:分明见到。黄州再闰:在黄州已度过两个闰年。苏轼元丰二年初到黄州,三年即有闰九月。元丰六年有个闰六月,故称"再闰"。⑦儿童尽、楚语吴歌:这里的孩子们说的是吴楚话,唱的是吴楚歌。黄州旧属楚国,与吴国相邻,故称其地为吴楚之地。⑧山中友:黄州当地的友人。⑨鸡豚:鸡和猪。豚,小猪,也泛指猪。社酒:古人于春、秋两个社日祭祀土地之神,饮酒庆贺,称所备的酒为社酒。此处泛指农家的村酒。⑩相劝老东坡:黄州的友人们都劝他终老于东坡。意思是劝他不要离开黄州。⑪底事：唐宋时俗语，相当于今言"何事"。⑫来往如梭：此句连上句理解，意谓人生究竟为了什么，像穿梭一样整天到处奔忙。⑬洛水：古河流名，即今河南西部的洛河。此河流经苏轼将要赴任的汝州。⑭堂前细柳：指苏轼种在东坡雪堂前的柳树。⑮应念我、莫剪柔柯：看在我的面子上，请千万不要把它们柔细的枝条剪掉。柯，枝条。⑯仍传语、江南父老：这是作者对"邻里二三君子"说的话，意谓请你们这些父老。⑰时与晒渔蓑：经常替我晒一晒渔网和蓑衣。意思是说不定什么时候我还会回到这里。

【评点】　这是一首满含深情的道别词，正如小序中所说，作者即将离开生活了近五年的黄州，离开与他相伴了五年的朋友，又逢江西老友杨绘派人来看望，都令他感动至深。词的整体布局很有章法，即主要叙述与黄州旧友依依难舍的深情。作者把此词写给李仲览，更多表达的是感激之情，是把这篇文字作为礼品赠给李仲览的，这种感激，主要由小序承担，正文不再叙述。

上阕开篇即言到了归去的时候，可我又能归向何处呢？我的故乡是在蜀中啊。短短两句，把内心的矛盾和撞击都展现出来：在黄州待了五年，哪有一天不想离开？真到了要离开的时候，又突然感到十分茫然：即便离开黄州，也难回到故乡的土地，无非是由黄州换成汝州罢了。内心的凄凉和无奈、不知是该喜还是该悲的迷惘，透过简短的文字流露无遗。"坐见黄州再闰，儿童尽、楚语吴歌"两句，表露的仍旧是难以开解的矛盾和纠结：在黄州待了这么久，听孩子们唱歌听了这么久，能不深深地留恋吗？这种矛盾和纠结，其实今天的人们也都有类似的体会，比如在工作的城市、当兵的山乡待久了一旦要离开那里，谁能不充满依依之情？"鸡豚社酒，相劝老东坡"二句，以极朴素的语言表达出极朴素的感情，这些和苏轼朝朝暮暮相处在一起的当地友人，拿出他们认为最好的东西，极力挽留他不要离去。请注意，上阕这最后一句已经埋下伏笔，下阕还要把这条线牵出来呢。

下阕感慨人生况味，或者说是在探讨生命的意义：天下熙熙，天下攘攘，几乎所有人都在往来穿梭四处游走，究竟是为了什么呢？此处不再多言，内中的原因，还是留给读者去体会吧，我东坡居士可真的跑累了。朝廷不是命我到汝州去吗？那好，那我就安心待在那里，去闲看"秋风洛水清波"吧。最末二句把上阕埋下的伏线重新拽出,转而对二三君子发出至深至切的请求:话虽这么说,难得命运安排我在黄州生活了数年之久,我也在这里倾注了太多的情感和心血,央求诸位千万为我看护好亲手种下的稚柳,晒一晒曾经用过的渔网和蓑衣,说不定哪一天,我真的还会回来——这不正是对友人们劝他老于东坡的回应吗?由此可以体会出,整首词不论伸出几多触角,始终没有偏离"人间真情"四个字。

西江月

世事一场大梦,人生几度新凉。夜来风叶已鸣廊①,看取眉头鬓上。　　酒贱常愁客少②,月明多被云妨。中秋谁与共孤光③?把盏凄然北望。

【注释】　①鸣廊:谓秋风落叶的沙沙声已经在廊庑间响起。②酒贱常愁客少:谓身处僻壤,没有好酒,宾客也十分稀少。③孤光:月亮的清光。

【评点】　此词作于黄州。开篇直言世事如一场梦,不必看得太重;接着说人生十分短暂,一年一度的中秋对人生而言,不过几十个而已。这些看似达观的话语,恰恰道出了作者被朝廷闲置的苦闷:虽说世事如梦,毕竟希望多做些好梦少做些噩梦;时光本来不多,还要无休无止地虚掷在黄州这样的穷乡僻壤,怎能让人安之若素?接下来的两句,正是这种情绪的绝妙注脚:听听吧,秋风落叶声已经响在回廊之间,这个中秋又将过去,而自己的眉头依然紧锁,鬓发不知添了多少银霜。

下阕前两句把时间扩大到来黄州的整个过程:饮着苦涩的村酒,哪会有高朋满座的机会?月儿明时,却往往被阴云遮挡,这种孤独,这种惆怅,弥漫在黄州生活的全过程中。最后两句又把这种弥漫浓缩到今晚:好不容易盼到一个中秋佳节,举起酒杯时,却只有孤孤单单的一个人,就更显得孤独,心绪当然也更加惆怅和凄凉,唯一能做的,只剩下举杯遥祝北方的亲友佳节愉快了。

全词格调凄清婉转，令人觉得似乎不可能出于苏轼笔下。其实苏轼也是活生生的人，有着与常人相同的七情六欲，特别是他刚到黄州那段岁月，情绪的低沉与内心的惶恐，是没有类似经历的人难以体会到的，直到元丰四五年间，他才刻意调整内心的失衡，达到了相对宁静的境界，我们读他的前、后《赤壁赋》就能有所感触，而那些作品，均作于元丰五年（1082），即到黄州贬所已经过去两年多时。俗话说"人非圣贤孰能无过"，感情亦然：人非圣贤，孰能无情？那些把苏轼人格神化的评论，仅仅是后人的一厢情愿罢了。

定风波

春情

晚景落琼杯①，照眼云山翠作堆②。认得岷峨春雪浪③，初来，万顷蒲萄涨渌醅④。　暮雨暗阳台⑤，乱洒高楼湿粉腮⑥。一阵东风来卷地，吹回⑦，落照江天一半开⑧。

【注释】①琼杯：美玉制成的酒杯。②照眼：映入眼中。翠作堆：谓青翠的云山如同堆起一般。③岷峨：四川境内的岷山和峨眉山。春雪浪：指从岷山、峨眉山奔流的江水腾起巨浪，宛如雪堆翻滚。④蒲萄：葡萄酒。渌（lù）醅（pēi）：翠绿色的清酒。此句言如雪奔涌的万顷波涛都映在酒面般的江流之上。⑤阳台：宋玉《高唐赋》序："昔者先王尝游高唐，怠而昼寝，梦见一妇人，曰：'妾巫山之女也，为高唐之客，闻君游高唐，愿荐枕席。'王因幸之。去而辞曰：'妾在巫山之阳，高丘之岨，旦为朝云，暮为行雨，朝朝暮暮，阳台之下。'"后人遂以"阳台"指男女欢会之所。此处指爱妾朝云所居之处。⑥粉腮：女子娇嫩的香腮。⑦吹回：东风将雨吹回了原处，即雨停。⑧落照江天一半开：谓江上的天空一半已经放晴，露出了阳光。

【评点】 这首词作于黄州，时间大约在元丰三年（1080）暮春。作者本年年初来到黄州，已经四五个月，心情一直处在郁闷之中，这首《春情》，就是在这种心境下写成的。

由于黄州紧临长江，词的开篇便写此地的晚景：远处层层叠叠的山峦，都倒映在面前的酒杯之中，这种写法固然别致，反映出的却是作者此时心怀的纠结，他宁可把雄壮的山川无限地缩小，来表示内心的压抑，而这种压抑，又很自然地勾起了对家乡的思念，滚滚长江，都是从故乡蜀中流过来的呀。这就把谪居的黄州和故乡峨眉有机地联系起来。用流水表达思乡之情虽然不是苏轼的发明，但此词把谪宦和故乡巧妙地连在一起，更能凸显作者思乡之切和谪居之痛，具有震撼人心的力量。

下阕写暮雨给他带来的凄凉，却又没有直接抒怀，而是用挪移的手法，把暮雨吹打爱妾楼台，使爱妾香腮凌乱的不如意展现出来。苏轼到黄州，身边只带了一个朝云，其妻王闰之并没有来，所以雨水无情地吹打身边唯一的亲人，心境可想而知。最后两句写雨终于停住，天也逐渐放晴，暗示出作者渴望自己的处境能尽快转好，不过这种渴望显得那样地有气无力。看来这个"春意"并不那么美好，思乡、悯人，连同对前途的失望，使整首词的基调显得十分灰暗。这样的词在苏轼词集中是不多见的。

水龙吟

次韵章质夫杨花词①

似花还似非花②，也无人惜从教坠③。抛家傍路，思量却是，无情有思④。萦损柔肠⑤，困酣娇眼⑥，欲开还闭。梦随风万里，寻郎去处，又还被、莺呼起⑦。

不恨此花飞尽，恨西园、落红难缀⑧。晓来雨过，遗踪何在？一池萍碎⑨。春色三分，二分尘土，一分流水。细看来，不是杨花，点点是、离人泪。

【注释】　①次韵：依照别人的原韵写诗或填词。章质夫：章楶（jié），字质夫，建州浦城（今福建浦城）人，历官吏部郎中、同知枢密院事。他曾写过一首《水龙吟·杨花》。苏轼用他的原韵赋此词。②似花还似非花：看上去像花却又不是传统意义上的花。③从教坠：任凭它飘落坠地，无人理会。④无情有思：看似无情，却自有它的愁思。⑤萦：愁思萦回。柔肠：杨柳枝条柔细，故以为喻。⑥娇眼：古人常称初生的柳叶为眼。此处娇眼指柳叶。⑦"又还被"二句：唐金昌绪《春怨》诗："打起黄莺儿，莫教枝上啼。啼时惊妾梦，不得到辽西。"此处化用其意。⑧落红难缀：片片落花难以连缀成原来的花朵。⑨一池萍碎：古称池中浮萍为飞絮入池经宿所化，故称。

【评点】　章楶的《杨花词》说："燕忙莺懒花残，正堤上柳花飘坠。轻飞点画青林，谁道全无才思。闲趁游丝，静临深院，日长门闭。傍珠帘散漫，垂垂欲下，倚前被、风扶起。　兰帐玉人睡觉，怪春衣雪沾琼缀。绣床渐满，香球无数，才圆却碎。时见蜂儿，仰黏轻粉，鱼吞池水。望章台路杳，金鞍游荡，有盈盈泪。"

不难看出：章氏咏杨花并没有用什么比况，上阕说杨花漫天飞舞，飘飞在深院长门；下阕说深闺中的美人见到杨花，想到丈夫冶游于欢场，不免坠下盈盈粉泪。不能说不动情，但与苏轼的和词相比，后者明显地胜出一筹。看苏词的上阕：首句"似花还似非花"，表面上说杨花仅仅是一种飞絮，不是真正意义上的花，暗中却隐含深意：这些飞絮，与像"花"一样的闺中女子命运全同。清刘熙载《艺概》说："东坡《水龙吟》起句云：'似花还似非花。'此句可作全词评语，盖不离不即也。"从首句始，以下全部以拟人的手法写去。这无人怜惜的飞絮到处飘飞，抛家傍路，究竟是为什么呢？原来是"寻郎去处"。可惜这种不舍不弃的行径，竟无法惹起他人的注意，黄莺的鸣叫，轻易地把刚刚"傍路"的杨花又惊了起来。下阕更加缠绵悱恻，

"晓来雨过,遗踪何在?一池萍碎",这可怜的杨花哪里经得住狂风暴雨的袭击,它被刮进池塘,变成了一池碎萍。面对此景,作者点破主题,说这一池碎萍原本都是思妇辛酸的眼泪。郑文焯《手批东坡乐府》说:"煞拍画龙点睛,此亦词中一格。"意思是说这种拟人的手法直至最后才被点破,是填词的一种特殊风格。

此词虽然表面看来是咏物,实际上全在言情,作者只是借杨花的表象,来抒写被爱情遗忘的思妇凄苦不堪的情怀。杨花落在地上被人踏作尘土,落在水中被水浸成浮萍,这种为爱而生,为爱而死却始终没有得到真爱的飞絮,多么像被弃置在闲房、凄苦无依的孤身女子。不少人都认为苏轼的词都是"豪放"词,其实并不准确,比如这首词,写得细腻婉转,就属于很典型的婉约词。

满江红

寄鄂州朱使君寿昌①

江汉西来,高楼下、蒲萄深碧②。犹自带、岷峨雪浪③,锦江春色④。君是南山遗爱守⑤,我为剑外思归客⑥。对此间、风物岂无情,殷勤说。 《江表传》⑦,君休读。狂处士⑧,真堪惜。空洲对鹦鹉⑨,苇花萧瑟。不独笑书生争底事⑩,曹公黄祖俱飘忽⑪。愿使君、还赋谪仙诗⑫,追黄鹤。

【注释】 ①鄂州:宋代州名,属荆湖北路,治所在今湖北武昌。使君:汉代对郡太守的别称,宋人沿用指州郡里的知州知府。朱使君寿昌:鄂州知州朱寿昌,字康叔,扬州人。历任通判剑州、陕州、荆南府,知阆州、广德军,通判河中府,最后知鄂州,时年已六十多岁。《宋史》

有传。②蒲萄深碧：谓大江之水犹如葡萄美酒，显出深绿之色。③岷峨：四川境内的岷山和峨眉山。雪浪：谓江流激起的像雪堆一样的巨浪。④锦江：又名濯锦江，流经成都的一条河流，因用此江之水濯锦，色泽格外鲜丽，故名。此处代指蜀中成都。⑤南山：当是鄂州境内的山名，不详所在。遗爱守：谓朱寿昌是有遗爱的鄂州太守。遗爱，指官吏勤政爱民，留有惠爱，令人追思。《左传·昭公二十年》："及子产卒，仲尼闻之，出涕曰：'古之遗爱也。'"⑥剑外：剑门关外。苏轼是蜀中眉州人，属于出剑门而在外为官的人，故称。⑦《江表传》：西晋史书名，主要记录三国时东吴人物。此处代指记录三国历史的书籍。⑧狂处士：东汉末年的狂士祢衡，字正平。此人恃才傲物，狂放不羁，孔融把他推荐给曹操，不为曹操所容，于是又把他推荐给江夏太守黄祖，后为黄祖所杀。⑨鹦鹉：祢衡曾写过一篇《鹦鹉赋》，他死后埋在汉阳城西南的沙洲。人们为了纪念他，便称此洲为鹦鹉洲。⑩不独笑：不单单是讥笑。书生：指祢衡。争底事：究竟争的是什么。祢衡因负气而惨遭杀害，苏轼认为这样死掉很不值得。⑪曹公黄祖俱飘忽：意谓曹操和黄祖不也很早就死了吗。飘忽，转瞬即逝。⑫谪仙：唐代诗人李白。据说李白刚到长安，秘书监贺知章前去探望，李白把前不久写成的《蜀道难》拿给他看。贺知章边读边大加赞赏，诗没读完，大声称赞他为"谪仙人"。谪仙诗，指李白的《感兴》诗："西山玉童子，使我炼金骨。欲逐黄鹤飞，相呼向蓬阙。"

【评点】 黄州与鄂州隔江相望，所以苏轼刚到黄州，朱寿昌便与他有了交往，并派人给他送去两壶美酒。朱寿昌也是当时的名人，以孝行闻名天下，故二人甚为相得。有学者说苏轼结识朱寿昌是由于寓居在黄州的原鄂州殿直王天麟的介绍，是与事实不符的。苏轼文集中与朱寿昌往来的书信多达二十余封，第一封信是苏轼刚到黄州时朱寿昌写给他的。关于这一点，可以参考拙著《苏轼文集编年笺注》卷五九《与朱康叔二十一首》。细读此词，当是与朱寿昌交往很久以后的作品，时间大约在元丰四年至五年之间（1081—1082）。也有学者说此词作于刚到黄州之时，抒写的是苏轼"惊魂初定后之惆怅落寞与追寻"。殊不知苏轼刚到黄州时，很少对人直陈怨愤，他与朱寿昌仅仅是惺惺相惜的"邻居",并非旧人,初打交道,怎么可能如此放肆无忌?分析古人作品,不能离开当时的大背景,这是避免主观臆断的先决条件。

　　这首词以宏大的气象谈古论今、纵横捭阖,大有蔑视才俊、笑傲王侯之气。开篇四句写长江汹涌奔腾,与"卷起千堆雪"异曲同工,不过乡思是苏轼诗文永恒的主题,虽然此词主要是与鄂州知州朱寿昌倾谈,仍没有忘记灌注进浓浓的乡情,似乎看到大江就想起它的源头,就想起它是途经蜀中才流到这里的,而且除了"岷峨雪浪"之外,还肯定地说它带来了成都濯锦江那非同寻常的春色。经过这番铺叙后,才回到朱寿昌和自己身上:你我一江之隔,身份却截然不同,你是朝廷贤太守,我是被遗弃在对岸的思乡之客。面对佳景,当然有许多话要说,那就索性敞开心扉说个痛快吧。

　　下阕笔锋陡转,把江景乡情全然抛开,细论起人生三昧来。作者首先提出一个命题:读书人什么书都可以读,却不可去读三国文章,为什么呢?因为那段历史揭示的全是你争我夺,甚是连小小文士祢衡都不甘示弱,参与到王侯将相、刺史太守的争斗中来,实在是太无聊了。你祢衡能写出精彩绝伦的《鹦鹉赋》,那就应该去做文章陶冶自身,何必往残酷血腥的地方钻呢?因才恃气而无辜受戮,多不值得呀。作者站在更高层面上对此加以评说:祢衡究竟在争什么,没有人能说得清,甚至连他自己都糊里糊涂送了命。再怎么说祢衡也是个小人物,那些大人物又如何呢?曹操厉害,乱世奸雄,那又怎么样,还不是很快就成了一抔黄土?黄祖厉害,堂堂太守,那又怎么样,还不是和曹操一样,转瞬之间就下了黄泉?争的结果出来了:祢衡什么也没得到,曹操、黄祖同样什么也没得到,仅仅是为后人留下几则渔樵闲话罢了。在苏某看来,倒不如像李白那样放浪形骸,与世无争,活出个五彩斑斓的自己来。一切皆为虚无的思想在这首词里反映得十分充分,这与元丰五年(1082)写的《赤壁赋》可谓相得益彰。

定风波

重阳

与客携壶上翠微①,江涵秋影雁初飞②。尘世难逢开口笑,年少,菊花须插满头归。 酩酊但酬佳节了,云峤③,登临不用怨斜晖。古往今来谁不老?多少,牛山何必更沾衣④。

【注释】 ①携壶:带着酒壶。翠微:苍翠的山岭。②江涵秋影:江面上倒映着秋天的美景。③云峤(qiáo):高入云端的山岭。④牛山:山名,在今山东淄博。春秋时齐景公哀泣于此。《晏子春秋·谏上十七》:"景公游于牛山,北临其国城而流涕曰:'若何滂滂去此而死乎?'"后以"牛山泪"喻因人生短暂而悲叹。

【评点】 这是一首带游戏性质的小词,是把唐代杜牧《九日齐安登高》诗重新编排而成的作品,因此有人说苏轼在剽窃前人佳作。其实文人玩一把小诡谲,散一散心里的纠结,没什么大不了。人家又不是剽窃了当论文去参评院士,何必过于认真?再说凭着苏轼的才学,用得着去剽窃古人吗?要知道古往今来,只有那些本无才学又偏偏热衷功名做梦都想当人上人的卑微小人才行鼠窃狗偷之事,所以清人王士祯《花草蒙拾》说:"苏东坡之'与客携壶上翠微'……皆文人偶然游戏,非向樊川集中做贼。"杜牧的原诗是:"江涵秋影雁初飞,与客携壶上翠微。尘世难逢开口笑,菊花须插满头归。但将酩酊酬佳节,不用登临叹落晖。古往今来只如此,牛山何必泪沾衣。"此词作于元丰四年(1081),苏轼贬到黄州的第二个年头,逢到重九,因想起杜牧此诗恰好与自己此时的心境相合,于是稍加裁剪,演为小词,估计他写完此词后,也会暗自窃笑。

苏轼初来黄州时,心情甚为压抑,因为此前闯的祸太大了,若不是吴充、章惇等人极力相救，差点就被砍了头，可以想象，阎王殿里绕了一圈侥幸回到阳间的他，不可能不满怀惊惧，他曾给自己立下规矩，以后再也不胡言乱语，不再写什么诗呀词呀的，老老实实待着。可这种约束并没持续多久，又憋不住写起来了。此时他到黄州将近两年，心绪渐趋平静，对官场也不再抱什么希望，索性自得其乐。这首词最能表现他略带玩世不恭的轻松心情。

上阕没说几句正经话便开始装疯卖傻，大呼自己尚在"年少"，把野花插满头，兴致勃勃地回家。下阕摆出一副参透人生的架势，口称"古往今来谁不老"，那个牛山流泪的齐景公真真有趣，你哭上一鼻子就能长生不老了？人总是要死的嘛，既然哭没有用，何必不笑着迎接死亡呢？此时的苏轼或许真的想开了，他不再委屈自己，只要有机会乐他就找乐子，大不了就是个死嘛——元丰二年如果皇上听了王珪的话，今天早就没有苏轼了，那又怎么样？长江依旧流，野花依旧开，好人依旧好，坏人依旧坏。苏轼最可爱的一点，就是愁不过三天，烦不过两晚。老百姓把这种性格叫记吃不记打。如果反过来想，总记着挨打的那一刻，岂不要折磨自己一辈子了？

念奴娇

赤壁怀古[①]

大江东去，浪淘尽、千古风流人物。故垒西边[②]，人道是[③]、三国周郎赤壁[④]。乱石穿空，惊涛拍岸，卷起千堆雪[⑤]。江山如画，一时多少豪杰。　　遥想公瑾当年，小乔初嫁了[⑥]，雄姿英发。羽扇纶巾谈笑间[⑦]、樯橹灰飞烟灭[⑧]。故国神游[⑨]，多情应笑我，早生华发[⑩]。人生如梦，一尊还酹江月[⑪]。

【注释】 ①赤壁：古地名，此词所指是今湖北黄冈西部的赤壁矶，一名赤鼻矶。关于三国时期发生赤壁大战的遗迹究竟在何处，历来有多种不同的说法。清代著名地理学家顾祖禹《读史方舆纪要》卷七十六说："赤壁山，（嘉鱼）县西七十里。《元和志》：'山在蒲圻县西一百二十里。'时未置嘉鱼也。其北岸相对者为乌林，即周瑜焚曹操船处。《武昌志》：'操自江陵追备，至巴丘，遂至赤壁，遇周瑜兵，大败，取华容道归。'《图经》云：'赤壁，在嘉鱼县。苏轼指黄州赤鼻山为赤壁，误矣。时刘备据樊口，进兵逆操，遇于赤壁，则赤壁当在樊口之上。又赤壁初战，操军不利，引次江北，则赤壁当在江南也。操诗曰：西望夏口，东望武昌。此地是矣。今江汉间言赤壁者有五，汉阳、汉川、黄州、嘉鱼、江夏也。当以嘉鱼之赤壁为据。'"②故垒：当年孙权曹操大战后残存的工事遗迹。③人道是：听别人说是。宋胡仔《苕溪渔隐丛话》后集卷二十八载："东坡云：'黄州西山麓，斗入江中，石色如丹，传云曹公败处，所谓赤壁者。或曰非也，曹公败归由华容路，路多泥泞，使老弱先行践之而过，曰：刘备智过人，而见事迟，华容夹道皆葭苇，若使纵火，吾无遗类矣。今赤壁少西，对岸即华容镇，庶几是也。然岳州复有华容县，竟不知孰是。'"这里是不是当年赤壁大战的古战场，苏轼本人也不敢肯定，故而含糊其辞。④周郎赤壁：东吴周瑜大破曹操大军的赤壁古战场。周瑜字公瑾，汉献帝建安三年（198），他被孙策授予建威中郎将，时年二十四，军中呼之为"周郎"。⑤卷起千堆雪：喻波涛翻滚，激起的巨浪宛如千堆白雪。⑥小乔：东吴桥玄的小女儿。据《三国志·吴书·周瑜传》载，建安初年，周瑜跟随孙策进攻皖城，得桥公二女，都生得天姿国色。孙策自纳大乔，周瑜纳小乔。⑦羽扇：白羽制成的扇子。纶（guān）巾：古代用青色丝带做的头巾。一说是配有青色丝带的头巾。相传三国时诸葛亮在军中服用，所以又称为"诸葛巾"。⑧樯（qiáng）橹：通行的本子做"强虏"，很难讲通。宋人王楙《野客丛书》卷二十四载其曾亲眼见过苏轼的手迹，是"樯橹"而非"强虏"。樯为桅杆，橹为船桨。⑨故国神游：即神游于故国。故国，指古代吴、魏大战的故地。⑩华发：花白的头发。古代"花"和"华"是异体字。

⑪一尊:即"一樽"。樽,古代盛酒器,有圆形、方形数种。此处泛指酒器。酹(lèi):以酒浇地,表示祭奠。此处指作者将酒倾进大江之中,以表祭奠。

【评点】　这首词作于神宗元丰五年(1082),与名篇《赤壁赋》前后而作。

这是一首万人传诵的千古绝唱,开篇便是气势磅礴的"大江东去"四个字,把滚滚长江一泻千里的宏壮气象极为浓缩地概括出来,读之令人精神振奋,随后一句"浪淘尽、千古风流人物",更是把以长江为主线的江南江北群雄争逐的场景纵向地展现出来,真可谓风云变幻,一派沧桑。仅这两句,就不知使多少豪杰为之倾倒,多少文人为之慨叹。其宏观的把握,达到了无以复加的最高境界。宋俞文豹《吹剑录》里记载着这样一个故事:"东坡在玉堂,有幕士善讴,因问:'我词比柳词何如?'对曰:'柳郎中词,只好十七八女孩儿执红牙拍板,唱杨柳岸、晓风残月。学士词,须关西大汉,执铁板,唱大江东去。'"这个比况,形象地说明了这两句话极强的震撼效果。接下来的数句扣紧主题,具象地描写了眼下的赤壁古垒,经历了无数的沧桑岁月后,依旧是"乱石穿云惊涛拍岸"——江水没有穷尽,人们对古垒的瞻仰和缅怀也就没有穷尽。这美如画卷的江山,曾经出现过多少英雄豪杰。

下阕紧随上文,进入更具体的演绎和勾画:当年雄姿英发的东吴周郎,曾经在这里立下盖世奇功,那是多么令人感叹的场景;还有那手摇羽扇头戴纶巾的诸葛孔明,谈笑之间便令几十万曹军灰飞烟灭,那又是多么令人称绝的场景。此时的苏轼,已经完全沉浸在金戈铁马的群雄争霸当中了。人谁无少年?哪个少年没有建立奇功的宏大誓愿?可惜历史给人们提供的平台并不完全相同,比如此刻站立在赤壁矶头的苏某,也曾有过为国立功的豪情,也曾有过以古人为师的壮志,然而日复一日蹉跎至今,岂不是愧对这些英雄吗?末句用"人生如梦"结尾,表达出作者对无力建功立业的深深慨叹。

这首词的高妙之处在于用很少的文字表现出阔大的场面,仿佛把那场震惊华夏的大战全景展示无遗,在场景中立起的英雄形象,既高大又逼真,宛如就在读者眼前。这些英雄中或多或少也有作者自己的影子,起码是有作者对英雄们的崇仰之情。金代元好问《书赤壁赋后》说:"夏口之战,古今喜称道之。东坡《赤壁》词,殆戏以周郎自况也。词才百许字,而江山人物无复余韵,宜其为乐府绝唱。"郭沫若《读诗札记四则》说此词"在赤壁之战时也有小乔参加,出场人物有周瑜、小乔、诸葛亮,连东坡自己也加进去了,因为他在'神游'"。虽然说得诙谐,却非常准确,如此雄篇里如果没有好事的苏轼参加,连他自己都不会允许。

洞仙歌

余七岁时,见眉州老尼,姓朱,忘其名,年九十岁。自言尝随其师入蜀主孟昶宫中①。一日大热,蜀主与花蕊夫人夜纳凉摩诃池上②,作一词,朱具能记之。今四十年,朱已死久矣,人无知此词者。但记其首两句。暇日寻味,岂《洞仙歌令》乎?乃为足之云。

冰肌玉骨,自清凉无汗。水殿风来暗香满③。绣帘开,一点明月窥人,人未寝,欹枕钗横鬓乱。　起来携素手,庭户无声,时见疏星度河汉④。试问夜如何?夜已三更,金波淡⑤,玉绳低转⑥。但屈指、西风几时来,又不道流年⑦,暗中偷换。

【注释】　①蜀主孟昶(chǎng):五代时后蜀君主孟昶,公元934年至965年在位。宋太祖乾德三年(965)兵败降宋,不久病死于汴京。②花蕊夫人:孟昶的宠妃,姓徐,青城(今四川都江堰)人。孟昶封为慧妃。以其美艳,别号花蕊夫人。摩诃池:后蜀宣华苑内的池塘,始建于隋。孟昶即位后大加疏凿,又在其旁广筑亭榭,遂为皇家园囿。③水殿:水上的宫殿,指建在摩诃池中的宫室。暗香:池荷散发出的清香。④河汉:银河。⑤金波:月亮倒映在池水上的波光。⑥玉绳:星名,在北斗七星第五星（玉衡）的北面。玉绳低转，指夜色已深。⑦不道：不知不觉地。流年：易于流逝的年华。

【评点】 这首词是为补足蜀后主孟昶夏夜纳凉的残句而作。从作者的小序来看，颇有点游戏笔墨的味道，然读罢全词，还是能感受到作者是在感叹人生易老，时光易逝。

或许是囿于孟昶残句的限制，苏轼所续文字几乎全是描写宫廷生活的笔墨，然而自首至尾却没有富丽堂皇的渲染，词中连用"暗香"、"绣帘"、"明月"、"疏星"、"金波"、"玉绳"等空灵脱透的词语，把皇家的园林写得清丽出尘，读之令人感到心神飞越。上阕虽然不着一个"热"字，但是"人未寝"的原因还是天气炎热。由于天热睡不着，男主角才不得不起身，牵着美人的手到宫外纳凉。您看这"热"与"凉"之间的关系安排得多么巧妙。由热而盼凉，联想到春去夏来、夏去秋来，这日复一日的更替，不是悄然间就把人变老了吗？作者在描绘美丽夜色的同时，把这种"逝者如斯"的惋叹不露痕迹地嵌入其中，可谓情景交融。

定风波

三月三日①，沙湖道中遇雨②。雨具先去③，同行皆狼狈，余不觉。已而遂晴，故作此。

莫听穿林打叶声，何妨吟啸且徐行。竹杖芒鞋轻胜马④，谁怕？一蓑烟雨任平生⑤。　　料峭春风吹酒醒⑥，微冷，山头斜照却相迎。回首向来萧瑟处⑦，归去，也无风雨也无晴。

【注释】 ①三月：指神宗元丰五年（1082）的三月。此时苏轼仍在黄州贬所。②沙湖：湖泊名，在今湖北黄冈东南三十里。苏轼此次是到沙湖看地,是准备在那里筑屋归老。③雨具先去:防雨的用具先已放在家中,没有带来。④芒鞋:草鞋。轻胜马:走起路来比骑马还轻快。⑤一蓑烟雨任平生:意谓自己从来都是身披蓑衣,任凭风吹雨打,过着亲近自然的生活。⑥料峭:寒意尚浓。⑦萧瑟:下雨刮风的声音,代指风雨。

【评点】 这首词写作者去沙湖路上遭遇风雨的情景。从字面上看像是一幅田间写照,但我们不可忘了它的背景。此时苏轼贬居黄州已是第三个年头,他已经断绝了仕途之想,又身为羁臣,不可能返回家乡,所以打算在黄州沙湖躬耕垄亩,做个避世的田舍翁。

出行遇到风雨本是司空见惯的事,然而这阵风雨对作者来说,感受却大不相同。自然界的风风雨雨,如同人生经历的坎坷不幸道理相同,所以古往今来,人们总是形象地把人的一生称为"风雨人生"。这首词揭示的,正是这样一种人生哲理。

上阕开篇即写途中遇雨,作者的态度是"不怕",边吟啸边徐行,表现了作者不以仕途得失萦心的开阔胸怀,这也与此行的目的有直接的关系,要到沙湖买地卜居,本身就是想"一蓑烟雨任平生",如果连这点风雨都禁受不得,还算什么大丈夫?只要你对风雨采取处之泰然的态度,那么任何"风雨"都奈何你不得了。下阕写风雨过后,山头夕照重新出现,驱散了风雨给人带来的寒冷,再回过头去看那受风被雨之处,早已是"也无风雨也无晴"的清谧境界了。风雨总有停歇时,坎坷总有平坦时,人生的旅途也总有否极泰来的一天,只要你把"物"与"我"的规律摸透,即使暂时处于逆境,也大可不必怨天尤人,丧失对生活的憧憬和追求。

满庭芳

蜗角虚名①,蝇头微利,算来着甚干忙②。事皆前定,谁弱又谁强?且趁闲身未老,尽放我、些子疏狂③。百年里,浑教是醉④,三万六千场⑤。　　思量、能几许，忧愁风雨，一半相妨⑥。又何须，抵死说短论长⑦。幸对清风皓月，苔茵展⑧、云幕高张⑨。江南好⑩，千钟美酒⑪，一曲《满庭芳》。

【注释】 ①蜗角：蜗牛的触角，喻极其微小。②着甚：为了什么，有什么必要。干忙：空劳，瞎忙。③些子：一些，一点。疏狂：不受拘束的疏懒狂放。④浑教：全都是。⑤三万六千场：一年三百六十多天，就算活一百年，也不过三万六千场大醉而已。⑥一半相妨：谓忧愁和风雨有一半时间相侵而令人感到不舒服。⑦抵死：拼命地，不顾一切地。说短论长：论说何为正确何为错误。⑧苔茵展：成片的绿草青苔如同褥子一样展开在眼前。⑨云幕高张：白云像帷幕一样高高地张挂在天空。⑩江南：此处指作者谪居的黄州。⑪千钟：千杯。《孔丛子·儒服》："尧舜千钟，孔子百觚。"

【评点】 这首词用俗语写成，通俗易懂又不失雅趣。词作于作者被贬谪到黄州的第三年。在经历了政治上巨大的打击后，作者对仕途的险恶有了更清醒的认识，对功名利禄看得淡，甚至可有可无。这期间写的前、后《赤壁赋》等作品，都反映了他相同的人生态度。开篇二句"蜗角虚名，蝇头微利"，一语道破对人生的看法。古代大多数士子终生所汲汲者，不过是名与利两样东西而已，如果能站在更高的层面上看，所谓名利，得到了也不过如蜗角、蝇头那么点可怜东西，却引来无数人为之发狂，为之不顾一切，甚至不惜把性命都搭进去。其实人的一切都是命定的，说不清谁比谁强，谁比谁弱。一旦把名利看破与世无争，你会得到意想不到的收获，那就是不受任何羁绊的自然馈赠——唯江上之清风，与山间之明月，耳得之而为声，目遇之而成色，取之无尽，用之不竭，是造物者之无尽藏也。参透了这层奥妙，人一下子会变得豁然开朗，一身轻松，何乐而不为？

朝廷贬苏轼为黄州团练副使，后面还跟着一句"不签书州事"，也就是说，他名义上还是朝廷命官，实际上不允许他过问黄州的任何公事，这一年他四十五岁，所以词中称自己是"闲身未老"。趁着无官一身轻的壮年时期，何不尽享大自然的赐予，去过今朝有酒今朝醉、仰天大笑出门去的自在生活？人生百年，只要参与社会的竞争，至少会有一半的时光是郁闷忧愤的，这不是自寻烦恼又是什么？放开功名，蔑视利禄，得乐且乐，得醉且醉，反倒什么烦恼都没有了。不就是百年一瞬嘛，怎么过得舒坦就怎么过，才是真正的聪明人嘛。喝喝小酒，唱唱歌曲，幕天席地，放浪形骸，活出个自我来，不强似为了毫无意义的是是非非争短论长？

历来多有学者对此词剖析论述，大多都称这个阶段的苏轼是老庄思想占了上风，看破了红尘。其实就苏轼的性格而言，这种所谓的"看破"并不是真正意义上的生命转折，仅仅是用来调节生存状态为自己开的药方罢了。道理很简单，如果他真参透了人生，以后节节高升一直做到礼部尚书的那个苏轼就不可能出现了。如果我们一定要给此时的苏轼做个阶段性结论的话，只有三个字：想得开。为这三个字做个注解，只有一句话：别钻牛角尖。仅此而已。既然"事皆前定"，你非要想不开，非要钻牛角尖，谁还能救得了你？

哨　遍

陶渊明赋《归去来》，有其词而无其声①。余治东坡，筑雪堂于上，人俱笑其陋，独鄱阳董毅夫过而悦之②，有卜邻之意③。乃取《归去来辞》，稍加概括，使就声律④，以遗毅夫⑤，使家僮歌之。时相从于东坡⑥，释耒而和之⑦，扣牛角而为之节⑧，不亦乐乎？

为米折腰⑨，因酒弃家⑩，口体交相累⑪。归去来，谁不遣君归？觉从前皆非今是⑫。露未晞⑬。征夫指予归路⑭，门前笑语喧童稚⑮。嗟旧菊都荒，新松暗老⑯，吾年今已如此，但小窗容膝闭柴扉⑰。策杖看孤云暮鸿飞。云出无心，鸟倦知还⑱，本非有意⑲。　噫，归去来兮！我今忘我兼忘世⑳。亲戚无浪语㉑，琴书中有真味②。步翠麓崎岖,泛溪窈窕㉓,涓涓暗谷流春水㉔。观草木欣荣㉕,幽人自感㉖,吾生行且休矣㉗。念寓形宇内复几时㉘,不自觉皇皇欲何之㉙。委吾心㉚、去留谁计㉛?神仙知在何处,富贵非吾志㉜。但知临水登山啸咏㉝,自引壶觞自醉。此生天命更何疑?且乘流、遇坎还止㉞。

【注释】 ①有其词而无其声:指陶渊明写的《归去来兮辞》只有文字,没有宫调,无法吟唱。②鄱阳:今江西省鄱阳市。此处指董逸夫的籍贯。董毅夫:名钺。同治《饶州府志》卷二十:"董钺字毅夫,德兴人,治平二年进士。遇事刚果,耿介不群。自奉清约,家无儋石之储,所积惟图书满箧而已。"过而悦之:指董钺路过黄州,见到东坡雪堂,十分赞赏。董钺沿长江南下途经黄州是因过失而贬官。《全宋文》卷一八三一董钺小传说他熙宁中任夔州路转运判官。"元丰三年,韩存宝率军讨泸州夷,徙钺为梓州路转运副使,随军筹办军需。次年,存宝以畏懦不进伏诛,钺亦坐除名"。③卜邻:选择邻居。此处指董钺也打算在雪堂旁修建屋舍,与苏轼为邻。④使就声律:使新作符合声律的要求。这样就可以吟唱了。⑤遗(wèi):赠送。⑥相于东坡:指董钺与苏轼在东坡雪堂新居交游。⑦释耒而和之:谓董钺放下耕具而与唱此曲的童子相赓和。⑧扣牛角而为之节:击打牛角作为节拍。⑨为米折腰:陶渊明不肯为五斗米折腰,愤而辞官。此处反用其意,指为了一点利益而忍受屈辱。⑩因酒弃家:因贪饮而不顾家室。梁萧统《陶渊明传》载,陶渊明曾命人将县令所拥有的三百亩公田全部种上可以酿酒的秫米,他有了酒,却没有顾及家人的食饮。⑪口体交相累:嘴巴和身体都受到牵累。意思是说因为不愿折腰向乡里小儿,连种秫米的官田都被收回了,只能回乡去当农夫。⑫觉从前皆非今是:认识到从前的所为都是错的,只有今天的选择才是对的。《归去来兮辞》:"实迷途其未远,觉今是而昨非。"⑬露未晞(xī):露水没干。《诗经·秦风·蒹葭》:"蒹葭萋萋,白露未晞。"毛亨传:"晞,干也。"⑭征夫指予归路:远行之人为我指点回家的路。征夫,远行在外的人。⑮门前笑语喧童稚:意谓回到家门前,孩子们正在笑语喧哗。⑯旧菊都荒,新松暗老:反用《归去来兮辞》中"三径就荒、松菊犹存"之语,谓连尚存的旧菊花和松树都已荒芜掉了。意思是说自己的境况还不如当年的陶渊明。⑰小窗容膝闭柴扉(fēi):狭小的窗前仅能容膝,柴门也总是关闭着。柴扉,柴门。⑱云出无心,鸟倦知还:化用《归去来兮辞》中"云无心以出岫,鸟倦飞而知还"两句。⑲本非有意:意谓造成如今这般境况,绝非是有意为之。此句言自己落到这步田地完全是出乎意料的,和当年的陶渊明主动归去还不一样。⑳忘我兼忘世:忘掉自己的功名前程,同时把世俗也全部忘掉。㉑浪语:妄加议论的流言蜚语。㉒琴书中有真味:弹琴读书中才能领悟人生的真谛。㉓泛溪:沿着小溪前行。窈窕:形容溪水细小弯环的样子。㉔涓涓暗谷流春水:即"暗谷涓涓流春水"的倒装。暗谷,幽深的山谷。㉕欣荣:生长茂盛,欣欣向荣。㉖幽人:幽隐之人,隐居之士。《周易·履卦》:"幽人贞吉。"孔颖达疏:"幽人贞吉者,既无险难,故在幽隐之人守正得吉。"此处是作者自指。㉗吾生行且休矣:我的生命即将走到头了。㉘寓形宇内复几时:寄身于天地之中还能有几时。㉙皇皇:即"惶惶",匆忙,仓促。欲何之:将到何处。㉚委吾心:安放我的心。㉛去留谁计:人生的存在与离去,谁能预计得出来。㉜富贵非吾志:追求富贵并不是我的人生目标。《论语·述而》:"不义而富且贵,于我如浮云。"㉝啸咏:歌咏。苏轼《与张朝请书》之三:"新春海上啸咏之余,有足乐者。"㉞且乘流、遇坎还止:遇坎而止,乘流则行。喻依据环境的逆顺确定自身的进退行止。《汉书·贾谊传》:"乘流则逝,得坎则止。"颜师古注:"《易》坎为险,遇险难而止也。谓夷易则仕,险难则隐也。"

【评点】 元丰五年(1082)春,董钺自梓州路转运副使贬官东下,途经黄州,与苏轼在一起过了不短的时间。两个人的身份都是谪宦,而且都认为是被冤枉了的谪宦,当然也就有了共同的语言。此时东坡雪堂刚刚建好不久,在这座只有谪宦才居住的简陋房舍里,两人的感触也大致相同。这阶段苏轼的心境已由惊恐悲愤渐渐转入平静达观,所以以陶渊明《归去来兮辞》为基础,写成了这首词,一是申明自己的人生态度,二是为新贬除名的董钺做些开解,希望他不要为逆境所摧折,人生无论走到怎样的境地,都要调节自我，使自己达观起来。

　　将前人的作品加以檃栝，变成一篇全新的作品，既保留原作的基本思想和情感，又在此基础上加入新的感悟，这类作品在古典诗词中为数极少，所以这首词自古以来便受到评论家的肯定和赞许，如宋末张炎在《词源》下卷说："东坡词……清丽舒徐，高出人表。《哨遍》一曲，檃栝《归去来辞》，更是精妙，周（邦彦）、秦（观）诸人所不能到。"清人李佳《左庵词话》卷下说："东坡《哨遍》词，运化《归去来辞》，非有大力量不能，此类后人不易学，亦不必学。强为之，万不能好。"抛开艺术方面的高下，单就苏轼选择陶渊明这首《归去来兮辞》进行"改编"，就足以看出作者对陶渊明人生选择的高度赞赏。在苏轼浩瀚的文学作品中，景仰陶渊明的作品非常之多，只要他的人生之路处在逆境时，很自然就会想到以陶令作为衡量自身行止的标尺，说明作者的人生态度与陶渊明的确存在着很强的趋同性，即人们常说的"物以类聚，人以群分"。不仅如此，在遇到境遇相似的朋友时，他同样很自然地会以陶渊明为榜样去开解他们。

　　这首词充满"世路如今已惯，此心到处悠然"的意味，以往那些对官场黑暗的惊惧和憎恶，在这里淡化成了似有似无的影像，不再占据他思想的主流，而"归去"则成了他对人生取舍的主要目标，成为他追求和向往的更高境界。从中我们可以悟出：人生在世，面对"不如意事常八九"的冷酷现实，唯一能够平复内心、避免陷入俗世纠纷的办法，就是避开和归去，如果一味纠结在"理"的漩涡里，就永远不可能摆脱世俗，到头来折磨的却是自己。

临江仙

夜归临皋[①]

　　夜饮东坡醒复醉[②]，归来仿佛三更[③]。家童鼻息已雷鸣[④]，敲门都不应，倚杖听江声。　　长恨此身非我有，何时忘却营营⑤?夜阑风静縠纹平⑥,小舟从此逝,江海寄余生。

【注释】 ①临皋(gāo):黄州临长江的一个地方,作者贬居黄州时所建的居室就在这里。②东坡:苏轼谪居黄州的第三年,在州东坡地上建了一座东坡雪堂,其号"东坡居士"即由此而得。③仿佛:大约。④鼻息已雷鸣:呼噜打得震天地响。⑤营营:辛苦忙碌的追求。《庄子·庚桑楚》:"无使汝思虑营营。"⑥縠(hú)纹:绉纱似的皱纹。喻水上细细的波纹。

【评点】 这首小词写得很直白,没有一句含蓄的话,却有着震撼人心灵的力量,大概是作者所抒发的感情带有普遍性,所以能与很多读者产生共鸣。在封建时代中,绝大多数正直的士子或多或少、或早或晚都会有倦于俗世纷争的出世情怀。作者虽然是位襟怀旷达的士子,但接连不断的贬斥和精神上的折磨仍使他倍感委屈,倍感心力交瘁,所以他渴望弃绝世俗的羁绊,寻求一个真正的自我。在那个时代里,要想做到这一点,唯一的途径就是离开名利场,去到"江海寄余生"。

作者很注意气氛的营造,开篇写在东坡雪堂"醒复醉",把自己因极度苦闷而不顾死活的饮酒之态刻画得生动传神,此后的所有思想活动,便都是在"醉"态之中产生的了。其实他并没有真醉(据说苏轼很喜欢喝酒,但酒量却十分有限),正相反,这点酒似乎把他的思想浇得更冷静了些。人生就是这么有趣:正常状态下,人们往往罩着一层虚伪的面纱,恰恰是在酒后,才肯把内心深处的真情实感赤裸裸地吐露出来。看下阕这些愿望,我们绝不会认为这是酒后的疯话,而是一首迫切需要寻求真我的狂想曲。作者在营造了"醉酒"的气氛后,又特地描写"家童鼻息已雷鸣",以至敲碎了门他都听不见。这种描述不仅具有浓厚的生活情趣,更重要的是体现出作者与家童之间的重大思想差距:为官宦者身非我有,倒不如无知的家童,不会因宦海浮沉而苦恼得睡不着觉,于是产生了"何时忘却营营"的感慨。这也正如蒙尘的天子落难之后,感叹自己没有田舍翁那样潇洒道理相同。

定风波

重九涵辉楼呈徐君猷①

霜降水痕收②,浅碧鳞鳞露远洲③。酒力渐消风力软,飕飕,破帽多情却恋头④。　佳节若为酬⑤,但把清樽断送秋⑥。万事到头都是梦,休休⑦,明日黄花蝶也愁。

【注释】　①涵辉楼:黄州楼名,在州西南。据作者《与王定国书》之十二载,苏轼作此词当在栖霞楼:"重九登栖霞楼,望君凄然,歌《千秋岁》,满坐识与不识,皆怀君。遂作一词云:'霜降水痕收。浅碧鳞鳞欲见洲。酒力渐消风力软,飕飕。破帽多情却恋头。　佳节若为酬。但把清樽断送秋。万事回头都是梦,休休。明日黄花蝶也愁。'"徐君猷:名大受,是苏轼到黄州后继陈轼后的第二任知州,与苏轼交往甚笃。元丰六年(1083)卒于离开黄州南下途中。《挥麈后录》卷七:"徐君猷,阳翟人,韩康公婿也。知黄州日,东坡先生谪谪于郡,君猷周旋之不遗余力。其后君猷死于黄,东坡作祭文、挽词甚哀。"②霜降水痕收:霜降后江面不再波涛汹涌,渐渐平静下来。③浅碧鳞鳞:浅绿色的波光。露远洲:由于水面下降,远处的洲渚显露出来。④恋头:言帽子没有被风吹落。这里反用晋代孟嘉风吹帽落的典故以自嘲。《晋书·孟嘉传》:"(孟嘉)为征西桓温参军,温甚重之。九月九日,温燕龙山,寮佐毕集。时佐吏并著戎服,有风至,吹嘉帽堕落,嘉不之觉。温使左右勿言,欲观其举止。嘉良久如厕,温令取还之,命孙盛作文嘲嘉,著嘉坐处。嘉还见,即答之,其文甚美,四座嗟叹。"⑤若为酬:拿什么作为酬谢。⑥但把清樽断送秋:只能开怀畅饮过此金秋。清樽,美酒。断送,度过。⑦休休:宋元俗语,相当于今言"算了吧"。

【评点】　苏轼到黄州后的知州名叫陈轼,不久归乡,接替他职务的就是徐大受。直到元丰六年(1083)任满南行,苏轼与他交往了三年,每年的重九,他都要与徐大受一起过节饮酒。徐知州明知苏轼是个应当被监视的谪宦,但几年如一日对苏轼格外关照,所以苏轼与他的感情可想而知。

　　这首词情绪虽然不高,但用语潇洒,一气呵成,大有看破红尘的气势。上阕前三句描绘当时景致,随后用调侃的语气写自己的情状:虽然风还在刮,一顶"破帽"却像粘在头上一样没有落下。为什么说这句话带有自嘲意味呢?你看人家孟嘉,风吹落帽,依旧才思泉涌,四座惊叹;想我老苏,帽子虽然赖在头上,人却被闲置在小小江城,哪一点能和孟嘉相比?请您注意,苏轼特地强调这顶帽子是"破"的,其暗示自己为无用之才相当传神。这种写法得到古今很多人的赞誉,如清人张宗橚《词林纪事》引《三山老人语录》说:"从来九月用落帽事,东坡独云'破帽多情却恋头',语为奇特。"沈际飞《草堂诗余正集》评此句称其"醒目",陈廷焯《词则》则说此语是"翻用落帽事,极疏狂之趣"。

　　下阕前两句大发狂态:像我这样的谪宦得到徐知州款待,拿什么酬答呢?唯一能做到的便是不辞痛饮,一醉方休——这是表示承情的最佳方式。随后借酒发声:什么功名利禄,什么荣华富贵,到头来都不过是一场梦,有什么必要萦心挂怀?末句的疏狂达到最高点,言一切皆空,我又有什么必要像蜜蜂一样面对黄花而哀愁呢?宋人洪迈在《容斋随笔》卷七中称此语"机杼一新,前无古人,于是为至",可谓真得其妙。

江神子

　　陶渊明以正月五日游斜川①,临流班坐②,顾瞻南阜③,爱曾城之独秀④,乃作《游斜川诗》⑤,至今使人想见其处。元丰壬戌之春⑥,余躬耕于东坡⑦,筑雪堂居之⑧。南挹四望亭之后丘⑨，西控北山之微泉⑩，慨然而叹，此亦斜川之游也。

梦中了了醉中醒⑪。只渊明，是前生⑫。走遍人间，依旧却躬耕⑬。昨夜东坡春雨足，乌鹊喜，报新晴⑭。

雪堂西畔暗泉鸣。北山倾，小溪横。南望亭丘，孤秀耸曾城⑮。都是斜川当日境⑯，吾老矣，寄余龄⑰。

【注释】　①斜川：晋代地名，在今江西星子县与都昌县交界之处。②班坐：依次而坐。③顾瞻：眺望。南阜：南面的山峦。④曾城：即"层城"。陶渊明《游斜川》诗逯钦立注："传说是昆仑山最高级，这里指障山。山在庐山北，彭蠡泽西，一名江南岭，又名天子障。"⑤《游斜川诗》："辛丑正月五日，天气澄和，风物闲美。与二三邻曲，同游斜川。临长流，望曾城，鲂鲤跃鳞于将夕，水鸥乘和以翻飞。彼南阜者，名实旧矣，不复乃为嗟叹。若夫曾城，傍无依接，独秀中皋，遥想灵山，有爱嘉名。欣对不足，率尔赋诗。悲日月之遂往，悼吾年之不留。各疏年纪乡里，以记其时日。开岁倏五日，吾生行归休。念之动中怀，及辰为兹游。气和天惟澄，班坐依远流；弱湍驰文鲂，闲谷矫鸣鸥。迥泽散游目，缅然睇曾丘。虽微九重秀，顾瞻无匹俦。提壶接宾侣，引满更献酬。未知从今去，当复如此不？中觞纵遥情，忘彼千载忧。且极今朝乐，明日非所求。"⑥元丰壬戌：神宗元丰五年（1082）。是苏轼来到黄州的第三年。⑦躬耕：亲自耕种。东坡：苏轼耕种之处，在黄州城东。⑧筑雪堂居之：苏轼在这里建了一座雪堂，并居住在这里。其《雪堂记》云："苏子得废圃于东坡之胁，筑而垣之，作堂焉，号其正曰'雪堂'。堂以大雪中为之，因绘雪于四壁之间，无容隙也。起居偃仰，环顾睥睨，无非雪者。苏子居之，真得其所居者也。"⑨挹（yì）：以瓢舀取。此处为控扼之意。四望亭：又名高寒楼，在黄州城东龙王山高处，与东坡雪堂相距不远。登临此亭，可以周览黄州全城。⑩北山：黄州北面的诸山。微泉：小股的泉水。⑪梦中了了醉中醒：做梦时很明白，饮醉时很清醒

⑫只渊明,是前生:意谓陶渊明就是自己的前身。⑬走遍人间,依旧却躬耕:经历了人间的风风雨雨,如今又回到了躬耕田亩的状态。⑭新晴:春雨饱满之后的晴天。⑮南望亭丘,孤秀耸曾城:南望四望亭和东坡冈阜,那座四望亭秀美挺拔,屹立在高山之上。⑯都是斜川当日境:眼前这些景致与陶渊明《游斜川》描写的十分相似。⑰余龄:余生。苏轼当时认为很难在政治上翻身,所以打算在此终老。

【评点】 这首词作于元丰五年(1082)东坡雪堂建成后不久。苏轼在黄州的五年多,以东坡雪堂的建成为界,可以分为两个阶段,元丰三年(1080)初来黄州时,他像刚从鬼门关逃回阳界,充满了恐惧、悲愤和灰懒,那也是他最难熬的一段日子。两年多后,他的心境慢慢平静下来,对人生、对现实有了更加客观、更加深入的思考,用现在的话说,很多大道理他都想通了,于是心境平和了很多,这种变化在《赤壁赋》《后赤壁赋》里反映得尤其充分。此词的基调能让人明显感觉到,爱恨情仇的情绪消失殆尽,随之而来的是恬淡和释然。这种被动的恬淡和释然,让他很自然地想起陶渊明,那个不愿为五斗米折腰的男子汉,面对贫穷,面对"种豆南山下,草盛豆苗稀"的躬耕生活,不是过得也很惬意吗?我苏轼怎么就不能以他为榜样呢?

话虽如此说,毕竟苏轼是"被动恬淡"、"被动释然",所以上阕前几句难免还带有无可奈何的遗憾,称"梦中了了醉中醒":这个怪异的人世,一切都得颠倒过来看,似乎只能在梦境中才能明白,只有在喝醉时才能清醒。嗨,算了吧,苏某人也不去追究什么正误是非了,就按照陶渊明的生活轨迹去生活吧。"只渊明、是前生,走遍人间,依旧却躬耕"二句,干脆把陶渊明当成了自己的前世。随后用乌鹊报喜、春雨丰沛的外景,衬托此时满足于田夫野老生活的心情。你说他是欣悦?前面发了那么多牢骚,甚至搬出陶渊明自况,他是真的欣悦吗?你说他是忧愤?他听着鸟叫,享受着春雨丰足后的新晴,又有什么理由忧愤呢?其实这首词的妙处正在这里——什么叫欣悦,什么叫忧愤,有谁说得清楚?

下阕继续着这种"欣悦":雪堂西面传出泉水叮咚之声,北面诸山像倾倒一样令人目眩,仿佛到了昆仑仙境,一条小溪横在诸山之间,清幽宁静,岂是喧嚣的官场所能比拟?最末一句直书"吾老矣,寄余龄",反映出他于心不甘的矛盾心理。既然称道雪堂之美,称道陶渊明生活的惬意,又何必发出如此浩叹?归根结底又回到上面所说的矛盾心理上了:他的欣悦,他的释然都是很不彻底的,都属于"被欣悦"、"被释然",他还没真正达到陶渊明的境界。其实古今读书人都一样,他们本能地希望积极参与社会的变革,然而遭到沉重打击后,往往会自欺欺人地高喊:"我算把官场看透了!"一旦重新获得可以继续在官场中驰骋的机会,什么都能忘掉,又会大喊"致君尧舜上"了。你说陶渊明真的把人世都看透了吗?我不信,他临终时曾在儿子面前深表歉意,说他一时兴起脱离了官场,才使得儿子们失去了本应拥有的优裕生活,希望儿子们不要因此怪他。如果他真的看破红尘,绝不会有这样的感慨,这或许就是人性。

浣溪沙

游蕲水清泉寺①。寺临兰溪②,溪水西流。

山下兰芽短浸溪③,松间沙路净无泥。萧萧春雨子规啼④。　谁道人生无再少⑤,门前流水尚能西。休将白发唱黄鸡⑥。

【注释】　①蕲水:河流名,也是县名,在今湖北浠水,这条河后亦改为浠水。清泉寺:在蕲水县东,为蕲水著名古迹。②兰溪:河流名,即蕲水的旧称。③山下:指蕲水县境内的凤栖山,也在蕲水县以东。据《黄州府志》载,此山生长着繁茂的兰花。兰芽短浸溪:谓不少兰花的嫩芽浸在溪水里。④子规:又名杜鹃鸟,相传为蜀帝杜宇精魂所化。⑤谁道人生无再少(shào):谁说人生不可能重归年少。⑥白发:老年人。黄鸡:黄色羽毛的鸡。白居易《醉歌·示伎人商玲珑》诗:"谁道使君不解歌,听唱黄鸡与白日。黄鸡催晓丑时鸣,白日催年酉前没。腰间红绶系未稳,镜里朱颜看已失。玲珑玲珑奈老何,使君歌了汝更歌。"白发唱黄鸡,意谓老者不要唱令人更加衰老的歌曲。

【评点】　这首词作于元丰五年(1082),苏轼已度过了初到黄州那段充满恐惧和悲愤的日子,变得潇洒淡定了。不过此时他害了病,听说蕲水麻桥有位神医名叫庞安常,于是亲自到那里求医,这首词就是那次到蕲水时写的。整首词没有一点哀伤色彩,充满乐观积极的情绪,他坚信不但自己的病能医好,身体还会回到更健壮的状态。您想,如果他不是把满腹委屈都遣散了,把愤懑都排解了,怎么可能如此昂扬自信?

词虽字数无多,铺排却很有章法,上阕专写蕲水的景致,山下的兰花嫩芽倒在清清的溪水中,松林间的沙路干净得一点尘泥都没有,蒙蒙春雨之中,子规在哀声啼鸣。这些景致的共同点是清爽明净,满含着春天醉人的娇美,用语直白不加修饰,更显出朴素自然的韵致。下阕三句只欲说明一个问题:人只要能保持健康的心态和热爱生命的追求,什么奇迹都可能发生,甚至越活越年轻都不是神话。你看东流的溪水,竟在清泉寺下拐了个弯,变成了向西流淌,这合于常规吗?既然本该向东的溪水可以折转向西,人怎么就不可能由趋向年老转而走向年轻呢?话语看似朴实,实则狡黠,作者其实是把没有可比性的两种现象进行了对比。好在文学作品不根究自然规律,所以任凭他信口雌黄就是了。透过这些不合逻辑的话语,我们感到的是作者对生命的珍视,他相信人能创造奇迹,能让很多看似不可能的事变成可能。陈廷焯《白雨斋词话》卷六说:"东坡《浣溪纱》云:'谁道人生无再少,门前流水尚能西。休将白发唱黄鸡。'愈悲郁,愈豪放,愈忠厚,令我神往。"一首小词能令千年之后的人为之"神往",说明它一定是重重地拨动了人的心弦。

念奴娇

中秋

凭高眺远①,见长空万里,云无留迹。桂魄飞来光射处②,冷浸一天秋碧③。玉宇琼楼④,乘鸾来去⑤,人在清凉国⑥。江山如画,望中烟树历历⑦。　　我醉拍手狂歌,举杯邀月,对影成三客⑧。起舞徘徊风露下,今夕不知何夕⑨。便欲乘风,翻然归去,何用骑鹏翼?水晶宫里⑩,一声吹断横笛⑪。

【注释】　①凭高眺远:登临高处向远处眺望。②桂魄:月亮。俗说月亮上有桂树,故称。③冷浸一天秋碧:月光射下的凉气浸润着漫天碧透的秋色。④玉宇琼楼:月亮中的华丽宫阙。⑤乘鸾来去:指月宫中的仙人们乘鸾而行。鸾,传说中凤凰一类的神鸟。⑥清凉国:此处指月亮。谓仙人们都在永远清凉的天国。⑦烟树:笼罩着烟霭的树林。历历:清晰可见。崔颢《黄鹤楼》诗:"晴川历历汉阳树,芳草萋萋鹦鹉洲。"⑧举杯邀月,对影成三客:化用李白《月下独酌》诗"举杯邀明月,对影成三人"成句。⑨今夕不知何夕:化用古《越人歌》"今夕何夕兮,搴洲中流"之句,意谓彻底陶醉而完全忘情。⑩水晶宫:以水晶装饰的宫殿。此处指月宫。⑪一声吹断横笛:化用徐铉《又和太常萧少卿近郊马上偶吟》诗"横笛乍随轻吹断,归帆疑与远山齐"的成句。意谓在水晶宫里,可以任情肆意。

【评点】　这是一首充满浪漫情怀的长调,与他在密州写的《水调歌头·明月几时有》相比,更加深沉也更加丰富,同时又能通过多处重复《水调歌头》成句看出两词之间密不可分的联系,这种联系当然不仅仅是词语的联系,更重要的是思想、情感以及对人生感悟的同源和升华,以及更加大气磅礴的造势,大有指点江山、捭阖寰宇的不可一世。若说豪放词,这一首当之无愧应该排在苏词的前列。杨慎就曾说过:"东坡中秋词,《水调歌头》第一,此词第二。"绝非浪语。

开篇四字点出自我的存在,在干什么?在什么地方?告诉你,苏某站在高处放眼四望。这就自然而然地介入到自然景致当中了。长空万里,云无留迹,多么浩渺的天空,多么宏阔的宇宙,而这一切尽在我的眼中胸中,你说我的胸怀有多宽阔?再看那一轮皎月,射向人间的清光,使天地之间尽皆寒凉之气,没有尽头,没有边界,一切都在它笼罩之下,又是何等气魄?由月光自然联想到月宫,想那月宫仙子乘鸾往来于清凉世界,何等逍遥,何等自在。随后目光下移,由虚空降到地面,放眼看去,江山如画,美不胜收,那一眼望不到边的树林上空,飘动着霭霭烟云,看似仙界却近在面前。写到这里,天、地、人完成了完美的统一,人在天地之间,天地在人眼里心里,你中有我我中有你,渐成混沌一片。

然而人毕竟是万物之灵,所谓天和地,是因为人的思考才得以存在,没有人赋予它们精神和色彩,它们什么都不是。基于万物之中人为最灵的现实,下阕重新回到眼前的人,而且是灵动热烈的人:我已尽享寰宇之浩渺,陶然进入了无比自由的境界。于是乎拍手狂歌,举杯邀月,对影成三,翩翩起舞,徘徊于风露之中,完全不必知道今夕是何夕,今年是何年,因为在这样的宇宙空间里,时间成了毫无用处毫无价值毫无意义的赘物,此刻最需要的是趁着这番惬意乘风归去,到水晶宫里纵情吹奏,直到把横笛吹断,才算达到存在的极致。

西江月

顷在黄州,春夜行蕲水中过酒家饮①。酒醉,乘月至一溪桥上,解鞍曲肱醉卧少休②。及觉,已晓。乱山葱茏，流水锵然③，疑非尘世也。书此语桥柱上。

　　照野瀰瀰浅浪④，横空暧暧微霄⑤。障泥未解玉骢骄⑥，我欲醉眠芳草。　　可惜一溪明月⑦，莫教踏破琼瑶⑧。解鞍欹枕绿杨桥⑨，杜宇一声春晓⑩。

【注释】　①蕲水：宋县名，即今湖北的浠水县。②曲肱（gōng）：弯着胳膊。少休：稍事休息。③锵（qiāng）然：形容金宝珠玉等撞击声的清脆。此处指流水叮咚作响，如珠玉碰撞般悦耳。④照野：月光照着旷野。瀰（mǐ）瀰：水涨满的样子。《诗经·邶风·新台》："新台有沘，河水瀰瀰。"⑤暧（ài）暧：昏昧不明之貌。《楚辞·离骚》："时暧暧其将罢兮。"王逸注："暧暧，昏昧貌。"微霄：稀薄的云气。此处化用陶渊明《时运》诗"宇暧微霄"之意。⑥障泥：垂于马腹两侧用于遮挡尘土的用具。李白《紫骝马》诗："临流不肯渡，似惜锦障泥。"玉骢（cōng）骄：指马匹矫健英武。骢，青白色相杂的马。亦泛指骏马。⑦一溪明月：谓月光倒映在平静的长溪水面。⑧莫教踏破琼瑶：不要让马把溪面上如琼瑶般美丽的月光踏碎。琼瑶，美玉。此处指倒映的"一溪明月"。⑨欹（qī）枕：斜靠在枕上。⑩杜宇：杜鹃鸟。《成都记》载：杜宇又曰杜主，自天而降，称望帝，好稼穑。后望帝死，其魂化为鸟，名杜鹃。

【评点】　这首词作于元丰五年（1082）春，当时作者在黄州贬所已经度过了两年多，不再以仕途得失为意，渐渐习惯了乡野平民的生活，用他自己的话说，就是冲决了束缚，焕发了野性。此词就写得活泼健朗，让人看到了一个内心丰富、热爱生命和自然的苏轼。

　　上阕开篇写景，虽然读起来平朴，仍能体会到作者在描写时是颇费了些思索的：浪是"浅"的，霄是"微"的。这两个词不但显示出自然的静谧，更反映出作者对自然美景轻怜痛惜般的呵护和宠爱，此时的他，已经把自己和自然完全融合在了一起，而且是非常平等的彼此。这种"呵护"和"宠爱"在下阕前两句表现得更加充分，说自己酒醒之后完全可以上马前行，然而眼看着一溪天赐的琼瑶，竟不忍心将它破坏，让它忍受支离破碎的苦痛，宁可委屈自己再睡一会儿，直到一声杜鹃啼叫。在这里，作者扮演的仿佛是个爱护孩子的母亲，一切稍稍惊动孩子的举动都有意放轻甚至停止，这种温馨，反映出的是作者深沉的爱心，他爱自然，因为他本来就是自然中的一分子，享受着自然给予的深爱。此词乍看起来大有豪士的放旷，越读就越能感觉到作者内心的细腻，这才是真正的苏轼，一个既能装下天下宇宙，又能从细微中体会天下宇宙神奇的智者。

水调歌头

快哉亭作①

落日绣帘卷，亭下水连空。知君为我，新作窗户湿青红②。长记平山堂上③，欹枕江南烟雨④，渺渺没孤鸿⑤。认得醉翁语，山色有无中⑥。　　一千顷，都镜净⑦，倒碧峰⑧。忽然浪起，掀舞一叶白头翁⑨。堪笑兰台公子⑩，未解庄生天籁⑪，刚道有雌雄⑫。一点浩然气⑬，千里快哉风⑭。

【注释】　①快哉亭：黄州滨江的亭子。元丰六年（1083），张怀民因事贬到黄州，与苏轼相识，并有交往。著名的《记承天寺夜游》，就是作者记到承天寺寻找张怀民的文字。元丰六年夏，张怀民在城南修建小亭，苏轼命名为"快哉亭"，并请弟弟苏辙写了一篇《黄州快哉亭记》，文中说："清河张君梦得谪居齐安，即其庐之西南为亭，以览观江流之胜，而余兄子瞻名之曰'快哉'。盖亭之所见，南北百里，东西一舍。涛澜汹涌，风云开阖。昼则舟楫出没于其前，夜则鱼龙悲啸于其下，变化倏忽，动心骇目，不可久视。今乃得玩之几席之上，举目而足。西望武昌诸山，冈陵起伏，草木行列，烟消日出，渔夫樵父之舍皆可指数。

此其所以为'快哉'者也。……今张君不以谪为患，窃会计之余功，而自放山水之间，此其中宜有以过人者。将蓬户瓮牖无所不快，而况乎濯长江之清流，揖西山之白云，穷耳目之胜以自适也哉？不然，连山绝壑，长林古木，振之以清风，照之以明月，此皆骚人思士之所以悲伤憔悴而不能胜者，乌睹其为快也哉？"②新作窗户湿青红：谓张怀民特地为苏轼开了一扇窗户，以便开窗即能望见烟霭之间的青山红日。③平山堂：欧阳修建在扬州蜀冈的堂。④欹（qī）枕：斜靠在枕头上。⑤渺渺没孤鸿：孤单的鸿雁在烟波中时隐时现。渺渺，缥缈。⑥认得醉翁语，山色有无中：记得欧阳公曾有句诗，用了"山色有无中"这样的话。欧阳修《朝中措·送刘仲原甫出守维扬》词："平山阑槛倚晴空。山色有无中。"言远山景色若隐若现。⑦一千顷，都镜净：意谓千顷长江，都像镜面一样洁净。⑧倒碧峰：碧绿的山峰倒映在江面之上。⑨掀舞一叶白头翁：指浪涛将一叶小舟掀了起来。白头翁，指摇船的白发老者。⑩兰台公子：指战国时楚国人宋玉。《文选》宋玉《风赋》："楚襄王游于兰台之宫，宋玉景差侍。"后遂以兰台公子为宋玉的代称。⑪未解庄生天籁：不理解庄子所说的天籁。《庄子·齐物论》："女闻人籁而未闻地籁，女闻地籁而未闻天籁夫！"天籁，指的是自然界的声响，如风声、鸟声、流水声等。⑫刚道：坚持要说。有雌雄：风分为雄风和雌风。《风赋》中说大王之风为雄风，庶人之风为雌风。⑬浩然气：正大豪迈之气。《孟子·公孙丑》上："（孟子）曰：'我知言，我善养吾浩然之气。''敢问何谓浩然之气？'曰：'难言也。其为气也，至大至刚，以直养而无害，则塞于天地之间。'"⑭快哉风：宋玉《风赋》："有风飒然而至，王乃披襟而当之曰：'快哉此风！寡人所与庶人共者邪？'"

【评点】　这首词作于元丰六年（1083），此时张怀民贬到黄州，由于有相同的政治遭遇，所以苏轼很快和他成了朋友。张怀民在城南寓居之地修建了一间小亭，开窗即可见到长江景色，苏轼为它取名为快哉亭，写下此词。如果把全词拆开来分析，上阕可以称为无人的景物描写，下阕则上升到人的精神层面，道出了人的精神力量完全可以应对自然，应对社会。

上阕起手是对江山秀美的描绘：斜靠在亭上放眼四望，水天相接，青天红日，孤鸿隐显，烟霭迷蒙，不禁令作者想起欧阳修的诗句"山色有无中"，烟霭之中，这里的青山不是和欧公描写的景致完全相同吗？下阕继续写景，不过烟霭已经散去，成了"上下天光一碧万顷"的壮阔场景，原本平静的江面上突然卷起层层波浪，把江中的一条小舟连同船上的白发老翁腾空掀起。结果怎么样呢？作者没说，似乎也用不着说，因为那老翁早已练就了在惊涛骇浪中履险如夷的大本事。由浪过渡到风，是很自然的事，"无风不起浪"嘛。有了风浪，才有了老翁这个动态的影像过渡到"快哉"的基础，于是风变成了下面议论的主题：宋玉这家伙，硬说风分为雌雄，大王之风叫雄风，庶民之风叫雌风，真是太无知了。他根本不懂庄子所说的天籁是什么概念，那是来自纯自然界的声音和响动，是不受任何人为因素控制和左右的，既然如此，所谓大王之风、庶民之风就失去了区分的依据。既然天籁才是充满宇宙的正气，那个所谓的"大王"又怎能突破天籁的界限？从这个意义上说，人间原本就没有贵贱之分，有的只是自然人以什么态度去应对来自外界的问题，任何人只要胸中有浩然之气，面对世界感受到的，都是一吹千里的快哉之风。王水照先生说："苏轼否定'大王''庶人'的贵贱界限，强调'浩然正气'的崇高地位，正是他的思想境界高出宋玉的地方。"（《苏轼》）细细想来，当年的宋玉未必傻到连风都分出个雌雄的地步，他或是在逢迎楚王，或是在揶揄楚王。然而不管他出于何种动机说那些傻话，都给后人留下了把柄——苏轼不就是抓住了他的把柄吗？有一点我们必须顾及：当年的宋玉是面对国君说话，此时的苏轼则是面对谪宦而发议论，这样想来，宋玉被批显然有些冤枉，而苏轼借此申明自己的高远见识，更显出他的放旷无羁和把自然看得至高无上、把个人情操看得至高无上的阔大胸怀，这才是此词的精髓所在。

鹧鸪天

林断山明竹隐墙①,乱蝉衰草小池塘。翻空白鸟时时见,照水红蕖细细香②。　　村舍外,古城旁。杖藜徐步转斜阳③。殷勤昨夜三更雨④,又得浮生一日凉⑤。

【注释】　①林断山明竹隐墙:树林到了尽头,山色显得清晰明朗,竹丛依在院落的墙外。②红蕖(qú):红色的莲花。蕖,芙蕖,荷花的别称。细细香:清香。③杖藜(lí):拄着藜杖。用藜的老茎做的手杖叫藜杖。转斜阳:在斜阳下行走。④殷勤:及时。⑤浮生:人生。古人以为人生短促如浮沤,转瞬即灭,故称浮生。《庄子·刻意》:"其生若浮,其死若休。"

【评点】　这是一首格调舒朗的小词,字字洋溢着旷达之情。上阕以欣赏的态度描绘清新明快的景色:树林、远山、竹丛、乱蝉、衰草、池塘、白鸟、红蕖,有远有近,有盛有衰、有白有红、有动有静,把一座夏日小城的郊野讲得有声有色,格外娇美。下阕把自身置于其中,一个踽踽独行的老者拄着拐杖,漫步在村舍之外、古城墙边,头上是渐渐西下的太阳,身边是雨后惬意的清凉。所有这一切,都用来衬托作者遗落世俗的超然之情,似乎在说,这位老者有了这些就足够了,人不过是寄于天地间的小小微尘,又何必与无聊的世俗争短论长,说出个所以然来?如果竹丛说:我凭什么要寄生在土墙之外?如果衰草说:上天凭什么让我先衰?谁会给它们答案?即便有了答案,能有丝毫的改变吗?人其实也一样,今天如红蕖艳丽照人,明天如衰草垂垂待毙,重要的是过好艳丽照人的那些日子,自身美而且能愉悦他人,真到了像草一样衰败的地步也无须遗憾,毕竟你也曾芳草青青过嘛。难道今日的红蕖就没有花飞花谢的那一天?

词的最后一句历来被很多人用为警语,说明此语蕴含了深刻的人生哲理:上天眷顾黎民赤子,降下了一场甘霖,为人们祛除一天之久的炎热,那就要尽情享受难得的清凉,至于明天是否依旧炎热,那是老天的事,你根本无法左右。

这首词与唐人李涉《题鹤林寺壁》"终日错错碎梦间,忽闻春尽强登山。因过竹院逢僧话,偷得浮生半日闲"相比,既有同工之处,又有超越之处。李涉写诗是想让自己从烦闷失意中解脱出来,到一个幽雅脱俗的地方去。苏轼的词则在时空上大大突破了所有束缚,把自身置于幕天席地之间,因此更具震撼力,更能令读者感到畅快淋漓。

浣溪沙

自适[1]

倾盖相逢胜白头[2],故山空复梦松楸[3]。此心安处是菟裘[4]。 卖剑买牛吾欲老[5],乞浆得酒更何求[6]?愿为同社宴春秋[7]。

【注释】 ①自适:自求适意。②倾盖:两车上的伞盖相倾碰到一起。倾盖相逢胜白头,意思是偶然相逢的新知往往胜过自小交往到白头的故人。《史记·鲁仲连邹阳列传》:"白头如新,倾盖如故。何则?知与不知也。"③故山:故乡的山,家山。松楸(qiū):古人往往在墓地种植松树和楸树,故以"松楸"代指坟墓。苏轼的母亲于仁宗嘉祐二年(1057)四月卒于故里;夫人王弗于英宗治平二年(1065)卒于汴京;父亲苏洵治平三年(1066)四月卒于汴京。当年,苏轼护送父亲和夫人的灵柩回到蜀中眉山安葬。④菟(tù)裘:古地名,在今山东省泗水县。《左传·隐公十一年》:"羽父请杀桓公,以求大宰。公曰:'为其少故也,吾将授之矣。'使营菟裘,吾将老焉。"后因以称告老退隐的地方。此句意谓被贬到黄州后,本已打算在这里终老。⑤卖剑买牛:把士子随身之剑卖掉去购买耕牛。典出《汉书·龚遂传》:"民有带持刀剑者,使卖剑买牛，卖刀买犊。"此句也是在说打算在黄州终老余生。⑥乞浆得酒：向人求浆水却得到了美酒，谓所得超过所求。⑦愿同社宴春秋：意谓愿意与这里的新知友人们饮宴以度时光。此句化用唐韩愈《南溪始泛》诗："愿为同社人，鸡豚燕春秋。"社，古代地区单位名，方六里为社。顾炎武《日知录·社》："社之名起于古之国社、里社，故古人以乡为社。……《管子》'方六里名之曰社'是也。"此处指的是作者所在的黄州。作者贬到黄州后，与知州徐君猷、当地秀才潘大临、郎中庞安常、隐士方山子等皆为好友。所谓同社，即指这些新交的朋友，即所谓"倾盖相逢胜白头"者。

【评点】　此词或作于元丰七年（1084）。苏轼自元丰三年（1080）初贬到黄州，直到元丰七年三月才得到朝廷的赦免，授予他检校水部员外郎，量移汝州团练副使，这首小词正是作者得到赦书后与黄州友人相会时所作。量移汝州表面上看是离开了黄州，实际的政治地位并没有太大的变化，依然是被"安置"的对象，所以作者并没有太多的惊喜，正相反，他觉得与其到另一个地方去当团练副使，还不如就待在黄州，有那么多当地的朋友可以交往。词中表达了对黄州朋友们的深深的眷恋，上阕开篇便用了"倾盖相逢胜白头"这样满含深情的词语，为全词定了基调。可以体会出，在这个基调中，还满含了作者本人的人生追求：有这么多情真意挚的友人在身边，即使是在这里安家，也是十分惬意的选择。正因为如此，在得到朝廷命他离开黄州移居汝州的当口，他的情感升华到了更高的高度，对倾盖相交的友人们依依不舍，甚至宁可"愿为同社宴春秋"。

也有学者认为此词是苏轼元丰八年（1085）回到常州时作。苏轼的确有过想在常州终老的打算，但在常州，他并没有几个值得依靠的"同社"，所以我认为，此词作于即将离开黄州时比较符合事实。

南歌子

见说东园好①,能消北客愁②。虽非吾土且登楼③。行尽江南南岸、此淹留④。　　短日明枫缬⑤,清霜暗菊球⑥。流年回首付东流。凭仗挽回潘鬓、莫教秋⑦。

【注释】　①东园:宋代真州(今江苏仪征)的园林之一。仁宗皇祐中,施正臣、许元为江淮发运使,马遵为江淮发运判官,将原来的真州监军营改造成园林,很快成为士大夫及百姓游览之所,称为东园。欧阳修《真州东园记》说:"龙图阁直学士施君正臣、侍御史许君子春之为使也,得监察御史里行马君仲涂为其判官。三人者,乐其相得之欢,而因其暇日,得州之监军废营以作东园,而日往游焉。岁秋八月,子春以其职事走京师,图其所谓东园者来以示予,曰:'园之广百亩,而流水横其前,清池浸其右,高台起其北。台,吾望以拂云之亭;池,吾俯以澄虚之阁;水,吾泛以画舫之舟。敞其中以为清燕之堂,辟其后以为射宾之圃。芙蕖芰荷之的历,幽兰白芷之芬芳,与夫佳花美木列植而交阴,此前日之苍烟白露而荆棘也。高薨巨桷,水光日景动摇而下上,其宽闲深靓,可以答远响而生清风,此前日之颓垣断堑而荒墟也。嘉时令节,州人士女啸歌而管弦。'"②能消北客愁:东园的美景能够暂时消解北行迁客的烦愁。北客,作者自指。③虽非吾土且登楼:虽然不是我管辖之处,也要登临楼阁。④淹留:逗留。⑤短日明枫缬(xié):白昼渐短的秋天,明丽的枫叶宛如织锦。缬,染有彩文的丝织品。⑥清霜暗菊球:清冷的秋霜使菊花团成了球,颜色也变得暗淡。⑦凭仗:手扶拄杖。挽回潘鬓、莫教秋:挽住华发,不使头发继续变白。晋代潘岳《秋兴赋》序:"余春秋三十有二,始见二毛。"后遂以"潘鬓"代指中年发白。

【评点】　这首词作于元丰七年(1084)初秋,苏轼自黄州东行路过真州,在此地逗留数日,并与当时知州袁陟有所交往,此词就是应袁陟之邀到东园游赏而作的"实录"。全词的基调就是一个字:"愁"。故而上阕开篇便用了东园能令自己暂时消解愁闷的句子,说明如果没有游赏东园这件事,愁是一直没断的。果然,接下来的句子印证了这种情绪:我从黄州东行了数百里,也只在真州逗留,为的就是一游东园,暂消烦闷。这种描写隐含着对知州袁陟的感激之情,还包含着对恩师欧阳修的怀念。为什么这么说?因为东园是欧阳修写过记文的名园,来此游赏,仿佛又听到了欧公的声音,见到了欧公的笔墨。这层意思,历来评论者几乎都没有提到,而这的确是非常重要的一层深意。

下阕写秋日之景,作者抓住最有代表性的两种事物,一是枫叶红遍,二是秋菊暗淡,准确而生动地把东园的萧瑟表现了出来。正因为有了这些铺垫,才有了对人生苦短的感慨:物犹如此,人何以堪?真想挽住潘鬓,不让华发继续变白。古代诗词中,感慨沈腰潘鬓的作品可谓众多,严格说苏轼在这个年龄发此感慨,属于极正常的情感活动,如果没有上一句"流年回首付东流"作为"眼",就不值得称道了。恰恰是这一句,使原本平淡的"潘鬓"之叹有了依托:作者并不是单纯地感喟光阴易逝,强调的是光阴本来就很容易消逝,自己的前半生又是在蹉跎无聊中虚度过去的,岂不是更令他伤感备至?

满庭芳

余谪居黄州五年,将赴临汝①,作《满庭芳》一篇别黄人。既至南都②,蒙恩放归阳羡③,复作一篇。

归去来兮,清溪无底,上有千仞嵯峨④。画楼东畔,天远夕阳多。老去君恩未报⑤,空回首、弹铗悲歌⑥。船头转,长风万里,归马驻平坡⑦。　　无何⑧。何处有,银潢尽处⑨,天女停梭⑩。问何事人间,久戏风波⑪。顾谓同来稚子⑫,应烂汝、腰下长柯⑬。青衫破,群仙笑我,千缕挂烟蓑⑭。

【注释】 ①将赴临汝:即将到汝州去做团练副使。临汝,北宋汝州的郡名。《宋史·地理志》一:"汝州,辅,临汝郡,陆海军节度。本防御州。"②既至南都:到了南都应天府以后。北宋的应天府为陪都,称南京,又称南都。苏轼到这里,是打算探望对苏家有恩的前执政张方平。③蒙恩:得到朝廷的恩惠。放归阳羡:放他自便,可以回常州居住。阳羡,今江苏宜兴的旧称。北宋时常州辖晋陵、武进、宜兴、无锡四县,苏轼曾购买的田产即在宜兴,故称"放归阳羡"。④嵯(cuó)峨:山势高峻之貌。此句言宜兴家产临青溪,对青山,景致甚美。⑤君恩未报:没能为朝廷做出大的贡献。⑥弹铗(jiá)悲歌:手弹剑柄,唱着悲歌。《战国策·齐策》四:"齐人有冯谖者,贫乏不能自存,使人属孟尝君,愿寄食门下。孟尝君曰:'客何好?'曰:'客无好也。'曰:'客何能?'曰:'客无能也。'孟尝君笑而受之曰:'诺。'左右以君贱之也,食以草具。居有顷,倚柱弹其剑,歌曰:'长铗归来乎!食无鱼。'左右以告。孟尝君曰:'食之,比门下之客。'居有顷,复弹其铗,歌曰:'长铗归来乎!出无车。'左右皆笑之,以告。孟尝君曰:'为之驾,比门下之车客。'于是乘其车,揭其剑,过其友曰:'孟尝君客我。'后有顷,复弹其剑铗,歌曰:'长铗归来乎!无以为家。'左右皆恶之,以为贪而不知足。孟尝君闻:'冯公有亲乎?'对曰:'有老母。'孟尝君使人给其食用,无使乏。于是冯谖不复歌。"⑦归马:回归常州的坐骑。⑧无何:无何有之乡。此处是作者幻想着宜兴所居之地静如仙界。⑨银潢(huáng):银河。⑩天女停梭:织女停下了梭子。⑪何事人间,久戏风波:何必要在人间俗世里长久地忍受宦海风波。⑫顾谓同来稚子:望着一同来的小儿子苏过说。⑬应烂汝、腰下长柯:南朝梁任昉《述异记》卷上载:"信安郡石室山,晋时王质伐木,至,见童子数人,棋而歌,质因听之。童子以一物与质,如枣核,质含之,不觉饥。俄顷,童子谓曰:'何不去?'质起,视斧柯烂尽,既归,无复时人。"后人遂以"烂柯"指代岁月流逝,人事变迁。此处是作者对儿子说,我们父子总算要升到仙界了。⑭千缕挂烟蓑：意谓所穿青衫已经破碎，一条一条的，活像蓑衣挂着千丝万缕。

【评点】 苏轼在黄州遇赦后，沿长江东下，其间还专程到江西筠州看望了弟弟苏辙，而后从九江继续东行北上，途中给朝廷上书，请求允许他回常州居住，在那里终老一生。直到到了南京，才正式得到朝廷圣命，答应他可以归隐常州。这首词就是在这样的背景下写成的。

此词在写作上采用了现实与浪漫的巧妙结合，上阕写得到朝廷恩准，终于可以回到梦寐以求的常州，于是立刻勾画即将回归的故园：面对深深的清溪和高高的山峦，站在画楼东面放眼望去，天是那么遥远无际，夕阳是那么丰满多彩。到此为止，作者一直处在且惊且喜的状态，好像在做梦。接下来才彻底清醒：这一切的确是真的，苏某就要回归乡间，过那"种豆南山下，草盛豆苗稀"的隐居生活了！人太清醒其实并不愉快，您看这位东坡先生，刚才还高兴得像个孩子，转眼间清醒过来，立刻反应在脑子里的却是"老去君恩未报"，多内疚啊，毕竟苏某也曾是个信心满满要"致君尧舜上，再使风俗淳"的士大夫啊。结果却是有志难伸，屡遭贬黜，如今竟然贬得连官身都快没了，好意思吗？

下阕以"无何"陡起，把自己放进仙界，而且再也不打算出来。这种转换是否显得过于突兀呢？从字面上看的确转换太快，但如果深入苏轼的内心，便能体谅他这份决绝："君恩未报"是我苏某造成的吗？是我苏某情愿的吗？既然报国无门，苏某也只能进入无何有之乡，躲开那些豺狼一样的目光。这里没有愤懑，甚至没有文字的抒写，仅仅是给了一个无声的转换，理解苏某的人都能感受到"此时无声胜有声"的力量。

"无何有之乡"真好啊，银河的尽头，织女早已停下了织梭，盼望着苏某的归来。她嫌我在俗世里混得太久，埋怨我为什么不早些归来？我笑着对过儿说：这一回我们真的摆脱了世俗，进入了仙境，你替老父背着的那柄斧头，早就烂没了吧？群仙都来了，他们纷纷笑话苏某还穿着那件破烂得丝丝缕缕的青衫。其实这不过是假托"群仙"在自我解嘲：谁叫你汲汲于名利，久而不归，非等到青衫都碎成了丝缕才幡然悔悟？真是太愚钝了。

阮郎归

初夏

绿槐高柳咽新蝉①,薰风初入弦②。碧纱窗下水沉烟③,棋声惊昼眠④。　微雨过,小荷翻。榴花开欲然⑤。玉盆纤手弄清泉⑥,琼珠碎却圆⑦。

【注释】　①咽新蝉:指初夏刚刚开始鸣叫的蝉发出呜咽般的声音。②薰风:南风。初入弦:刚刚可以用丝弦奏出。意思是南风刚刚吹来。③水沉烟:沉水香的烟气。④棋声惊昼眠:窗外下棋的人们大声地争辩,把午睡的美人吵醒了。⑤榴花开欲然:火红的石榴花盛开,好像要燃烧起来。然,"燃"的古字。⑥玉盆纤手弄清泉:女子纤纤素手在碧玉盆中拨弄着清水。⑦琼珠碎却圆:撩起的水珠落进盆里像被敲碎,下落时却是滚圆滚圆的。

【评点】　这是一首以年轻女子为主角的叙事小词。有学者说此词是苏轼自黄州量移汝州东行过庐山白鹤观时所作,甚至称它"主要写白鹤观美人的悠闲雅静的生活"(《苏轼词新释辑评》),根据是苏轼有一篇《观棋诗引》说:"尝独游庐山白鹤观,观中人皆阖户昼寝,独闻棋声于古松流水之间,意欣然喜之,自尔欲学,然终不解也。"依我看据此而判定此词作于庐山白鹤观,实在过于牵强附会,何况庐山白鹤观里哪来的美人,还那么逍遥自在?这不是牛头不对马嘴了吗?我认为这首词很可能是苏轼为其爱妾朝云而作,如果真的如此,词中的美人就是指朝云。

清沈雄《古今词话》卷上说:"观者叹服其八句八景,音律一同,殊不散乱,人争宝之,刻之琬琰,挂于堂室间也。"于是《宋词鉴赏辞典》说:"这首词之所以能'八句八景'而'殊不散乱',主要的原因是词中所写的都是'昼眠人'的耳闻目接之景,并且都反映了'昼眠人'闲雅自在是心情,实为情中之景。由于词作能景中含情,将众多的景物以情纬之,故散而不乱,能给人以整体感。"事实是不是如此呢?我的理解是,这首词是男子对他喜爱的女子所作的细腻描述,外景的美,其实是为写女子的美进行的铺垫,因为这位女子是听到窗外的"棋声"后才醒来,此前的"绿槐高柳咽新蝉,薰风初入弦。碧纱窗下水沉烟"种种,她根本不可能见到听到,如果非要她见到听到,除非是在梦里。直到下阕,才写到女子被棋声吵醒,下得纱橱向外张望,才看到"微雨过,小荷翻。榴花开欲然"的美景。此时女子心情甚佳,于是伸出素手撩动玉盆里的清水自在嬉戏。这场景写得生动传神,表现出女子娇憨天真的神趣。如果把这件作品的情景再现一遍,我认为应该是这样的:苏轼陪伴朝云午休,但他并没有睡着,而是在观看窗外的美景"绿槐高柳咽新蝉,薰风初入弦",继而看近景"碧纱窗下水沉烟"。糟糕,外面那些下棋的家伙大声喧闹,把午睡的朝云吵醒了。她睁开眼睛,见到苏轼就陪在身边,忍不住甜甜一笑,翻身下床,无聊间见到玉盆里盛满了水,于是蹲在盆边撩动清水,以至水珠四溅,以为孩童之嬉。

不管以上的猜想是否合理,总之这首词的写景手法是值得称道的,远近高低、蝉声棋声、薰风香烟、小荷榴花,可谓浓淡相宜,声画并茂。

减字木兰花

江南游女①,问我何年归得去?雨细风微,两足如霜挽纻衣②。 江亭夜语,喜见京华新样舞③。莲步轻飞,迁客今朝始是归④。

【注释】 ①江南游女:此处指苏轼的爱妾朝云。此女是杭州人,熙宁四五年以后一直跟在苏轼身边。苏轼贬为黄州团练副使之初,只带了朝云来到贬所,其妻王闰之是后来才到黄州与苏轼团聚的。②两足如霜:指朝云的腿脚皮肤白皙。纻(zhù)衣:苎麻制成的衣裳。是普通平民所穿之衣。③喜见京华新样舞:很高兴欣赏到了汴京流行的新舞蹈。④迁客:遭受贬谪迁往荒远之地的官员。今朝始是归：如今总算开始北归了。

【评点】 这首词作于元丰七年（1084）遇赦量移汝州之前。从整首词的语气判断，应该是在写朝云。为什么我不同意某些人所说是写歌女的看法呢？很简单，词中明确说此女是个美貌女子，然而所穿竟然是粗麻布的衣裳，您见过身穿粗麻布的"文艺工作者"吗？再穷也得置办行头，否则谁会看你那副寒酸相儿？只有苏轼的爱妾朝云才可能具备既美丽又简朴两个方面的特性。再说通读全词，作者一片怜香惜玉之情，且是发自内心的珍爱，如果是个生头生脸的歌者，作者断不会有如此深沉的情爱。朝云在苏轼的一生中扮演了极为重要的角色，不但时时跟随在他身边，而且吃苦在先，对苏轼非常忠诚，尤其能理解苏轼的心思。宋人费衮《梁溪漫志》卷四记载着这样一个故事："东坡一日退朝，食罢扪腹徐行，顾谓侍儿曰：'汝辈且道是中有何物？'一婢遽曰：'都是文章。'坡不以为然，又一人曰：'满腹都是识见。'坡亦未以为当。至朝云，乃曰：'学士一肚皮不入时宜。'坡捧腹大笑。"可见在苏轼诸多侍婢中，朝云可称为最能读懂他的人。元丰六年（1083），朝云为苏轼生下了一个儿子，取名叫苏遁。人人都能诵读的《洗儿诗》"人皆养子望聪明，我被聪明误一生。惟愿孩儿愚且鲁，无灾无难到公卿"，就是为苏遁而作的。可惜此子短命，不足一岁便夭折了。了解了这些背景再看此词，显然是对朝云的口吻。

首句入题便说这位美丽而不幸的江南佳丽，跟着苏某备尝艰辛。她撒娇般地问道："先生说说，咱们究竟什么时候才能离开这倒霉的黄州啊？"紧接着描写她的装扮：在斜风细雨中，一个没穿罗袜只穿粗布麻衣的丽人正睁着求解的眼睛望着他呢。大概是看出了苏轼的欣喜，知道很快就要离开此地，抑或是在江亭之上的低声私语中得知了即将离开黄州的准信儿，朝云兴奋得翩翩起舞，那优美的舞姿一点也不落伍，足能赶得上京城的潮流。只见她莲步轻盈，如同飞仙，惹得苏轼赞叹不绝。朝云为什么如此高兴？当然是因为"迁客今朝始是归"。她的舞姿真能赶上京城的潮流吗？应该不会，可苏轼为什么偏要这般夸赞她呢？这就得用上一句俗话："人逢喜事精神爽"，不论朝云姿态如何，在苏轼眼里永远都是最美丽的，更何况是在结束谪居生活的当今呢？全词朴素自然，没有太多的修饰，却传递出了最真最美的情愫——这就是爱，说也说不清楚。

渔 父

渔父醉，蓑衣舞，醉里却寻归路。轻舟短棹任斜横①，醒后不知何处。

【注释】 ①短棹（zhào）：划小船用的短桨。

【评点】 苏轼写过一组《渔父词》共四首，本词是组词的第二首，写的是渔父饮醉的状态，形象憨直而可爱。如果把这位渔者写成醉鬼，喝完便呼呼大睡，那就索然无味，甚至令人憎厌。而这位渔者喝了酒以后，竟然身披蓑衣在船上跳起舞来，可以想象这套"醉舞"是何等富于天真之态。大概是跳累了，开始找寻回家的路径，可惜神志不清，划着小船在水里打转转，弄不清哪里是南哪里是北，更不知究竟是顺流还是逆流，漂了多远的水路。江面上风儿徐徐，渐渐把渔者吹醒了。消了酒劲儿的渔人迷迷瞪瞪地看着眼前的山水，实在找不到自己的家了。文字到此刹住，至于后来如何，下回也不分解，留个悬念多有趣？

悬念的"解"苏轼肯定知道，因为细细读过几遍之后便能突然悟出：这位所谓的"渔者"，其实就是作者本人。换个人咱不敢妄断，而对于经常自觉不自觉尽显狂态的苏轼来说，做出这等不经之事是完全有可能的。他在《赤壁赋》里不就写过"肴核既尽，杯盘狼藉。相与枕藉乎舟中，不知东方之既白"的醉态吗？很多古人都感叹酒的神奇，因为他们都有过切身的体会，只要处在清醒状态，总免不了满腹忧愁苦闷，一旦饮了酒，进入无何有之乡，就什么忧愁烦恼都无影无踪了。"不知东方之既白"又怎么样？"醒后不知何处"又怎么样？怕的正是每天都知道"东方既白""醒后全知在处"，什么都明白，烦恼岂不又会接踵而至？

卷三　常州　杭州　扬州

踏莎行

山秀芙蓉①，溪明罨画②。真游洞穴沧波下③。临风慨想斩蛟灵④，长桥千载犹横跨⑤。　　解佩投簪⑥，求田问舍⑦。黄鸡白酒渔樵社⑧。元龙非复少时豪⑨，耳根洗尽功名话⑩。

【注释】　①山秀芙蓉：山因长满芙蓉而显得秀美。芙蓉，又名木莲、木芙蓉，秋季开花。②溪明罨（yǎn）画：溪流如绘画般明丽多姿。罨画，色彩鲜明的绘画。此处指宜兴县东南五十里的罨画溪。③真游：游于仙境。洞穴沧波下：在水下的洞穴。《咸淳毗陵志》卷十五载，宜兴县东南五十五里有张公洞，高六十仞，周五里，三面皆飞崖绝壁。县西南五十里有善权洞，洞门广二十尺。产丹砂、钟乳，有三洞，泉深无底，虽旱不枯。又有白鹤洞，在张公洞北二里，旧传有白鹤飞翔。还有佛窟洞，在张公洞西南三里玉女潭西，深数丈，有泉流入罨画溪。④慨想：回想感慨。斩蛟灵：用晋代周处的典故。《世说新语·自新》："周处年少时，凶强侠气，为乡里所患，又义兴水中有蛟，山中有白额虎，并皆暴犯百姓，义兴人谓为'三横'，而处尤剧。或说处杀虎斩蛟，实冀三横唯余其一。处即刺杀虎，又入水击蛟，蛟或浮或没，行数十里，处与之俱，经三日三夜，乡里皆谓已死，更相庆。竟杀蛟而出。"⑤长桥千载犹横跨：周处下水击蛟的那座桥至今已过千年，依旧横跨在河上。⑥解佩投簪：解下佩鱼，丢下固冠用的簪子。皆指弃官。⑦求田问舍：指胸无大志，买房买地。《三国志·魏书·陈登传》："君有国士之名，今天下大乱，帝主失所，望君忧国忘家，有救世之意，而君求田问舍，言无可采,是元龙所讳也,何缘当与君语。"⑧黄鸡白酒渔樵社:杀鸡摆酒,与渔父樵夫结社而饮。⑨元龙非复少时豪:陈元龙早已没有了昔日的豪气。元龙,陈登的字,参看本词注⑦。⑩耳根洗尽功名话:再也不去听那些功名利禄的俗话。

【评点】 这首词作于元丰八年(1085)。作者得请回到常州宜兴,大有遁世之乐。目之所见,耳之所闻,都那么令他心旷神怡。开篇二句写宜兴的山水,虽然只有短短八个字,却给人留下非常美的感受。山上开满芙蓉,溪流美如罨画。这还不算,更有神仙洞府随处可见,有的掩在山中,有的藏在水底,到了这种地方,自己也浑然成了神仙。还有那周处斩蛟的长桥,历经千年,仍旧巍然横跨,令人见之便生吊古之情。

下阕全在言志,不过这个"志"早已不是拯苍生济黎民的雄心大志,而是下定决心远离嚣尘,躲进山水之间,与渔父樵夫陶然自乐,再也不去关注名利之事的"志"。可以体会到,苏轼在经历了多年贬谪后,入世之情淡了很多。他自觉地反省自身,自觉地用老庄哲学、佛家理论冲淡根深蒂固的儒家入世情结。

其实中国的读书人,都是记吃不记打的根性,进入人生低谷时,捶胸顿足指天发誓,绝不再踏进官场一步。等到朝廷又启用他们,所有伤痛都忘到脑后去了。孔稚圭写过一篇《北山移文》,称周颙"既文既博,亦玄亦史。然而学遁东鲁,习隐南郭,偶吹草堂,滥巾北岳。诱我松桂,欺我云壑。虽假容于江皋,乃缨情于好爵。其始至也,将欲排巢父,拉许由,傲百氏,蔑王侯。风情张日,霜气横秋。或叹幽人长往,或怨王孙不游。谈空空于释部,覈玄玄于道流,务光何足比,涓子不能俦。及其鸣驺入谷,鹤书赴陇,形驰魄散,志变神动。尔乃眉轩席次,袂耸筵上,焚芰制而裂荷衣,抗尘容而走俗状"。这副德行历来被人耻笑,然而细想起来,古代那些读书人,又有几个真能做到超尘拔俗呢?看此时苏轼的态度,是否也是"排巢父,拉许由,傲百氏,蔑王侯"?是否也是"谈空空于释部,覈玄玄于道流"?然而没几天,他便被启用为登州知州,赶紧离开宜兴赴任去了。如果他真的看透了官场,看破了红尘,完全可以拒绝朝廷的任命,可惜他做不到。这说明他骨子里还有着深深的入世情结,这才是真实的有血有肉的苏轼。有些评论者总喜欢用比较极端的态度解说古人,似乎苏轼一番表演就成了不可变更的固定模式,那就太过简单化了。我曾在很多时候讲,中国的知识分子是儒、释、道三种思想的混合体,不同的处境中,他们会自觉不自觉地运用适应当时生存需要的学说去平衡内心,苏轼也是如此,我们千万不能把他一时冲动讲出来的话太当真。

菩萨蛮

买田阳羡吾将老①,从来只为溪山好。来往一虚舟②,聊随物外游③。 有书仍懒著,《水调》歌归去④。筋力不辞诗⑤,要须风雨时⑥。

【注释】 ①阳羡:江苏宜兴的古称。苏轼曾花费五百缗钱在这里买下田产,元丰八年(1085)遇赦后,打算在这里终老。②虚舟:任其漂流的舟楫。此处指在远离人世的地方随意漂流,不设定任何目标。③聊:姑且。物外:人世之外。④《水调》:古曲调名。杜牧《扬州》诗之一:"谁家唱《水调》,明月满扬州。"自注:"炀帝凿汴渠成,自造《水调》。"歌归去:吟唱《归去来兮辞》。⑤筋力不辞诗:意谓身体精神都还健康,可以作诗。⑥要须:必须等到。

【评点】 这首词作于元丰八年(1085)五月,此时苏轼在常州宜兴,准备在此终老一生,所以心情比较宁静。上阕回忆数年前就在这里买下田产,打算宦游生涯结束后到这里养老,意在证实自己厌倦官场由来已久的狷介性情。随后两句是对未来生活的憧憬,乘着一条随意漂流的小船,任凭它在没有尘世喧嚣的乡野间自由行止,那将是多么惬意的享受。下阕依旧是对未来生活的设想,不过这些设想相当随意:我有能力著书立说,没有心情的时候是绝对不会勉强自己的。著书怎么样,不著书又怎么样?谁还能再来管我?歌可以唱,但唱的是陶渊明的《归去来兮辞》,我喜欢唱这样的歌曲,至于别的,那要看心情,谁也不能勉强我。诗嘛,还可以写,但未必还要"日课一诗",高兴时想写就写,不高兴就不写。

我们看到的全然是一个出世老者的超然物外，也是这个时期苏轼思想的真实写照。苏轼的聪明在于他很善于平衡内心的倾斜，尽可能做到随遇而安。此话说起来容易，做起来却相当困难，再困难也要作这样的调整，否则还有谁能救你？

定风波

南海归赠王定国侍人寓娘①

常羡人间琢玉郎②，天应乞与点酥娘③。尽道清歌传皓齿，风起④，雪飞炎海变清凉⑤。　　万里归来颜愈少⑥，微笑，笑时犹带岭梅香⑦。试问岭南应不好，却道，此心安处是吾乡⑧。

【注释】　①南海归赠王定国侍人寓娘：王巩因受苏轼乌台诗案牵连贬谪岭南，元丰末遇赦回京，苏轼与他相会，并作此词赠给他的侍人寓娘。关于这件事，不少古籍中都有记载。如胡仔《苕溪渔隐丛话》后集卷四十引《东皋杂录》说："王定国岭外归，出歌者劝东坡酒。坡作《定风波》，序云：王定国歌儿曰柔奴，姓宇文氏，眉目娟丽，善应对，家世在京师。定国南迁归，余问柔：'广南风土，应是不好？'柔对曰：'此心安处，便是吾乡。'因为缀此词云云。"《宋史翼》卷二六《王巩传》说："王巩字定国，莘县人。……元丰二年，叙复太常博士，坐与苏轼交通，受谤讪文字不缴，又受王诜金，谪监宾州盐酒税，一子死贬所，一子死于家。元祐元年，擢宗正寺丞。"宾州在今广西宾县。《苏轼诗集》卷二四《次韵王定国南迁回见寄》诗注云："定国以元丰二年谪宾州，七年放归。"寓娘，即柔奴，亦即词中的"点酥娘"。②琢玉郎：像美玉琢成的男儿。喻王巩颜面润泽，如同美玉。③乞与：赠予。点酥娘：

丰姿绰约皮肤细嫩的美女。④风起：指寓娘舞蹈时掀动的风。⑤雪飞炎海变清凉：谓王巩虽然身处炎瘴之地，寓娘舞蹈时掀动的清风，能给他带来雪花飞舞般的清凉。⑥颜愈少（shào）：容颜更润，如同少年。⑦岭梅香：岭外梅花的芳香。古代岭梅特指大庾岭上的梅花。王巩自岭南返回内地，须经大庾岭，故云。⑧此心安处是吾乡：令我感到心安的地方就是我的家乡。白居易《出城留别》诗："我生本无乡，心安是归处。"

【评点】　　这首词作于哲宗元祐元年（1086）。苏轼元丰八年受命知登州，到登州才几天，又被召回京师任中书舍人，入侍延和殿，赐以绯鱼，骤然间成了朝廷重臣。与此同时，受他牵连被贬到宾州的友人王巩也遇赦回京，两人终于在分别十年后得以重见。其实在两人同遭贬谪的那些年里，书信也从未间断，拙著《苏轼文集编年笺注》卷五二收录了写给王巩的书信多达四十九封。王巩喜好女色，为此苏轼还专门写信给他说："粉白黛绿者，俱是火宅中狐狸、射干之流，愿深以道眼看破。"可见二人之亲密，几乎到了无话不谈的程度。王巩是个贵公子哥，性情豪爽仗义，很受苏轼赞赏。然而苏轼与王巩交往甚密的另一个原因是，王巩是张方平的女婿，而张方平是苏氏父子的大恩人，没有当年张方平的引荐和鼓吹，就不可能有苏氏父子后来的辉煌。

词写得很轻松，反映出苏氏与王巩交往的无拘无束，同时反映出二人类似的豪爽性格。上阕开篇惊叹王巩在岭南六年，不但不显衰老，反而越活越年轻，成了粉妆玉琢的美男子。这样的帅哥，当然有资格拥有寓娘这样的美女。随后进入调笑状态：定国兄越活越年轻的秘诀，一定是由于寓娘的陪伴，如此佳人，翩翩起舞时舞袖掀动的微风，给你带来无比享受的清凉，才免受南国蛮烟瘴雨的侵扰吧？想象之奇特，令人感到既在意料之外，又在情理之中，妙不可言。

下阕"万里归来颜愈少，微笑，笑时犹带岭梅香"二句看似寻常话语，实则内容丰满，你很难说清这两句究竟是在赞美王巩呢，还是在赞美寓娘，抑或是二人皆在赞美之列。以简洁的语言囊括丰富的内容，这是苏轼遣词用语的高妙所在，不是谁想学就能学成的。末句以饶有风趣又颇具哲理的对话作结,令人既感到寓娘答得机巧,又感到这位女子有着超出一般女子的豁然大度,展示在读者面前的,是一个能歌善舞、美丽聪颖、忠贞不渝、善解人意的好姑娘。有学者称此词兼有阳刚之美(王巩)与阴柔之美(寓娘),颇有见地。

如梦令

有寄

为向东坡传语①,人在玉堂深处②。别后有谁来③?雪压小桥无路④。归去,归去,江上一犁春雨。

【注释】 ①东坡:苏轼贬谪黄州时躬耕之处。此处代指黄州。传语:带信。②玉堂:代指翰林院。《汉书·李寻传》:"久污玉堂之署。"王先谦补注:"汉时待诏于玉堂殿,唐时待诏于翰林院,至宋以后,翰林遂并蒙玉堂之号。"此时苏轼已由中书舍人升为翰林学士,故称其在"玉堂深处"。③别后有谁来:元丰七年离开东坡雪堂后,还有谁曾经到过那里?④雪压小桥无路:大雪把小桥压垮,没了通往雪堂的路。小桥,指东坡雪堂南面的桥。

【评点】 这首词作于元祐初年(1086),当时苏轼已担任了翰林学士。全词虽然只有五六句话,却令人感到句句灼人,看来他对黄州那段不凡的生活实在太萦心挂怀了,以至官至翰林,仍时时渴望回到魂牵梦绕的雪堂前,再亲自把一把锄犁,耕一耕浸满春雨的东坡故地。那座小桥还在吗?会不会早被无人清扫的厚厚积雪压垮了?那荒芜了的、寂寞已久的东坡,一定在热切盼望着它的主人归去吧?

王水照在《苏轼》一书中说这首词是"苏轼任职翰林学士时怀念黄州东坡的作品。对东坡的亲切真挚的乡土之爱,融注着他'躬耕'的劳动体会,也含有对污浊官场生活的厌倦。语言清丽,节奏明快,不失为佳作"。这几句话讲得周到而准确,完全可以涵盖此词的精髓。我之所以说此词用语灼人,也是在说明它没有任何造作,甚至没有一点装点,实打实地把自己对躬耕黄州的思念和盘托出——用情至真,故而灼人。

点绛唇

己巳重九和苏坚①

我辈情钟②,古来谁似龙山宴③。而今楚甸④,戏马余飞观⑤。 顾谓佳人⑥,不觉秋强半⑦。筝声远,鬓云吹乱⑧,愁入参差雁⑨。

【注释】 ①己巳:哲宗元祐四年(1089)。苏坚:字伯固。《苏轼诗集》卷三二《次韵苏伯固主簿重九》诗施元之注:"苏伯固名坚,博学能诗。东坡自翰林守杭,道吴兴,伯固以临濮县主簿监杭州在城商税,自杭来会。作《后六客词》,伯固与焉。方经理开西湖,伯固建议,谓当参酌古今而用中策。湖成,其力为多。后一岁,又相从于广陵。坡归自海南,伯固在南华相待,有诗。"②我辈情钟:我辈很看重真正的感情。《世说新语·伤逝》:"王(戎)曰:'圣人忘情,最下不及情。情之所钟,正在我辈。'"③龙山宴:《晋书·孟嘉传》:"(孟嘉)为征西桓温参军,温甚重之。九月九日,温燕龙山,僚佐毕集。时佐吏并著戎服,有风至,吹嘉帽堕落,嘉不之觉。温使左右勿言,欲观其举止。嘉良久如厕,温令取还之,命孙盛作文嘲嘉,著嘉坐处。嘉还见,即答之,其文甚美,四坐嗟叹。"后遂以龙山宴为重九宴会的代称。④楚甸:特指徐州。徐州古为楚国之地,故称。⑤戏马余飞观:意谓当年项羽所建的戏马台已经荡然无存,如今只剩后人所建的楼观了。⑥顾谓佳人:回头对美人说。⑦不觉秋强半：不知不觉间秋天已过大半。⑧鬓云吹乱：指美人如云的鬓发被风吹乱。⑨愁入参差雁：满怀愁情都融进了筝声之中。古称筝柱为雁行。唐李远《赠筝妓伍卿》诗："座客满筵都不语，一行哀雁十三声。"

【评点】 这首词作于元祐四年（1089）九月。这一年三月，在苏轼多次请求下，朝廷终于同意他离开京城，出任杭州知州。王宗稷《东坡先生年谱》载，苏轼抵达杭州在这一年的七月三日。此时苏坚任监杭州在城商税，用现在的话说就是杭州城区税务局长，为苏轼的属下。此人早已对苏轼非常敬重，苏轼也很感激他的真情，引为知己，故而苏轼出任杭州知州之际，将他从临濮县主簿调到杭州监税。二人的友情由来已久，如今终于成了同僚。

此时苏轼再次经历了朝廷争斗的险恶，在心力交瘁的状态下，又在五十四岁的年龄，重九宴饮，难免发些感慨。上阕起手以"我辈情钟"笼罩全词，为下文垫下基础：所有文字，都是写给知己的。随后以龙山大宴点明这次宴会是为庆祝重阳节而举办的。重阳节大宴宾客本该如当年桓温龙山大会般热烈，然而苏轼却没有那样的兴致，倒是想起了曾在徐州时的所见所闻：当年项羽不可一世，修筑的戏马台千古留名，然而也只不过留名而已，真正的台基早已荡然无存，所存者是后来好事者再建的楼阁。戏马台本与杭州无关，所以它的介入显得有些突兀。然而仔细一想也合情理：当年当的是徐州知州，一晃数年过去，如今到了杭州，岂不是时光如梭？

下阕用了一个很巧妙的情节：他悄悄地对弹筝的侍女感叹：既然已是重九，秋天岂不是过了大半？这句话不但道出了对人生短暂的感叹，同时也使弹筝女子默默无言，因为女子的青春更容易消逝。再看女子，已被风吹得鬓发凌乱，满腹忧愁都灌注到筝声之中了。如此描写重九大宴，可谓别具一格，整场宴会没有欢声笑语，没有揎拳捋袖，人们似乎都明白，眼前这位苏大人实在太疲倦了，太心碎了。

减字木兰花

《本事集》云①：钱塘西湖，有诗僧清顺居其上②，自名藏春坞③。门前有二古松，各有凌霄花络其上④，顺常昼卧其下。子瞻为郡⑤，一日屏骑从过之⑥，松风骚然⑦。顺指落花觅句⑧，子瞻为赋此词。

双龙对起⑨，白甲苍髯烟雨里⑩。疏影微香，下有幽人昼梦长⑪。　　湖风清软，双鹊飞来争噪晚⑫。翠飐红轻⑬，时下凌霄百尺英⑭。

【注释】　①《本事集》：当世杨绘写的一本小书，内容是记载当时名贤诗词写作原委的。全名叫《时贤本事曲子集》。②诗僧：会作诗的僧人。清顺：《咸淳临安志》卷七十："钱唐西湖旧多好事僧，往往喜作诗。其最知名者，熙宁间有清顺、可久二人。顺字怡然，久字逸老，所居皆湖山胜处，而清约戒静，不妄与人交，无大故不至城，士大夫多往就见。"③藏春坞：僧人清顺所居之处。④凌霄：落叶藤本植物，攀缘茎，小叶卵形，边缘有锯齿，花鲜红色，花冠漏斗形，结蒴果。元稹《解秋》诗之三七："寒竹秋雨重，凌霄晚花落。"络其上：缠绕在古松枝干之上。⑤子瞻为郡：作者自言担任杭州知州。⑥屏骑从：没有带任何侍从。⑦骚然：风吹的声音。⑧顺指落花觅句：清顺指着落在地上的凌霄花求苏轼作词。⑨双龙对起：指下文所谓"门前有二古松"，宛如两条巨龙相对而起。⑩白甲苍髯：喻古松的鳞片如白色的甲胄，虬枝如苍劲的须髯。⑪幽人：幽居的隐士。昼梦：白日之梦。⑫争噪晚：傍晚时栖息在古松上争相聒噪。⑬翠飐（zhǎn）：风吹绿叶轻轻颤动。红轻：红色的凌霄花瓣。⑭时下凌霄百尺英：时而有凌霄的花瓣从高处飘落。

【评点】　这首词作于元祐五年（1090）杭州知州任上。苏轼的交游十分广泛，除士大夫之外，和尚、道士与之来往的也有不少。拙著《苏轼文集编年笺注》卷七二被他列为重点的就有佛印、本秀二僧、朱照僧、钟守素、妙总、维琳、圆照、秀州长老、楚明、仲殊、守钦、思义、闻复、可久、清顺、法颖、惠诚、荣师、卓契顺等，这还不算游宦之间偶然结识的僧道之流和更加亲密的高僧高道。值得赞赏的是，苏轼与他们的交往都是诚心诚意、真正与他们平等相待的，所以这些和尚、道士对他也非常真诚。苏轼天生是个喜欢戏谑玩笑的性格，这首词也是玩笑之作，用不着过于认真，所以有学者认为此词在"描写清顺的端肃志操"，似乎有拔高之嫌。倒是宋人张戒《岁寒堂诗话》所说"本不期于咏物，而咏物之工，卓然天成，不可复及"，说得比较客观。也就是说，这首词并没有更深的寓意，不过是应清顺之请，信手摹状而已。

"双龙对起，白甲苍髯烟雨里"一句，尽在描写双松的遒劲之气。从姿态上说，这两棵松树犹如两条巨龙相对蟠曲；从年代上说，二松经历了千年风雨，呈现在人们面前的鳞片都变成了白色，可与人中寿星相比。随后"疏影微香"四字，巧妙地引出凌霄的存在，先不说藤条，也不说花叶，却说它的"微香"，使此坞的自然美提升到了更高的境界。至此，清简无华的自然之美似乎渲染得差不多，该介入主角——人了。有了古松，有了花香，在这样的环境里的人是什么状态呢？原来是个永远都睡不醒的老和尚。

下阕写坞外之物：西湖的轻风吹到这里，令人感到暖意融融；傍晚的飞鸟回到这里，叽叽喳喳增添了生趣。直到此时作者才回笔来写风中颤动的凌霄花，花瓣飘飘洒洒地从高处落下——原来上面的六句都是在为这最后的"眼"做铺垫的。词中出现了古松、疏影、微香、湖风、双鹊，它们与凌霄花相映成趣，却始终没有夺去凌霄花落英缤纷的主角地位，称之为"卓然天成"，显然不为过分。

南歌子

再用前韵①

苒苒中秋过②,萧萧两鬓华③。寓身化世一尘沙④。笑看潮来潮去、了生涯⑤。　方士三山路⑥,渔人一叶家⑦。早知身世两鏖牙⑧,好伴骑鲸公子⑨、赋雄夸⑩。

【注释】　①再用前韵:作者曾写过一首《南歌子·八月十八日观潮》:"海上乘槎侣,仙人萼绿华。飞升元不用丹砂。住在潮头来处、渺天涯。雷辊夫差国,云翻海若家。坐中安得弄琴牙。写取余声归向、水仙夸。"本书没有选入。所谓"再用前韵",指依旧用前一首中的"华""砂""涯""家""牙""夸"为韵脚填词。②苒苒:同"冉冉",缓慢。③萧萧:萧疏之貌。两鬓华:两鬓花白。④寓身化世:寄身于世。一尘沙:不过如同江河中的一粒细沙。言人的存在本来十分微小。⑤笑看潮来潮去、了生涯:看看潮来,看看潮去,不知不觉中一辈子就过去了。意思是人生如潮,来时如生去时如灭,转瞬即逝。⑥方士三山路:方士们求仙于三山的道路。《史记·封禅书》:"自威、宣、燕昭使人入海求蓬莱、方丈、瀛洲。此三神山者,其传在渤海中,去人不远;患且至,则船风引而去。盖尝有至者,诸仙人及不死之药皆在焉。其物禽兽尽白,而黄金银为宫阙。未至,望之如云;及到,三神山反居水下。临之,风辄引去,终莫能至云。"⑦渔人一叶家:渔夫以一叶扁舟为家。⑧身世两鏖(áo)牙:立身行事都与世俗格格不入。鏖牙,喻乖忤,抵触,不能合于世俗。⑨骑鲸公子:指李白。杜甫《送孔巢父谢病归游江东兼呈李白》诗:"几岁寄我空中书,南寻禹穴见李白。"仇兆鳌注:"俗传太白醉骑鲸鱼,溺死浔阳。"⑩赋雄夸:写出极度夸饰的文赋。指李白的《大鹏赋》等具有浪漫色彩的文赋。

【评点】 这首词是由观看钱塘江潮生发的感慨，作于元祐五年（1090）杭州知州任上。这一年苏轼五十五岁，已经进入老年，所以上阕起手便说自己已是"萧萧两鬓华"的老者。随后写观潮获得的心得：奔涌浩瀚的钱塘江卷起了多少泥沙？而自己这个肉身正如佛典所说，不过是恒河里的一粒沙子，太渺小，太微不足道了。即便从大处着眼，把自己看作是巨浪，也不过一起便落，生命只在转瞬之间而已。

下阕用方士、渔人两个形象揭示出一个道理：想以入海求仙的方式得到永存，是绝对不可能的；想像渔夫那样以一叶扁舟为寄身之所，也无法逃过惊涛骇浪的冲荡。这两句话究竟要表达什么意思呢？作者告诉人们：自古以来人们都想摆脱世俗的羁绊，可惜不论什么方式都不可能达到目的，还不如像李白那样上天入地，纵意翱翔，起码落得活着的时候痛快淋漓。从这个意义上说，此时苏轼心里的郁结，似乎比任何时候都更加强烈，这是为什么呢？因为他重新回朝的几年中，不但没有大展宏图的机会，连战战兢兢如履薄冰地为朝廷做事都很难立身。元祐元年刚刚回朝，就因免役法与司马光发生矛盾，受到不少人的攻击，不久又因学士院试馆职的策题有"欲师仁宗之忠厚，而患百官有司不举其职，或至于媮，欲法神考之励精，而恐监司守臣不识其意，流入于刻"之语，受到朱光庭、傅尧俞、王岩叟等人的合力攻讦，又因举荐王巩、黄庭坚等人，受到赵挺之等人恶语弹劾，可以说从元祐初回到朝廷，没过过一天消停日子，弄得他心力交瘁，不得不疲于应对来自各方的围攻。为了避开与小人们的纠缠，他最终只能选择出任州郡长官这条路，再次来到了杭州。您想，被人家轰出朝堂躲到杭州，心情能好到哪儿去？曾经屡考屡捷、自认为可成大事的苏轼总算认识到，他不过是普普通通的一粒细沙，任何一股潮水，都能把他冲得找不到自己。在这种境况下，他连洁身自好都无法实现，更何况求仙蓬莱、扁舟桃源？由此想到与骑鲸公子为伴，进入"雄夸"的境界，不就显得很自然了吗？

南歌子

湖景①

古岸开青蓱②,新渠走碧流③。会看光满万家楼④、记取他年扶路、入西州⑤。　佳节连梅雨⑥,余生寄叶舟⑦。只将菱角与鸡头⑧,更有月明千顷⑨、一时留。

【注释】　①湖景:西湖的景色。②古岸开青蓱(fēng):古老的河岸,已把蓱草彻底清除。蓱,菰根,即茭白根。此处代指湖中所有杂草。苏轼在杭州曾上疏朝廷,请求治理西湖杂草。他的《杭州乞度牒开西湖状》云:"杭州之有西湖,如人之有眉目,盖不可废也。唐长庆中,白居易为刺史。方是时,湖溉田千余顷。及钱氏有国,置撩湖兵士千人,日夜开浚。自国初以来,稍废不治,水涸草生,渐成蓱田。熙宁中,臣通判本州,则湖之蓱合,盖十二三耳。至今才十六七年之间,遂堙塞其半。父老皆言十年以来,水浅蓱合,如云翳空,倏忽便满,更二十年,无西湖矣。使杭州而无西湖,如人去其眉目,岂复为人乎?……目下浙中梅雨,蓱根浮动,易为除去。及六七月,大雨时行,利以杀草,芟夷蕴崇,使不复滋蔓。又浙中农民皆言八月断蓱根,则死不复生。伏乞圣慈早赐开允。"朝廷很快同意了他的建议。此词所谓"古岸开青蓱",即已将湖中杂草清理干净。③新渠走碧流:新开的水渠里,流动着清澈的水。新渠,指元祐四年(1089)开始疏浚的茅山、盐桥二河。苏轼《申三省起请开湖六条状》:"划刷扦江兵士及诸色厢军得千余人,自十月兴工,至今年四月终,开浚茅山、盐桥二河,各十余里,皆有水八尺以上。见今公私舟船通利。父老皆言:'自三十年以来,开河未有若此深快者也。'"④会看:得见。光满万家楼:清澈的波光映照着万家楼阁。⑤入西州:《晋书·谢安传》:"羊昙者,太山人,知名士也,为(谢)安所爱重。安薨后，辍乐弥年，行不由西州路。尝因石头大醉，扶路唱乐，不觉至州门。左右白曰：'此西州门。'昙悲感不已，以马策扣扉，诵曹子建曰：'生存华屋处，零落归山丘。'恸哭而去。"羊昙是谢安的外甥。后人遂以"西州路"表示感旧兴悲、悼亡故人之典。⑥佳节连梅雨：端午佳节期间，正赶上连绵的黄梅雨。⑦余生寄叶舟：余生如同寄托在一叶小舟上。言无法自行把握生命。⑧将（jiāng）：携带。鸡头：芡实的俗称。⑨月明千顷：葑草被清理后明净的湖面上倒映着千顷月光。

【评点】 这首词作于元祐五年（1090）端午节，与上一首同时而作，甚至连用韵都完全相同。上首的基调明快积极，这一首同样如此，表现了作者不甘浑浑噩噩，希望有惠爱于一方的拳拳之心。

上阕说西湖葑草已经清除，与之相通的茅山河、盐桥河终于流淌清水，河湖两旁的千家万户，都能在上下天光一碧万顷的环境里愉快生活了。如今年纪虽老，能为杭州百姓做点好事，尽点心意，即使将来不再回来，也心无愧了。下阕是对未来生涯的感慨，面对着绵绵细雨，联想到自己生涯如一叶扁舟，不知又将被掀至何处，经受何等的风吹浪打。然而不管将来如何，如今所做的一切，已经给杭州人民带来了益处，哪一天苏某离开杭州，千顷如镜的美丽西湖依然会留在这里，留给一方百姓永享美景。

古人很讲究"人过留名雁过留声"，特别是地方官，能有遗爱惠及一方百姓，受到后世人的景仰，是他们最感欣慰的事。苏轼虽然整天嚷嚷着要归隐，要逃世，骨子里还是一个具有爱民之心的善良士子，且一直都在践行着惠民的诺言。在密州清除匪患，在徐州率领军民抗击洪水，在杭州疏浚水道、清除葑草，都做得有声有色，只不过他自认为除了这些之外还能为国家、为百姓作更大的贡献，才时时发些生不逢时的牢骚。如今的苏轼已是老人，变得更加务实，见到杭州百姓在净洁的环境里和谐地生活，他也心满意足了。

点绛唇

闲倚胡床①,庾公楼外峰千朵②。与谁同坐?明月清风我。　别乘一来③,有唱应须和④。还知么,自从添个⑤,风月平分破⑥。

【注释】　①胡床:一种可以折叠的轻便坐具,类似今天的躺椅。因从胡地传入,故名。②庾公楼外峰千朵:此句《全宋词》注云:"一作'暝烟深处'。"当以注文为是。庾公楼在武昌,发生过晋代庾亮率左右登楼的故事,而此词作于杭州,意义上与庾公楼没有必然的联系。峰千朵,言月光之下,远处的山峦重重叠叠。③别乘:这里指杭州通判。汉代郡太守的副官称为别驾,也就是别乘的意思。后代遂以别驾或别乘代指州郡副职。据南宋楼钥《攻媿集》卷七七载:"元祐五年,(袁毂)倅杭州,东坡为郡守,相得甚欢。"④有唱应须和:通判既已先有词作,东坡当然应该有赓和之词。⑤自从添个:自从通判来此。添个,俗语,意即增添了你。⑥风月平分破:风花雪月被你分去了一半。

【评点】　这首词究竟作于何时,历来有不同说法。按照楼钥的题跋,应该是与新来的杭州通判袁毂唱和之作。曹树铭《东坡词》注认为,别乘未必就是指袁毂,甚至说此词可能是在黄州所作,也未可知。后一种说法有点牵强,因为从整首词来看,苏轼担任知州的迹象是相当明显的,若是在黄州,怎敢称与通判平分风月?那岂不是大大失敬了?所以我认为此词作于元祐中比较稳妥,那个"别乘"极有可能就是袁毂。其实就欣赏词作来讲,与谁唱和并不重要,我们更看重的是词的意境。

上阕写通判到来之前的状态,每每闲坐楼台,看着远处的叠叠青山,身边没有任何人陪伴,只有清风、明月和我自己。透出的是一种清冷孤独的意绪。下阕直言通判到来,杭州的主要长官成了两个人。彼此唱和,情趣顿增,透出的是一种欣快之情。最妙处在词的末句,作者不说友情,却出人意表地拿风月说事:你这家伙,竟然把原来全都属于我的风花雪月分走了一半。读来真是妙趣横生：原来的风月无人同赏，隐含的意思是孤寂之情；如今二人同赏，隐含的意思是身边多了一位志同道合的友人。如此看来，究竟是你独占风月好呢，还是与人同赏好呢？这样的问题还用得着回答吗？

八声甘州

寄参寥子①

有情风、万里卷潮来，无情送潮归②。问钱塘江上，西兴浦口③，几度斜晖④。不用思量今古，俯仰昔人非⑤。谁似东坡老，白首忘机⑥。　　记取西湖西畔，正暮山好处，空翠烟霏⑦。算诗人相得，如我与君稀。约他年、东还海道⑧，愿谢公、雅志莫相违⑨。西州路⑩，不应回首，为我沾衣⑪。

【注释】　①参寥子：苏轼的方外之友。《西湖游览志余》卷十四："参寥者，於潜人。出家智果寺。其见知于东坡也。"《释氏稽古略》卷四："钱塘高僧名道潜，以诗见知于苏文忠公轼，公号其为'参寥子'。凡诗词迭唱更和，形于翰墨，必曰'参寥'。"②"有情风"二句：谓钱塘江潮来时如有情之风吹来，潮水落去，又像是无情之风散去。喻人世聚合和离散不可避免。③西兴浦口：西兴渡口，在今浙江萧山西，为杭州主要渡口之一。《读史方舆纪要》卷九十："渡江之处，自草桥门外江西岸渡者，曰浙江渡，对萧山县西兴。自六和塔渡者，曰龙山渡，对萧山渔浦。"④几度斜晖：几多岁月。言参寥子在杭州已度过了很多年头。⑤不用思量今古，俯仰昔人非：不要说古人早已不在，就是昔日交往之人，也有不少发生了很大变化。⑥忘机：消除机巧之心。指甘于淡泊，与世无争。王勃《江曲孤凫赋》："忘机绝虑，怀声弄影。"⑦空翠烟霏：

白白消散了云烟弥漫的青翠之景。意谓已与参寥子分别,不能再在美景中任情潇洒。⑧东还海道:重来东南入海之地。即重回杭州。⑨愿谢公、雅志莫相违:希望参寥子不要失了相约隐居的雅意。《晋书·谢安传》:"安虽受朝寄,然东山之志始末不渝,每形于言色。及镇新城,尽室而行,造泛海之装,欲须经略粗定,自江道还东。雅志未就,遂遇疾笃。……诏遣侍中慰劳,遂还都。闻当舆入西州门,自以本志不遂,深自慨失。"⑩西州路:《晋书·谢安传》:"羊昙者,太山人,知名士也,为(谢)安所爱重。安薨后,辍乐弥年,行不由西州路。尝因石头大醉,扶路唱乐,不觉至州门。左右白曰:'此西州门。'昙悲感不已,以马策扣扉,诵曹子建诗曰:'生存华屋处,零落归山丘。'恸哭而去。"⑪不应回首,为我沾衣:意谓此次相别不必悲伤,终有一天我还会回到这里。

【评点】　苏轼与参寥子的交往,最早可追溯到熙宁间任杭州通判时。《西湖游览志余》卷十四:"思聪为行童日,东坡倅杭州,令和参寥子'昏'字诗。"其后苏轼贬黄州,参寥子又赶到黄州,与苏轼一起待了一年。此后直到苏轼绍圣年间贬谪惠州,二人一直没有中断交往。苏轼《参寥泉铭》:"余谪居黄,参寥子不远数千里从余于东城,留期年。尝与同游武昌之西山,梦相与赋诗,有'寒食清明''石泉槐火'之句,语甚美,而不知其所谓。其后七年,余出守钱塘,参寥子在焉。明年,卜智果精舍居之。又明年,新居成,而余以寒食去郡,实来告行。"拙著《苏轼文集编年笺注》卷六一收录与参寥子的书信多达二十二首。苏轼在惠州时,参寥子曾渡海经广州抵达惠州去看望他。建中靖国元年苏轼病危期间,还与参寥子有来往。《苏轼年谱》卷四十载:"苏轼自知将不久人世,病中预作《遗表》。……道潜读《遗表》后,乃致简苏轼,欲刻之。……(苏轼)不欲传于世,故嘱道潜勿刻。"可以说,苏轼与参寥子的友谊是贯穿他后半生始终的。

这首词受到研究者和评论家的普遍重视,有的是赞赏其超凡脱俗,有的是赞赏其气象雄浑,回肠荡气。胡仔《苕溪渔隐丛话》后集卷二六说它"绝去笔墨畦径间,直造古人不到处,真可使人一唱而三叹";陈廷焯《白雨斋词话》卷八说此词"寄伊郁于豪宕,坡老所以高";郑文焯《大鹤山人词话》说:"突兀雪山,卷地而来,真似钱塘江上看潮时,添得此老胸中数万甲兵,是何气象雄且杰。妙在无一字豪宕,无一语险怪,又出以闲逸感喟之情"。今人王水照在《苏轼》一书中说:"在西湖春色正浓之际,我和你以诗会友,相知甚深,并相约学谢安退隐,却不要像谢安那样隐退之志最后未能实现,突然使人追悼不已。"总之都把这首词归于豪放一类看待,而其点睛之笔,就在于起手一句"有情风、万里卷潮来,无情送潮归"。的确,以这样的笔墨开场,自然会使读者瞬间进入到钱塘江潮那汹涌奔腾的场景中去,震撼由此而起。我以为此词更妙之处在于,看似豪壮的文辞背后,作者所要彰显的却是并不豪壮的隐居生活,从这个意义上说,此词实属于豪宕掩盖之下的幽静。这一点在下阕"暮山好处,空翠烟霏"八个字里得到了充分的印证,正与开篇的"无情送潮归"形成了绝妙的呼应——狂涛巨浪之后的宁静,才是作者最终追求的境界。

木兰花令

次欧公西湖韵①

霜余已失长淮阔②,空听潺潺清颍咽③。佳人犹唱醉翁词④,四十三年如电抹⑤。　　草头秋露流珠滑,三五盈盈还二八⑥。与余同是识翁人,惟有西湖波底月⑦。

【注释】　①次欧公西湖韵:用欧阳修原词的韵脚作此词。欧阳修《玉楼春》词:"西湖南北烟波阔,风里丝簧声韵咽。舞余裙带绿双垂,酒入香腮红一抹。　　杯深不觉琉璃滑,贪看《六幺》花十八。明朝车马各西东,惆怅画桥风与月。"《木兰花令》是《玉楼春》的别名。②霜余已失长淮阔:霜降后水位变浅,淮河的水面已不再宽阔。此句为想象之词,因为淮河并不流经颍州。③空听潺潺清颍咽:只能听取颍水的潺潺流水之声。颍水为淮河的支流,流经颍州,在寿州来远镇汇入淮河。

此句意谓从颍水已成涓涓细流可以推知,淮河水面不再宽阔。④佳人犹唱醉翁词:美人还在唱着欧阳修写过的那首《玉楼春》词。⑤四十三年:自本年元祐六年(1091)上溯四十三年为皇祐元年(1049),即欧阳修写出《玉楼春》的年份。这一年正月,欧阳修受命知颍州。如电抹:像闪电一样飞快。⑥三五盈盈还二八:三五成群的窈窕少女,还都是十五六岁的年纪。盈盈,仪态美好之貌。《文选》古诗《青青河畔草》:"盈盈楼上女,皎皎当窗牖。"⑦"与余同是识翁人"二句:和我一样认得欧公的,只剩下西湖水波下面的月光了。欧阳修卒于熙宁五年(1072),至今已过去将近二十年。

【评点】　这首词作于元祐六年(1091)秋季苏轼任颍州知州时,以怀念恩公欧阳修为主轴。在苏轼心中,欧阳修是永远不可磨灭的恩师和榜样,欧阳修在颍州去世,苏轼重踏这方土地,触景生情、睹物思人,是顺理成章的事,于是按照欧公旧词的韵脚再填此词。

主题决定这首词的基调不可能激昂高亢,况且又是在秋天万物萧索之际,云淡风轻,水波清浅,特别是听到女子在唱欧公那首《玉楼春》,更难抑制对欧公的怀念。遥想当年欧公来到颍州时,年仅四十三岁,如今四十三年过去,欧公去世都快二十年了,可见人生是何其短暂。自己的大半生,难道不也如白驹过隙吗?

下阕是围绕着西湖行走的观感。还是那个西湖,还是那些秋草,甚至连草上清如珠玉的露珠都没有变。还是如花的美女,还是清扬的歌声,还是十五六的妙龄,甚至连轻盈的步态都没有变!可惜这种"不变"仅仅是幻象,实质的内容全都变了:秋草还是那些秋草吗?少女还是那些少女吗?不,当年的秋草早已枯萎,此时的秋草,已是今年新生的草了;当年的少女早已老去,此时的少女,已是十几年前才呱呱坠地的新生代了!如果一定要问这里谁还能认得令人景仰的欧公,也就只剩衰翁苏轼和西湖水底的月光了。

凄凉,沧桑,慨叹,无奈,对故人深深的怀想,与秋草西湖汇成一幅完整的有情画卷,那么真切,那么耐人寻味。

临江仙

一别都门三改火①,天涯踏尽红尘②。依然一笑作春温③。无波真古井④,有节是秋筠⑤。　　惆怅孤帆连夜发,送行淡月微云⑥。尊前不用翠眉颦⑦。人生如逆旅⑧,我亦是行人。

【注释】　①一别都门三改火:自从汴京分别至今,已经过去三年了。都门,都城之门,指汴京之别。这首词原无小题,传干本小题作"《赠钱穆父》",即赠予钱勰的词。从全词看,完全符合。苏轼与钱勰于元祐三年(1088)分别,钱勰出知越州,次年苏轼也离开京城出知杭州。改火,指过了一年。古代钻木取火,四季用不同的木材,称为"改火"。亦喻时节改易。《论语·阳货》:"旧谷既没,新谷既升,钻燧改火,期可已矣。"何晏集解引《周书·月令》有更火之文。春取榆柳之火,夏取枣杏之火,季夏取桑柘之火,秋取柞楢之火,冬取槐檀之火。一年之中,钻火各异木,故曰改火也。三改火,过了三年。②天涯踏尽红尘:指在京城之外奔走为宦。③春温:春天的温暖。此处喻相逢一笑,像春日般温暖。④无波真古井:没有波澜才算得上真正的古井。喻无论遇到什么变故,都能做到心如止水。孟郊《列女操》:"波澜誓不起,妾心古井水。"⑤有节是秋筠:有节者乃是秋天的竹子。《礼记·礼器》:"其在人也,如竹箭之有筠也。"这里的"节"喻人的气节。⑥送行淡月微云:在淡月轻云的傍晚为钱勰送行。⑦尊前不用翠眉颦:谓酒宴上用不着歌女演唱。古代女子用青黛画眉,故称翠眉。⑧逆旅:客舍,旅馆。《左传·僖公二年》:"保于逆旅。"杜预注:"逆旅,客舍也。"

【评点】　这首词作于元祐六年(1091)初春,当时越州知州钱勰改任河北瀛州(今河北河间)知州,苏轼仍在杭州知州任。因钱勰北行要路过杭州,故苏轼为其饯行,写下此词。据孔凡礼《苏轼年谱》载,元祐六年正月初七,"与钱勰、江公著(晦叔)、柳雍同访龙井元净(辩才),题名。……勰赴瀛州,赋《临江仙》送行。"

此词基调健朗,虽然此时作者与钱勰都处在不得意的境地,却没有怨天尤人的凄哀,也没有愤世嫉俗的忧闷,全词充满了深沉的劝勉和彼此的敬重。上阕开篇追忆二人分别之久,以及别后各在天涯的州郡生涯。在这本该愁叹的当口,作者力挽悲情,用"依然一笑作春温"的表现,向读者展现了两个大君子卓尔不群的豪士情怀。为了赞美这种情怀,作者用"无波真古井,有节是秋筠"两句话再次向人们宣示:一个人只要做到处变不惊,无私无畏,心如止水,永葆气节,就能保持"出淤泥而不染,濯清涟而不妖"的高洁人格。

下阕回到二人的友情,历经了三年的"红尘"奔走,如今钱勰又要北赴沿边,可谓天各一方了。当此之时,作者当然难免伤感。写内心用了"惆怅"二字,写外景用了"淡月微云"四字,从色调上体味明显感到比较暗淡,恰恰与"惆怅"相互呼应,依依惜别之情表现得十分充分。随后再转笔锋,用"尊前不用翠眉颦"的逆势语言向读者表明:男儿有泪不轻弹,更无须借女流为自己排解。人生就如行路,天黑了,人累了,走进客栈,权且一歇,然后继续前行。如今的钱大人先行一步,苏某也和你是一样的行客,无非早走几天晚行几步的区别,没什么大不了的。

全词体现了作者力求保持气节、不向世俗屈服的意志,以及追求旷达的大君子气度。如果把这首词作为人生的指路灯或座右铭,可能会对我们在人生路上大胆前行起到积极的作用。

江城子

墨云拖雨过西楼①。水东流,晚烟收。柳外残阳,回照动帘钩②。今夜巫山真个好③,花未落,酒新蒭④。美人微笑转星眸⑤。月华羞⑥,捧金瓯⑦。歌扇萦风⑧，吹散一春愁。试问江南诸伴侣⑨，谁似我，醉扬州。

【注释】　①墨云拖雨：乌黑的浓云裹挟着雨水。②回照：夕阳的返照。动帘钩：映照着帘钩。帘钩，古代人将帘子挂在门旁的钩。③巫山：宋玉《高唐赋》序："昔者先王尝游高唐，怠而昼寝，梦见一妇人，曰：'妾巫山之女也，为高唐之客，闻君游高唐，愿荐枕席。'王因幸之。去而辞曰：'妾在巫山之阳，高丘之岨，旦为朝云，暮为行雨，朝朝暮暮，阳台之下。'"后遂以"巫山"指男女欢会。④蒭（chú）：以刍草编制的过滤器过滤。⑤星眸：像星星一样晶亮的眸子。⑥月华羞：指美女如月亮般白皙的面庞现出羞涩之态。⑦金瓯：金制的酒杯。⑧歌扇：唱歌时手持的团扇。萦风：有风回旋。⑨江南诸伴侣：杭州的故旧。

【评点】　这首词约作于元祐七年（1092）担任扬州知州时。苏轼在颍州待了一年，至元祐七年二月，又被安排到扬州任知州，在这里又待了半年，当年八月再次回朝。据词中"墨云拖雨"的描写，当作于入夏之后。

"墨云拖雨"四个字，真可谓浓墨重彩，把浓云大雨的状态描摹得相当震撼。不过很快便雨散云收，夕阳重新出现在烟柳之外。这番大开大合后，作者将笔墨转移到"今夜巫山"的铺垫上，花还在，酒新筛，良宵的惬意上阕已见。下阕与前面的文字没有任何间隔和转移，紧紧续上，大写侍女的仪容和娇态：先写美人微笑，接着说她迷人的星眼，再加上以"月华羞"的娇态频频劝酒，更令人心痴神迷了。随后再让女子一展歌喉，那手中的团扇荡出的微风，足以将满腹闲愁吹得无影无踪。末句用"试问江南诸伴侣，谁似我，醉扬州"作结，凸显作者此时百无聊赖的寂寞之情，同时透出自己并不甘心过这样的日子，只是身为官吏，把握不了自身而已。

卷四　惠州　儋州

浣溪沙

绍圣元年十月二十三日①，与程乡令侯晋叔②、归善簿谭汲同游大云寺③。野饮松下，设松黄汤④，作此阕。

罗袜空飞洛浦尘⑤，锦袍不见谪仙人⑥。携壶藉草亦天真⑦。　　玉粉轻黄千岁药⑧，雪花浮动万家春⑨。醉归江路野梅新⑩。

【注释】　①绍圣元年：公元1094年。作者本年初由定州知州贬为英州知州，途中再贬为惠州安置，当年十月三日到达惠州贬所。②程乡：宋代县名，在今广东梅州，是梅州唯一的属县。侯晋叔：绍圣初年程乡县令。嘉靖《广东通志》卷五六载："侯晋叔字德昭，曲江人，登元丰八年进士。为程乡令。与苏轼兄弟往还欸密，家藏二公墨帖甚富。"③归善：宋代县名，惠州州治所在县，在今广东省惠州。簿：指归善县主簿。宋代的县主簿是县令的主要属官，协助县令处理一县杂务，大致相当于今之办公厅主任。大云寺：在惠州西部。④松黄汤：以松花为主熬制的饮料。⑤罗袜：女子穿的丝袜。曹植《洛神赋》："凌波微步，罗袜生尘。"洛浦：洛水之滨。曹植在《洛神赋》中描写了一位宓妃，形象生动传神，后人遂以此女为洛水之神。此句意谓这次游赏没能见到凌波微步的洛水女神。⑥谪仙人：指唐代著名诗人李白。据孟棨《本事诗》载，李白到京师长安后，秘书监贺知章闻其名，前往探访。李白拿出自己写的《蜀道难》给贺知章看。贺知章"读未完，称叹者数四，号为'谪仙'。解金龟换酒，与倾尽醉"。此句意谓这次的游赏也不可能见到谪仙李白。⑦携壶：带着酒壶。藉草：在草地上随便而坐。天真：率真自然。指此游最为接近自然。⑧玉粉：松花粉。千岁药：延年益寿的良药。⑨雪花浮动：指酒面浮起的泡沫。宋代以前的酒都是酿制的米酒，与今天的烧酒不同，故而酒面都浮着一层泡沫。万家春：苏轼自家酿造的酒名。不过此时他还没有酿出"万家春"酒，仅仅是用来代指美酒，其后自己酿酒，就以"万家春"为名。⑩江路：指惠州附近的合江沿流之路。据《归善县志》卷四，东、西二江之水合流于惠州，称为合江。江路野梅新，意谓合江两岸的野梅刚刚成熟。

【评点】 这首词作于贬到惠州后的第二十一天。苏轼似乎习惯了贬谪的生活，我们几乎感觉不到此词出于一个刚刚受到沉重打击的迁客之手。全词可谓置身世外，放浪形骸，不知今夕何夕，充分表现了作者"此心到处悠然"的达观精神。然而这并不等于他不热爱生活和自然，他吃的是延年益寿的千岁药，饮的是神清气爽的万家春。他没有自轻自贱，也没有自怨自艾，深知生命的意义在于自身，而不决定于外界，这种看破官场、淡泊名利的境界，较之初贬黄州时更加升华，更加彻底，更加无所羁系。

苏轼贬到惠州后，与当地官员的关系都处得非常融洽，那些官员也没有因为他是朝廷贬谪的罪人而疏远他、排斥他。在这里的三年多里，他与绍圣初年（1094）惠州知州詹范、绍圣三年（1096）的惠州知州方子容、绍圣四年（1097）循州知州周彦质以及本词中提到的程乡县令侯晋叔、归善主簿谭汲等下层官员和道士吴复古、陆惟忠等都有亲密的交往，与他们一同商量怎样造酒、怎样炼丹，生活丰富得不亦乐乎。此时的苏轼已完全成了个自然人，一个与天地万物包括惠州之民融合为一的客体，以最纯真的态度享受着来自虚廓宇宙的馈赠。

西江月

梅花

　　玉骨那愁瘴雾①,冰姿自有仙风②。海仙时遣探芳丛③,倒挂绿毛么凤④。　素面翻嫌粉涴⑤,洗妆不褪唇红⑥。高情已逐晓云空⑦,不与梨花同梦⑧。

【注释】　①玉骨那愁瘴雾:美玉琢成的香骨何愁瘴毒之侵。②冰姿自有仙风:冰一般晶莹的身姿自有仙子之风。③海仙时遣探芳丛:海上的神仙不时前来探查梅的芳姿。④倒挂绿毛么(yāo)凤:青青的梅树枝头倒挂着雏凤般的青梅小果。⑤素面翻嫌粉涴(wǎn):素雅的芳容反倒嫌恶脂粉的俗气。涴,污染。⑥洗妆不褪唇红:洗掉淡妆仍不失香唇的红色。⑦高情已逐晓云空:高雅之情已随着拂晓的白云飘然而去。⑧不与梨花同梦:不会和梨花同时出现在梦中。

【评点】　这首词表面看是在歌咏梅花,实则是以梅花的高洁喻爱妾朝云,寄托对朝云无尽的思念。词作于绍圣三年(1096)入冬,此时朝云去世已经好几个月了。

　　上阕"玉骨""冰肌"都是在喻朝云。实际上朝云的确是因为受不了南方的烟瘴而死,苏轼却说玉骨不愁瘴雾的侵害,冰姿自有仙女的风采,这是不是不符合朝云的生命轨迹呢?实则不然,在苏轼眼里,朝云并没有死,不过是飞升成了仙女,她永远都不会因瘴毒的折磨而死,就如同岭南的梅花一样宛如仙子。此句之后,她仍没有离开仙境,认为朝云的离去,完全是海上仙人屡屡探望的结果,既然到了"倒挂绿毛么凤"的时候,她也该回仙界去了。

　　下阕前两句回忆朝云在世时的情景:一个素面朝天的年轻女子,对浓妆艳抹并不屑意,反倒觉得那种刻意的装扮失天然之美。铅华去尽,仍保留着一点红唇，那才是真实的美，天然的美。后两句情绪达到高潮，因为作者已从幻梦中清醒过来：他最爱的朝云的的确确离他而去，随云而消了，再也回不到他的身边，能够再见到她，除非是在梦里了！然而即便是做梦，也会梦到最美最纯的朝云，而不会梦到其他任何人，因为朝云的美是有着冰肌玉骨的美，没有任何花、任何人能与她媲美。梨花虽然白皙，但它不可能生长在寒冷的冬季，也不可能有梅花的高洁和清雅。朝云永远是他心中无可替代的女神。

蝶恋花

春景

花褪残红青杏小①。燕子飞时，绿水人家绕。枝上柳绵吹又少②，天涯何处无芳草。　墙里秋千墙外道。墙外行人，墙里佳人笑。笑渐不闻声渐悄，多情却被无情恼③。

【注释】　①花褪（tuì）残红青杏小：谓杏花凋谢后，青杏刚刚成形，还很稚嫩。②柳绵：柳絮。吹又少：指暮春时节，柳絮已经寥寥无几。③多情却被无情恼：多情者因无情者感到恼恨。

【评点】　与这首词相伴的还有一个凄美的故事。《宋人轶事汇编》卷十二载苏轼在惠州时，与朝云闲坐。时秋天初至，落木萧萧，凄然有悲秋之意。于是命爱妾朝云唱此词。朝云歌喉方啭，泪满衣襟。苏轼问其故，朝云答道："奴所不能歌者，'枝上柳绵吹又少，天涯何处无芳草'也。"苏轼道："我方悲秋，汝又伤春矣。"朝云不久而亡，苏轼终身不听此词。所以明人沈际飞《草堂诗余正集》卷二说："'枝上'二句，断送朝云。"苏轼所说的"悲秋"，指的是他这一生一贬再贬，此时已到暮年，还在贬谪之中，不免心生悲戚。他说朝云"伤春",则在表明,作为女人的朝云,也已有了美人迟暮之慨。而这仅仅是表面上的含义,更深一层的意思,苏轼与朝云的感触就完全不同了:苏轼更看重"天涯何处无芳草",体现的是真正的男儿走到哪里,都会保持乐观向上的积极态度;朝云则着意在"枝上柳绵吹又少",触痛了她心灵最脆弱的地方,感受到的是有限的生命即将完结的哀伤。正因为如此,朝云唱到这一句时,才不由自主地流下了热泪。这种伤感,不仅仅是对自己迟暮的哀叹,也是对她深深爱着的苏轼晚年流落天涯的慨叹。

　　这首词蕴含的感情是很丰富的,尤其是上阕,不同的人读它会有不同的感受。就作者而言,可以看出虽然是在写暮春,但态度依旧乐观积极,我们感觉不到任何哀伤和惆怅;然而在朝云眼里,它却变得十分凄苦,"枝上柳绵吹又少"的画面,使她无法克制凄切的情感,以至泪流满面,唱不下去了。正因为作者本身的情绪没有那么低落,所以下阕描绘的场景更显得富有神趣:院墙里面一架秋千,院墙外便是一条小道。墙外的行人在慢慢行走,墙里的美人一边荡秋千一边甜甜地笑。这银铃般清脆的笑声,引得行人不由驻足倾听,然而美人的笑声却渐渐消失,自作多情的行人当然感到十分懊丧,可笑的是,墙里的美人对此却丝毫没有察觉。此中的妙处究竟该如何理解?有人说,这是苏轼在借小词抒发自己对朝廷自作多情,得到的却是当权者的唾弃。也有人说,这些文字曲折地反映了作者思想上伤感的一面,自己虽然历经坎坷,仍多情地怀念人生,追求未来,说明他是位对生活沉思、不会完全忘记现实的诗人。在我看来,苏轼当时写此词,似乎没有顾及那么多,他是个生性达观的人,很善于调节自身情绪,在贬谪惠州的那段艰苦岁月里,他用调笑的笔触开解自我,行乐忘忧,才最符合他特有的性格。也就是说,下阕极富意趣的描写,仅仅是在表达一种诙谐,而这被"无情"所恼的主角,很可能就是他本人的自嘲。清人李佳《左庵词话》卷下说:"苏东坡'墙里秋千墙外道。墙外行人,墙里佳人笑。笑渐不闻声渐悄,多情却被无情恼'。此亦寓言,无端致谤之喻。"意思是说这几句话仅仅是把男女之情用诙谐的手法表现出来,与作者遭受诽谤等政治元素并无瓜葛,用今天一句北方话说,这其实是作者自己和自己"逗闷子"罢了。这个"闷子"逗得手法巧妙,大概很多男子都曾有过类似的经历:见到赏心悦目的美人,很想多看几眼,孰料美人一扭身便离开了,多扫兴?如果一定要和当时的背景靠在一起，那么这几句话就是在以自嘲的口吻逗朝云开心一笑而已。当然，内心丰富的朝云不但没有被苏学士逗笑，反而触景生情，感伤落泪，又是作者完全没想到的。

减字木兰花

立春①

春牛春杖②，无限春风来海上。便丐春工③，染得桃红似肉红。　春幡春胜④，一阵春风吹酒醒。不似天涯，卷起杨花似雪花⑤。

【注释】　①立春：元本此词副题作《己卯儋耳春词》，说明这首词作于哲宗元符元年（1098），写作地点在海南的儋州（今海南宜伦）。②春牛：用泥土堆成的土牛。古代立春前，百姓做土牛，并于土牛旁安放犁具。立春前五天的黎明，官府为坛以祭先农，官员们各持缕杖环绕土牛击打其身，以示劝农之意。③丐：祈请。春工：雕琢春天的神工。④春幡：又叫春旗。古代民俗于立春这一天张挂春幡于树梢，或剪缯绢做成小幡，连缀起来簪戴在头上，迎接春天的到来。南朝陈徐陵《杂曲》："立春历日自当新，正月春幡底须故。"春胜：旧俗于立春日剪彩成方胜为戏，或作为妇女的首饰戴在头上，叫做春胜。苏轼《章钱二君见和复次韵答之》诗："分无纤手裁春胜，况有新诗点蜀酥。"⑤卷起杨花似雪花：意谓杨柳的白絮随风飘起，宛如飘飘洒洒的雪花。海南气候温暖，北方还在飘雪的季节，儋州已是柳絮飘飞了。

【评点】　苏轼贬到惠州的第四年，即绍圣四年（1098）的五月，再次遭贬到海南儋州。当年六月十一日渡海，七月十三日抵达贬所。在宋朝，儋州是个充满海氛烟瘴、毒虫蛇蝎、无医无药的蛮夷之地，与世隔绝、非人所居的海角天涯。他在《与王敏仲书》里说："某垂老投荒，无复生还之望，昨与长子迈诀，已处置后事矣。今到海南，首当作棺，次便作墓，乃留手疏与诸子，死则葬于海外。"可见他刚到儋州时，情绪相当低落，几乎不做再回内地之想。然而他毕竟是个适应能力极强的人，用现在的话说，就是特别经折腾。在如此恶劣的环境里，他不但活了下来，而且活得有滋有味。

这首词应该作于来到儋州的第二年立春前，经过半年与当地黎人的交往，作者已经融入了他们的生活，并从中品尝到了生活的乐趣，而且是别有一番风味的乐趣，令他感到虽然身在海岛，生活却显得更充实，更有激情。当此立春之日，作者满眼所见，都是盎然的春意与生机。同内地一样，这里的百姓逢到开春，也会堆土牛，张春幡；这里的景致丝毫不比内地逊色，那早来的春景，反而是内地瞠乎其后的。此时他领悟到，无论天涯海角，只要有一颗淡定的心，就能从看似不同的环境中获取无尽的乐趣，美在人的心里，就看你能不能领略其妙处。比如这里的桃花，比内地更加鲜艳；又比如杨花，内地还在飘落雪花时，这里已是春色满园，杨柳白絮纷纷扬扬了。这一切都让他颠覆了"非人所居"的最初定义，变得充满愉悦，充满生意。全词格调鲜明亮丽，描绘的场景热烈而清新，使读者仿佛见到了一幅构图简洁的海南民俗画卷。

减字木兰花

以大琉璃杯劝王仲翁①

海南奇宝②，铸出团团如栲栳③。曾到昆仑④，乞得山头玉女盆⑤。　　绛州王老⑥，百岁痴顽推不倒⑦。海口如门⑧，一派黄流已电奔⑨。

【注释】　①琉璃杯：琉璃制成的酒杯。李贺《将进酒》："琉璃钟，琥珀浓，小槽酒滴真珠红。"王仲翁：名公辅。王文诰《苏诗总案》：

"王公辅，儋州人，俗呼王六翁。苏轼、折彦质雅重之。一日举酒贺折曰：'夜来占天象，公当内召矣。'未几果验。公辅年一百三岁卒。"②海南奇宝：指大琉璃杯乃当今海南的奇珍异宝，难得一见。③团团：圆乎乎。栲栳（kǎolǎo）：用柳条编成的盛物器具。俗称为笆斗。④昆仑：昆仑山，在今西藏、新疆和青海之间。《淮南子·原道》："经纪山川，蹈腾昆仑。"高诱注："昆仑，山名也。在西北，其高万九千里。"古代传说此山为神仙所居之地。⑤乞得山头玉女盆：此句连上句，意谓这件大琉璃杯一定是曾经有人到昆仑山，求得山巅玉女用来洗头的琉璃盆。言此物必然来之不易。⑥绛州：北宋州名，属河东路，治所在今山西新绛。此处指王公辅的郡望。王老：对王公辅的尊称。⑦百岁痴顽：能活到一百岁的老顽童。⑧海口如门：大嘴如同一扇大门。言其豪饮。⑨一派黄流已电奔：一大杯酒顷刻间便迅速消失。一派，一股。黄流，指酒。《诗经·大雅·旱麓》："瑟彼玉瓒，黄流在中。"电奔，喻如闪电般迅速消失。

【评点】 这首词作于哲宗元符中在儋州贬所时。全词只写了两大"奇"，一是难得一见的大琉璃酒杯，究竟有多大呢？具体尺寸不便讲，那就打个比方吧：听说过昆仑仙女洗头的大盆了吗？对，就那么大，唯其如此，才能和"海南奇宝"的首句定义相吻合，够奇了吧？第二奇是王老的身体和酒量，这是一个问题的两个方面，没有强壮的身体哪来的酒量？唯其海量，才更说明其身体之健壮。瞧他那血盆大口，刚一张开，便像漩涡吸水一样一饮而尽。全词所有文字，莫不是围绕着这两大"奇"而发，您看，这么大的酒杯，怎么才能制作得如此精美，活像常见的栲栳那么圆滚滚？再看王老，百岁之人，哪个想跟他比试比试，都未必是他的对手。如此健壮的身体是怎么练就的呢？说来也很简单，不过是万事不入心，一切随他去，绝不像一般人那样凡事斤斤计较。人们不是经常说那样活着太累吗？不错，累了就折寿，不让自己累着，才是对自己最大的爱护。你说人家"痴"也好，说人家"顽"也好，随你便，王老决不跟你们计较。

读完此词，王老的形象便深深印在我们脑子里了。看人家活得多潇洒，多痛快！可如果扪心自问，你能像人家那样活吗？恐怕你会感到脸红。正因为苏轼达不到王老那般境界，才使他遏制不住要把今天向王老劝酒的小故事记录下来，并打算以他为榜样，潇洒走一回。当然，苏轼的酒量很差，别看他动不动就写饮酒，还口口声声佩服陶渊明饮酒，他的酒量却怎么也上不去，这就不说了，天生的，没办法改变，但人家王老的"痴顽"，总可以用心去学吧?

　　这首词揭示出一条很深刻的哲理：人在世上走，不可能事事顺心，莫说普通百姓，皇上还有发不完的愁呢，要是凡事认真，一天就得生八回气，十天就能把你气死。命都没了，还争什么？这点道理都弄不明白，真是太"没文化"了。尤其是老年人，胡子一大把，还遇事便真鼻子真脸地跟人论理，不嫌累吗？看人家王老，除了一张海饮的大嘴什么都没有，再看人家苏轼，满肚子墨水，肚皮之外也是什么都没有。人家能做到又痴又顽，我们怎么就做不到呢？建议爱生气、爱凡事都要跟别人讲理的人把这首词写下来，当成座右铭，每天读它几遍，肯定长命百岁。

卷五　其他

行香子

述怀

清夜无尘，月色如银。酒斟时、须满十分①。浮名浮利，虚苦劳神。叹隙中驹②，石中火③，梦中身④。

虽抱文章，开口谁亲⑤？且陶陶、乐尽天真⑥。几时归去⑦，作个闲人。对一张琴，一壶酒，一溪云。

【注释】　①酒斟时、须满十分：尽情畅饮，一醉方休。白居易《和春深》诗之十四："何处春深好？春深痛饮家。十分杯里物，五色眼前花。"②隙中驹：即"白驹过隙"，谓日影如白色的骏马飞快地驰过缝隙。形容时光过得极快。《庄子·知北游》："人生天地之间，若白驹之过郤，忽然而已。"成玄英疏："白驹，骏马也，亦言日也。"《史记·留侯世家》："人生一世间，如白驹过隙，何至自苦如此乎！"③石中火：敲击石头迸出的火花。喻闪现极为短暂。北齐刘昼《新论·惜时》："人之短生，犹如石火，炯然以过。"④梦中身：即"人生如梦"之意。⑤虽抱文章，开口谁亲：虽然自诩文章盖世，有谁真能与自己亲近？苏轼一生写的文章很多，尤其是担任中书舍人、翰林学士期间，每天都要写很多制词。这里所谓"文章"，指的就是这类大雅之作。意思是这些文章，不过是为别人锦上添花，想以此博得朝廷看重是不可能的。⑥且陶陶、乐尽天真：姑且去过其乐陶陶的率真生活。⑦归去：用陶渊明《归去来兮辞》之意，表示彻底脱离官场，回到自然中去。

【评点】　这首词约作于元祐八年（1093）底或绍圣元年初，此时苏轼已离开京城来到北方的中山府。多次希望为朝廷尽忠又多次遭到无情贬谪的沉痛经历，使他再次萌生了脱离官场回归自然的期求，这首以清夜独酌为背景的词，可以看成他一番冷静的表白。

上阕把对人生的思索置于"清夜"之中，给人清绝无尘之感，可以看成是苏轼对未来生活的追求和憧憬，也可以看作他在努力荡涤心中污浊后渐归无尘的新状态，总之他已远离了无穷无尽的争斗和乌烟瘴气的氛围，来到相对清净的北方前沿，起码可以静静地坐下，安安稳稳地端起酒杯了。人这一生都在忙活什么呀？争夺什么呀？细算起来，不就是百年一瞬吗？

下阕追忆此生毫无价值的所谓"奋斗"，写了那么多文章，上了那么多奏疏，谁真拿这些东西当回事了？要说文章盖世，也不过是自欺欺人，没有任何实际的意义。如今又到了北方前沿的中山府，还在继续做着毫无意义的俗事，板着连自己都明白是假的那张面孔，煞有介事地继续给朝廷上奏章做汇报，可笑不可笑？谁许见你了，还这么自作多情？为了心灵的净洁，为了自身的无垢，还是学陶渊明赶紧归去吧。

遗憾的是，尽管苏轼归隐之心越来越重，还是难以实现这最低级的愿望，这就叫"上贼船容易下贼船难"——想得倒美，谁叫你有才气，谁叫你有思想？非要灭了你不可！此后不久，朝廷再发圣命，把他贬到蛮烟瘴雨的岭南去监视居住了。

贺新郎

乳燕飞华屋①。悄无人，槐阴转午②，晚凉新浴。手弄生绡白团扇③，扇手一时似玉④。渐困倚、孤眠清熟⑤。帘外谁来推绣户？枉教人，梦断瑶台曲⑥。又却是、风敲竹⑦。　　石榴半吐红巾蹙⑧。待浮花浪蕊都尽⑨，伴君幽独。秾艳一枝细看取⑩，芳意千重似束⑪。又恐被、西风惊绿⑫。若待得君来向此，花前对酒不忍触。

共粉泪、两簌簌⑬。

【注释】　①乳燕：刚刚学飞的雏燕。②槐阴转午：槐树的影子渐渐移动，表明已到午后。③弄：玩弄。绡（xiāo）：生丝织成的白色织品。④扇手一时似玉：团扇和女子的纤手都像是美玉雕成。⑤清熟：睡得很香。⑥瑶台：传说中仙人所居的琼台。瑶台曲，古曲名，原名《临高台》。郭茂倩《乐府诗集》卷十六引《乐府解题》："（南朝）宋何承天《临高台篇》曰：'临高台，望天衢，飘然轻举凌太虚。'则言超帝乡而会瑶台也。"⑦风敲竹：风吹竹响。⑧红巾蹙（cù）：形容石榴花半开时，就像紧绉成一团的红纱巾。⑨浮花浪蕊：指那些应时而开、易开易落的花。⑩秾（nóng）艳：花木茂盛而鲜艳。唐司空图《效陈拾遗子昂感遇》诗之二："北里秘秾艳，东园锁名花。"⑪芳意：指石榴花的花蕊。⑫惊绿：指石榴被秋风吹落了花，只剩下绿叶。⑬两簌簌：意谓花瓣与眼泪一同落下。

【评点】　关于这首词的背景，杨湜《古今词话》中说："苏子瞻守钱塘，有官妓秀兰，天性黠慧，善于应对。一日，湖中有宴会，群妓毕集，唯秀不至，督之良久方来。问其故，对以沐浴倦睡，忽闻叩门甚急，起而问之，乃乐营将催督也。子瞻已恕之，坐中一倅（宋代州中的通判）怒其晚至，诘之不已。时榴花盛开，秀兰折一枝藉手告倅，倅愈怒。子瞻因作《贺新凉》，令歌以送酒，倅怒顿止。"也有人不同意这种说法，宋胡仔《苕溪渔隐丛话》说："东坡此词，冠绝古今，托意高远，宁为一妓而发耶？'帘外'三句用古诗'卷帘风动竹，疑是故人来'之意。'石榴半吐'五句，盖初夏之时，千花事退，榴花独芳，因以写幽闺之情也。野哉杨湜之言，真可入笑林矣。"

苏轼虽有大丈夫襟怀，也不乏嬉笑调侃之作。细细品味此词，作者除了咏美人与榴花之外，似乎还有更深一层的寓意。清人黄氏《蓼园词选》说："前一阕写所居之幽僻，次阕又借榴花以比此心蕴结，未获达于朝廷，又恐其年已老也。"按黄氏的说法，此词也属于托物言志之作。我们姑且依照他的思路来看。

上阕写独居华屋的美人，在无聊懒散中悄然睡去。梦中听见有人敲门，醒来方知是一场空喜。下阕专咏榴花，写到榴花不与百花争艳，而是在"浮花浪蕊"谢尽后才一枝独秀，然而这秀色同样不能持久，正如美人的青春不能永驻，最终只能是以"共粉泪，两簌簌"作为悲凉的结局。把这个结局理解为作者抒发怀才不遇的牢落之感，也是合乎情理的。

渔家傲

七夕

皎皎牵牛河汉女①，盈盈临水无由语②。望断碧云空日暮③。无寻处，梦回芳草生春浦④。　　鸟散余花纷似雨⑤，汀洲苹老香风度⑥。明月多情来照户。但揽取，清光长送人归去⑦。

【注释】①牵牛河汉女：即牛郎星和织女星。河汉，指银河。《古诗十九首·迢迢牵牛星》："迢迢牵牛星，皎皎河汉女。"②盈盈临水无由语：谓牛郎织女隔着银河，没有机会倾吐柔情。《古诗十九首·迢迢牵牛星》："盈盈一水间，脉脉不得语。"盈盈，水流清浅之貌。③望断碧云空日暮：谓望断长空，不见人来。江淹《拟休上人》诗："日暮碧云合，佳人殊未来。"④梦回：梦醒。春浦：春日的江岸。⑤鸟散：鸟儿归巢。余花：化用南朝谢朓《游东田》诗："鱼戏新荷动，鸟散余花落。"⑥汀洲：水中小洲。南朝柳恽诗："汀洲采白苹，日暮江南春。"⑦清光：清亮的月光。南朝齐谢朓《侍宴华光殿曲水》诗："欢饮终日，清光欲暮。"

【评点】　这首词从天上牛郎、织女写起，所用笔墨却不多，原因很简单：牛郎织女的故事尽人皆知，何须再去重复？作者很清楚详略得当的道理，前两句仅仅用了《古诗十九首》里的成句，把牛郎织女相隔一水却盈盈无语的凄清场景描画出来,这两句甚至可以理解为下文的起兴,接下来的描写,才是作者心中真正萦怀的现实。人都道牛郎织女为爱所苦,殊不知人间的痴男怨女,有时还不如天上的有情人。多少人盼望着与情人相会,可惜盼到的往往是"无寻处"的心碎结果。

更巧的是,作者不愿人间情侣都像牛郎织女那样难诉柔情,他更希望美好的爱情能够满足相爱的男女,所以设想了一个很美好的大背景:明月终于来照人户,看着多情欢会的爱侣,它似乎也显得格外多情了。那皎洁的月光,见证着爱侣们得到了愉悦和满足,并用清光护送他们依依归去。

七夕本是民俗节日,它的寓意就是为天下有情人创造一个能够品尝爱的氛围。这首词恰恰抓住了这个中心,讴歌了人间纯真美好的爱情。

南歌子

暮春

紫陌寻春去①,红尘拂面来②。无人不道看花回③。惟见石榴新蕊、一枝开。　　冰簟堆云髻④,金尊滟玉醅⑤。绿阴青子莫相催⑥。留取红巾千点⑦、照池台。

【注释】　①紫陌:京郊的道路。②红尘:尘土。拂面来:扑面而来。③无人不道看花回:化用刘禹锡《元和十一年自朗州召至京戏赠看花诸君子》"紫陌红尘扑面来,无人不道看花回"成句。④冰簟(diàn):凉席。云髻:女子所梳的高髻。⑤滟(yàn):漂浮之貌。玉醅(pēi):碧玉般的美酒。⑥绿阴青子:绿叶中正在生长的青色果实。杜牧《叹花》诗:"自恨寻芳到已迟,往年曾见未开时。如今风摆花狼藉,绿叶成阴子满枝。"⑦红巾千点:石榴的红色花瓣。

【评点】　这首词不知作于何时,也不知究竟为何而作。宋陈鹄《耆旧续闻》卷二载,苏轼有妾朝云、榴花,诗词中多及之。又作《南歌子·暮春》云云。"意有所属也。或云赠王晋卿侍儿,未知其然否也"。意思是说这首词可能是赠给驸马都尉王诜侍女的,但不知是否真实。反复吟读此词,竟不知究竟在写石榴花,还是以花喻人。如此说来,此词堪称为"朦胧词"了。然而此词有韵有致,有情有意,称得上是首佳作。

  上阕前半部分化用刘禹锡成句,表现的是暮春时节,佳人寻春看花归来。末句"惟见石榴新蕊、一枝开"出现得突兀:既然是佳人已回,这枝石榴又如何解释?如果不是我们的理解能力太低,就是作者有意留下了一个悬念。下阕前两句也写得迷离惝恍:凉席上堆着云髻。如果不是美人卧席,这个"云髻"又该作何解释?"金尊潋玉醅"明摆着在说饮酒,那就肯定不是写石榴花了。奇怪的是接下来立刻又出现石榴:"绿阴青子莫相催",显然是在劝人休要让艳丽的石榴花结下果实,不如留下千片红瓣,更长久地欣赏它的美艳。按照这个解说,如果此词在写榴花,显得支离破碎不成片段,且其中的人物更是无法自圆。照此看来,此词在写王驸马家一位佳丽,倒可以解释得通:这位佳丽乘兴寻花,紫陌红尘之中,似一枝榴花翩然回归。归来的佳人莺庸燕懒,一头歪倒在凉席上歇息,或是为主人驸马爷斟上美酒。于是乎眼馋肚饱的苏轼讽劝王驸马:这样的尤物千万不可让她早早孕育,即便是初秋花谢,留下那片片红英,也可令人陶醉。苏轼曾非常喜欢王诜家一个叫啭春莺的侍女,说不定这首词还是他那场美人梦的延续,也未可知。倘若这个猜测合于情理,那么此词的写作当在元祐三四年间,此时苏轼在翰林学士任上,与王诜仍有交往。

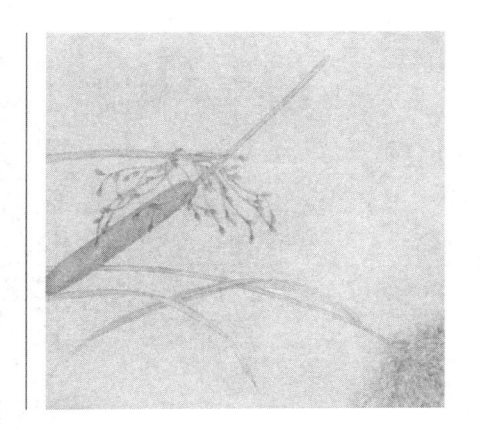

辛弃疾词选注

导　言

　　诗词，是诗人从心底里流出的生命体验。每家的诗词，都有独特的生命内涵。要了解词作的独特性，先须了解词人的独特性。想要深入领会辛弃疾的词，必须了解辛弃疾其人。

一、英雄人

　　辛弃疾为人最突出的特点，是具有英雄气质。他不止一次地自称为英雄、自诩为英雄。他狂放的时候，感"叹少年胸襟，忒煞英雄。把黄英红萼，甚物堪同。除非腰佩黄金印，座中拥、红粉娇容"（《金菊对芙蓉》）。失意的时候，想"唤取红巾翠袖，揾英雄泪"（《水龙吟》）。老了，自伤"不念英雄江左老，用之可以尊中国"（《满江红》），"谁念英雄老矣，不道功名蕞尔，决策尚悠悠"（《水调歌头》）。

　　辛弃疾天生一副英雄模样，身材肥胖魁梧，壮健如虎，红颊青眼，目光有棱，眼睛一瞪，就光芒直射，威严冷峻。挚友陈亮题赞他的画像时，说他"眼光有棱，足以映照一世之豪"（《辛稼轩画像赞》）。词友刘过写诗赞扬辛弃疾，说"精神此老健如虎，红颊白须双眼青"（《呈稼轩》）。

　　辛弃疾究竟算不算英雄？我们先看古人心目中英雄的标准。三国时代刘劭《人物志》卷八《英雄》是这样定义英雄的：

　　　　夫草之精秀者为英，兽之特群者为雄。故人之文武茂异，取名于此。是故聪明秀出谓之英，胆力过人谓之雄。……夫聪明者，英之分也，不得雄之胆，则说不行。胆力者，雄之分也，不得英之智，则事不立。是故英以其聪谋始，以其明见机，待雄之胆行之。雄以其力服众，以其勇排难，待英之智成之，然后乃能各济其所长也。若聪能谋始，而明不见机，乃可以坐论而不可以处事。聪能谋始，明能见机，而勇不能行，可以循常而不可以虑变。若力能过人，而勇不能行，可以为力人，未可以为先登。力能过人，勇能行之，而智不能断事，可以为先登，未足以为将帅。必聪能谋始，明能见机，胆能决之，然后可以为英。张良是也。气力过人，勇能行之，智足断事，乃可以为雄。韩信是也。

这段话的大意是说，草中精秀出众的叫英，兽中特别超群的叫雄。所以人们把文武出众的人与之类比，将智慧超群的称为英，胆力过人的称为雄。英有聪明智慧，但如果没有雄的胆量，他的理想就没法实现。雄有胆略武力，但如果没有英的智慧，也难以成就事业。所以，英以他的智慧做出战略部署、并能把握战略机遇，还需要雄的胆量来付诸行动。雄有过人的力量来服众，超常的勇气排除困难，但需要英的智慧来成就事业。英和雄各济所长，才能成就伟业。如果只有远见谋略，而不善于把握战机，这种人只能坐而论道，而不能实战。有远见谋略，又能把握战略机遇，但如果没有勇气付出行动，这种人只能守常规而不能随机应变，不能解决突发的危机。如果力量过人，但没有勇气行动，只能做力士，而不能冲锋陷阵。力量过人，勇于冲锋陷阵，但如果智慧不足以临机断事，这种人可以为先锋，而难以做将帅。称得上是英的人，一定是有远见谋略，善于掌控战机，而且有胆量做出决断，能付诸行动。张良就是这样的人。称得上是雄的，必定是武力过人，勇敢无畏，有行动力，而且临事机智果断。韩信就是典范。

综合来看，英雄的特点是聪能谋始，明能见机，胆能决之，勇能行之，气力过人，智足断事。辛弃疾就是这样的英雄。且看他青壮年时代的几件壮举：

1. 年少从军

人们都知道，二十二岁时，辛弃疾曾聚众二千，起兵抗金，后投奔耿京部下，为掌书记。他在《美芹十论》中说："辛巳岁，金亮南下。中原之民屯聚蜂起，臣尝鸠众二千，隶耿京为掌书记。"辛巳岁，即绍兴三十一年（1161）。我们要追问的是，他为什么要起兵抗金，起兵的动机目的是什么？为什么要率两千人投奔耿京部下，而不是只身前往？或者说他为什么要隶属于耿京部下，而不是自立山头，独立抗战？为什么是在绍兴三十一年辛巳（1161）起兵，而不是在此前或此后起兵？

辛弃疾起兵是为民族大义，而不是做绿林好汉。辛弃疾的家乡是济南，他自幼生长在金人占领区，饱受民族压迫与欺凌。《美芹十论·观衅篇》说，当时胡人"分朋植党，仇灭中华。民有不平，讼之于官，则胡人胜，而华民则饮气以茹屈；田畴相邻，胡人则强而夺之；孳畜相杂，胡人则盗而有之"。所以，他从小就立志要为民族报仇雪耻，所谓"虏人凭陵中夏，臣子思酬国耻，普天率土，此心未尝一日忘"（《美芹十论》）。

他起兵抗战的动机是雪洗国耻，收复中原。既然起兵抗战是为收复中原，如果孤军奋战，自不可能成功，必须壮大力量，团结义士，共图大业。对此，他在《美芹十论》中说得很明白："隶耿京为掌书记，与图恢复，共籍兵二十五万。"辛弃疾不自立山头单干，而要投奔耿京的队伍，目的是共"图恢复"大计。

辛弃疾率众两千投奔耿京，而不是只身前往，这体现出辛弃疾的"聪能谋始"。试想，当时辛弃疾年方二十出头，一个毛头小伙，如果只身前往，必然短期内难以获得耿京的信任重用。带上两千人的队伍投奔，陡然间就壮大了耿京队伍的实力，耿京自然会对辛弃疾刮目相看，而委以重任。

且看耿京是如何逐步壮大的。据徐梦莘《三朝北盟会编》卷二百四十九记载：济南人耿京怨恨金人的横征暴敛，民不聊生，才揭竿而起。先是结集李铁枪等六人入东山，逐渐发展到数十人，攻取莱芜、泰安后，队伍扩展到百余人。莱州贾瑞带领数十人归耿京，耿京大喜。耿京听从贾瑞的建议，将百余名部下分为诸军，各令招人，不久，就招募到了数十万人。辛弃疾带领二千人归隶耿京，耿京自然是大喜过望。率众两千入伙，等于是"投名状"，有了这个资本，辛弃疾在耿京的队伍中就能迅速受到重视，得到重用，才有可能"与图恢复"，实现他远大的战略意图。所以，辛弃疾率众两千投奔耿京，是深思熟虑的战略考量，是他实现"恢复"大业的第一步。

辛弃疾之所以在绍兴三十一年冬天起兵，而不是在这之前或之后，是因为其时金主完颜亮率领百万大军南下侵宋，北方兵力空虚，加之完颜亮南侵前，向中原民众预征五年的租税，致使民怨沸腾，民不聊生，中原豪杰，如河北大名的王友直、山东济南的耿京、太行山的陈俊，倡义集众，并起反抗。辛弃疾敏锐地抓住这个难得的战略机遇，趁机而起，聚兵反抗。辛弃疾曾说"思投衅而起，以纾君父所不共戴天之愤"（《美芹十论》），所谓"投衅而起"，就是寻找机会起兵反抗。

辛弃疾在《美芹十论·观衅》中曾分析过北方民众适时群起反金的原因：深受民族压迫的中原之民，此前不敢贸然起兵抗金，主要是习惯了苟且偷安，又惧怕金人的诛杀之威。之所以到绍兴三十一年辛巳纷纷揭竿而起，是因为"怨已深，痛已巨，而怒已盈"。只可惜当时南宋朝廷没有抓住这难得的机遇。如果南宋朝廷当年能把握这个机遇，与北方义兵相互声援，南北呼应，或者可一举而定中原。很显然，辛弃疾在绍兴三十一年起兵，正是看到了中原的人心对金人已怨恨至极，此时举义旗，聚义兵，容易得到民众的响应。趁金兵主力南下时举兵，金朝也无力顾及，义兵容易立足生存，也容易发展壮大。辛弃疾的"明能见机"，"勇能行之"，于斯可见。

2. 追杀义端

辛弃疾任耿京的掌书记后，遇到一突发事件，差点丢掉性命，但他以雷霆手段处置，转危为安。《宋史·辛弃疾传》记载这件事的原委是：辛弃疾归耿京之后，曾劝说一位义兵头领义端和尚带领千余人归顺耿京部下。不想这义端为人不义，行为不端，是个投机分子。参与耿京的队伍不久，他就盗窃辛弃疾掌管的军印潜逃。耿京大怒，要杀辛弃疾。辛弃疾说："请给我三天期限，抓不到义端，再来就死不迟。"辛弃疾料定义端是叛逃至金兵军营，把掌握的军事情报献给金帅，以博取个人利益，果然不出所料，辛弃疾很快就追上了义端，义端见辛弃疾追来，求饶说："我识君真相，乃青兕也，力能杀人，幸勿杀我。"辛弃疾毫不手软，果断地斩其首级，夺回军印。耿京自此更加信任辛弃疾。

辛弃疾能料定义端是叛投金军，表明辛弃疾判断力强，料事如神。义端逃跑之后，他能追上义端并活捉生擒，表明辛弃疾"气力过人"且"勇能行之"。义端喜谈兵，又能聚众千余人，自非等闲之辈。而他见辛弃疾追来就恐惧不已，说辛弃疾的前身是犀牛，足见辛弃疾力大无比，他毫不留情地杀死叛徒义端，足见他行事果敢。

3. 决策南向

辛弃疾任耿京掌书记数月之后，就向耿京献策，把队伍拉到南宋，图谋发展。这就是《宋史·辛弃疾传》里说的"劝京决策南向"。《美芹十论》里也说："隶耿京为掌书记，与图恢复，共籍兵二十五万，纳款于朝。"所谓"决策南向"，"纳款于朝"，是说要带领二十五万兵马，投诚南宋王朝。

为什么辛弃疾要劝耿京"决策南向"？他是基于怎样的战略考量？

原来，绍兴三十一年冬天完颜亮南侵渡淮不久，就被部下杀死。金兵主力部队全部撤回北方，这对义军的生存构成严重威胁。更为严峻的是，金世宗继位后，对北方义军采取了攻心瓦解的策略，下令"在山者为盗贼，下山者为良民"，"放罪"赦免抗金义军。于是北方义军人心涣散，大多解甲归田，不少义军队伍随即土崩瓦解。如王友直部，原有众数十万，自从金世宗下达归农为民的赦令后，只剩下三十多人。因无法生存，王友直只好率三十多名部下南奔投诚南宋。

王友直部队瓦解之后，耿京部队自然是独木难支。如果不及时另寻出路，也很快会像王友直部队一样溃散，或被金兵消灭。所以，辛弃疾劝耿京"决策南向"，而耿京也言听计从，采纳了辛弃疾的建议。一个二十三岁的少年，敏锐地察觉到部队的生存危机，为二十五万的军队寻找出路，辛弃疾的"聪能谋始，明能见机"，再一次得到充分的展现。

4. 生擒叛将

耿京听从辛弃疾南下投诚的计策后，即委派贾瑞和辛弃疾等十一人前往南宋接洽。贾瑞、辛弃疾一行从山东东平出发，于绍兴三十二年（1162）正月到达楚州（今江苏淮阴），在淮南转运副使杨抗的安排下，前往建康（今南京）。正月十八日，宋高宗赵构巡幸至建康，闻辛弃疾一行南来，大喜，随即召见，并分别授予官职，耿京部下有二百多人被授官。贾瑞、辛弃疾一行接受任命之后，即返回山东。枢密院委派使臣吴革、李彪二人携带官诰文书随贾瑞、辛弃疾等一同前往，准备到山东当面宣布朝廷的任命。到达海州（今江苏连云港）后，京东招讨使李宝又派部将王世隆率十数名骑兵护送贾瑞、辛弃疾一行。

就在辛弃疾等人准备离开海州前往山东时，原来的部下马全福前来报讯，说耿京被叛将张安国杀害，义兵队伍已经溃散，张安国率部投降了金人。辛弃疾闻讯大惊，当机立断，与王世隆及马全福等相约潜回山东，生擒张安国。将张安国活捉生擒之后，送往临安正法。史载：

> 绍兴三十二年，京令弃疾奉表归宋，高宗劳师建康，召见，嘉纳之，授承务郎、天平节度掌书记，并以节使印告召京。会张安国、邵进已杀京降金，弃疾还至海州，与众谋曰："我缘主帅来归朝，不期事变，何以复命？"乃约统制王世隆及忠义人马全福等径趋金营，安国方与金将酣饮，即众中缚之以归，金将追之不及。献俘行在，斩安国于市。仍授前官。（《宋史·辛弃疾传》）
>
> 赤手领五十骑，缚取于五万众中，如挟狡兔，束马衔枚，间关西奏淮，至通昼夜不粒食。（洪迈《稼轩记》）
>
> 挟安国马上，还朝以正典刑。（《朱子语类》卷一三三）
>
> 即帐中缚之，献于临安斩之。（陈泾《通鉴续编》卷十七）

这几条记载，详略虽然不同，但我们从中可以得到如下几点信息：一、辛弃疾率领的是五十骑兵，而金兵营中有五万之众，敌我力量悬殊一千倍；二、辛弃疾是在金兵营帐中活捉生擒张安国的；三、辛弃疾是将张安国绑缚于马上，昼夜不停，越过淮河，将张安国送至临安问斩。

这在常人看来，简直是不可能完成的作战任务，辛弃疾却完成了。这充分体现出辛弃疾超常的智慧、超常的胆略、超常的勇力。

辛弃疾是怎样以少胜多，从五万之众中生擒叛将的？惊心动魄的具体过程已无法复原，但我们可以从辛弃疾一贯的战略战术推测个大概。辛弃疾的《美芹十论》，有"察情""观衅"两篇。"观衅"，就是洞察敌人的失误、过失、软肋、薄弱环节，伺机击之。"察情"，就是掌握敌人的动向，了解对手的情报。辛弃疾在《察情》中说："两敌相持，无以得其情则疑，疑故易骇，骇而应之必不能详。有以得其情则定，定故不可惑，不可惑而听彼之自扰，则权常在我。而敌实受其弊矣。古之善用兵者，非能务为必胜，而能谋为不可胜，盖不可胜者，乃所以徐图必胜之功也。"辛弃疾强调，两军对垒，必须了解对手，不了解对手就会怀疑，怀疑就会恐惧，在恐惧之中应战，肯定考虑不周详。能充分了解对手，心情就安定，安定就不会被表象所疑惑，不疑惑就能掌握主动权。古代善用兵的，并非能每战必胜，而是能做到不被敌人战胜，立于不败之地，不被敌人战胜，就可以寻找破敌之机，最终获得胜利。

辛弃疾非常重视情报的搜集，常常派间谍前往敌占区搜集情报。他曾对友人程泌说："弃疾之遣谍也，必钩之以旁证，使不得而欺。如已至幽燕矣，又令至中山，至济南。中山之为州也，或背水，或负山，官寺帑廪，位置之方，左右之所归，当悉数之。其往济南也亦然。又曰北方之地，皆弃疾少年所经行者，彼皆不得而欺也。"（《洺水集》卷二《丙子轮对札子》）辛弃疾在《美芹十论》和《九议》中也一再强调："知敌之情而为之处者，绰绰乎其有余矣。""事有操纵在我，而谋之已审，则一举而可以遂成。""攻其不备，出其不意，是谓至计。"可想而知，辛弃疾到山东后，绝对不会是大张旗鼓地强攻进入金人营地活捉张安国，必定是先派人去侦察敌情，了解金兵防守的薄弱环节和松懈时机，对金兵的活动规律和地形地貌了然于心后，再制定出万无一失的突击方案，然后一举而成。

我们要问，辛弃疾为什么要冒着生命危险活捉生擒张安国，而不是像擒杀义端那样就地杀掉？暗杀张安国比生擒张安国要容易得多，他为什么要大费周章地把张安国送给临安镇法？他是出于什么样的战略考虑？

辛弃疾回归南宋，是想担当大任，成就恢复大业。而要担当大任，就要有政治资本进入仕途，要表现出超常的才干、智慧、胆略为上峰所知。说服耿京把二十五万军队拉到南宋，原本是回归南宋的重要资本和投名状，随着耿京被杀，义军解体，这个投名状立即化为乌有。《美芹十论》说："共籍兵二十五万，纳款于朝。不幸变生肘腋，事乃大谬。"所谓"事乃大谬"，不仅是说原本想带回南宋献给朝廷的二十五万兵马已然溃散，自己个人的"事"业前途也将遭受重创！他必须策划新的方案，重新设计投名状。辛弃疾一直重视战略规划，他的《美芹十论》开篇就说："事未至而预图，则处之常有余；事既至而计，则应之常不足。"国家层面是这样，个人层面也是这样。在事情未发生之前，就做好规划安排，一旦事情发生，就可以绰有余裕地应对。事情发生后再考虑处置的方案，应对总会有疏漏不足。八百多年前，辛弃疾就有这样的战略规划意识，实在是非常的超前，他超越的不止一个时代。

耿京被杀，原来承诺带回南宋的二十五万军队全部瓦解之后，辛弃疾回南宋朝廷后怎样解释？谁能相信他们所说的二十五万军队是真实的？辛弃疾想到，如果把叛徒张安国活捉到南宋，既能做"人证"，也能在南宋君臣面前展现他非凡的智慧、非凡的胆略和非凡的勇气。于是，他经过精心策划，精心部署，活捉生擒了张安国，完成了一件惊天动地的壮举！洪迈是这样描述辛弃疾活捉张安国事件的社会影响的："壮声英概，懦士为之兴起，圣天子一见三叹息，用是简深知。"（《稼轩记》）孝宗皇帝闻知辛弃疾的壮举，感叹不已，赞赏有加，从此深加信任器重。可以说，活捉张安国，为辛弃疾打响了回归南宋的声名，打拼出了未来仕途的政治资本，达到了辛弃疾展示自我的预期目的。

5. 预言金亡

辛弃疾是有远见卓识的战略家。33岁时（1172）就预言金朝60年后必亡，金亡而中国之忧更大，后来果然应验。金亡之后，南宋连半壁江山也逐渐不保，最终为元蒙所覆灭。辛弃疾的预言，宋末周密《浩然斋意抄》有记载："乾道壬辰，辛幼安告君相曰：'仇虏六十年必亡，虏亡而中国之忧方大！'绍定足验矣。惜乎斯人之不用于乱世也。"乾道壬辰，即乾道八年（1172）。六十年后的宋理宗绍定五年壬辰（1232），金都城汴京被元兵攻陷，金哀宗逃离汴京，太后、皇后、皇妃、公主等降元。周密所谓"绍定足验"，即指此事。虽然金朝的末代皇帝到1234年才在蔡州自缢身亡，但1232年金朝实际上已亡国。辛弃疾预言金朝60年后必亡，真是神机妙算，准确得很。

辛弃疾预言金亡而中国之忧更大，指的是北方蒙古对南宋的潜在威胁，可当时南宋朝廷浑然不觉。别说是辛弃疾在世时，就是金朝灭亡前夕，南宋朝廷也没有意识到元蒙威胁的逼近。且看金哀宗亡国前夕、逃到蔡州（今河南汝南）时派人去南宋借粮，行前对使者说的一段话："（南宋）今乘我疲敝，据我寿州，诱我邓州，又攻我唐州，彼为谋亦浅矣。大元灭国四十，以及西夏，夏亡及于我，我亡必及于宋。唇亡齿寒，自然之理。若与我连和，所以为我者亦为彼也。卿其以此晓之。"使者到南宋，宋廷不仅没有答应金哀宗的请求，而且落井下石，与元兵联手，最终攻下金哀宗所在的蔡州，而导致金朝彻底灭亡。六十年前辛弃疾已预料到的元兵威胁，六十年之后南宋朝廷当局仍未觉察，实在让人叹息！

　　辛弃疾的预言，是有历史和现实依据的战略分析与政治预判。他在《美芹十论》的《审势》篇和《观衅》篇对金朝必然亡国有过细致的分析："金国今用事之人，杂以契丹、中原、江南之士，上下猜防，议论龃龉，非如前日尼雅满、乌珠辈之叶，且骨肉间僭弑成风。如闻伪许王以庶长出守于汴，私收民心，而嫡少尝暴之于父。此岂能终以无事者哉！我有三不足虑，彼有三无能为，而重之以有腹心之疾，是殆自保之不暇，何以谋人！臣抑闻古之善觇人国者，如良医之切脉，知其受病之处，而逆其必殒之期。初不为肥瘠而易其智。官渡之师，袁绍未遽弱也，曹操见之，以为终且自毙者，以嫡庶不定而知之；咸阳之都，会稽之游，秦尚自强也，高祖见之，以为'当如是'矣，项籍见之，以为'可取而代之'者，以民怨已深而知之。盖国之亡，未有如民怨、嫡庶不定之为酷。虏今并有之，欲不亡何待！""又况今日中原之民，非昔日中原之民。曩者民习于治而不知兵。不意之祸如蜂虿作于怀袖。知者不暇，谋勇者不及怒。自乱离以来，心安于斩伐，而力闲于攻守，敌人虽暴，有王师为之援，民心坚矣。冯妇虽攘臂，其为士笑之。孟子曰：'为汤武驱民者，桀与纣也。'臣亦谓：今之中原离合之衅已开，敌人不动则已，诚动焉，是特为陛下驱民而已。惟静以待之，彼不亡何待！"辛弃疾从人心向背与皇位继承权争夺不定两个方面来分析判断金朝必然灭亡。金朝内部民怨深重而不可疏解，皇位继承的嫡庶不定也埋下永久的祸根。这两重矛盾如果不断激化，加之外部势力的攻击，金朝非亡不可。辛弃疾如良医切脉，切中金朝的脉理，故能料定其60年后必亡。

嘉泰四年（1204）正月，辛弃疾入朝面见宋宁宗皇帝时又明确提出金朝必乱必亡，请朝廷早为之预备。李心传《建炎以来朝野杂记》乙集卷十八载："会辛殿撰弃疾除绍兴府，过阙入见，言金必乱必亡，愿付之元老大臣，务为仓猝可以应变之计。"《宋史·韩侂胄传》也记载："会辛弃疾入见，言敌国必乱必亡，愿属元老大臣，预为应变计。"

辛弃疾作为卓越的战略家，不仅成功预言金朝必亡，而且也预言过南宋开禧北伐必败。程珌《丙子轮对札子二》载："甲子之夏，辛弃疾尝为臣言：'中国之人，不战自溃者，盖自李显忠符离之役始……。'盖方是时，朝廷有其意而未有其事也。明年乙丑，弃疾免归。又明年丙寅始出师，一出涂地不可收拾。百年教养之兵一日而溃，百年葺治之器一日而散，百年公私之盖藏一日而空，百年中原之人心一日而失。邓友龙败，朝廷以丘崈代之，臣从丘崈至于淮甸，目击横溃，为之推寻其由，无一而非弃疾预言于二年之先者。"嘉泰四年甲子（1204），南宋朝廷在韩侂胄的主导下准备北伐，辛弃疾时知镇江府，为之做开战的准备，多次派遣间谍至金，侦察金人兵骑之数，屯戍之地，将帅的姓名，帑廪的位置等，并拟招募沿边士丁以应敌。后来深度了解了韩侂胄的所作所为后，辛弃疾又深为失望，预言北伐必然失败，曾为程泌分析过北伐必然失败的原因和地点。两年后，即开禧二年丙寅（1206）五月，南宋下诏伐金，出师即败，结果恰如辛弃疾所预言。辛弃疾的远见谋略，足以称"神"！

6. 平定茶商之乱

辛弃疾不仅神机妙算，也善于实战，能打硬仗。淳熙二年（1175）平定茶商赖文政之乱，就充分展现出他过人的指挥才能和作战方略。

南宋的茶商之乱，时有发生，一般规模比较小，时间比较短，很快就被平息。只有赖文政之乱，延续时间长，影响地域广。南宋之所以频繁发生茶商之乱，根源在于南宋的"榷茶"制度。南宋延续北宋茶叶专卖制度，商人要卖茶叶，必须向官府购买"茶引"，即茶叶特许经营凭证。商人凭"茶引"，到茶园、茶户购买额定数量的茶叶，然后去贩卖。南宋的"茶引"，不是购买一次就可以获得长期的售卖权，而是一道道地购买，买一道茶引，只能售卖额定数量的茶叶。据淳熙年间左司郎中李椿奏疏所言，茶商每卖一百二十斤茶叶，支付的税费高达四五十贯，这还不包括官吏的违法克扣等隐性支出。连李椿都感叹茶引费实在太高。由于茶引的价格昂贵，自愿购买的很少，于是茶商就私下贩卖。官府严查禁止，茶贩就结伙抱团武装对抗。官府查禁极严，茶贩无利可图，难以生存，就变为盗匪，从事抢劫等违法活动。为了争夺地盘，他们有时互相火拼仇杀，有时肆无忌惮地抢劫居民，有时抢夺客人买下的茶货，有时强掠妇女，以致民不聊居。过去有人认为，茶商之乱是农民起义，完全是误解。那些叛乱之徒，根本不是农民，而是以失业的茶商为主体，加上刺配逃军、恶少无赖之徒等等。以前学界把茶商叛乱者称为"茶商军"，也是误解。南宋的茶商军，其实是专门应对茶商叛乱的官军。《宋史·郑清之传》记载:"湖北茶商,群聚暴横。清之白总领何炳曰:'此辈精悍,宜籍为兵,缓急可用。'炳亟下召募之令,趋者云集,号曰'茶商军'。后多赖其用。"意思很清楚:时任江西总领所准备差遣的郑清之,见湖北茶商常常群聚暴乱,于是向总领何炳建议,组建专门的军队来应付精悍的茶商团伙。何炳言听计从,立马下令召募士兵,响应者云集,于是将这支军队称为"茶商军"。魏了翁《直焕章阁淮西安抚赵君墓志铭》也提到"置制使留茶商、忠效一军补兵籍"之事,意思是置制使留下茶商军、忠效军以补兵籍。由此可见,茶商军是兵籍之外的预备军队。

以赖文政为首的湖北茶商之乱,始于淳熙二年(1175)四月,先在湖北、湖南交界的常德、益阳一带为盗,不久,就向湖南、江西进攻。朝廷调派宋金前线的正规军——鄂州军前往镇压,居然无济于事。赖文政的队伍,只有四百来人,而鄂州军有三千人,"最号精锐有纪律者",双方交手的结果是"一胜一负",官军没打败茶商,自身却"十百为群,逃窜而归"(周必大《文忠集》卷一三八《论军士纪律》)。六月,赖文政等攻入江西吉州永新县,占禾山险要之地为据点。江西安抚使汪大猷派副总管贾和仲率数路之兵前往讨捕,因为不熟悉地形,反而被茶商武装打得落花流水。贾和仲又用招安之策,茶商诈降,虚立旗帜为疑兵,由小路遁去,过了两天才被发现(楼钥《攻媿集》卷八十八《汪公行状》)。

朝廷先后调换三任提刑(相当于现在的公安厅厅长)、动用上万兵力围剿,也没能控制局势。据权兵部侍郎周必大说:当时参加围剿的有"江鄂之师,益以赣、吉将兵,又会合诸邑土军弓手,几至万人,犹未有胜之之策"(《文忠集》卷一三七《论任官理财训兵三事》)。彭龟年也说:"茶寇方盛时,江鄂大军、诸路禁军、土军、弓手、百姓保甲,动以万计"(《止堂集》卷十一

《上漕司论州县应副军粮支隙书》)。江鄂大军、诸路禁军、地方土军等多兵种联合作战,也没打垮这支茶商武装。

宋孝宗见事态难以控制,由宰相叶衡推荐,委派仓部郎中辛弃疾任江西提刑,"节制诸军,讨捕茶寇"(《宋史》卷三四《孝宗本纪》)。辛弃疾于六月十二日受命,七月初离开临安,赶赴江西提刑司治所赣州,专力督捕茶商武装。

辛弃疾到达赣州后,经过缜密侦察,了解战况后,实施了三大战略战术。

第一步,重兵转困。茶商武装利用山深险阻,打游击战。辛弃疾吸取正规军背负铠甲不利于山中作战的教训,用正规军扼守要道,而用弓兵土军及大量民兵将茶商武装围困山中,以消耗断绝其给养,迫使出山。果然,茶商武装无法在吉州山中久呆,被迫向岭南逃窜。

第二步,多路伏击。茶商武装向南窜入广东、江西交界处后,被广东提刑林光朝率领的精锐之师摧锋军迎头痛击,其势始衰,只好折回江西。八月底,赖文政等从安福逃到萍乡,辛弃疾派鄂州军统制解彦祥率部围剿,茶商武装死伤甚多,又折回逃至安福高峰寺,辛弃疾又派遣土豪彭道到高峰寺合力搜捕。从此,茶商武装大势已去,遂逃至赣州兴国县作最后挣扎。

第三步,招安诱降。赖文政等逃到兴国后,只剩百余人苟延残喘,随时准备投降。辛弃疾就派兴国县尉黄倬前往招安,茶商武装全部投降,历时半年的茶商赖文政之乱,在闰九月,终于被辛弃疾平息。据罗大经《鹤林玉露》记载,投降之前,赖文政先带几名首领来见辛弃疾,"约日束兵。既退,谓其徒曰:'辛提刑瞻视不常,必将杀我。'"茶商武装投降后,辛弃疾果然杀了赖文政。

边防作战的三千正规军打不败茶商四百人,后来又加上诸路禁军、士兵上万人，依然不能阻扼其气焰。可见赖文政确实是足智多谋、难以对付的高手。而辛弃疾坐镇指挥后，迅速扭转局势，不到三个月就平定叛乱。这次成功平叛，再次彰显辛弃疾聪能谋始，明能见机，智足断事，胆能决之，勇能行之的英雄气质。

7. 建立飞虎军

淳熙七年八月（1180），辛弃疾在长沙任潭州知州兼湖南安抚使时创建飞虎军一事，也能见出他的胆略、勇气和智慧。

辛弃疾鉴于湖南控带两广的特殊地理位置，又盗患严重，武备空虚，于是向朝廷提出，依广东摧锋军、湖北神劲军、福建左翼军之例，别创一军，号称飞虎军。获得朝廷许可之后，辛弃疾雷厉风行，在长沙马殷营垒故址建立兵营，招步军二千人，马军五百人，并在广西买马五百匹，战马铁甲皆备。

辛弃疾建飞虎军，并非一帆风顺。先是组建期间，枢密院就有人反对，数次阻挠，而辛弃疾不为所动，加速进行。后来因花费巨大，动以万计，辛弃疾亲自协调斡旋，"事皆立办"（《宋史》本传）。可朝中又有人弹劾辛弃疾聚敛民财，以至于降下御前金字牌，勒令即日停建。辛弃疾受而藏之，不动声色，继续督责监办者，令一月之内建成飞虎营栅，违者军法从事。最终如期落成。军营建成后，辛弃疾向朝廷陈述始末，并绘图缴进，孝宗皇帝才释然。由此可见辛弃疾临事果断，有胆有识，决策力、行动力超强。

两日内置瓦二十万，更见辛弃疾的超群智慧，如同诸葛亮草船借箭般的传奇。飞虎军营寨将成，适逢秋雨连月，负责施工者向辛弃疾报告，造瓦不易。辛弃疾问需瓦多少？回答说二十万。辛弃疾说不用担心，不日可办。僚属不信。他随即命令厢官除官舍、神祠外,号召每户居民取沟瓦二片,结果不到两天,二十万片瓦就全部备齐。僚属为之叹服不已。这是《宋史·辛弃疾传》记载的故事。罗大经《鹤林玉露》所载情节略有不同:属吏报告辛弃疾"唯瓦难办",辛弃疾即"命于市上每家以钱一百赁檐前瓦二十片,限两月,以瓦收钱。于是瓦不可胜用"。一说是每家取瓦二片,一说是用一百钱向每家住户买瓦二十片,传闻虽有差异,但都体现出辛弃疾随机应变的智慧和解决困难的能力。罗大经对此评论说:"大凡临事,无大小,皆贵乎智。智者何?随机应变,足以弭患济事者是也。"

飞虎军建成之后,辛弃疾又加强训练,使之"雄镇一方,为江上诸军之冠"(《宋史》本传)。后来任湖南安抚使的朱熹也说:"飞虎军,元系帅臣辛弃疾创置,所费财力以巨万计,选募既精,器械亦备,经营葺理,用力至多。数年以来,盗贼不起,蛮徭帖息,一路赖之以安"(《晦庵集》卷二一《乞拨飞虎军隶湖南安抚司札子》)。飞虎军的意义和作用,越到后来越显著。辛弃疾作为飞虎军的创始人,功不可没。

由上述诸事可以看出,辛弃疾不仅有张良那样的智慧谋略,又有韩信一般的勇气胆力。依刘劭《英雄论》的标准,辛弃疾可谓是兼张良之英、韩信之雄的真英雄、大英雄。

辛弃疾同代人早就持有这样的看法,把他誉为张良、诸葛亮。刘宰在《贺辛待制弃疾知镇江》中就赞美辛弃疾是"卷怀盖世之气,如圯下子房,剂量济时之策,若隆中诸葛"。子房,即张良。黄榦致书辛弃疾,称其"果毅之姿,刚大之气,真一世之雄也"(《与辛稼轩侍郎书》)。卫泾在辛弃疾除知绍兴府兼两浙东路安抚使制词中以宁宗皇帝的口吻,称扬辛弃疾是"谋猷经远,智略无前"(《后乐集》卷一)。刘宰《上安抚辛待制》又说辛弃疾"命世大才,济时远略,挺特中流之砥柱","雅有誓清中原之志,乾旋坤转,虎啸风生"。可以说,辛弃疾的英雄气质、宏大志向、远见卓识、谋略智慧,为当时的君臣所共知,并得到广泛的认可。

只可惜辛弃疾生不逢时,不能像岳飞那样建立盖世功勋。洪迈在《稼轩记》中曾感叹:"使遭事会之来,挈中原还职方氏,彼周公瑾、安石事业,侯盖饶为之。"意思是如果有机会,辛弃疾完全可以收复中原,建立周瑜、谢安那样的勋业。宋末刘克庄《辛稼轩集序》也说:"以孝皇之神武,及公盛壮之时,行其说而尽其才,纵未封狼居胥,岂遂置中原于度外哉!"然而辛弃疾终其一生,没有等到大显身手的机会,一辈子只牛刀小试了几回。时代注定了辛弃疾只能是一个悲剧英雄。

二、英雄词

英雄人写英雄词。辛弃疾的词作,是其英雄人格、英雄心态、英雄命运的真实写照。他写词,有着明确而自觉的创作目的,《鹧鸪天·不寐》词说:"人无同处面如心。不妨旧事从头记,要写行藏入笑林。"他写词,是要写自己的人生行藏出处,写自己的人生经历境遇,写自己的心态情感和世态人情。所以,无论是缘于外在的应酬唱和,还是缘于内心的创作冲动,辛弃疾都用词来写人生理想、人生思考、人生体验、人生感悟、人生苦闷、人生乐趣。辛弃疾的词,是他独特个性的影像记录、生命历程的艺术呈现。

为便于集中了解辛词人格个性、心态情感的不同侧面,本书打破按作品创作年代顺序排列的惯例,而按题材、内容分类排列。编年排列,有点像史书的编年体,便于了解作者的创作历程;分类编排,有点像史书的纪事本末体,便于完整了解事件的来龙去脉。

本书按词作内容的不同，分为四卷，每卷展示辛弃疾英雄词世界的不同侧面。大体而言，卷一是豪情词，卷二是闲情词，卷三是友情亲情词，卷四是山水乡村词。

卷一诸词，展现的是英雄辛弃疾的豪情、理想、追求、失落、苦闷、怨愤。在这里，可以看到稼轩"壮岁旌旗拥万夫"（《鹧鸪天》）的威武，"沙场秋点兵"（《破阵子》）的帅气，"千丈擎天手，万卷悬河口"（《一枝花·醉中戏作》）的豪迈，也可以了解他"把吴钩看了，栏杆拍遍，无人会、登临意"（《水龙吟·登建康赏心亭》）的孤独，可以领略他"斫去桂婆娑。人道是、清光更多"（《太常引·建康中秋为吕叔潜赋》）的人间情怀，"布被秋宵梦觉"时眷恋"万里江山"（《清平乐·独宿博山王氏庵》）的社会担当。他有"青山遮不住，毕竟东流去"（《菩萨蛮·书江西造口壁》）的时不我待的焦虑，更有像张良那样为帝王师，能够"万里勒燕然"（《菩萨蛮》）的理想。

英雄有苦闷，有怨愤。他有时"半夜一声长啸，悲天地、为予窄"（《霜天晓角·赤壁》）。有时像冯谖一样弹铗悲歌："腰间剑，聊弹铗"（《满江红》"汉水东流"）。有时像"落魄"的"故将军"李广，醉饮在"岁晚田间"（《八声甘州》）。有时悲愤难平，派遣"酒兵压愁城"，用词"写尽胸中，块磊未全平"（《江神子·和人韵》）。

行伍出身、经过战火洗礼的英雄辛弃疾，善于在词中再现战争场景，《水调歌头》的"落日塞尘起，胡骑猎清秋。汉家组练十万，列舰耸层楼"，写绍兴三十一年的宋金大战，如同战争大片，惊心动魄；《满江红·贺王宣子平湖南寇》写湖南安抚使王佐平定陈峒之乱："笳鼓归来，举鞭问、何如诸葛。人道是、匆匆五月，渡泸深入。白羽风生貔虎噪，青溪路断鼪鼯泣。早红尘、一骑落平冈，捷书急。"也是虎啸风生，气势磅礴。

英雄是以天下为己任，有崇高的理想，执着的信念，深沉的家国情怀。故而给友人祝寿，辛弃疾是激励友人"要挽银河仙浪，西北洗胡沙"（《水调歌头·寿赵漕介庵》），自许"待他年，整顿乾坤事了，为先生寿"（《水龙吟·甲辰岁寿韩南涧尚书》）。送友人时，难忘"落日胡尘未断，西风塞马空肥"（《木兰花慢·席上呈张仲固帅兴元》），鼓励友人"待十分做了，诗书勋业"（《满江红·送汤朝美自便归金坛》），与朋友唱和，相互勉励"男儿到死心如铁。看试手，补天裂"（《贺新郎·同父见和再用前韵》），忧虑着山河破碎，"南共北，正分裂"（《贺新郎·用前韵送杜叔高》），念念不忘"中州遗恨"（《水调歌头·和马叔度游月波楼》）。登南剑州双溪楼时，憧憬着"倚天万里须长剑"（《水龙吟》），一匡天下；登京口北固亭时，希望像古代的英雄一样能"金戈铁马，气吞万里如虎"（《永遇乐》）。从卷一所选词作，可以领略辛弃疾英雄人格、英雄心态的不同侧面。

卷二诸词，展现的是辛弃疾的闲情逸趣、性情嗜好。辛弃疾23岁南归之后，在仕途上打拼了20年，43岁（1182）被罢职闲居，除了53-55岁（1192—1194）、63-65岁（1203—1205）两度短暂的东山再起之外，直到68岁去世，在江西上饶、铅山乡间闲居了20年。英雄辛弃疾被迫做了隐士。闲居期间，他有闲适的快意，更多的是闲而无用的苦闷忧郁。

在这卷词作中，我们可以看到，他的生活随性轻松，"欲行且起行，欲坐重来坐。坐坐行行有倦时，更枕闲书卧"（《卜算子》）。读书、饮酒、闲游，是他中晚年隐居生活的主要内容。他时常坐着竹轿，带着钓车茶具、圆桌坐垫，在溪头村畔闲游，所谓"行李溪头，有钓车茶具，曲几团蒲"（《汉宫春·即事》）

是也。

他常常生病:"病是近来身,懒是从前我"(《卜算子》),"剩欲读书已懒,只因多病长闲"(《西江月》)。"病中留客饮,醉里和人诗"(《临江仙》)。病虽愈,但筋力衰退,"不知筋力衰多少,但觉新来懒上楼"(《鹧鸪天·鹅湖归病起作》)。壮健如虎的英雄,到了老年,却是"头白齿牙缺":"已阙两边厢,又豁中间个"(《卜算子》)。老态龙钟:"坐堆飑,行答飒,立龙钟"(《水调歌头》)。

闲居期间,更多的是愁肠百结,愁思难解,他常常在词中倾诉:"欲上高楼去避愁。愁还随我上高楼。"(《鹧鸪天》)"有甚闲愁可皱眉。老怀无绪自伤悲。"(《鹧鸪天·重九席上再赋》)"而今识尽愁滋味,欲说还休。"(《丑奴儿》)"近来愁似天来大,谁解相怜。谁解相怜。又把愁来做个天。"(《丑奴儿》)

在这卷词作中,还可以看出他对官场生活的厌倦。他五十三岁重新出山,任福建路提点刑狱,后转任安抚使。到福建不久,他就怀念"瓢泉快活时。长年耽酒更吟诗"(《添字浣溪沙·三山戏作》)。因与上司同僚不睦,他预感到官场危机:"新剑戟,旧风波"(《鹧鸪天·三山道中》),因此准备退隐归山,可儿子以"田产未置"劝阻,辛弃疾作《最高楼》"骂之"。写词骂子,前无古人。他在词中说:"吾衰矣,须富贵何时。富贵是危机。"不如像陶渊明那样,早些辞官归隐,葺个园儿名佚老,作个亭儿名亦好,"闲饮酒,醉吟诗",何等自在逍遥。从官场退隐,他有词;从家事抽身,他也有词。《西江月·以家事付儿曹示之》就是宣布从此不再管家事,只"管竹管山管水"。他吩咐接管家政的儿曹,要依法纳税,要收支平衡:"早趁催科了纳,更量出入收支。"辛弃疾是超人,同时也是懂得生活、很会生活的平凡人。

辛弃疾好酒,嗜酒,几乎无日不饮,《浪淘沙》宣称"身世酒杯中。万事皆空";《浣溪沙》自言"总把平生入醉乡,大都三万六千场";《临江仙》自悟"少是多非惟有酒,何须过后方知"。他嫌独饮不过瘾,就写词请朋友来共饮:"掀老瓮,拨新醅。客来且尽两三杯。"(《鹧鸪天·寄叶仲洽》)

他每饮必醉,常常在词中自写醉态:"一饮动连宵,一醉长三日。"(《卜算子》)"昨夜山公倒载归。儿童应笑醉如泥。"(《定风波》)"昨夜松边醉倒,问松我醉何如。只疑松动要来扶。以手推松曰去。"(《西江月》)常常狂饮烂醉,不免伤及健康。于是朋友劝他戒酒,可他回应说:"记从来、人生行乐,休更问、日饮亡何。快斟呵。裁诗未稳,得酒良佳。"(《玉蝴蝶》)等到身体实在吃不消了,他只好听从友人和家人的劝告而戒酒。可理智上想戒,生理上却十分依赖,那份纠结,全表现在《沁园春·将止酒戒酒杯使勿近》词中。他跟酒杯订立盟约,约好从此不再亲近酒杯,并命令酒杯:"勿留亟退,吾力犹能肆汝杯。"狡黠的酒杯"再拜,道麾之即去,招则须来"。酒杯深知稼轩翁难得真正止酒,于是诙谐地答应:麾之即去,哪天想俺了,一招就来。果不其然,止酒不几天,酒友载酒入山相邀,稼轩翁自感不便以止酒为托辞,于是破戒一醉,并用韵再赋一首《沁园春》以自我解嘲。

每个人都有自己心中的偶像,辛弃疾也不例外。退隐后,他特别崇拜陶渊明。他爱读陶诗,有《鹧鸪天·读渊明诗不能去手戏作小词以送之》词纪事,他赞美陶诗"更无一字不清真",评价陶渊明的人品更是常人难以企及。在稼轩心目中,那些豪门望族的王、谢诸郎,连陶渊明脚下的尘土都比不上。前人早就指出,辛弃疾最爱说陶渊明。确实,辛弃疾在词中一再提及陶渊明,时而梦中相见:"老来曾识渊明,梦中一见参差是"(《水龙吟》),时而"想渊明、停云诗就,此时风味"(《贺新郎》),

时而"笑渊明、瓶中储粟,有无能几"(《贺新郎》)。陶渊明真正是辛弃疾的异代知音。

无情未必真豪杰。英雄辛弃疾,也多情深情。卷三诸词,是表现友情、爱情、亲情和幽默的佳作。

友情和亲情,集中体现在赠别词中。赠别,有送别与留别之分。送别,是居人送行人;留别,是行人留赠给居人。卷三所录赠别词,有的是送门下士,如《定风波》送范开。有的是送同僚,如《木兰花慢》是在滁州送通判范昂,《鹧鸪天》是离开南昌时留别司马汉章,《摸鱼儿》是离开武汉前往长沙之前留别同官王正之,《水调歌头》同是在武汉留别湖广总领周武、湖北转运司判官王正之、鄂州知州赵善括。有的是送同宗兄弟,如《菩萨蛮》和《临江仙》送族弟辛祐之、《贺新郎》和《永遇乐》别族弟辛茂嘉。有的是送别女侍者,如《临江仙》和《鹊桥仙》分别送侍者阿钱和粉卿。送别、留别的对象不同,写法也各不相同,但都情深情真。如送门下士范开,安慰他说:"但使情亲千里近,须信。无情对面是山河。"(《定风波》)送同僚范昂说:"无情水、都不管,共西风、只等送归船。"(《木兰花慢》)送族弟祐之说:"记取小窗风雨夜,对床灯火多情。"(《临江仙》)其中有两篇最脍炙人口。一是《摸鱼儿》,藉送别写人生感慨,借伤春而伤人生,满心的追求、期待与失望、怨愤,表面不着一字,却隐含在字里行间,千回百折,寄慨遥深。二是《贺新郎》送茂嘉弟,精选五个经典的离别故事来编织离别的痛楚,构思新奇、笔法灵活、结构缜密、技巧高超,堪称稼轩"第一离别词"。

辛弃疾也有爱情词。比如在江西赣州平定茶商之乱后写的《菩萨蛮》(西风都是行人恨),就表达了对夫人的深深怀念,想象夫人"试上小红楼,飞鸿字字愁"。《浣溪沙·寿内子》虽是寿词,却也表达了夫妻相濡以沫的真爱和欣慰:"寿酒同斟喜有余。

朱颜却对白髭须。两人百岁恰乘除。"古代诗人的爱情诗、爱情词，书写表现的对象大多是婚外的女子，只有少数篇章是为婚内妻室而作。像辛弃疾这样，戎马倥偬之余还能想到给夫人写首词以寄相思，很是不容易呢。写词给夫人祝寿，共享天伦之乐，在词世界里也不多见。还有些词作，也疑似为夫人而作，如《武陵春》写逾约未及时归家，而"鞭个马儿归去也，心急马行迟。不免相烦喜鹊儿。先报那人知"，"那人"，显然是夫人。只是难以肯定这是为自己的夫人所写，还是像《生查子·有觅词者赋》《鹧鸪天·代人赋》那样代为他人所作。但《念奴娇·书东流村壁》肯定是写辛弃疾本人一段刻骨铭心的艳遇，词中"旧恨春江流不断，新恨云山千叠"的名句，足以体现词人对这段爱情的留恋与遗憾。

沙场秋点兵的英雄硬汉辛弃疾，写起柔情温情爱情，一点也不让小晏、秦郎。如《一剪梅》《恋绣衾》《一络索》诸词，都是用平常语写深情，语浅情深。至于《南歌子》下片："今夜江头树，船儿系那边。知他热后甚时眠。万万不成眠后、有谁扇。"写一位妻子对远行在外的丈夫的关心体贴，如此温柔贤慧有爱，在两宋词史上很是罕见。

辛弃疾还擅长给女性歌手素描画像，几笔勾勒，就生动传神。如《如梦令·赠歌者》写歌者的气质风韵轻盈曼妙，眼波流转，甚是迷人："韵胜仙风缥缈。的皪娇波宜笑。"《菩萨蛮》写舞者的舞姿舞态："淡黄弓样鞋儿小。腰肢只怕风吹倒。蓦地管弦催。一团红雪飞。"富于动态美和现场感。

有智慧的人通常都很幽默，苏轼和辛弃疾就很幽默。他俩都写了幽默词。不过，苏轼的幽默词，大多是朋友间的戏谑调笑。到了辛弃疾，幽默词具有了特殊的思想含量和艺术品位。幽默词，是辛弃疾词中一个特别值得注意的类型。

辛弃疾的幽默词，虽然也有玩笑打趣之作，如《寻芳草》调侃友人陈莘叟想老婆，晚上无法成眠，就好玩有趣。但更多的是借友人间的调侃打趣来抒发人生的愤懑，如《行香子·博山戏简昌父仲止》表面上说"由来至乐，总属闲人"，好像很享受这种悠闲。词末说要"把相牛经、种鱼法，教儿孙"，堂堂大英雄，晚年只落得在家中教儿孙如何养牛养鱼，万字平戎策，换来的是东家种树书。内心深处的不平与无奈，人生社会的颠倒错位，自在言外。《卜算子》将"千古李将军"与"为人在下中"的李蔡对比，进而与自己"万一朝家举力田，舍我其谁也"的现实处境进行类比，不同命运的对比与相同命运的类比之中，见出古往今来的贤愚错位。《踏莎行·赋稼轩集经句》和《水调歌头》（我亦卜居者）自我调侃，自我开解，用幽默的态度化解人生的挫折与苦闷，是一种人生智慧。《夜游宫·苦俗客》和《千年调》讽刺追名逐利的俗客和阿谀奉承、圆滑世故的官场风气，颇能见出辛弃疾嫉恶如仇、刚正不阿的人格个性。

辛弃疾一生热爱山水、留连山水，写了大量的山水词。他又长期住在乡村，熟悉乡村，写了许多描绘乡村生活、乡村人物的词作。参照唐代山水田园诗人的称呼，辛弃疾可称为山水词人、乡村词人。卷四选录的就是他的山水词、乡村词。

辛弃疾爱写山。江西上饶一带的山，诸如灵山、南岩、积翠岩、雨岩、西岩等等，他都为之传神写照。辛弃疾写山，常常充满了神奇的想象，有的山，像战马奔腾："青山欲共高人语。联翩万马来无数。"（《菩萨蛮》）"叠嶂西驰，万马回旋，众山欲东。"（《沁园春》）有的山，则似神仙化出，积翠岩是共工怒触天柱而成："我笑共工缘底怒。触断峨峨天一柱。补天又笑女娲忙，却将此石投闲处。"（《归朝欢》）南岩则是仙人洪崖削出："笑拍洪崖，问千丈、翠岩谁削。"（《满江红》）他欣赏山的雄奇气势，而不爱山的精致玲珑，《临江仙》词就说："莫笑吾家苍壁小，棱层势欲摩空。相知惟有主人翁。有心雄泰华，无意巧玲珑。"

他写水，很少写静态的水，而喜欢写动态的水，奔流的水，如《摸鱼儿》写钱塘江潮："望飞来、半空鸥鹭。须臾动地鼙鼓。截江组练驱山去，鏖战未收貔虎。"《沁园春》写瀑布："惊湍直下，跳珠倒溅。"《清平乐》写"清溪奔快。不管青山碍。千里盘盘平世界。更著溪山襟带"，都充满了跳荡的生命力和飞动感。辛弃疾的幽默感，也体现在对山水的描绘中，如《玉楼春》："何人半夜推山去。四面浮云猜是汝。常时相对两三峰，走遍溪头无觅处。西风瞥起云横度。忽见东南天一柱。老僧拍手笑相夸，且喜青山依旧住。"仿佛是天真的儿童看云山，充满了喜剧性。

辛弃疾笔下的乡村，充溢着浓郁的泥土气息、生活气息，这里有"东家娶妇。西家归女。灯火门前笑语"（《鹊桥仙》）的热闹，有"大儿锄豆溪东。中儿正织鸡笼。最喜小儿亡赖，溪头卧剥莲蓬"（《清平乐》）的和谐。其间可以听到"平冈细草鸣黄犊"（《鹧鸪天》），"蛙声一片"在"稻花香里说丰年"（《西江月》）；可以望见"北陇田高踏水频。西溪禾早已尝新"（《浣溪沙》）；可以看到"牛栏西畔有桑麻""鸡鸭成群晚不收""荒犬还迎野妇回"（《鹧鸪天》）。

乡村词中，活跃着各式各样的乡村人物："笑背行人归去，门前稚子啼声。"（《清平乐》）"青裙缟袂谁家女，去趁蚕生看外家。"（《鹧鸪天》）"谁家寒食归宁女，笑语柔桑陌上来。"（《鹧鸪天》）"西风梨枣山园。儿童偷把长竿。莫遣旁人惊去，老夫静处闲看。"（《清平乐》）"父老争言雨水匀。眉头不似去年颦。殷勤谢却甑中尘。"（《浣溪沙》）这些村姑村妇、儿童父老，让我们感到亲切而陌生。亲切，是这些人物如同我们在日常生活中常见的人物，如此平凡，又那么生动；陌生，是词史上从未有人关注过这些乡村人物。

卷四所选，还有节令词和咏物词。元宵，是宋人的狂欢节。辛弃疾为我们实况报道了当年临安元宵节的盛况："东风夜放花千树。更吹落、星如雨。宝马雕车香满路。凤箫声动，玉壶光转，一夜鱼龙舞。"（《青玉案》）也留下了一幅信州城中元宵夜的活动彩照："彩胜斗华灯，平地东风吹却。"（《好事近》）梅雨，是古往今来的江南人年年都要经历的天气，辛弃疾为我们描绘了当年江西上饶梅雨天气的真实场景与亲切感受："漠漠轻阴拨不开。江南细雨熟黄梅。有情无意东边日，已怒重惊忽地雷。云柱础，水楼台。罗衣费尽博山灰。"（《鹧鸪天》）

咏物，是宋词中的一大主题。辛弃疾的咏物词，也独具特色，特别是《念奴娇》咏白牡丹，把牡丹比作孙武当年在吴宫训练的女兵，想象新奇，只有像他这样行伍出身的军人才有这样的联想。而《鹊桥仙·赠鹭鸶》则是宋代一首罕见的生态词，词中表达了辛弃疾自觉而明确的生态平衡意识，即不同物种之间应和谐生存相处。他告诉鹭鸶，不能把溪中的鱼儿全都吃光，而要维护溪中的生态平衡，只有这样，才能"物我欣然一处"，才能和谐永续地发展。八百年前辛弃疾就有这样超前的生态观念，不能不令人惊叹敬佩！

三、本书说明

最后说说本书的选、注、评。

本书选词是在通读辛弃疾全部词作之后选定的。选录的基本原则是，能表现辛弃疾人格个性、心态情感、人生态度、日常生活及描写自然山水、乡村风物而有特色的词作。所选篇什，与时下的一些辛词选本略有不同。选目未必精当，只代表我个人对辛弃疾其人其词的好尚与理解。

词作文本，主要依据邓广铭先生《稼轩词编年笺注》修订本（上海古籍出版社1993年版。下简称"邓注本"）录入。

注释，亦主要取资邓注本，同时参考了徐汉明先生《辛弃疾全集校注》（华中科技大学出版社2012年版）、林玫仪先生整理的郑骞先生《稼轩词校注》（台湾大学出版中心2013年版）、辛更儒先生《辛弃疾编年笺注》（中华书局2015年版）以及朱德才先生《辛弃疾词选》（人民文学出版社1988年版）、佟培基、朱保书先生《辛弃疾选集》（河南大学出版社1996）、刘扬忠先生《辛弃疾词》（人民文学出版社2005年版）等。

典故、语词的注释，我主要做了两个方面的工作：一是校核。凡邓注本已注的事典、语典，一一检核原始文献后再征引。二是补注。凡诸家所注未详或失注、漏注的典故语词，尽其所能，予以补注。如《满江红·贺王宣子平湖南寇》"白羽风生貔虎噪，青溪路断鼪鼯泣"两句，上句写官军之勇猛，下句写乱寇之被平。然"青溪"一词，诸家注本多不明所指，其实，青溪并非僻典，乃指北宋末青溪人方腊，词人借方腊最终被平喻宜章陈峒之乱被平定，用典十分贴切。青溪方腊之事，人皆熟知，诸家注本之所以没有想到此事，是因为注释时总是考虑辛弃疾用的是什么古"典"，而没想到辛词此处用的是今典。《柳梢青·三山归途代白鸥见嘲》末句"好把移文，从今日日，读取千回"之"移文"，指孔稚珪《北山移文》，这是文学史常识。可日日诵读《移文》的典故，诸家注本都没有出注。其实这是用真宗朝翰林学士杜镐诵《北山移文》讽刺隐士种明逸故事。辛弃疾用此典，是自嘲苦笑。他自笑自己无端应诏出山，到福建为官，结果不到三年就被罢官免职，自讨没趣，重新归山，致使鹤怨猿惊、山灵震怒。弄清此典,就可以更深入地理解辛弃疾福建罢官时内心的矛盾纠结和遗憾、悔恨等心境。《临江仙·再用前韵送祐之弟归浮梁》之"人间宠辱休惊"句,其中所含事典,诸家均未注明,实际上"宠辱休惊"是用唐人卢承庆的"宠辱不惊"典,明乎此,更可见辛词用典之妙。《江神子·和人韵》的"却与平章珠玉价"的"珠玉价",各家都未注,仿佛"珠玉价"是指珠玉的行情价格,不言自明。其实此处"珠玉价"是指文章的价值,典出苏轼《与谢民师推官书》的"文章如精金美玉,市有定价,非人所能以口舌定贵贱也"。正因为文章的"定价"不是由某个人所能定,所以需要"平章"讨论。《鹧鸪天·元溪不见梅》的元溪,其地多不详,今检明薛瑄《敬轩文集》卷十三《周氏族谱序》,知元溪在上饶。

句式句法,一般的笺注本都不作解释说明。辛词中不少特殊的句式,即使疏通了语辞典故的含义,也不太好理解,如果不解释,一般读者还是读不懂。比如,与陈亮唱和的《贺新郎》词"看渊明、风流酷似,卧龙诸葛",我初读此句,就颇费解:陶渊明的"风流"怎么会"酷似卧龙"诸葛亮?反复研读,才领悟到此句是赞美友人陈亮的风流标格,酷似陶渊明和诸葛亮,意思是说陈亮既有陶渊明的隐逸情怀,又有诸葛亮的谋略智慧。原来此句是倒装句,为合平仄,改变了正常的语序,我们只要把此句换成"看(君)风流酷似渊明、卧龙诸葛",就好理解了。

辛弃疾词中,这类句式比较多,有时是为平仄协律的需要,有时则是追求句法的挺异。阅读时,我们只要把它换成常规语序、常规句式,意思就变得显豁明朗,容易理解了。凡遇到这类句式,我都做了解读说明。试举几例:

《踏莎行》的"小人请学樊须稼",按字面理解,很难明白是哪位"小人"要学樊须的稼穑。把它换成日常语序"小人樊须请学稼",就很好理解了。"小人"不是"请学"的主语,而是"樊须"的定语。原句是《论语》"樊迟请学稼"和"小人哉!樊须也"两句的整合与变形。

《水龙吟》的"倚天万里须长剑",乍读也不甚明白,换成常规句式"须倚天万里长剑"就好懂了。"倚天万里"是"长剑"的定语,即需要一把立天万里的长剑来一匡天下。

《归朝欢》的"补天又笑女娲忙,却将此石投闲处",也有些费解,"补天"的人怎么会笑"女娲忙"?不是女娲补天么?其实"补天又笑女娲忙"说的是"又笑女娲忙补天",因为女娲忙着补天,不小心把这块石头遗落在此处了。

《破阵子》"八百里分麾下炙,五十弦翻塞外声"的"八百里",是牛的名字。牛怎么会分吃它的肉?若把此句换成"麾下分八百里炙,塞外翻五十弦声",意思就豁然明白了。"八百里""五十弦",都不是主语,分别是"炙"和"声"的定语。这两句是把宾语的定语提到谓语之前了。

《水调歌头·盟鸥》的"窥鱼笑汝痴计",按字面理解,"笑"的主语难道是鱼?那"窥鱼"的主语又是谁?不好理解。把此句换成"笑汝痴计窥鱼",意思就明白了。原来是词人在笑白鸥痴痴地站在苍苔上窥视着水里的小鱼。"汝",指白鸥。辛词这类句式所在多有,我在注释时只要觉得按字面不好题解的句子,都做了解释说明,以期读者能够更好地理解原作意蕴。这种解读方法,是我近来读辛词的一个小小发现。

本书对词作的评析,不依傍古人,只写自我的阅读感受。常常一首词的几百字评析,要费半天的功夫。沉吟把玩,读懂并体悟出词作的妙处之后方才下笔。所言或有不当,也未必精彩,但都是自己的心得、自己的审美体验。

其中有点小得意的,是古"典"与今"事"相印证的解读方法。读辛词，如果只弄懂所用之古"典"，而不明白所写之今事时事，还是不可能读懂。比如淳熙五年（1178）写的《水调歌头》，题作《舟次扬州，和杨济翁、周显先韵》，词的上片写道："落日塞尘起，胡骑猎清秋。汉家组练十万，列舰耸层楼。谁道投鞭飞渡，忆昔鸣髇血污，风雨佛狸愁。季子正年少，匹马黑貂裘。"淳熙五年，辛弃疾乘船过到扬州，怎么会见"塞尘起"？哪来的"胡骑"？汉家"列舰"又是怎么回事？为何突然想起匈奴太子冒顿及其随从用响箭射杀其父的故事（"忆昔鸣髇"）？为什么提及因风雨而"愁"的北魏太武帝佛狸？初读时，如坠五里雾中，根本不知道词人说什么。后来琢磨词题中的扬州，联想绍兴三十一年（1161）金主完颜亮南侵攻陷扬州之事，方才明白，原来辛弃疾是回忆（"忆昔"）十七年前发生在扬州一带的宋金大战。开篇"落日塞尘起，胡骑猎清秋"，是写完颜亮渡淮南侵的嚣张气焰；"汉家组练十万，列舰耸层楼"，则是写南宋虞允文在采石矶指挥战船击退金兵的壮烈场景；"鸣髇血污，风雨佛狸愁"，写完颜亮被部下用箭射杀；"季子正年少，匹马黑貂裘"，是说当年自己风华正茂，匹马渡江南来。联系史事解读，词意才豁然贯通，也能体会词中用"鸣髇"典故之贴切精妙。"鸣髇"故事中的人物是匈奴人，故事的性质是子弑父，主要情节是用箭射杀。这与金主完颜亮被部下用箭射杀高度吻合，一是人物的身份吻合，都是胡人；二是事件的性质吻合，都是敌国臣子弑君父；三是故事的主要情节吻合，都是用箭射杀君父。辛弃疾用典之出神入化，真是罕有其匹。

又如《满江红·贺王宣子平湖南寇》开篇写道："笳鼓归来，举鞭问、何如诸葛。人道是、匆匆五月，渡泸深入。"词是祝贺湖南安抚使王佐（宣子）平定郴州寇陈峒的叛乱，为何用诸葛亮《出师表》"五月渡泸，深入不毛"的故事？读了陆游《尚书王公墓志铭》,弄明王佐出师平定陈峒,是在五月初一,就更能体会辛词写事用典之高明。颂扬王佐平叛大捷,不直言其事,而用诸葛亮五月渡泸故事来曲写,赞扬王佐的谋略好似诸葛亮,避免了直接颂扬的尴尬。

《贺新郎·用前韵送杜叔高》中的"看乘空、鱼龙惨淡,风云开合"一句,字面似不难理解,但只有联系当年的时事,才能确解此句的真实含意。原来此句是写淳熙十六年(1189)正、二月间朝廷政局的变化。这年正月,周必大为左丞相,留正为右丞相,礼部尚书王蔺为参知政事。周必大与辛弃疾一直不睦,而王蔺更是辛弃疾的政敌,淳熙八年就是他上章弹劾辛弃疾"用钱如泥沙,杀人如草芥"而导致辛弃疾落职闲居。如今两位政敌执掌朝政,辛弃疾对朝廷自然会深为失望。号称中兴之主的孝宗,又在这年二月内禅,传位给皇太子。新皇帝光宗即位后,实行何种国策,尚无法预料。故"看乘空、鱼龙惨淡,风云开合",实际上是隐喻对朝廷政局变化的担忧与失望。

《贺新郎·再用前韵》末三句"顾青山、与我何如耳。歌且和,楚狂子",用了两个典故。"顾青山与我何如",是用《史记》吕媭谗害陈平的典故;"歌且和,楚狂子",是用《论语》"楚狂接舆歌而过孔子"的典故。然而,用此二典有何深意?时贤都未深究。我们从楚狂接舆歌的末句"已而已而,今之从政者殆而"入手,看看辛弃疾写此词的嘉泰元年(1201)之"从政者"(执政者)是谁?查《宋史·宰辅表》,知道嘉泰元年执政的宰相是谢深甫。而谢氏在绍熙五年(1194)任御史中丞时弹劾辛弃疾"交结时相,敢为贪酷",使辛弃疾被免福建安抚使之职而闲居。当年谗害过辛弃疾的谢深甫,如今独掌朝纲,辛弃疾对朝廷岂不更加失望?"今之从政者殆而",表面上是用古"典",深层里却是隐指时事。只有联系时事,才能弄清辛弃疾所用典故的真实用意。如果仅仅只是笺释典故本身的内涵，而不联系时事来解读，就无法读懂辛词的深层意蕴。这种古"典"与今事互证、以史证词的解读方法，还有待深化与完善。

  本书的词作以类编次，没有按编年排列，但这不等于说本书不重视词作的系年。凡作品的创作年代有可考的，都尽可能依据邓注本做了说明。凡是觉得邓注本系年不确切的，就另作考订。如《满江红·江行简杨济翁周显先》，邓注本等都认为是淳熙五年（1178）作，因为词中有"笑尘埃、三十九年非"句，似乎是三十九岁时作。殊不知此句是活用"蘧伯玉年五十，而知四十九年非"的典故，时年四十，而知三十九年非，此词应为四十岁、即淳熙六年（1179）所作。《水调歌头·和马叔度游月波楼》，诸家注本都系于淳熙四年（1177）辛弃疾任湖北安抚使时。时年辛弃疾38岁，与词中"谁念英雄老矣，不道功名蕞尔"的年龄、心境显然不符。经考订，词中的月波楼，不是黄州的月波楼，而是嘉兴的月波楼；创作的时间、地点，则是在嘉泰四年（1204）辛弃疾知镇江府时。虽然这是一本普及性读物，但我是把它当作学术著作来做的，希望普及性的读物，也有学术含量。

卷一 豪情词

鹧鸪天

不寐

老病那堪岁月侵①。霎时光景值千金②。一生不负溪山债,百药难治书史淫③。　　随巧拙,任浮沉。人无同处面如心④。不妨旧事从头记,要写行藏入笑林⑤。

【注释】　①岁月侵:语出王安石《答陈宣叔》:"忽惊岁月侵双鬓。"②霎时句:化用苏轼《春宵》诗句:"春宵一刻值千金。"③治:读平声之。书史淫:谓痴迷书史。典出《晋书》卷五一《皇甫谧传》:"(谧)耽玩典籍,忘寝与食。人谓之'书淫'。"④人无句:语本《左传》襄公三十一年:"子产曰:人心之不同,如其面焉。"意思是人心之不同,就跟人的面貌一样各不相同。⑤行藏:出处。《论语·述而》"用之则行,舍之则藏。"此指经历。入笑林:被人当作笑话传。唐赵璘《因话录》卷五:"王并州璠自河南尹拜右丞相,除目才到,少尹侯继有宴,以书邀之。王判书后云:'新命虽闻,旧衔尚在。遽为招命,堪入《笑林》。'洛中以为话柄。故事:少尹与大尹游宴,礼隔,虽除官亦须候正敕也。"笑林,书名,后汉邯郸淳撰。

【评点】　这首词,可视为辛弃疾的创作宣言。他要把人生"旧事"、一生的行为出处,写入词中。"入笑林",是自嘲,也是无奈,更有几分愤激。他一生的理想是做英雄,成就英雄的伟业,让"功名饱听儿童说",岂料最终一生只与溪山为伴,只能写写词,供人传诵。他心中老大的不爽!早年他"求田问舍,怕应羞见,刘郎才气",到晚年只能与溪山为伍,与世俗浮沉。表面旷达，随缘自适，实则深含幽愤。

人心之不同，有如人面之相异。要写人，就要写出人的个性、写出人的独特性灵，独特的生命情怀。"人无同处面如心"，从创作的角度来说，与苏轼的词"自是一家"、李清照的词"别是一家"的创作主张是一脉相承。如果说苏轼强调的是词作风格的独特性、李清照强调的是词体不同于诗体的文体独特性，那么，辛弃疾强调的是创作主体心灵的独特性、生命的独特性。辛弃疾不仅强调词体呈现心灵的独特性，也强调词作的纪实性、传记性。所以他写词是"记"平生经历的"旧事"，写在时代风云变化中的"行藏"出处。

这首词也可以看出英雄辛弃疾晚年生活的一个侧面，爱游溪山，爱读书史，所谓"一生不负溪山债，百药难治书史淫"。爱游溪山，爱读书史，本是平常事儿，可词人偏偏把这平常表现得不平常。他不说一生最爱游逛溪山，却说"一生不负溪山债"，让你觉得好新奇！仿佛人不游溪山，是欠溪山的债，有愧于溪山，游了溪山，就不欠溪山的人情了。这让人想起稼轩的前辈朱敦儒"曾批给雨支风券，屡上留云借月章"的词句，寻常的吟风弄月，被朱老爷子写得那么潇洒豪迈，天帝曾"批发"给他游赏风雨的免费券，他也多次向天帝上奏章借云留月。把平常的东西变得不平常，是诗人词家的伎俩。既让你觉得意外，又在情理之中。会心一笑当中，得到审美的享受、智慧的启迪。爱书，被称为"书淫"，这本是熟典，说"百药难治"之书史淫，就特别新鲜，未经人道。

鹧鸪天

有客慨然谈功名，因追念少年时事，戏作

壮岁旌旗拥万夫①。锦襜突骑渡江初②。燕兵夜娖银胡䩮，汉箭朝飞金仆姑③。　　追往事，叹今吾④。春风不染白髭须⑤。都将万字平戎策，换得东家种树书⑥。

【注释】　①壮岁：指高宗绍兴三十一年（1161），时年辛弃疾二十二岁。这年秋天，金主完颜亮大举侵宋，以借民间五年税钱的名义搜刮民脂民膏作军费，进一步激起民间怨愤，于是中原豪杰义士纷纷举兵反抗，其中河北大名的王友直、山东济南的耿京和太行山的陈俊，人马最强盛。辛弃疾也率众二千投奔耿京部下，任掌书记。耿京部队很快就发展壮大到二十五万人（辛弃疾《美芹十论》）。所谓"壮岁""拥万夫"，是写实，一点都不夸张。②锦襜（chān）突骑：穿锦衣的精锐骑兵。渡江：绍兴三十二年（1162）正月，因金主完颜亮被杀、金世宗继位后，金廷对山东义军采取怀柔政策，义军多解甲归田而溃散，耿京所部陷入生存困境，于是辛弃疾献策耿京率部南下归宋。耿京遂派辛弃疾和贾瑞等十一人渡江到建康与南宋朝廷接洽，巡幸至此的宋高宗接见了辛弃疾一行，并任命了耿京、贾瑞和辛弃疾等人的官职。待辛弃疾回到海州（今江苏连云港）时，忽闻耿京被部将张安国杀害。辛弃疾当即与贾瑞相商，率领五十骑兵北上去金兵军营中捉拿已降金的张安国。辛弃疾南下时只十一人，何来五十骑兵？其来源有三：一是与辛弃疾同行南下的十一人（徐梦莘《三朝北盟会编》卷二载有这十一位勇士的姓名："总辖贾瑞、统制官刘震、右军副总管刘弁、游奕军统制孙肇、左军统领官刘伯达、左军第二副将刘德、左军正将梁宏、右军正将刘威、策应右军副将邢弁、踏白第三副将刘聚、总辖司提辖董昭、贾思成、天平军掌书记辛弃疾。"），二是辛弃疾一行从建康北返时，南宋曾委派王世隆等十数位骑兵护送随行，三是从山东来报信的义军将领马全福等忠义人马。"锦襜突骑"，就是指由这三股人马组成的五十位精骑突击队。辛弃疾率此"突骑"生擒张安国后，再次渡过长江，将张安国送至临安正法。"渡江"指此。③燕兵：指北方义军。娖（chuò）：整理。胡觮：箭袋。汉：借汉指宋。金仆姑：箭名。燕兵、汉将，互文见义，指辛弃疾所率骑兵用箭攻击敌军。④追：追忆。今吾：今天的我。⑤髭（zī）须：嘴边上的胡子。欧阳修《圣无忧》："好景能消光景，春风不染髭须。"⑥万字平戎策：辛弃疾南归后，曾向朝廷献上《美芹十论》和《九议》

等,分析敌我双方形势,极有针对性地提出抗金方略,可惜朝廷不用。**东家**:泛指邻家。**种树书**:有关栽培树木技术的书。《史记·秦始皇本纪》载始皇焚书,"所不去者,医药卜筮种树之书"。此处代指无可奈何当种树的农民、隐士。语本韩愈《送石洪处士赴河阳幕得起字》:"长把种树书,人云避世士。"

【评点】 辛弃疾二十三岁时,率领五十骑兵深入到五万之众的金兵军营中生擒叛徒张安国,是他一生最辉煌的壮举,也是令他一生深感自豪自信的心理资本。这件事儿,辛弃疾自己在诗词文中谈及不多,只有友人朱熹和洪迈分别说过此事。《朱子语类》卷一三二载朱熹说:"耿京起义兵,为天平军节度使。有张安国者,亦起兵,与京为两军。辛幼安时在京幕下为记室,方衔命来此,致归朝之义,则京已为安国所杀。幼安后归,挟安国马上,还朝以正典刑。"洪迈《稼轩记》说:"赤手领五十骑,缚取于五万众中,如挟獝兔,束马衔枚,间关西奏淮,至通昼夜不粒食。"朱、洪二位的说法,应该是当事人辛弃疾所告知。其说可信。

有人觉得这件事儿太夸张,不可信。在当时的历史条件下,没有现代化的通信、侦察、运输等装备,辛弃疾等五十骑兵怎么可能冲进五万之众的金兵营垒中生擒张安国?除非是金兵全都吃了《水浒传》中吴用麻醉杨志等人的蒙汗药。的确,在常人看来,这事儿简直不可思议。可对英雄辛弃疾来说,世界上没有什么事是不可能做成的。他回南宋后曾对皇上说过:"臣闻天下无难能不可为之事,而有能为必可成之人。"(《美芹十论》)辛弃疾能说出这种牛气冲天的话,他的底气是什么?依据是什么?底气就是他自己把生擒张安国这种"难能不可为之事"变成了"能为必可成"之事!英雄就是善于将不可能变成可能。辛弃疾曾在《美芹十论》中夫子自道式地说过:"古之善用兵者,非能务为必胜,而能谋为不可胜,盖不可胜者,乃所以徐图必胜之功也。"在辛弃疾看来,打优势明显的必胜之仗,算不上是会用兵,真正"善用兵"的,是能打赢"不可胜"之仗,把"不可胜"变为"必胜"。无疑,辛弃疾本人就是这种"善用兵"的军事天才!

辛弃疾究竟用的是什么战术把"不可胜"变成了"必胜",历史载籍没有留存下具体的细节满足我们的好奇心。但如果读读辛弃疾《美芹十论》和

《九议》中提及的这些战略战术："知敌之情而为之处者，绰绰乎其有余矣。""事有操纵在我，而谋之已审，则一举而可以遂成。""攻其不备，出其不意，是谓至计。""今之论兵者，不知虚实之势、缓急之序，乃欲以力搏力，以首争首，寸攘尺取以觊下，譬之驱羊以当饿虎之冲，其败可立待也。"我们或者可以有些领悟：辛弃疾一定会经过侦察，对金兵营帐内的虚实和张安国的活动规律了如指掌，然后谋划制订出缜密的智取方案（决不会"搏力"强攻），化装潜入金兵营帐中。当时张安国正与金兵将领得意忘形地畅饮，辛弃疾以迅雷不及掩耳之势，突然出现在酒席前，将张安国捆绑起来，如挟狡兔，拎上马背，然后飞奔出营。同行的骑兵在外接应，一同绝尘而去。金兵追之不及，辛弃疾束马衔枚，昼夜不停，越过淮河，渡过长江，将张安国送至临安，交给南宋朝廷正法。

年方二十三岁的辛弃疾，就导演并主演了这幕绝世传奇惊险剧，那是何等的壮伟！这事，一直深藏在英雄辛弃疾的心中，自我品味，自然陶醉，自我追忆！当英雄进入垂暮之年时，一位客人在他面前大谈功名之事，遂激发起他的豪气，一时兴起，便把埋藏在心中的那段"少年时事"挥笔告诉了客人：想当年，协助耿京指挥着千军万马，旌旗指处，所向披靡，那是何等快意！最难忘的是，率领五十骑兵潜入五万之众的金兵营垒，生擒绑缚叛徒张安国，然后飞身上马风驰电掣而去，敌兵追赶时，同行骑兵用密集的箭雨掩护。经过艰苦卓绝的奋战，终于安全渡过长江。

词人快意的神情刚刚浮上脸颊，一会儿就变得面色凝重，陷入沉思。回到南宋，本想大展身手，实现恢复中原、统一天下的抱负，谁料想，年华徒然流逝，胡须斑白，而一事无成。一生心血凝结而成的"万字平戎策"，换来的不是"腰佩黄金印"、不是"沙场秋点兵"，而是"东家种树书"，成了山园种树的闲人。是造化弄人，还是朝廷当局、唯求苟安的社会造成了英雄的失路悲剧？令人深思。

词的上片场面热烈雄壮，与下片的悲凉冷清形成鲜明对照，正映衬出英雄壮年和暮年两种不同的命运、不同的心态。壮年的自豪与自信，晚年的失望与苦涩，全在场面的对比中透出。题目中的"戏作"之"戏"，透露出几许无奈，也流露出一种乐观和坦然，更含有一种期待和希望。如果完全失望，泯灭了那份"功名心"，他就不会对"壮年"往事那样热烈地留恋和追忆了。辛弃疾是执着的，也是超然的，更是智慧的。他的内心有深深的伤痛，但不沉沦，不绝望，以幽默的态度来面对人生的挫折、化解人生的烦恼。读这首词，我们既为英雄的豪情而感动，又为英雄的失落而感慨，更为英雄的善待人生而感悟。

破阵子

为陈同甫赋壮词以寄之①

醉里挑灯看剑②，梦回吹角连营。八百里分麾下炙，五十弦翻塞外声③。沙场秋点兵。　　马作的卢飞快④，弓如霹雳弦惊⑤。了却君王天下事，赢得生前身后名⑥。可怜白发生。

【注释】　①陈同甫：陈亮，字同甫，号龙川，永康（今属浙江）人。辛弃疾挚友。为人才气超迈，喜谈兵，下笔数千言立就。屡向孝宗上书言时政，不获用，一生潦倒失意，五十一岁状元及第，未至官而卒。《宋史》有传。②挑灯看剑：刘斧《青琐高议》载高言诗："男儿慷慨平生事，时复挑灯把剑看。"③八百里二句：为"麾下分八百里炙，塞外翻五十弦声"的倒装。八百里炙，牛肉。典出《世说新语·汰侈》王君夫有牛名八百里驳，王武子对君夫说：我箭术不如你，今天比试，以你的牛为赌注。君夫自恃手快，便爽快答应，并让武子先射，武子一箭中的，叱左右"速探牛心来，须臾炙至，一胾便去"。五十弦，指瑟，《史记·孝武本纪》："秦帝使素女鼓五十弦瑟。"李商隐《锦瑟》："锦瑟无端五十弦。"此泛指军乐器。④的卢：良马名。《三国志·蜀书·先主传》注引《世语》载，刘备所乘马名的卢，骑的卢逃走时堕襄阳城西檀溪水中，刘备急曰："的卢，今日厄矣，可努力。"的卢一跃三丈，遂得脱。⑤弓如霹雳：典出《梁书》卷九《曹景宗传》："景宗谓所亲曰：我昔乡里，骑快马如龙，与年少辈数十骑，拓弓弦作霹雳声，箭如饿鸱叫。平泽中逐麋数肋射之，渴饮其血，饥食其肉，甜如甘露浆，觉耳后风生，鼻头出火。此乐使人忘死，不知老之将至。"岳飞《满江红》的名句"壮志饥餐胡虏肉，笑谈渴饮匈奴血"也是从此典化出。⑥身后名：《晋书·张翰传》："（翰）任心自适，不求当世。或谓之曰：'卿乃可纵适一时，独不为身后名邪？'答曰：'使我有身后名，不如实时一杯酒。'时人贵其旷达。"

【评点】 此词的作年，有的说是作于淳熙十五年（1188）辛弃疾与陈亮鹅湖之会以后，有的说是作于绍熙四年（1193），都是猜度之辞，没有确切的依据。其实此词应是淳熙十年（1183）秋天所作。陈亮有《与辛幼安殿撰书》，书末说："闻往往寄词与钱仲耕，岂不能以一纸见分乎？"意思是，听说你常常寄词给钱仲耕（淳熙八年岁暮辛弃疾有《西河·送钱仲耕自江西漕赴婺州》），难道不能分寄我一纸么？辛弃疾当时在上饶家居，接信后，即赋此词。根据邓广铭先生《辛稼轩年谱》的考证，陈亮《与辛幼安殿撰书》作于淳熙十年（1183）春天。辛弃疾接到此信后赋词，自当在此后不久。

辛弃疾与陈亮，是志同道合、惺惺相惜的词友。友人来函索词，他便特地赋词一首，以写胸中块垒。这首"壮词"，是典型的英雄人写英雄词。当年秋日沙场点兵的情景和惊心动魄的战斗场面是如此清晰地留存在记忆里：出师之前，将军挑灯看剑，战士摩拳擦掌，连营吹角，曲奏凯歌，将士们大碗吃牛肉，大碗喝美酒，豪气干云；出师后，马似的卢飞快，弓如霹雳轰鸣。有此军队，何坚不克！可惜，这样的场景，如今只能在醉里回味，在梦里怀想。当年沙场点兵的少年将军，如今困守乡间坐看白发横生！"赢得生前身后名"的理想也成为泡影！

这首壮词，可谓情壮、景壮、事壮、语壮、声壮、人壮、马壮。作者不仅写出战斗场面，更传达出战场上各种声响：号角声、军乐声、拉弦开弓之"霹雳"声，马蹄得得声，轰轰烈烈的气氛正烘托出壮志凌云、勇猛无前的壮士形象。全词结构打破上下片分段的通常格局，前九句一意，后一句陡转。结构的倾斜正是胸中不平之气的表现。而前九句记忆中的壮烈场面又反衬出眼前的寂寞与冷清!

此词气势豪壮,句法精壮。特别是"八百里"二句,句法挺异。一般七言诗句词句,都是二二三式,而此两句则作三一三式,应读作:八百里——分——麾下炙,五十弦——翻——塞外声,句式的挺异与特异的战争场面相得益彰。此词读起来一气贯注,一气直下,似是一气呵成,但实经千锤百炼而成。十句之中镕铸了六个典故,而浑然天成。八百里,既是用《世说新语》中八百里驳的典故,字面上也让人联想到"连营"八百里的壮观。作者把前人的语典、事典融化成自己独具个性的语汇系统,彰显出他高超的驾驭文字的能力,既显学问才情,又使词作具有深厚的历史感。每个语典、事典,都沉淀着特定的历史记忆,能唤起读者对特定历史场景的记忆和联想。"马作的卢飞快",如换成"马似旋风飞快",只是一个普通的比喻,没有特定的历史记忆,无法唤起读者更多的联想。而用"的卢飞快",则让人联想到刘备乘的卢飞越檀溪的传奇故事。在实写战场的情景之外,就多了一层历史的记忆与想象。所以,用典并不只是语言表现的一种技巧,还是丰富诗词情感内涵的有效方法。典故在现实与历史、表层与深层之间建立起一种特殊的联系。

一枝花

醉中戏作

千丈擎天手①。万卷悬河口②。黄金腰下印③,大如斗。更千骑弓刀④,挥霍遮前后⑤。百计千方久。似斗草儿童⑥,赢个他家偏有。　　算枉了、双眉长恁皱⑦。白发空回首。那时闲说向,山中友⑧。看丘陇牛羊⑨,更辨贤愚否。且自栽花柳。怕有人来，但只道、今朝中酒⑩。

【注释】　①擎天手：举手托起天，喻支撑国家大局，担当大任。②万卷悬河口：指极有学问和口才。万卷，语本杜甫《奉赠韦左丞丈二十二韵》："读书破万卷。"悬河口，典出《晋书·郭象传》："王衍每云：听象语，如悬河泻水，注而不竭。"③黄金腰下印：杀敌立功后做高官，腰佩斗大的黄金印。《世说新语·尤悔》："今年杀诸贼奴，当取金印如斗大，系肘后。"④千骑弓刀：千名全副武装的骑兵。晁补之《摸鱼儿》："弓刀千骑成何事，荒了邵平瓜圃。"⑤挥霍：此指张扬，耀武扬威地。⑥斗草：《荆楚岁时记》："五月五日，四民并踏百草，又有斗百草之戏。"《中吴纪闻》卷一："吴王与西施尝作斗百草之戏，故刘禹锡诗云：'若共吴王斗百草，不如应是欠西施。'"可见斗百草之戏由来已久。晏殊《破阵子》："疑怪昨宵春梦好，元是今朝斗草赢。笑从双脸生。"⑦恁：如此，这样。⑧山中友：隐居的朋友。苏轼《满庭芳》："山中友，鸡豚社酒，相劝老东坡。"⑨丘陇牛羊：《古乐府》："今日牛羊上丘垄，当时近前面发红。"黄庭坚《出城送客过故人东平侯赵景珍墓》："今日牛羊上丘垄，当时近前左右瞋。"⑩中（zhòng）酒：醉酒。

【评点】　此词写理想与现实的矛盾冲突。虽是醉中戏作，吐露的却是真实的心声。自己本是国家栋梁、擎天巨手，有万卷诗书、满腹韬略、雄辩口才，期待着完成祖国统一大业，建立赫赫功勋，然后腰佩斗大黄金帅印，出门有成千骑兵护侍左右，那是何等威风！多年来也为此千方百计地努力着、奋斗着，想跟儿童玩斗草游戏似的，赢他个大满贯。可是，所有的努力都付诸东流。上片写理想、愿景，下片写现实、失望。如今两鬓斑白、双眉长皱都是枉然，只能去山中隐居，放牛羊，种种花柳。如有人来问讯，就说是今朝饮酒过量，不便接待。此词既表现出英雄稼轩的狂放豪气，又体现出英雄失路后的无奈失望。

水龙吟

登建康赏心亭①

楚天千里清秋,水随天去秋无际。遥岑远目②,献愁供恨,玉簪螺髻③。落日楼头④,断鸿声里⑤,江南游子。把吴钩看了⑥,栏杆拍遍⑦,无人会、登临意⑧。

休说鲈鱼堪脍。尽西风、季鹰归未⑨。求田问舍,怕应羞见,刘郎才气⑩。可惜流年⑪,忧愁风雨⑫,树犹如此⑬。倩何人,唤取红巾翠袖,揾英雄泪⑭。

【注释】　①建康:今江苏南京。赏心亭:在西南城上。《景定建康志》卷二二:"赏心亭,在下水门之城上,下临秦淮,尽观览之胜。丁晋公谓建。景定元年亭毁,马光祖重建。"《方舆胜览》卷十四:"赏心亭,下临秦淮,尽观览之盛。丁晋公谓建。尝以周昉所画《袁安卧雪图》张千屏,后太守易去。《续志》又云:丁始典金陵,陛辞之日,真宗出大幅《袁安卧雪图》付丁谓,曰:'卿到金陵,可选一绝景处张此图。'谓遂张于赏心亭柱上。"②遥岑远目:极目眺望远山。语本韩愈、孟郊《城南联句》:"遥岑出寸碧,远目增双明。"③玉簪螺髻:形容远山如美女头上的玉簪和螺形发髻。韩愈《送桂州严大夫》:"江作青罗带,山如碧玉簪。"皮日休《缥缈峰》:"似将青螺髻,撒在明月中。"广西桂林一带,往往平畴旷野中突兀地耸立起一座座小山,青螺、碧玉簪就是指这样的山。④落日楼头:语出杜甫《越王楼歌》:"楼下长江百丈清,山头落日半轮明。"⑤断鸿:语本柳永《玉蝴蝶》:"断鸿声里,立尽斜阳。"断鸿,离群的孤雁。⑥吴钩:弯形宝刀。典出《吴越春秋》卷二:"阖闾既宝莫耶,复命于国中作金钩,令曰:'能为善钩者,赏之百金。'吴作钩者甚众,而有贪王之重赏也,杀其二子以血衅金,遂成二钩。献于阖闾，诣宫门而求赏。王曰：'为钩者众，而子独求赏，何以异于众夫子之钩乎？'作钩者曰：'吾之作钩也，贪而杀二子，衅成二钩。'王乃举众钩以示之，何者是也？王钩甚多，形体相类，不知其所在。于是钩师向钩而呼二子之名：'吴鸿、扈稽，我在于此。王不知汝之神也！'声绝于口，两钩俱飞，着父之胸。吴王大惊曰：'嗟乎！寡人诚负于子！'乃赏百金，遂服而不离身。"语本杜甫《后出塞》："含笑看吴钩。"⑦栏杆拍：司马光《司马温公诗话》："刘概，字孟节，青州人。喜为诗，慷慨有气节，举进士及第，为幕僚一任，不得志。弃官隐居野原山。"有诗云："读书误人四十年，有时醉把栏干拍。"⑧会：理解，懂得。登临意：语出王琪诗。释文莹《湘山野录》卷上："金陵赏心亭，丁晋公出镇日重建也。秦淮绝致，清在轩槛。取家箧所宝《袁安卧雪图》张于亭之屏，乃唐周昉绝笔。凡经十四守，虽极爱而不敢辄觊，偶一帅遂窃去，以市画芦雁掩之。后君玉王公琪复守是郡，登亭留诗曰：'千里秦淮在玉壶，江山清丽壮吴都。昔人已化辽天鹤，旧画难寻卧雪图。冉冉流年去京国，萧萧华发老江湖。残蝉不会登临意，又噪西风入座隅。'此诗与江山相表里，为贸画者之萧斧也。"⑨休说鲈鱼二句：用张翰典。《晋书·张翰传》：张翰，字季鹰，吴郡人。赴命入洛，因见秋风起，乃思吴中菰菜莼羹鲈鱼脍，曰："人生贵得适志，何能羁宦数千里以要名爵乎？"遂命驾而归。⑩求田问舍：用三国陈登、许汜典。刘郎：指刘备。《三国志·魏志·陈登传》：陈登，字元龙，在广陵，有威名。许汜与刘备并在荆州牧刘表坐，表与备共论天下人，汜曰："陈元龙湖海之士，豪气不除。""昔遭乱过下邳，见元龙，元龙无客主之意，久不相与语，自上大床卧，使客卧下床。"备曰："君有国士之名，今天下大乱，帝主失所，望君忧国忘家，有救世之意。而君求田问舍，言无可采，是元龙所讳也。何当与君语？如小人，欲卧百尺楼上，卧君于地，何但上下床之间邪？"表大笑。⑪惜流年：语本寇准《甘草子》词："堪惜流年谢芳草，任玉壶倾倒。"流年，如水一样流逝的年华。⑫忧愁风雨：苏轼《满庭芳》："百年里，浑教是醉，三万六千场。思量。能几许，忧愁风雨，一半相妨。"⑬树犹如此：典出《世说新语·言语》："桓公（温）

北征,经金城,见前为琅邪时种柳皆已十围,慨然曰:'木犹如此,人何以堪。'攀枝执条,泫然流泪。"⑭倩:请。红巾翠袖:指美女佳人。杜甫《丽人行》:"青鸟飞去衔红巾。"杜甫《佳人》:"天寒翠袖薄。"英雄泪:杜甫《蜀相》有"出师未捷身先死,长使英雄泪满襟"句。

【评点】 此词当作于第二次在建康为官时,即淳熙元年(1174)任江东安抚司参议官时。这年辛弃疾在江东安抚使兼行宫留守叶衡幕下为官,深得叶衡的赏识,然而初夏四月叶衡就离开建康回朝廷任职。辛弃疾好不容易遇到一位知己的上司,可不久就离他而去,仕途上失去了依靠,心中不免怅然。这首词,就是抒发英雄失路的感慨。

读此词上片,我们仿佛看到一位青年英雄(时年35岁)站在赏心亭的楼头,面对西沉的落日,听着飞过天空的孤雁,摩挲着蒙尘的宝剑,拍击着栏杆,发出阵阵怒吼。这傲然而又孤独的英雄形象,多么像《满江红》里"怒发冲冠""仰天长啸,壮怀激烈"的英雄岳飞!然岳飞是建有盖世功勋的英雄,而辛弃疾则是尚无成就的悲剧英雄。英雄总是孤独的,岳飞曾感叹"知音少,弦断有谁听"(《小重山》),辛弃疾也一再叹息"朱丝弦断知音少"(《蝶恋花》),感慨"无人会,登临意"!我们试着理解他的登临意:"落日"西下,象征着时光流逝,此时他有生命时光徒然流逝的紧迫感;离开故土,只身来到江南,作为失去故土的游子,他就像空中那离群的孤雁,有挥之不去的漂泊感;有宝剑蒙尘、请缨无路的失落感;满腔热血、报国宏愿无人理解,有沉重的孤独感!这种情感纠结于胸,怎能不叫呼怒号,拍打栏杆!路在何方?是进是退?他深感茫然。是像张翰那样退隐归去,像许汜那样求田问舍做个生活安逸的"土豪",置天下事于不闻不问?天下英雄岂不耻笑!不归去,等待时机?可来到江南已十有余年,何时才有请缨杀敌的机会!真是进亦难,退亦难。英雄不禁潸然泪下了!

"英雄泪",跟儿女的相思泪可是大不相同。儿女情长的相思泪,是独自流淌,君不闻柳永《满江红》的"惟有枕前相思泪,背灯弹了依前满",又不闻苏轼《雨中花慢》的"枕前珠泪,万点千行",且再听聂胜琼《鹧鸪天》的"枕前泪共帘前雨,隔个窗儿滴到明"。辛弃疾的英雄泪,则是让佳人靓女来替他擦拭揩干。"倩何人,唤取红巾翠袖,揾英雄泪",让无比高大上的英雄也有了人间烟火的气息，也有普通人七情六欲的愿想。哪个男人郁闷痛苦时不想让体贴的佳人来安慰一番？龚自珍老先生不也说过"设想英雄垂暮日，温柔不住住何乡"么？青年英雄辛弃疾，敢于大胆说出天下男人敢想而不敢说的话，本身就体现出一股英雄豪气！

此词内外兼写，"外"塑形象，"内"写心灵。怒拍栏杆的形象跃然纸上，而多重情感纠结于心。宋词以写心擅长，但一般的写心，只写一种情感，像这样写多重情感纠结变奏的煞是少见！俺曾有一个比喻，说那种一词写一种情感的像泡泡糖，从不同角度放大一种情感，如周邦彦的《六丑》只写一种惜春情怀，但层层推进，逐步放大；而一词写多种情感的好似压缩饼干，把多种情思熔铸一炉，英雄辛弃疾此词就是一块精制的压缩饼干。俺曾把这一比喻写进博士论文初稿中，俺老师阅后旁批了四个字："比喻蹩脚！"当时忍痛割爱，听从师命删去这蹩脚比喻。现在而今眼目下，读稼轩此词，又想起了二十多年前那个比喻，姑且写在这里，聊供读者一笑。

太常引

建康中秋为吕叔潜赋[①]

一轮秋影转金波[②]。飞镜又重磨[③]。把酒问姮娥[④]。被白发、欺人奈何[⑤]。　　乘风好去，长空万里，直下看山河。斫去桂婆娑。人道是、清光更多[⑥]。

【注释】　①建康：今江苏南京。吕叔潜：名大虬，吕本中诸侄，吕祖谦诸父。②金波：指月亮。语出《汉书·礼乐志》："月穆穆以金波，日华耀以宣明。"③飞镜：语出李白《把酒问月》："皎如飞镜临丹阙，绿烟灭尽清辉发。"④姮娥：即嫦娥。⑤白发欺人：语出唐薛能《春日使府寓怀》："青春背我堂堂去，白发欺人故故生。"⑥斫去三句：化用杜甫《一百五日夜对月》"斫却月中桂,清光应更多"句意。

【评点】　中秋词,以苏轼《水调歌头》(明月几时有)最著名。胡仔《苕溪渔隐丛话》曾说:"中秋词,自东坡《水调歌头》一出,余词尽废。"意思是有了苏轼那首《水调歌头》,其他的中秋词都可以不读不听了。胡仔为赞美东坡词,话说得不免绝对。辛弃疾这首中秋词,在常见的中秋词之外,别开新境,足称名篇。上片用对话体,词人把月亮当作飞镜,磨了又磨,拿镜一照,发现头生白发。于是举酒问嫦娥:俺年岁不大,白发却来欺人,有啥好法子躲避白发不?把月亮想象为镜子,不奇,奇的是他拿来磨了又磨,以便月亮镜子更亮更好照人。对镜见白发,也很平常,他却问嫦娥有没有法子让人年轻不生白发,传说中嫦娥有长生不死药,所以,稼轩巧妙地设想问嫦娥有了白发咋办?淳熙元年(1174)在建康写这首词时,辛弃疾才35岁,风华正茂,他追求的当然不是长生不老,不是要嫦娥给他不死不老药,而是借此表明时光易逝,转眼之间白发生头,英雄的使命尚未完成。故下片想象乘风穿越万里长空,登上月球,俯看人间,要砍去月亮上的桂影,让人间看到更多月亮的清光!这是何等豪气,又是何等胸怀!他追求的是人间的正义,人间的光明!苏轼在《水调歌头》中秋词中要乘风归去登月,是想逃避人间的磨难痛苦,而英雄辛弃疾乘风登月,是要为人间清除黑暗,送去更多的光明。一个是逃避苦难,一个是进取拼搏,文士苏轼与英雄辛弃疾的区别,于此判然分明。此词想象奇特,境界高远。境界高远,首先是源于人格境界的高尚、人生理想的远大。有如许高尚的人格、高尚的理想,才能创造如此高远的艺术境界!

清平乐

独宿博山王氏庵①

绕床饥鼠。蝙蝠翻灯舞。屋上松风吹急雨。破纸窗间自语。　　平生塞北江南。归来华发苍颜。布被秋宵梦觉，眼前万里江山。

【注释】　　①博山：在今上饶广丰县。

【评点】　　达则兼济天下，穷则独善其身，是中国古代士大夫的处世准则。对于辛弃疾这样的英雄来说，达，固然要兼济天下，穷，也不忘兼济天下，不忘天下苍生。他曾在《新居上梁文》中说："直使便为江海客，也应忧国愿年丰。"这首在秋风秋雨中独宿山间王氏庵所作的《清平乐》，也生动诠释了稼轩身为江海客仍然忧国愿年丰的情怀。

上片写王氏庵的环境。王氏庵似乎久无人居，夜里饥饿的老鼠在床前乱窜，蝙蝠在空中乱舞。老鼠和蝙蝠的折腾，让人无法入睡。而屋外的大风伴着急雨吹打着屋顶，吹打着松树，吹打着窗间的破纸。由松风，可想象王氏庵是在一片松树林里，松风呼啸，在寂静的夜晚也挺恐怖的。不说窗间破纸被风吹得乱响，而说"破纸窗间自语"，就特别有韵味。破纸似乎在诉说着寒冷，似乎在为屋内客人的寒冷失眠而担忧，又似乎是祈求主人早点糊上好纸挡些风寒。上片简直是交响曲，屋内老鼠声、蝙蝠声，屋外松风声、大雨声，窗间破纸声，连成一片，组合成一部秋夜山居寂寞凄凉的交响曲。在这自然交响曲的伴奏之下，词人自然无法成眠，难以入睡。平生走遍塞北江南的坎坷经历一幕幕地呈现在眼前，而最让他魂牵梦绕的是"眼前万里江山"。江山尚破碎，国土尚分裂，自己年华老大，颜苍发白，何时能够沙场秋点兵，试手补天裂？写作此词时，辛弃疾闲居江西上饶，在这饥鼠出没、蝙蝠乱舞的破屋里投宿，词人不是埋怨居住环境的简陋，而是忧念万里江山，词人安得的英雄情怀，让人感动！诗圣杜甫曾在床头屋漏无干处的茅屋里而憧憬着"广厦千万间，大庇天下寒士俱欢颜"，稼轩在风雨之夜念及的是在风雨飘摇中的祖国江山，所念所想虽然不同，但家国情怀却是一脉相承。

菩萨蛮

书江西造口壁①

郁孤台下清江水②。中间多少行人泪。西北望长安③。可怜无数山。　青山遮不住。毕竟东流去④。江晚正愁予。山深闻鹧鸪⑤。

【注释】　①造口：位于江西万安县西南的赣江边上。又称皂口。宋代此处是渡口，又建有驿站。与辛弃疾同时期的杨万里曾经过此地，写有《宿造口驿》诗。淳熙二年（1175）四月，茶商赖文政在湖北起兵反抗朝廷，不久即攻入湖南、江西，一度攻入广东，屡败官军。六月，朝廷调仓部郎中辛弃疾任江西提刑节制诸军前往讨捕，辛弃疾七月抵达赣州，九月即平定叛乱，诱杀赖文政。淳熙三年（1176），辛弃疾调任京西转运判官。自赣州北上赴襄阳任京西转运判官途经造口驿时，辛弃疾写下此词题于驿壁。②郁孤台：在今赣州市区西北的贺兰山顶，是城区的制高点，下瞰赣江。清江：即指赣江。章水和贡水至孤台前面的龟角尾汇合成为赣江。③长安：代指帝都，实指朝廷。帝都，既可理解为北宋故都汴京，又可以理解为南宋都城临安。郁孤台，曾改名为望阙台。祝穆《方舆胜览》卷二十载："郁孤台，在丽谯坤维。隆阜郁然，孤起平地数丈，冠冕一郡之形势，而襟带千里之江山。唐李勉为虔州（至南宋改名为赣州）刺史，登临北望，慨然曰：余虽不及子牟，而心在魏阙一也。郁孤岂令名乎？改为望阙。"身在江湖，心存魏阙，是唐宋人经常使用的典故。语出《庄子》："中山公子牟谓瞻子曰：身在江海之上，心居乎魏阙之下。"范仲淹《岳阳楼记》所说"居庙堂之高则忧其民，处江湖之远则忧其君"，就是从这个典故变化而来。辛弃疾登临郁孤台，自会想起子牟的心存魏阙和李勉的望阙台。故"西北望长安"，除了思念故都汴京之意外，还应有像子牟那样身在江湖心存朝廷之意，也就是像范仲淹那样"处江湖之远则忧其君"。此句一本作"东北是长安"，临安在造口的东北方向，亦可通。可怜：可惜。④东流去：化用唐崔湜《襄城即事》诗："子牟怀魏阙，元凯滞襄城。……为问东流水，何时到玉京？"杜预字元凯，西晋时著名的政治家、军事家，灭吴战争的统帅之一。羊祜保举他为镇南大将军，都督荆州诸军事，长期驻守襄阳。缮甲兵，耀威武，大破东吴。辛弃疾从赣州去襄阳任职，故会联想起崔湜这首诗。崔诗中的"何时到玉京"非常切合辛弃疾此时的心情。⑤鹧鸪：鹧鸪的叫声类似"行不得也哥哥"。辛弃疾绍熙三年（1192）所作《添字浣溪沙·三山戏作》曾把鹧鸪和杜鹃两种鸟的叫声谐音说得很清楚："绕屋人扶行不得，闲窗学得鹧鸪啼。却有杜鹃能劝道：不如归。"鹧鸪叫声像"行不得"，杜鹃叫声似"不如归"。"山深闻鹧鸪"句，是写深山中听到的都是鹧鸪"行不得也哥哥"的啼叫，好像鹧鸪在挽留他别走，请求他不要离开江西。辛弃疾解任离开赣州时，赣州军民曾经拥满道路，争相前来为他送行。当时赣州通判罗愿写了一首五古长诗《送辛殿撰自江西提刑移京西漕》为他壮行色，长诗开篇即说："峨峨郁孤台，下有十万家。喧呼隘城阙，恋此明使车。"说赣州城十万人家，许多百姓都跑来大街上，为辛弃疾的车马送行，以至把城门道路都堵塞了。这个动人的场景，大概又一次浮现在词人的脑海中。站在造口驿上，他是多么留恋这个地方，多么不想去遥远的襄阳。鹧鸪的叫声，传到他耳里，听上去就像是满城百姓的挽留呼声。其实他自己大概也不想走，因为在江西，他是节制兵马的剿匪指挥官。离开江西去襄阳，他将失去兵权，变成一个掌管粮草的文官。

【评点】 淳熙二年（1175），因宰相叶衡的推荐，辛弃疾被孝宗召见，提拔为仓部郎中。正在此时，湖南、湖北、江西爆发的茶商武装起义形势失控。朝廷几度派兵前去围剿，都先后失败。茶商武装在赖文政的率领下，四处流窜，"覆军杀将，盗据县邑，略无忌惮"（周必大《论军政》），地方官府奈何不得。辛弃疾闻讯，主动请命去指挥围剿，节制地方军马。这年六月，辛弃疾被任命为江西提点刑狱，节制地方军马讨伐茶商军。七月，辛弃疾到任后,大举发动地方武装,四处布阵围堵,痛下狠手追剿茶商武装。只用了不到两个月的时间,便将茶商武装残部围困在江西瑞金县山中。辛弃疾派人进山诱骗招安,劝茶商武装出山投降。首领赖文政投降后,立即被押解到赣州就地处死。经此一役,辛弃疾名声大振。宋孝宗得报后,下诏推赏。辛弃疾被授予秘阁修撰。秘阁修撰是优宠贴职,为从六品。有了这个头衔,他距离真正的安抚使帅臣的实职就近在咫尺了。淳熙三年(1176),他被朝廷调任为京西转运判官。然后在这一年的秋天离开江西赣州,前往襄阳府。

  平灭茶商军后,词人的心情充满了狂喜和骄傲,心理期望值很高,对未来充满了梦想。但新任命下来之后,心头又不免交织着失落和不满,表现出怅惘、忧愁、焦虑种种情绪,心态很复杂。他告别了赣州父老同僚,离开赣州城沿赣江北上,路过赣江边的造口,凭吊当年隆祐太后的踪迹往事。举目眺望西北方向的中原,却被重重叠叠的青山遮住了视线。他站在江边,久久望着江水滔滔流去。最后黄昏降临,暮色四合,深山中传来鹧鸪的叫声。感慨万千之时,写下了这首《菩萨蛮》,并题写在造口驿壁上。

  "郁孤台下清江水,中间多少行人泪。"辛弃疾站在造口驿江边,望着横在眼前的大江,很自然从来处落笔。清江,就是赣江。赣江最上游的起点,就在郁孤台下。郁孤台在赣州旧城西北,辛弃疾的江西提刑司就设在赣州城内。他刚刚离开赣州,不久前还登临过郁孤台。对郁孤台的历史、掌故、地理、风景非常熟悉。

  为什么不从造口写起,却从郁孤台写起呢?郁孤台是赣州最著名的名胜,是当时的地标。从郁孤台落笔,很自然地交代了他此行路过造口的出发地点。辛弃疾南归后无一日忘怀中原故土,总是渴望在有生之年,能够看到中原收复,祖国统一。他经常眺望北方,思念故土。这种情绪有时候非常强烈。郁孤台的子牟望阙典故,正好契合了他此时的处境和心情。所以接下来,他像当年的子牟一样,引颈翘首,"西北望长安",目光久久注视着看不见的北方故都。

  "西北望长安",当然是思念中原沦陷的故都汴京,思念北方的祖国。但还有更深一层意思,就是子牟身在江湖之远,心存朝廷之上,也就是范仲淹所说的"处江湖之远则忧其君"。有的辛词版本,"西北望长安"这句别作"东北是长安"。有人对此大感不解,长安怎么会在造口的东北呢?汴京明明是在造口的正北面。其实辛弃疾满心想的尽是朝廷，是君王。所以，他念念不忘的长安不是汴京，而是孝宗皇帝所在的临安，正是在造口的东北方向。词人心存朝廷，可惜被无数重深山遮住视线，无法看到。主观愿望与客观现实之间存着矛盾和遗憾。群山遮目，望帝都而不见，既是写眼前的实有风景，也委婉表达了词人内心的某种抱怨。李白《登金陵凤凰台》不是有"总为浮云能遮日，长安不见使人愁"的诗句么？辛弃疾此词，即隐含太白之意。辛弃疾绝顶聪明，把一首小词写得如此沉郁顿挫，如此怨而不怒，什么难听话都没有说，什么牢骚也没有发，但失望的意思都在里面了。

"青山遮不住，毕竟东流去。"赣江滔滔而去的江水，让词人联想到了光阴易逝。自己的大好年华，就像江水一样永远流走了，再也回不来了。张九龄有诗说："仲尼在川上，子牟存阙下。"词人想到了魏公子牟，当然也会想到孔夫子，想到古人站在江边，感叹时光如水的那份焦虑。毕竟，是终将、终究的意思。词人先说青山重重，遮住了他北望的视线；可是青山再多，再深，再高，终究遮拦不住奔流的江水。不该遮拦的偏偏遮拦，该遮拦的却反而遮拦不住。怨而不怒的骚人情怀，借此轻轻托出。却又收笔藏锋，表现得非常含蓄。

仔细体味，不难察觉到，词人对时间如此敏感，如此充满了焦虑情绪。望帝都，叹流水，伤心泪，黄昏愁，纷至沓来的复杂情感，都是纠结于路漫漫而修远，老冉冉其将至。看不到希望，不知道何时才能受到朝廷重用，才能让他统率千军万马，杀向北方，收复中原失地，最终实现统一祖国的梦想。

"江晚正愁余，山深闻鹧鸪。"天色已经很晚了。造口处在大山深处，太阳落山早，更容易天黑。这个时候，词人望着滔滔江水，一时间愁思纷繁。深山里又传来鹧鸪的叫声。整个山谷间回荡着"行不得也，哥哥"的叫声，词人恍然觉得那是江西的父老在声声挽留他，遮道而哭，劝他不要远去。愁余，就是愁予，让我生愁的意思。语出屈原《九歌·湘夫人》："帝子降兮北渚，目眇眇兮愁予。袅袅兮秋风，洞庭波兮木叶下。"屈原这样描写湘夫人：秋天的洞庭湖上落叶纷纷，我望眼欲穿充满了忧愁，美丽的公主啊快降临吧。黄昏的赣江上没有美丽的湘夫人，但一样有纷纷的落叶，一样有望眼欲穿的忧愁。借用了一下《九歌》的语典，辛弃疾内心的自我定位不经意也就告诉了读者：他是把自己看作是屈原的化身，至少，也是引屈原为异代知音。他就像屈原一样,徘徊在水边,充满了忧伤。

　　这是一首抒发作者个人郁勃不平之气的作品,主要表现了岁月蹉跎、功名未就的焦虑情感,是他离开赣州之际的一段告别词,一段欲言又止的低回自语。它并不像过去认为的那样,是一曲爱国主义精神的悲壮歌唱,并不是歌颂祖国统一的不可抗拒的历史潮流,也不是批判苟且偷安的朝廷投降派和各种反动势力。那样拔高,不符合历史,也不符合辛弃疾的个性。

　　《菩萨蛮》的不朽,在于它真实地展现了一个爱国者的内心世界。他对自己民族的那份热爱、对祖国统一的那份渴望、对朝廷的忠贞、对报答天下苍生的强烈冲动、对国耻的耿耿于怀,都在他的眼泪和焦虑中流露出来。他那么强的个性,却没有在词中抱怨一句朝廷不公,大臣不济,也没有夸耀一句自己剿匪的功劳,奔波的辛苦。他只说青山和江水,只说那里有自己的眼泪,只说光阴如水一样流走了。如此拳拳之心,如此含蓄克制的骚人遗唱,千载之下,仍然让我们悄然动容。

霜天晓角

赤壁①

　　雪堂迁客②。不得文章力③。赋写曹刘兴废④,千古事、泯陈迹。　　望中矶岸赤。直下江涛白。半夜一声长啸⑤,悲天地、为予窄⑥。

【注释】　①赤壁:此指黄州赤壁。淳熙四年(1177),辛弃疾知江陵府兼湖北安抚使,途经赤壁时赋此词。②雪堂迁客:指苏轼。苏轼贬谪黄州时,曾筑室,名雪堂。③不得文章力:语本刘禹锡《郡斋书怀寄江南白尹兼简分司崔宾客》:"谩读图书三十车,年年为郡老天涯。一生不得文章力,百口空为饱暖家。"④赋:指苏轼《前赤壁赋》。曹刘:曹操和刘备。苏轼《前赤壁赋》："西望夏口，东望武昌，山川相缪，郁乎苍苍。此非孟德之困于周郎者乎！方其破荆州，下江陵，顺流而东也，舳舻千里，旌旗蔽空，酾酒临江，横槊赋诗，固一世之雄也。而今安在哉？"⑤长啸：语本苏轼《后赤壁赋》："划然长啸，草木震动，山鸣谷应，风起云涌。"⑥悲天地二句：语出杜甫《送李校书》："每愁悔吝作，如觉天地窄。"

【评点】 在万籁俱寂的半夜，忽闻"一声长啸"，那是一种什么感受！是英雄的怒吼，还是为苏轼鸣不平？苏轼文名震耀一世，他一生不但没托文章之福，反受其累。造化何其弄人！辛弃疾一向以英雄自许，却英雄无用武之地，南归后一直无法沙场点兵杀敌立功，天地虽宽阔，却没有自我的出路！"悲天地，为予窄"，正与陈子昂"念天地之悠悠，独怆然而涕下"同一感慨，显出稼轩的英雄本色。

吴处厚《青箱杂记》卷七说："白居易赋性旷远，其诗曰'无事日月长，不羁天地阔'，此旷达者之词也。孟郊赋性褊隘，其诗曰'出门即有碍，谁谓天地宽'，此褊隘者之词也。然则天地又何尝碍郊，孟郊自碍耳！"如果说孟郊的"出门即有碍，谁谓天地宽"是性格狭隘的牢骚人语，那么，辛弃疾的"悲天地，为予窄"，则是锐意进取而无路请缨的英雄感怆！

水调歌头

舟次扬州，和杨济翁、周显先韵①

落日塞尘起②，胡骑猎清秋③。汉家组练十万，列舰耸层楼④。谁道投鞭飞渡⑤，忆昔鸣髇血污，风雨佛狸愁⑥。季子正年少，匹马黑貂裘⑦。　　今老矣，搔白首，过扬州。倦游欲去江上，手种橘千头⑧。二客东南名胜，万卷诗书事业⑨，尝试与君谋。莫射南山虎⑩，直觅富民侯⑪。

【注释】①舟次扬州：淳熙五年（1178），辛弃疾自临安赴任湖北转运副使，走水路先由运河到扬州然后入长江西上。词为次扬州时作。杨济翁：杨炎正，字济翁，庐陵人，著名诗人杨万里族弟。有词集《西樵语业》传世。周显先，其人未详。辛弃疾有《周显先韵》二首，是亦能诗者。梁启超说杨炎正和周显先似是辛弃疾幕僚，故相随同行。②塞尘：边塞扬起烟尘，喻发生战争。此指绍兴三十一年（1161）秋，金主完颜亮率四路大军南下侵宋。所帅兵力六十万，号称百万。③胡骑：指金朝骑兵。猎：打猎。实指侵略。古代西北游牧民族常在秋天马壮膘肥之时以打猎之名南下侵扰。④组练：即组甲披练。《左传·襄公三年》："邓廖帅组甲三百、被练三千以侵吴。"注："组甲、披练皆战备也。组甲，漆甲成组文；被练，练袍。"苏轼《催试官考校戏作》："鲲鹏水击三千里，组练长驱十万夫。"列舰耸层楼：指大船高舰像几层高的大楼在江边排列迎敌。⑤投鞭飞渡：《晋书·苻坚载记》："以吾之众，投鞭于江，足断其流。"《晋书·杜预传》载杜预遣部将率奇兵八百泛舟夜渡以袭乐乡，吴都督孙歆震恐，说："北来诸军乃飞渡江也。"⑥忆昔二句：用典隐写绍兴三十一年十一月，完颜亮南侵至扬州，兵败采石矶后，在瓜洲渡被部属乱箭射杀。典出《史记·匈奴传》载匈奴太子冒顿作鸣镝，曾令左右："鸣镝所射而不悉射者斩之。"后从其父猎，以鸣镝射其父，左右皆随鸣镝而射杀之。鸣髇（xiāo）：响箭。佛（bì）狸：北魏太武帝小字，曾率师南侵至长江北岸，此借指金主完颜亮。⑦季子二句：用苏秦典。《战国策·秦策》载苏秦游说秦王而策不行，"黑貂之裘敝，黄金百斤尽"。季子，苏秦字。此辛弃疾借以指当年南渡的自己。⑧手种橘千头：《襄阳耆旧传》载，李衡每欲治家，妻辄不听。后密遣客十人于武陵龙阳洲上作宅，种橘千树。临死，敕儿曰：汝母每恶吾治家，故穷如是。吾州里有千头木奴，不用汝衣食。岁上一匹绢，亦当足用。⑨名胜：名贤胜士。万卷诗书事业：指以胸中万卷书而致君为尧舜。语出杜甫《奉赠韦左丞丈》："读书破万卷，下笔如有神。""致君尧舜上，再使风俗淳。"⑩南山虎：《史记·李将军列传》载李广曾在蓝田南山中射猎，见草中石以为虎而射之，中石没镞，视之，石也。广所居郡，闻有虎，尝自射之。及居右北平，射虎，虎腾伤广，广亦竟射杀之。⑪富民侯：《汉书·西域传》载，汉武帝初通西域，因连年征战，海内虚耗，颇悔远征，于是不复出军，"封丞相车千秋为富民侯"，以休养生息。

【评点】 要读懂此词，必须注意此词特定的创作现场和创作缘起。创作现场是在扬州，淳熙五年（1178），辛弃疾39岁时舟行过扬州而作此词。来到扬州，他想起17年前在扬州一带发生的宋金大战。词的上片即是追怀这场战事。此词又是与友人杨炎正唱和之作，欲知辛弃疾和作的主旨，又需了解杨炎正的原唱《水调歌头·登多景楼》："寒眼乱空阔，客意不胜秋。强呼斗酒发兴，特上最高楼。舒卷江山图画，应答龙鱼悲啸，不暇顾诗愁。风露巧欺客，分冷入衣裘。忽醒然，成感慨，望神州。可怜报国无路，空白一分头。都把平生意气，只做如今憔悴，岁晚若为谋。此意仗江月，分付与沙鸥。"杨词充满了不平之气，其中"可怜报国无路，空白一分头"是其立意所在。故辛词的下片针对此意而发，既有开解，又有鼓励。

上片如战争大片，再现绍兴三十一年（1161）秋冬间南宋军队在采石矶抗击金兵南侵取得大胜的壮烈场面。开篇两句用形象的画面描写金兵南侵：数十万"胡骑"金兵趁着清秋的落日黄昏南下侵宋，铁骑过处，飞尘滚滚。史载，金主完颜亮经过多年的精心策划，于绍兴三十一年九月亲率六十万号称百万大军南下侵宋，十月就渡过淮河，攻陷扬州。宋将刘锜、李显忠、杨存忠等率兵抗击。《宋史纪事本末》卷七十四《金亮南侵》载十一月："乙亥，金主亮临江筑台，自被金甲登台，杀黑马以祭天，以一羊一豕投于江中，召璘都等谓之曰：'舟楫已具，可以济江矣。'富勒珲曰：'臣观宋舟甚大，我舟小而行迟，恐不可济。'亮怒曰：'尔昔从梁王追赵构入海岛，岂皆大舟耶！'誓明日渡江。晨炊玉麟堂，先济者与黄金一两。亮置黄旗、红旗于岸上，以号令进止。""忆昔投鞭飞渡"，即指此事。

而"汉家组练十万，列舰耸层楼"，是写虞允文在采石矶指挥南宋战船在江中迎敌击退金兵大获胜利的场面。当时朝廷调集的军队有二十万——《宋史纪事本末·金亮南侵》载当时"杨存中、成闵、邵宏渊诸军皆集京口，凡二十余万"。所谓"汉家组练十万",一点都不夸张。金主完颜亮指挥金兵渡江之时,南宋大臣虞允文至采石矶犒师,由于主将王权被调换,继任大将李显忠未及到任,南宋官军无人统一指挥。于是允文"召诸将,勉以忠义","命诸将列大阵不动,分戈船为五,其二并东西岸,其一驻中流,藏精兵待战,其二藏小港,备不测。"部署完毕,"敌已大呼,亮操小红旗麾数百船绝江而来,瞬息之间抵南岸者七十艘,直薄官军,军小却,允文入阵中,抚统制魏俊之背曰:'汝胆略闻四方,立阵后,则儿女子尔!'俊即挥双刀出,士殊死战,中流官军以海鳅船冲敌舟,皆平沉,敌半死半战,日暮未退。会有溃卒,自光州至,允文授以金鼓,从山后转出,敌疑援兵至,始遁。允文又命劲弩尾击追射,大败之。金兵还和州,凡不死于江者,亮悉敲杀之。""允文知亮败,明当复来,夜半部分诸将分海舟缒上流,别遣盛新以舟师截金人于杨林河口,明旦,敌果至。因夹击之,复大败。焚其舟三百。"(《宋史纪事本末》卷七十四《金亮南侵》) 我们可以从虞允文分战船为五个战队击敌、后又伏击焚敌舟的过程想象"列舰耸层楼"的情景。

"鸣髇血污",原指西汉时匈奴太子用箭弑父的故事。辛弃疾用此典来写完颜亮被部下用箭射杀,实在是太贴切、太绝妙了。《宋史纪事本末》卷七十四《金亮南侵》载,十一月乙未,金主完颜亮至瓜洲,居龟山寺。召诸将,约以三日渡过长江,否则尽杀之。军士危惧。亮又令军中运鸦鹘船于瓜洲,期以明日渡江,敢后者死。众欲亡归,乃决计于浙西都统制耶律元宜及明安唐古乌叶。黎明,元宜等帅诸将以众围攻亮营,亮闻乱,以为宋兵奄至,"揽衣遽起,箭入账中,亮取视之,愕然曰:'乃我兵也'。近侍大庆山曰:'事急矣,当出避之。'亮曰:'走将安往?'方取弓,已中箭仆地,延安少尹纳哈塔斡里雅布先刃之,手足犹动,遂缢死之。军士攘取行营服用皆尽,乃取骁骑指挥使大盤衣巾裹其尸而焚之"。

宋金大战、采石矶大捷时,辛弃疾正青春年少,在山东率部起义,次年即生擒叛徒张安国渡江南归。当年是何等威武英雄!"季子正年少,匹马黑貂裘",即写此事。如今重过扬州,已是白发生两鬓,大有英雄迟暮之感。下片针对杨炎正原唱的"报国无路"而勉励杨炎正和周显先要致君尧舜,安邦富民。

满江红

江行简杨济翁、周显先①

过眼溪山,怪都似、旧时曾识②。是梦里、寻常行遍,江南江北③。佳处径须携杖去,能消几两平生屐④。笑尘埃、三十九年非,长为客。　　吴楚地,东南坼⑤。英雄事,曹刘敌⑥。被西风吹尽,了无陈迹。楼观才成人已去⑦,旌旗未卷头先白。叹人间、哀乐转相寻,今犹昔。

【注释】　①江行:淳熙六年(1179),辛弃疾自湖北转运副使调任湖南转运副使,走水路由长江船行自武汉至长沙任职。词当作于此次江行途中。杨济翁:即杨炎正。周显先,其人未详。两人都是辛弃疾的友人。②旧时曾识:语出李清照《声声慢》:"雁过也,正伤心,却是旧时相识。"③江南江北:岑参《春梦》:"枕上片时春梦中,行尽江南数千里。"王维《送沈子福归江东》:"唯有相思似春色,江南江北送君归。"④几两平生屐:典出《世说新语·雅量》。载阮遥集好屐,有客见阮"自吹火蜡屐,因叹曰:未知一生当着几量屐"。量,通"两",犹今所言"双"。⑤吴楚地二句:化用杜甫《岳阳楼》"吴楚东南坼,乾坤日夜浮"诗句,写洞庭湖之辽阔。其时辛弃疾当入洞庭湖,故化用杜甫写洞庭湖诗句。⑥英雄事二句:典出《三国志·蜀先主传》,曹操曾对刘备说:"今天下英雄,惟使君与操耳。"曹刘,即曹操和刘备。⑦楼观句:苏轼《送郑户曹》:"楼成君已去,人事固多乖。"

【评点】　或认为此词作于淳熙五年(1178)三十九岁时,因词有"三十九年非"之句。实际上应作于淳熙六年(1179)四十岁时。这年辛弃疾自湖北转运副使移官湖南转运副使,从武汉乘船至长沙任职,江行途中作此词寄杨炎正和周显先。词中"三十九年非",是活用《淮南子·原道训》所谓"蘧伯玉年五十,而知四十九年非"的典故。稼轩时年四十,故说"三十九年非"。辛弃疾《临江仙·壬戌岁生日书怀》"六十三年无限事,从头悔恨难追。已知六十二年非"可证。六十三岁而知六十二年非,四十岁而知三十九年非,亦如蘧伯玉年五十而知四十九年非。王安石《省中二首》所言"身世自知还自笑,悠悠三十九年非"也可为证。王安石年四十时说知"三十九年非"。故辛弃疾此词是四十岁时作,而不是三十九岁时作。

辛弃疾自绍兴三十二年(1162)回南宋入仕后,官职虽不断升迁,但每任都不长。仅淳熙元年(1174)至淳熙六年(1179),六年之间就调动了十任官职。淳熙元年,在建康任江东安抚司参议官,同年,至临安任仓部郎官。淳熙二年(1175),任江西提刑,平定茶商军。淳熙三年(1176),调京西转运判官。淳熙四年(1177),差知江陵府兼湖北安抚使,同年冬,迁知隆兴府兼江西安抚使。淳熙五年(1178),回朝任大理少卿,同年六月,出为湖北转运副使。淳熙六年(1179)三月,改任湖南转运副使,同年又改知潭州兼湖南安抚使。频繁的调任,体现出朝廷对他的不信任,也使他在任无所建树,因而他感叹"楼观才成人已去,旌旗未卷头先白"。频繁的调任,也使他经常奔波于旅途,"行遍"了"江南江北",连溪山都觉得他是"旧时相识"。

虽然"长为客"让他感到无奈,但还是忘不了英雄事业。像曹操、刘备那样的英雄,都被秋风吹尽,难见陈迹,何况一事无成的我辈!苏轼当年游赤壁,也想到过"破荆州,下江陵,顺流而东也,舳舻千里,旌旗蔽空,酾酒临江,横槊赋诗,固一世之雄也,而今安在哉"的曹操,感叹"况吾与子渔樵于江渚之上,侣鱼虾而友麋鹿,驾一叶之扁舟,举匏尊以相属,寄蜉蝣于天地,渺沧海之一粟。哀吾生之须臾,羡长江之无穷"。此时的辛弃疾,与当年苏轼有同样的感叹。人生短暂,而功业无成,英雄越发感到焦虑。

水龙吟

甲辰岁寿韩南涧尚书①

渡江天马南来②,几人真是经纶手③。长安父老④,新亭风景,可怜依旧⑤。夷甫诸人,神州沉陆⑥,几曾回首。算平戎万里,功名本是,真儒事⑦、君知否。

况有文章山斗⑧。对桐阴、满庭清昼⑨。当年堕地⑩,而今试看,风云奔走⑪。绿野风烟⑫,平泉草木⑬,东山歌酒⑭。待他年,整顿乾坤事了⑮,为先生寿。

【注释】 ①甲辰岁:淳熙十一年(1184),时年辛弃疾居上饶。韩南涧:韩元吉(1118—1187),字无咎,号南涧,开封雍丘人,徙居信州上饶。寿:祝寿。祝贺韩元吉67岁寿辰。淳熙三年(1176)韩元吉曾任吏部尚书,故称其"尚书"。②渡江句:指宋室南渡以来。典出《晋书·元帝纪》:"太安之际,童谣曰:'五马渡江,一马化龙。'"及永嘉中,"王室沦覆,帝与西阳、汝南、南顿、彭城五王获济,而帝竟登大位焉。"③经纶手:治国的雄才高手。杜甫《述古》:"经纶中兴业,何代无长才。"④长安:代指汴京。韩元吉故家在汴京。语出《旧唐书·太宗本纪》:太宗至长安,"长安父老,赍牛酒诣旌门者不可胜纪"。⑤新亭风景:典出《世说新语·言语》:"过江诸人,每至美日,辄相邀新亭,藉卉饮宴。周侯(顗)中坐而叹曰:'风景不殊,正自有山河之异。'皆相视流泪。唯王丞相(导)愀然变色曰:'当共戮力王室,克复神州。何至作楚囚相对!'"可怜:可叹,可惜。⑥夷甫诸人:借指尸位素餐、空谈误国之人。典出《世说新语·轻诋》:"桓公入洛,过淮泗,践北境,与诸僚属登平乘楼,眺瞩中原,慨然曰:'遂使神州陆沉,百年丘墟,王夷甫(衍)诸人,不得不任其责!'"注引《八王故事》曰:"夷甫虽居台司，不以事物自婴，当世化之，羞言名教。自台郎以下，皆雅崇拱默，以遗事为高。四海尚宁，而识者知其将乱。"沉陆：指国土沦陷。⑦功名二句：《荀子·儒效篇》："彼大儒者，虽隐于穷阎漏屋，无置锥之地，而王公不能与之争名。""用百里之地，而千里之国莫能与之争胜，笞棰暴国，齐一天下，而莫能倾也，是大儒之征。"⑧文章山斗：文坛的泰山北斗。《新唐书·韩愈传》："自愈没，其言大行，学者仰之如泰山北斗。"《两宋名贤小集》卷一百六十《韩元吉传》载韩元吉"尝师尹焞，与朱熹友善，又得吕祖谦为壻。师傅渊源，儒林推重"。⑨桐阴：韩元吉祖上在汴京的宅第门前有桐树，遂以桐木代指韩家。韩元吉有《桐阴旧话》，记其家世旧事。以京师第门有桐木故云（参陈振孙《直斋书录解题》卷七）。⑩当年堕地：语本黄庭坚《次韵答邢惇夫》："渥洼骐骥儿，堕地志千里。"⑪风云奔走：意指风云际会，大展身手。语出苏轼《和张昌言喜雨诗》："百神奔走会风云。"⑫绿野：唐代宰相裴度在洛阳的别墅。《旧唐书·裴度传》：裴度在"东都立第于集贤里，筑山穿池，竹木丛萃，有风亭水榭，梯桥架阁，岛屿回环，极都城之胜概。又于午桥创别墅，花木万株，中起凉台暑馆，名曰绿野堂"。⑬平泉：唐代宰相李德裕在洛阳的庄园。《唐语林》卷七："平泉庄，在洛城三十里，卉木榭台甚佳。""四方奇花异草与松石，靡不置其后。"李德裕有《平泉草木记》。⑭东山：指谢安。《世说新语·识鉴》："谢公在东山畜妓。简文曰：安石必出，既与人同乐，亦不得不与人同忧。"⑮整顿乾坤：治理国家。杜甫《洗兵马》："二三豪俊为时出，整顿乾坤济时了。"

【评点】　这是一首祝寿词。祝寿词本是日常的应酬，只要恭维祝贺，哄得寿星高兴就行。可稼轩写寿词，还是不失其英雄本色。英雄是以天下为己任，即使是在应酬祝寿时，也难忘"平戎万里""整顿乾坤"的豪情壮志！这首祝寿词，先不写祝寿，而是从国事入手，把寿词的境界提升到新的思想高度，让日常性的应酬词具有了崇高感和思想含量。

　　词开篇谓自高宗建炎南渡以来，没有几个人称得上是治国的能手，半个多世纪过去了，南宋偏安江南一隅，国势之不振，国土之分裂，中原之沦陷，没有丝毫的改观。之所以如此，全是一班尸位素餐、只知清谈而不务实际的执政者所造成,把陆沉的神州置于脑后,不闻不顾。词人不好明说国是之非,不好直斥当局,而用"新亭风景,可怜依旧"的典故和"夷甫诸人"来隐喻,既避免刺激当局,也具有艺术性。毕竟词不是政论文,不能说得过于直白。国是如此,国势如此,有谁能出来力挽颓波、扭转乾坤呢?自然非你韩公莫属了。下片是赞美韩元吉,但不动声色。过片紧接上文,儒者本可以"平戎万里",决胜于千里之外,更何况你韩公是士林领袖,文章泰斗呢!你是天生的将种,总有一天,风云际会,成就伟业!如今虽闲居,当年大唐宰相裴度、李德裕和东晋谢安,不都有赋闲之时么,他年定会东山再起,整顿乾坤!稼轩把寿词中对个人的恭维变成了对改变国家命运的企盼,变成了完成民族大业的激励,一改寿词的俗套。

贺新郎

陈同父自东阳来过余①,留十日,与之同游鹅湖②,且会朱晦庵于紫溪③,不至,飘然东归。既别之明日,余意中殊恋恋,复欲追路。至鹭鹚林,则雪深泥滑,不得前矣。独饮方村,怅然久之,颇恨挽留之不遂也。夜半,投宿泉湖吴氏四望楼④,闻邻笛悲甚⑤,为赋《乳燕飞》以见意⑥。又五日,同父书来索词。心所同然者如此,可发千里一笑。

把酒长亭说。看渊明、风流酷似,卧龙诸葛。何处飞来林间鹊,蹴踏松梢微雪。要破帽、多添华发。剩水残山无态度⑦,被疏梅、料理成风月。两三雁,也萧瑟。

佳人重约还轻别。怅清江、天寒不渡,水深冰合。路断车轮生四角⑧,此地行人销骨⑨。问谁使、君来愁绝。铸就而今相思错，料当初、费尽人间铁⑩。长夜笛，莫吹裂。

【注释】 ①陈同父：即陈亮。东阳：今浙江东阳市。②鹅湖：在江西铅山县北。淳熙十五年（1188）辛弃疾与陈亮在鹅湖相聚，极论世事，史称"鹅湖之会"。辛弃疾《祭陈同父文》有曰："而今而后，欲与同父憩鹅湖之清阴，酌瓢泉而共饮，长歌相答，极论世事，可复得耶！"③朱晦庵：朱熹，号晦庵。陈亮写信约朱熹至紫溪相会，朱熹未到，朱熹有《戊申与陈同甫》二书回应。紫溪，在铅山县南四十里，路通福建崇安（今武夷山市），时朱熹住崇安，故陈亮请朱至紫溪相会。④鹭鹚林、泉湖：其地不详。⑤邻笛悲甚：向秀《思旧赋序》谓经嵇康旧居时，"邻人有吹笛者，发声寥亮，追思曩昔游宴之好，感音而叹，故作赋云"。⑥《乳燕飞》：即《贺新郎》词调的别名。⑦剩水残山：语出杜甫《陪郑广文游何将军山林》："剩水沧江破，残山碣石开。"原指园林中的人工山水，此指冬日雪后的枯寂冷清没有朝气的山水。⑧车轮生四角：指路难行如车轮长了四角。陆龟蒙《古意》："愿得双车轮，一夜生四角。"⑨销骨：指极度忧愁伤心。孟郊《答韩愈李观因献张徐州》："富别愁在颜，贫别愁销骨。"⑩铸就二句：典出《资治通鉴》卷二六五：朱全忠留魏半岁，罗绍威供所杀牛羊豕近七十万，资粮称是，所赐遗又近百万。比去，蓄积为之一空。绍威虽去其逼，而魏兵自是衰弱。绍威悔之，谓人曰："合六州四十三县铁，不能为此错也。"

【评点】 淳熙十五年（1188）深冬，陈亮从浙江东阳到江西上饶的鹅湖拜访辛弃疾，两人相聚十日，极论世事，痛快无比，又一同到紫溪欲与朱熹相会，结果朱熹没有应约前来，陈亮只好别去。陈亮走后，辛弃疾恋恋不舍，第二天又上路追赶，想再重聚，追至鹭鹚林，因雪深路滑，无法前行，只好半路打住。辛弃疾当夜投宿泉湖吴氏四望楼，听到附近有笛声甚悲，愈发怀念故人，于是赋词一首，以表达对陈亮的思念。恰好五天后，陈亮写信来索要新词，可谓心有灵犀，于是辛弃疾将此词寄给陈亮。

这年辛弃疾49岁，陈亮46岁，两个老男人见面又离别之后，为何如此恋恋不舍，像初恋情人似的，相聚了十天还觉不够，离别之后还要驱车去追赶？原来辛弃疾与陈亮是志同道合的朋友，更主要的是，辛弃疾在上饶闲居八年，像他这样胸怀天下、观念超前的英雄，很难找到志同道合的对手来无拘无束地谈论天下大事，推心置腹地探讨人生，话话家常。而陈亮是一位极好的商讨天下事的对手。《宋史·陈亮传》说陈亮"生而目光有芒，为人才气超迈，喜谈兵，论议风生，下笔数千言立就。尝考古人用兵成败之迹，著《酌古论》"。他曾自负地说的："至于堂堂之陈，正正之旗，风雨云雷交发而并至，龙蛇虎豹变现而出没，推倒一世之智勇，开拓万古之心胸，自谓差有一日之长。"喜谈兵、善议论，这两点与辛弃疾就高度默契，陈亮后来在和词中也说"只使君、从来与我，话头多合"，也表明两人心灵最为契合，说话最为投机。两位寂寞了太久的喜谈兵的高手，两位主张抗战收复中原的思想巨人，一旦相逢，畅谈十日，那必定如长河悬瀑，一泻千里，是何等的快意人生！离别之后，也就难怪辛弃疾意犹未尽、依依不舍了。

  词的开篇写两人会面后"把酒长亭"的痛快，接着写对陈亮风流气度的欣赏。"看渊明、风流酷似，卧龙诸葛"，不是说"渊明风流酷似卧龙诸葛"，而是说"看（你陈亮的）风流酷似渊明、卧龙诸葛"，因平仄要求而倒置了日常语序，意指陈亮的气度潇洒有如陶渊明，胸怀抱负、策略智慧好似诸葛亮。陶渊明是辛弃疾一生的最爱，而诸葛亮则是英雄辛弃疾的榜样。当时有人把辛弃疾比作"隆中之诸葛"（刘宰《漫塘集》十五《贺辛待制弃疾知镇江》）。辛弃疾以陶渊明、诸葛亮比拟陈亮，无异于夫子自道，也足见两人情趣相投。正因为是如此欣赏、怀恋陈亮，所以下文写离别之后上路追赶。又因为词序中已说明"追路"，故词中不写"追路"之事而只写"追路"途中所见之景，鹊踏松雪，疏梅点缀，以两幅一动一静的画面素描深冬路途之"萧瑟"。下片写别后"相思"和未能挽留久居的遗憾。结句暗用向秀吹笛怀嵇康的典故，极富声响效果。"长夜笛，莫吹裂"，其实是长笛声快要吹裂了，因为过于悲凉，故说"莫吹裂"。《霜天晓角》中的"半夜一声长啸"，与此词的"长夜笛，莫吹裂"都是写静夜中的声响，读来有响遏行云和余音袅袅之感。

水调歌头

和马叔度游月波楼[1]

客子久不到[2],好景为君留。西楼著意吟赏[3],何必问更筹[4]。唤起一天明月,照我满怀冰雪,浩荡百川流。鲸饮未吞海,剑气已横秋[5]。　　野光浮,天宇迥[6],物华幽。中州遗恨,不知今夜几人愁。谁念英雄老矣,不道功名蕞尔[7],决策尚悠悠[8]。此事费分说,来日且扶头[9]。

【注释】　①马叔度:辛弃疾友人,事迹不详。喻良能《香山集》卷九《贤良马叔度和周内翰送予倅越诗见贻次韵奉酬》曾提及其人。月波楼:黄州有月波楼,祝穆《方舆胜览》卷五十:"在(黄州)郡后厅。"北宋王禹偁《黄冈竹楼记》亦提及:"因作小楼二间,与月波楼通。"此当指嘉兴(今浙江嘉兴)月波楼。《方舆胜览》卷三:"月波楼,在嘉兴州西北城上,下瞰金鱼池。"《至元嘉禾志》卷九亦载:"月波楼,在郡治西北二里城上,下瞰金鱼池。考证:宋元祐甲午知州令狐挺立,又一甲午,知州毛滂修。楼成,置酒其上,乃为之记云:望而见月,其大不过如盘盂,然无有远近,容光必照。而秀,泽国也,水滨之人,起居饮食与水波接。令狐君乃为此楼之名月波,意将揽取二者于一楼之上也。建炎兵火废圮,乾道己丑知州李孟坚重修,未及落成,李解绶去。知州徐蒇踵成之。规模湫隘,不及旧日。"②客子:离乡在外漂泊之人。作者自指。③西楼:指月波楼。楼在嘉兴府城西北,故称西楼。④更筹:古代计时工具。此指时间。⑤鲸饮:豪饮,如鲸鱼一样饮。杜甫《饮中八仙歌》:"饮如长鲸吸百川。"横秋:充满秋日的天空。极言有气势。⑥野光二句:化用北宋郑獬《月波楼》诗:"野色更无山隔断,天光直与水相通。"(见《郧溪集》卷二七。周紫芝《竹坡诗话》引作滕元发诗，误）按，郑诗所写月波楼，为秀州月波楼。盖其诗末联云："谁把金鱼破清暑，晚云深处待归风。"金鱼，即月波楼下金鱼池。此亦证稼轩所咏为秀州之月波楼。⑦蕞（cuì）尔：微小。⑧决策：指朝廷的北伐大计。悠悠：遥远，飘忽不定。⑨扶头：酒名。指醉酒。

【评点】 一般认为此词作于淳熙四年（1177）辛弃疾任湖北安抚使时。依据是词中所写月波楼指黄州月波楼，而辛弃疾任湖北安抚使时往来黄州甚便，故定此词作于淳熙四年。然则淳熙四年辛弃疾只有三十八岁，与词中"谁念英雄老矣"的年龄身份和心境显然不符。词中的月波楼实应指嘉兴的月波楼。过片化用北宋郑獬咏月波楼诗句，而郑诗正是写嘉兴月波楼。辛词是歌咏嘉兴月波楼，故自然联想到咏叹此楼的郑诗。至于创作时间，当是嘉泰四年（1204）辛弃疾在京口知镇江府时作，理由有二：一是"谁念英雄老矣"，与《永遇乐·京口北固亭怀古》的"凭谁问廉颇老矣，尚能饭否"，是同一口吻，同一心境，应是同时所作；二是"决策尚悠悠"，当指韩侂胄决策北伐之事。而韩侂胄定议北伐，时在嘉泰四年春。故我们认为此词应是嘉泰四年在京口与《永遇乐·京口北固亭怀古》约略同时作。又，词的歇拍谓"剑气横秋"，或当作于秋天。辛弃疾是嘉泰四年春天到京口任镇江知府，次年六月即遭言者弹劾落职而离开镇江。故此词只能作于嘉泰四年秋天，而不可能作于开禧元年（1205）的秋天。

此词是和友人马叔度游月波楼而作。故开篇表达自己未能重游月波楼的遗憾和对友人独游月波楼好景的羡慕。次写虽未亲游月波楼，但读罢友人的词作，唤起自己对月波楼美景的记忆，"一天明月，照我满怀冰雪，浩荡百川流"，境界宏阔，气势宏大，也显出词人胸襟的不凡。此句既写风景，又写心境。"满怀冰雪"喻自己胸怀磊落，心地光明，一如王昌龄《芙蓉楼送辛渐》的"洛阳亲友如相问，一片冰心在玉壶"。有意思的是，芙蓉楼，也在镇江。这也许又可旁证此词作于镇江。辛弃疾身在芙蓉楼所在的镇江作此词，故创作时自然联想到王昌龄的名作名句。过片之后情绪陡转，由对月波楼的欣赏转而想到沦陷的中原大地，"不知今夜几人愁"。英雄的家国情怀是如此之深沉，即使是良辰美景与友人唱和，也难忘"中原遗恨"。辛弃疾自知"英雄老矣",时日无多,多么期望在有生之年能率兵横扫中原,雪洗中原"遗恨",可不被朝廷重用。英雄是以天下为己任,哪里是考虑个人的功名呢!英雄之心永远无人能理解,也无法向人诉说。只能用酒来麻醉以求一时的超然了。

浩荡百川、鲸饮吞海、剑气横秋、天宇迥、英雄老等,富有英雄色彩的意象,最能体现英雄辛弃疾雄奇的风格。词情跌宕起伏,意象雄浑,词境阔大,是"稼轩风"的典型体现。

水龙吟

过南剑双溪楼①

举头西北浮云②,倚天万里须长剑③。人言此地,夜深长见,斗牛光焰④。我觉山高,潭空水冷⑤,月明星淡⑥。待燃犀下看⑦,凭栏却怕,风雷怒,鱼龙惨。

峡束苍江对起⑧,过危楼、欲飞还敛⑨。元龙老矣⑩,不妨高卧,冰壶凉簟⑪。千古兴亡,百年悲笑,一时登览。问何人又卸,片帆沙岸,系斜阳缆。

【注释】 ①南剑:即南剑州,旧称延平郡,今福建南平市。双溪楼:《乾隆福建通志》卷六十三:"南平县双溪楼,在府城东。"今福建南平市区内仍。双溪,指剑溪和樵川。《方舆胜览》卷十二引余良弼《双溪楼记》云:"剑溪环其左,樵川带其右,二水交流。"②西北浮云:形容楼高与云齐。语出《古诗十九首》:"西北有高楼,上与浮云齐。"③倚天句:语本宋玉《大言赋》:"长剑耿耿倚天外。"《庄子·说剑》:"上决浮云,下绝地纪。此剑一用,匡诸侯,天下服矣。此天子之剑也。"倚,立。倚天,即立天。④人言三句:典出《晋书·张华传》。雷焕谓张华:"斗牛之间,颇有异气,是宝剑之精,上彻于天,其地在豫章丰城。华补焕为丰城令,焕到县,掘狱屋基,入地四丈余,得一石函,光气非常,中有双剑,并刻题,一曰龙泉,一曰太阿,其夕斗牛间气不复见焉。焕以南昌西山北岩下土以拭剑,光芒艳发,大盆盛水,置剑其上。视之者,精芒炫目。遣使送一剑并土与华,留一自佩。后张华被诛,失剑所在。焕卒,子华为州从事,持剑行经延平津,剑忽于腰间跃出堕水,使人没水取之,不见剑,但见两龙,各长数丈,蟠萦有文章,没者惧而反。须臾,光彩照水,波浪惊沸,于是失剑。"斗牛,星宿名,即牛宿和斗宿。⑤潭:指剑溪、樵川交汇处。《舆地纪胜》谓南剑州之"二水交流,汇为龙潭,是为宝剑为龙之津"。今日南平市区内仍可见"二水交流,汇为龙潭"的实景。⑥月明星淡:化用曹操《短歌行》"月明星稀"句意。⑦燃犀下看:典出《晋书·温峤传》:"至牛渚矶,水深不可测。世云其下多怪物,峤遂毁犀角而照之。须臾,见水族覆火,奇形异状,或乘马车,着赤衣者。"⑧峡束苍江对起:语本杜甫《秋日夔府咏怀》:"峡束苍江起。"⑨欲飞还敛:想飞又收敛起翅膀。语本唐张众甫《寄兴国池鹤上刘相公》:"欲飞还敛翼,讵敢望乘轩。"⑩元龙:即三国时的陈登。《三国志·魏志·陈登传》:陈登,字元龙,在广陵,有威名。其友许汜说:"昔遭乱过下邳,见元龙,元龙无客主之意,久不相与语,自上大床卧,使客卧下床。"此借元龙自指。稼轩时年有五十三四,故有"元龙老矣"之叹。⑪冰壶凉簟:黄庭坚《避暑李氏园》诗:"荷气竹风宜永日,冰壶凉簟不能回。"

【评点】 绍熙三年春(1192),在上饶闲居十年的辛弃疾,起复为福建路提点刑狱公事;四年(1193),升知福州兼福建路安抚使;五年(1194)九月,罢职闲居。此词即作于任职福建期间按部南剑时,具体的创作年份不可确考。

这首词是英雄人写的英雄词。试比较大约八十年前徽宗政和年间(1111—1117)张元干写的《风流子·政和间过延平双溪阁落成席上赋》:"飞观插雕梁。凭虚起、缥缈五云乡。对山滴翠岚,两眉浓黛,水分双派,满眼波光。曲栏干外,汀烟轻冉冉,莎草细茫茫。无数钓舟,最宜烟雨,有如图画,浑似潇湘。 使君行乐处,秦筝弄哀怨,云鬟分行。心醉一缸春色,满座凝香。有天涯倦客,尊前回首,听彻伊川,恼损柔肠。不似碧潭双剑,犹解相将。"张元干所咏的双溪阁,就是辛弃疾所经过的双溪楼。张词上片写双溪阁的形胜和楼前风光,过片写使君的宴乐,词末写自己的天涯飘零之感。全词写景如画,重在写实。而稼轩此词,从南剑州名的"剑"字落笔,写来豪情万丈,奇幻浪漫。倚天的万里长剑,是何等雄奇!他当时的愿想,也许是像《庄子·说剑》里所说的那样用倚天万里长剑来一统中原,匡复天下。这是何等的气概!不是英雄,不是剑客,哪能登楼由一个普通的南剑州地名而联想到异乎寻常的超出常人想象力的倚天长剑呢!

双溪楼下是剑溪和樵溪,于是词人由剑溪又联想到西晋张华和雷焕的宝剑失于延平津(即剑溪)的故事。倚天长剑是"虚",是想象,是虚写,而剑溪此地上冲牛斗之间的双剑"光焰",则是人们"夜深"经常见到的实况。其实,双剑跃入剑溪只是个江湖上的传说,而稼轩化虚为实,把传说变成真事。这好比黄州赤壁是周瑜赤壁大战的赤壁,原本只是个传说一样,可东坡用一个"人道是"生生地把黄州赤壁跟"周郎赤壁"给粘贴连接上了,从此黄州赤壁就成了"周郎赤壁",并定格为永恒的历史记忆。稼轩学东坡,用一个"人言",也巧妙地让传说中的"斗牛光焰"实景化、可视化!深夜从天空的牛斗星宿之间看见上冲于天的双剑光芒,这已够神奇了,可词人进而准备潜入水底"燃犀下看"当年跃入剑溪的龙泉、太阿宝剑是否还在,就更加想象新奇。想象和用典是如此的贴切,紧扣此地的地名和传说来写,让人既感意外新奇,又合乎情理。

"我觉山高,潭空水冷",明写实景,暗写心情。山高,意味着路险,有李白《行路难》"欲登太行雪满山"之意。水冷,象征着心凉,意味着心灰意冷。

下片"欲飞还敛",体现出词人忧谗畏讥的矛盾心态。刚想飞翔,又收敛起双翼;想进取,又准备退缩,这是饱经宦海风波后词人心态的自然流露。"元龙老矣,不妨高卧",他对官场有些厌倦了,这与当年"求田问舍,怕应羞见刘郎才气"的犹豫不决大不相同。当年心高气盛,志在进取,如今则是英雄老矣,常想闲居"高卧"。为官时就想到退避,与周遭的环境和他的为人作派不无关系。据邓广铭先生《辛稼轩年谱》的考证,他任福建提刑时,与福州安抚使林枅关系不睦,龃龉甚多。他任安抚使时,"厉威严","官吏慑栗",得罪人不少,常常被弹劾。在闽为官前后仅三年,就被臣僚弹劾落职。辛弃疾对官场处境的险恶了然于心,所以随时准备赋闲"高卧"。

南乡子

登京口北固亭有怀①

何处望神州。满眼风光北固楼②。千古兴亡多少事,悠悠。不尽长江滚滚流③。 年少万兜鍪④。坐断东南战未休⑤。天下英雄谁敌手。曹刘⑥。生子当如孙仲谋⑦。

【注释】 ①京口:今江苏镇江。嘉泰四年(1204)辛弃疾知镇江府。北固亭:在城北北固山上,下临长江。②北固楼:即北固亭。此句正常语序应是"北固楼(上)满眼风光"。③不尽句:语出杜甫《登高》"不尽长江滚滚来"。④年少:指孙权。兜鍪:头盔。喻士兵。⑤坐断:坐拥,占据。⑥天下英雄二句:典出《三国志·蜀先主传》,曹操曾对刘备说:"今天下英雄,惟使君与操耳。"曹刘,即曹操和刘备。此处为偏义复词,着重指曹操。⑦生子句:典出《三国志·吴主传》引《吴历》。曹操在濡须见孙权的"舟船、器仗、军伍整肃,喟然叹曰:'生子当如孙仲谋。刘景升儿子,若豚犬耳。'"孙权字仲谋。曹操(155—220)年长于孙权(182—252)二十七岁,故说"生子当如孙仲谋"。

【评点】 嘉泰四年(1204)辛弃疾知镇江府。登上北固亭,遥望长江北岸的北方中原大地,感慨万千,遂写下这首怀古词。惺惺惜惺惺,英雄爱英雄。65岁的老英雄,登上北固亭,不禁追念怀想起三国时代东吴"思平世难,救济黎庶","勤求俊杰,将与戮力,共定海内"的"雄略之主"(《三国志·孙权传》)孙权。

上片从时间("千古")、空间("长江")两个角度抒发对历史、社会、"神州"的无限感慨,包容着丰富的现实与历史的内涵。下片从两个层面着力刻画孙权不畏强敌、奋发有为的"英雄"形象。先从正面着笔,写其年少即拥数万雄兵,"坐断东南战未休"。《三国志·孙权传》载,魏文帝曹丕向东吴来使赵咨询问吴王孙权是何等之主,赵咨对曰:"聪明仁智,雄略之主也。"文帝问具体表现,赵咨回答说:"纳鲁肃于凡品,是其聪也。拔吕蒙于行阵,是其明也。获于禁而不害,是其仁也。取荆州而兵不血刃,是其智也。据三州,虎视于天下,是其雄也。屈身于陛下,是其略也。""坐断东南"而"虎视天下",正是稼轩钦仰心仪孙权之处。次从侧面烘托反衬。曹操是天下无敌手的英雄,对年少于自己二十七岁的年轻"敌手"孙权却欣赏赞佩有加,称"生子当如孙仲谋"。能得到英雄"敌手"的尊敬和赞美,则孙权之英雄,不言自明。下片虽然写到天下英雄谁敌手的曹、刘,但这里的曹刘只是为反衬孙权英雄形象而设的配角。词人之用心,须细心体会。对前代英雄的向往与追思,体现出对当下怯懦苟安的朝廷当局的不满。全词三次设问,使文情流动自如。表面是怀古,实为伤今,对历史的思考与对民族现实命运的沉思,天衣无缝地融合在一起。

永遇乐

京口北固亭怀古

千古江山,英雄无觅,孙仲谋处①。舞榭歌台②,风流总被③,雨打风吹去④。斜阳草树,寻常巷陌⑤,人道寄奴曾住⑥。想当年,金戈铁马,气吞万里如虎⑦。

元嘉草草⑧,封狼居胥⑨,赢得仓皇北顾⑩。四十三年⑪,望中犹记,烽火扬州路⑫。可堪回首,佛狸祠下⑬,一片神鸦社鼓⑭。凭谁问,廉颇老矣⑮,尚能饭否。

【注释】　①孙仲谋:指孙权。孙权先治京口,建安十六年,迁治秣陵(今南京)。②舞榭:歌舞游乐之所。榭,建在高台上的木屋。③风流:遗风;流风余韵。④雨打风吹:语出杜甫《三绝句》:"不如醉里风吹尽,可忍醒时雨打稀。"⑤斜阳二句:语出刘禹锡《乌衣巷》:"朱雀桥边野草花,乌衣巷口夕阳斜。旧时王谢堂前燕,飞入寻常百姓家。"周邦彦《西河·金陵怀古》:"燕子不知何世,向寻常巷陌,人家相对,如说兴亡斜阳里。"⑥寄奴:南朝宋武帝刘裕小字寄奴。《宋书·武帝本纪》谓刘裕曾祖"始过江,居晋陵郡丹徒县之京口里"。⑦想当年三句:写刘裕当年率师北伐收复山东、河南、关中失地的气势。《宋书·武帝本纪》说刘裕"龙行虎步,视瞻不凡"。⑧元嘉:南朝宋文帝刘义隆的年号,时在公元424—453年。草草:谓草率从事。⑨封狼居胥:典出《南史·王玄谟传》。玄谟"每陈北侵之谋,上谓殷景仁曰:'闻王玄谟陈说,使人有封狼居胥意'"。按,《史记》和《汉书》都载,汉大将霍去病曾击败匈奴,封狼居胥山(在今内蒙古河套北)。故宋文帝听到王玄谟北伐的谋划后,便飘飘然,以为可以像霍去病那样到狼居胥山封禅庆功了。⑩仓皇北顾:《宋书·索虏传》载,元嘉八年(1141)滑台战守弥时,遂至陷没,文帝作诗曰:"惆怅惧迁逝,北顾涕交流。"⑪四十三年:辛弃疾于绍兴三十二年(1162)奉表南归,至开禧元年(1205)作此词时,整整四十三年。⑫扬州路:指当年奉表南归时从北方过淮河,经扬州到达建康之路。《三朝北盟会编》卷二四九载,绍兴三十二年正月,贾瑞、辛弃疾等"十一人同行到楚州,见淮南转运副使杨抗,发赴行在。是时,上巡幸在建康。乙酉,瑞等入门,即日引见,上大喜,皆命以官"。按,楚州当时属扬州路。自楚州(今江苏淮安)到建康(今江苏南京),途中需经扬州。⑬佛(bì)狸:北魏太武帝拓跋焘字佛狸。

其庙在瓜步山顶。陆游《入蜀记》卷一:"过瓜步山,山蜿蜒蟠伏,临江起小峰,颇巉峻。绝顶有元魏太武庙。庙前大木,可三百年。""宋文帝元嘉二十七年,太武帝南侵至瓜步,建康戒严,太武凿瓜步山为蟠道,于其上设毡庐,大会群臣,疑即此地。王文公诗所谓'丛祠瓜步认前朝'是也。"⑭神鸦社鼓:谓佛狸祠香火很旺,成群的乌鸦常来争抢祭品。意谓时人忘了当年北人南侵的耻辱,不时前来祭祀烧香。社鼓:祭祀时鸣奏的鼓乐。后来刘克庄有《魏太武庙》诗:"荒凉瓜步市,尚有佛狸祠。俚俗传来久,行人信复疑。乱鸦争祭处,万马饮江时。意气今安在,城笳暮更悲。"可参。⑮廉颇老矣:典出《史记·廉颇蔺相如列传》。廉颇为赵上将,以谗奔魏,赵王思复用之,派使者探视廉颇尚可用否,廉颇为之一饭斗米、肉十斤,被甲上马,以示可用。使者被仇家收买,还报赵王曰:"廉将军虽老,尚善饭,然与臣坐顷之,三遗矢(屎)矣。"赵王以为老,遂不召用。韩愈《秋怀》诗:"犀首空好饮,廉颇尚能饭。"

【评点】　嘉泰四年(1204),辛弃疾知镇江府,时韩侂胄准备北伐。作者深忧于朝廷轻敌冒进,写下这首怀古词。此首怀古词跟前一首《南乡子》不同,前词单怀孙权一人,而此词中却写了五个"古"人、五件"古"事。五人五事,用意各有不同。写孙权的"英雄",刘裕的"气吞万里如虎",是对前代英雄之主的追慕和对本朝无此"英雄"之主的含蓄讽刺。写"草草"北伐而招致大败的刘义隆,是影射、激于韩侂胄的"草草"出兵,流露出对现实、对北伐的忧虑。写北魏太武帝佛狸,是写南北分裂已久,南宋民众似乎忘了国耻,令人痛惜。结句回到自身,以廉颇自况,抒发英雄已老,不得重用的忧愤。全词怀古,实处处针对现实,极富历史感和时代感。

面对京口这"千古江山",本有无数文士武将、风流人物可供怀想,但英雄辛弃疾此时此际最怀念的是英雄孙仲谋。"英雄无觅孙仲谋处",按常规句式是"无觅英雄孙仲谋处",词人将"英雄"提到句首,是用以突出对"英雄"的敬意。唐宋词史上,没有第二人像英雄辛弃疾这样爱英雄、想英雄、唱英雄。成就英雄事业是辛弃疾一辈子的追求与念想。所以来到这英雄辈出的江山,他要寻觅英雄的踪迹,追念英雄的霸业。"金戈铁马,气吞万里如虎",是赞美刘裕,也是此时辛弃疾心境与愿想的写照。用以移评稼轩词的风格,似乎也很贴切。金戈铁马,是辛词中富有典型意义的意象;而"气吞万里如虎"则是辛词气势的写照。

当年的英雄怀揣着一腔热血来到南宋,寻觅实现救国的理想。四十三年过去,英雄已老,一事无成,怎不叫英雄黯然神伤!结拍自比廉颇,既体现出一种英雄的自信,又有英雄老去的感伤。廉颇老矣,尚能得到赵王的顾念而派人来看望,而辛老英雄,却未能得到当今圣上的关怀与顾念,年华老大的感伤之外又多了一层失落、失望。"凭谁问"的追问,道出了英雄世无知音的沉痛!当然也包含在有生之年能得到重用的企盼。结拍十个字可谓千回百折,饱含英雄自信、英雄垂暮、失落失望、世无知音的孤独和获得重用的期待等五层复杂的心理。

卷二 闲情词

浣溪沙

瓢泉偶作①

新葺茅檐次第成②。青山恰对小窗横。去年曾共燕经营。　病怯杯盘甘止酒③,老依香火苦翻经④。夜来依旧管弦声。

【注释】　①瓢泉:辛弃疾在铅山的居所。②茅檐:即茅屋,简陋的房屋。次第成:依次建成。③病怯句:语本苏轼《次韵乐著作送酒》诗:"少年多病怯杯觞,老去方知此味长。"④依香火:语出秦观《题法海平阇黎》:"因循移病依香火,写得弥陀七万言。"

【评点】　因上饶带湖居所失火被焚,辛弃疾到铅山瓢泉建新居。庆元二年(1196),新居逐步建好,他很是开心惬意。这里跟上饶带湖居所相似,坐在小窗前,就可以面朝青山,看爽气东来。但词人不说自己面对青山,而说青山像有意似的正横对着小窗,就别是一番情趣。去年曾与燕子一道经营,燕子在家中经营小窝,自己则经营自己的新居。一个"共"字,将本不相关的人做屋与燕做窝关联,妙趣横生。上片写新所环境,下片写近来生活。因病而心甘情愿地止酒,老来无所事事只得依香火读经书,夜里还是照旧听听音乐,倒也悠闲。

朝中措

夜深残月过山房。睡觉北窗凉。起绕中庭独步①,一天星斗文章②。　朝来客话:"山林钟鼎③,那处难忘?""君向沙头细问,白鸥知我行藏④。"

【注释】　①中庭独步:苏轼《记承天寺夜游》:"元丰六年十月十二日夜,解衣欲睡,月色入户,欣然起行,念无与乐者,遂至承天寺寻张怀民,亦未寝,相与步于中庭。庭下如积水空明,水中藻荇交横,盖竹柏影也。"②星斗文章:指天空星斗排列有序,像精心布局的文章。杜牧《华清宫三十韵》:"雷霆驰号令,星斗焕文章。"③山林钟鼎:指闲居与做官两种生活。语本杜甫《清明》诗:"钟鼎山林各天性,浊醪粗饭任吾年。"钟鼎,指击钟而食,列鼎而烹,这是富贵人的生活。山林,则是隐逸之人所居。④行藏:出处。此指心意。

【评点】　词写两个生活片段。上阕写头天深夜,无法成眠,只有残月来山房相伴,于是起床独自在中庭散步,看着满天星斗,焕然成章。"中庭"是用苏轼承天寺夜游典,读者由辛弃疾的中庭独步可进而联想到当年苏轼漫步的悠闲自在。如果用"院中"或"园中",就只是表明独步的地点,而不能让人联想到苏轼在承天寺独步"中庭"的意趣。即是说,用"中庭",就多了一层历史感,语义有双层指向,一层指现实之我的独步地点,一层指历史上苏轼夜步中庭的历史故事。用典与不用典,有时意蕴有深浅厚薄之别。词人之用心,当细细体会。下阕写次日清晨有客来访,问词人山林的清闲与钟鼎的华贵,哪个更留恋难忘。词人没有正面回答,而是巧妙地让他去问沙头的白鸥,因为白鸥终日陪词人流连山水,最了解其行藏出处。成天与白鸥为伴,自然是难忘山林,而不留恋钟鼎。下阕用主客问答的形式来写自我的生活态度,灵动多姿,趣味盎然。如果直陈,容易呆板。

鹧鸪天

鹅湖归病起作

枕簟溪堂冷欲秋。断云依水晚来收①。红莲相倚浑如醉,白鸟无言定自愁。　　书咄咄②,且休休③。一丘一壑也风流④。不知筋力衰多少,但觉新来懒上楼。

【注释】　①枕簟二句:写溪边晚云渐收,人卧溪堂,已觉秋天的凉意。簟,竹席。②书咄咄:《世说新语·黜免》载殷浩被废,在信安,终日恒空书作字,人窃视之,唯作"咄咄怪事"四字而已。③休休:《旧唐书·司空图传》谓司空图居中条山,作亭曰"休休"。又作《耐辱居士歌》曰:"咄咄!休休休!莫莫莫!伎俩虽多性情恶。赖是长教闲处着。"④一丘一壑:《世说新语·品藻》:明帝问谢鲲比庾亮何如,谢鲲答曰:"端委朝堂,便百僚准则,臣不如亮。一丘一壑,自谓过之。"

【评点】　词写病后感受,十分真切。身体健壮,对气候的冷暖变化不会有太强烈的感受,而身体衰弱之人,对气候的小小变化就特别敏感。夏末秋初,病后稼轩已感到溪边屋里的凉簟有些寒冷之意了。结拍二句,更是写出了人人心中曾有而口中所无的感受:病后体弱无力,腿脚不便,懒得上楼。三言二语,就让你感同身受,词人表现力之高超,令人惊叹。而"红莲"二句写楼前池中之景,特有情味。红莲相倚,如醉后美人相倚相拥;白鸟独栖,如愁肠百结无语无言。红莲如醉美人,一般人还能想象得到,而白鸟无言是自愁,则难以想象得出,非愁苦人想不到此点。过片连用三个典故,写闲居的寂寞与无奈,表面旷达超然,占得一丘一壑,看起来风流自在,悠闲自得,但英雄的生命时光,如此等闲流逝,真乃咄咄怪事!笔端表面平和,笔底流出的还是不平之气。岁月不饶人啦,健壮如虎的辛大帅如今变得如此慵懒衰弱,心情能好受吗?

水调歌头

元日投宿博山寺①,见者惊叹其老

头白齿牙缺,君勿笑衰翁。无穷天地今古,人在四之中②。臭腐神奇俱尽③,贵贱贤愚等耳④,造物也儿童⑤。老佛更堪笑,谈妙说虚空。　　坐堆豗⑥,行答飒⑦,立龙钟⑧。有时三盏两盏,淡酒醉蒙鸿⑨。四十九年前事⑩,一百八盘狭路⑪,拄杖倚墙东。老境何所似,只与少年同。

【注释】　①元日:大年初一。此为淳熙十六年(1189)初一。博山寺:在广丰县。《江西通志》卷一一二:"博山寺,在广丰县崇善乡。本名能仁寺,五代时天台韶国师开山,宋绍兴中悟本禅师奉诏开堂。辛弃疾为记。"②四之中:即上句所说的天、地、今、古四者之中。③臭腐神奇:《庄子·知北游》:"故万物一也。是其所美者为神奇,其所恶者为臭腐,臭腐复化为神奇,神奇复化为臭腐。"④贵贱句:白居易《浩歌行》:"贤愚贵贱同归尽。"⑤造物句:造物主也是捣蛋的儿童。《旧唐书·杜审言传》:"审言病甚,宋之问、武平一等省候何如,答曰:甚为造化小儿所苦,尚何言。"⑥堆豗(huī):困顿的样子。⑦答飒:懒散不振。《南史·郑鲜之传》:"时傅亮、谢晦位遇日隆,范泰尝众中让诮鲜之曰:'卿与傅、谢俱从圣主有功关洛,卿乃居僚首,今日答飒,去人辽远,何不肖之甚!'鲜之熟视不对。"⑧龙钟:衰老的样子。⑨三盏两盏:李清照《声声慢》:"三杯两盏淡酒,怎敌他晚来风急。"蒙鸿:即鸿蒙,朦胧混沌。⑩四十九年前事:时年五十,故说四十九年事。活用"蘧伯玉年五十,而知四十九年非"典。⑪一百八盘峡路:黄庭坚《竹枝词》:"浮云一百八盘萦。"陆游《入蜀记》说巫山县"山极高大,有路如线,盘屈至绝顶,谓之一百八盘"。此指人生的曲折坎坷。

【评点】　以词作自画像,词史上挺少见,稼轩应该是第一人。淳熙十六年(1189)正月初一,稼轩时年五十。大年初一他不在家与亲人团聚,而投宿博山寺,去找老僧谈禅,想是心中有解不开的结,要让老僧开解开解。不承想见到他的人都感叹他怎么突然会老成这个样子。他究竟老成啥样子了,稼轩以自嘲的口吻告诉你:头发白了,牙齿缺了,身体衰了,坐着显得困顿,走起路来慢吞吞地没气力,站着尽显龙钟老态,喝起酒来远不如当年神勇,三杯两盏过后就醉眼蒙眬。为何如此?皆因"四十九年前"经历的都是"一百八盘狭路"。世路坎坷,身心俱受折磨,能不衰老么?

鹧鸪天

重九席上再赋

有甚闲愁可皱眉。老怀无绪自伤悲。百年旋逐花阴转①,万事长看鬓发知。　　溪上枕②,竹间棋③。怕寻酒伴懒吟诗。十分筋力夸强健,只比年时病起时④。

【注释】　①旋:逐渐。②溪上枕:活用枕石漱流典。《世说新语·排调》:"孙子荆年少时欲隐,语王武子,当枕石漱流,误曰漱石枕流。王曰:'流可枕,石可漱乎?'孙曰:'所以枕流,欲洗其耳;所以漱石,欲砺其齿。'"③竹间棋:李商隐《即日》:"小鼎煎茶面曲池,白须道士竹间棋。"④年时:指去年或前年。

【评点】　重阳节,故人老友聚餐,自然少不了人生感慨。席上稼轩赋词一首,觉得还没尽意,于是再赋此词。劝慰在座诸君:有啥闲愁让咱们皱眉不开心,哪些心事让咱们伤悲不已?枕石漱流,竹间下棋,没事自寻快乐吧。比起年前病起的时候,俺身体可是强健多了。珍惜眼前,珍惜现在吧!

丑奴儿

书博山道中壁①

少年不识愁滋味,爱上层楼。爱上层楼。为赋新词强说愁。　　而今识尽愁滋味,欲说还休。欲说还休②。却道天凉好个秋。

【注释】　①博山:在今上饶广丰县。《大清一统志》卷二四二:"博山,在广丰县西南三十余里,南临溪流,远望如庐山之香炉峰。"②欲说还休:李清照《凤凰台上忆吹箫》:"生怕闲愁暗恨,多少事欲说还休。"

【评点】　此词写出了两种人生状态。年少时没有经历过多少人生的挫折与坎坷,对人生社会的复杂况味没有深切的体验与感受,对未来充满着乐观自信,所以有时为写一首能感动人的词而装愁苦,装烦闷,无病呻吟。到了中老年,久历宦海风波,切身感受了人世社会的艰难与忧患之后,满腹愁苦,却无从说起,也无法说清,只好王顾左右而言他了。"欲说还休",是因种种人事纠葛、政治纷争,而不能直说,不能明说。全词语言明白如话,内蕴却丰富深沉。对比手法的运用,加之词调本身所具有的独特的复沓句式,读来韵味悠长。情深情真,是此词独特的艺术魅力所在。它不靠华丽的语言、新巧的手法、生动的画面取胜,而是把自己真切感受的一种人生况味很精炼地提纯出来,以打动人心。把人人都能感受到但又不知如何表达的一种普遍的人生况味能简洁而形象地表达出来,往往具有打动人心的艺术力量。

丑奴儿

近来愁似天来大,谁解相怜。谁解相怜。又把愁来做个天。　　都将今古无穷事,放在愁边。放在愁边。却自移家向酒泉①。

【注释】　①酒泉:杜甫《饮中八仙歌》"恨不移封向酒泉"。酒泉郡,武帝太初元年开,城下有泉,味如酒(见《汉书·地理志》)。

【评点】　长歌当哭。长期闲置在家的稼轩,无法施展其雄才大略,被朝廷、被社会遗弃的失落感、孤独感越来越沉重,几乎让他支撑不住了。坚强的英雄稼轩,此时不禁从心底高呼,谁能理解我呀,谁能理解我呀!有才如此,天地之大,却找不到一条人生的出路!这是什么样的世道、什么样的社会!愁像天那么大,倒也罢了,愁还要做个天,把自己压抑着、笼罩着,简直没活路了。英雄之愁,不是因为个人的得失,而是因为"古今无穷事",因为民族的统一大业未完成,报国的理想未实现。愁思难解,愁海难逃,愁天难扛,只能搬家到酒泉郡,泡在酒中,麻醉自己了。辛弃疾中晚年那么爱酒、依赖酒,与他的这种心理状态分不开。

添字浣溪沙

三山戏作①

记得瓢泉快活时②。长年耽酒更吟诗。蓦地捉将来断送,老头皮③。　　绕屋人扶行不得④,闲窗学得鹧鸪啼⑤。却有杜鹃能劝道,不如归⑥。

【注释】 ①三山：福州。绍熙三年（1192）春辛弃疾到福州任福建路提点刑狱公事。到任后不久作此词。②瓢泉：辛弃疾在江西上饶的居所。③蓦地句：用杨朴故事。《东坡志林》卷六："真宗既东封，访天下隐者，得杞人杨朴，能为诗。召对，自言不能。上问，'临行，有人作诗送卿否？'朴曰：'唯臣妻有一首云："更休落魄耽杯酒，且莫猖狂爱咏诗。今日捉将官里去，这回断送老头皮。'上大笑，放还山。余在湖州，坐作诗，追赴诏狱。妻子送余出门，皆哭，无以语之。顾谓妻曰：'独不能如杨处士妻，作一诗送我乎！'妻子不觉失笑，余乃出。"④绕屋人扶：身体衰弱，在屋里走动都要人扶。语出杜甫《呈苏涣侍御》："此身已愧须人扶。"⑤鹧鸪啼：鹧鸪的叫声如"行不得"。⑥杜鹃：杜鹃的叫声如"不如归"。

【评点】 稼轩在上饶瓢泉闲居十年后，于绍熙三年（1192）又起复为福建路提刑。长期的蛰伏，并没有等来能大展雄才的职位，让他有些失望，没有了往日从政的热情。于是戏作此词，说在瓢泉家居，那是多么快活，天天有酒，酒后吟诗，自由自在。突然被官家捉来做事，一时真不习惯。这用的是北宋杨朴的典故，隐士杨朴被召入朝，真宗问他行前有人送诗赠别没有？他说山妻写了一首送行，末两句是"今日捉将官里去，这回断送老头皮"，真宗听后大笑。稼轩用此典，是调侃自己。上片说抛下瓢泉的快活日子不过，被捉到官场。下片说人老了，在屋内行走都得要人扶，走路都困难，怎能做官呢，还不如回家去饮酒吟诗的好。如果这样直说，就没有词味、没有诗意了。鹧鸪的叫声好像"行不得"，杜鹃的叫声像"不如归"。所以，他借这两种鸟的叫声来曲折而形象地呈现"行不得"的身体状况和"不如归"的心声。窗前正学鹧鸪啼"行不得""行不得"，杜鹃鸟就飞来劝道，既然"行不得"，还"不如归""不如归"。普通的想法被词人巧妙地借两种鸟的叫声来表现，生动贴切而又趣味盎然。

最高楼

吾拟乞归，犬子以田产未置止我，赋此骂之

吾衰矣①，须富贵何时②。富贵是危机③。暂忘设醴抽身去④，未曾得米弃官归⑤。穆先生，陶县令，是吾师⑥。　待葺个、园儿名佚老⑦。更作个、亭儿名亦好⑧。闲饮酒⑨，醉吟诗⑩。千年田换八百主⑪，一人口插几张匙⑫。休休休⑬，更说甚，是和非。

【注释】　①吾衰矣：语出《论语·述而》："子曰：甚矣吾衰矣！久矣不复见周公。"②须富贵句：意思是等到何时才享有富贵，不如及时行乐，享受自由安闲。《汉书·杨恽传》："人生行乐耳，须富贵何时。"③富贵是危机：《晋书·诸葛长民传》："贫贱常思富贵，富贵必履危机。今日欲为丹徒布衣，岂可得也！"④暂忘设醴抽身去：即下句所言穆先生的故事。《汉书·楚元王传》："元王敬礼申公等，穆生不嗜酒。元王每置酒，常为穆生设醴（师古注：甘酒也。少曲多米，一宿而熟）。及王戊即位，常设，后忘设焉。穆生退曰：可以逝矣。醴酒不设，王之意怠。不去，楚人将钳我于市。称疾卧。"⑤未曾得米弃官归：即下句"陶县令"陶渊明的故事。《晋书·陶潜传》："为彭泽令，在县，公田悉令种秫谷。曰：'令吾常醉于酒，足矣。'妻子固请种秔，乃使一顷五十亩种秫，五十亩种秔。素简贵，不私事上官。郡遣督邮至，县吏白，应束带见之。潜叹曰：'吾不能为五斗米折腰，拳拳事乡里小人邪！'义熙二年，解印去县，乃赋《归去来》。"⑥是吾师：《左传》载子产曰："人朝夕退而游焉，以议执政之善否，其所善者，吾则行之；其所恶者，吾则改之。是吾师也。"⑦佚老：《庄子·大宗师》："夫大块载我以形，劳我以生，佚我以老，息我以死。"刘攽《中山诗话》载北宋陈尧佐年八十致仕后，构"佚老"亭。⑧亦好：即"在家贫亦好"，宋时流行熟语。出自戎昱《中秋感怀》："远各归去来，在家贫亦好。"陆游《老学庵笔记》卷四："今世所道俗语，多唐以来人诗。'何人更向死前休'，韩退之诗也。'林下何曾见一人'，灵澈诗也。'长安有贫者，为瑞不宜多'，罗隐诗也。'世乱奴欺主，年衰鬼弄人'，'海枯终见底，人死不知心'，杜荀鹤诗也。'事向无心得'，章碣诗也。'但有路可上，更高人也行'，龚霖诗也。'忍事敌灾星'，司空图诗也。'一朝权入手，看取令行时'，朱湾诗也。'自己情虽切，他人未肯忙'，裴说诗也。'但知行好事，莫要问前程'，冯道诗也。'在家贫亦好'，戎昱诗也。"⑨闲饮酒：白居易《同微之赠别郭虚舟炼师五十韵》："闲饮酒一卮。"⑩醉吟诗：《太平广记·李白》载李白："有《醉吟诗》曰：'天若不爱酒，酒星不在天。地若不爱酒，地应无酒泉。天地既爱酒，爱酒胡愧焉。'"⑪千年句：《五灯会元》卷四载韶州灵树如敏禅师曰："'千年田，八百主。'曰：'如何是千年田，八百主？'师曰：'郎当屋舍没人修。'"⑫一人口：林希逸《庄子口议》卷四："生之所无，以为者言，身外之物也。如人生几两屐，一口几张匙是也。"范成大《丙午新正书怀》"口不两匙休足谷，身能几屐莫言钱"自注："吴谚云：一口不能着两匙。"⑬休休休：语出《旧唐书·司空图传》。司空图居中条山，作亭曰"休休"。又作《耐辱居士歌》曰："咄咄！休休休！莫莫莫！伎俩虽多性情恶。赖是长教闲处着。"

【评点】　这首词读来，好像稼轩不仅仅是教训他儿子，也是教训当今的某些人，挺有现实感的。绍熙五年（1194），稼轩任福州知州兼福建路安抚使（相当于当今福州市委书记兼福建军区司令员）不久，因无所作为，心中不快，准备辞职归家。儿子知道后极力劝阻说，老爸呀，田产还没买好呢，不如趁在台上捞一笔，有权不用过期作废呀。稼轩听后，很生气，写下此词，把儿子骂一顿。

写诗词歌颂人的常见，骂人的少见，骂儿子的更罕见。没准稼轩此词是"天下骂子第一词"。陶渊明有《责子诗》一首："白发被两鬓，肌肤不复实。虽有五男儿，总不好纸笔。阿舒已二八，懒惰故无匹。阿宣行志学，而不好文术。雍端年十三,不识六与七。通子垂九龄,但觅梨与栗。天运苟如此。且进杯中物。"稼轩平生爱陶渊明,写词骂子,或者潜意识里受到陶渊明责子诗的影响,但内容不同。陶渊明是责怪诸子没有出息,五个儿子,居然没有一个喜欢文学能接他的班的。稼轩此词,是教训儿子不要贪图富贵。词的开篇说,我老了,要富贵还要等到何时!你知不知道,"富贵是危机"!八百多年前,辛弃疾发出的警示,至今好多人还执迷不悟。稼轩对儿子说,见微知著、抽身而退的西汉疏先生,未曾得米就弃官而归的陶渊明,都为俺做出了榜样。俺要回江西上饶,葺个佚老园,修个好亭,闲来饮酒,醉来吟诗,多么自在!千年田换八百主,一张口只插一张匙,一人只睡一张床,买那么多田有什么用?囤积那么多财富有什么用?罢了罢了,我主意已定,扔下乌纱帽,回家快活去!不论儿子乐意不乐意,稼轩是下决心辞职不干了。

不幸的是,还没等稼轩提出辞呈,就被臣僚弹劾,罢免了官职,待遇还降一级,从正六品的集英殿修撰降为从六品的秘阁修撰。好在稼轩早有心理准备,不然更是心中郁闷!这次稼轩贬官的原因是什么?是"臣僚言其残酷贪饕,奸赃狼藉"(《宋会要辑稿》)。简单说来,是涉嫌贪财。宋代有谏官风闻言事的制度,不管是否属实,只要听说过就可以检举揭发。稼轩被检举"贪酷"是否属实,现如今无从查证。但稼轩说"富贵是危机",确乎是应验了的。这首词读来明白如话,其实是句句用典。稼轩词的书卷气和口语化,融合得天衣无缝。

西江月

以家事付儿曹,示之

万事云烟忽过①,一身蒲柳先衰②。而今何事最相宜。宜醉宜游宜睡③。　　早趁催科了纳④,更量出入收支。乃翁依旧管些儿⑤。管竹管山管水。

【注释】 ①万事句：苏轼《宝绘堂记》："譬之烟云之过眼，百鸟之感耳。岂不欣然接之，去而不复念也。"②蒲柳先衰：指身体衰老。《世说新语·言语》："顾悦与简文同年而发早白，简文曰：'卿何以先白？'对曰：'蒲柳之姿，望秋而落；松柏之质，经霜弥茂。'"此词作于嘉泰元年（1201），时年稼轩六十二，因长年多病，又过量饮酒，故身体衰弱。③宜醉句：此句句法出自秦观《菩萨蛮·荷花》："南轩面对芙蓉浦，宜风宜月宜雨。"④催科：催收租税。租税有科条法规，故称。了纳：完纳赋税。⑤乃翁：你们的父亲。词人自指。乃翁，也称"乃父"。

【评点】 稼轩词真是无意不可入，无事不可写。连管家的事儿也写进词里。此前，家事由他本人管理做主，而今六十二岁了，身体衰弱，精神不济，不想管了，就想把家事交给儿子来管。于是写下此词，当作告示。把词当作"管家告示"来写，这绝对是词史上第一回。稼轩说：世间万事，如云烟飘过，一晃之间，身板就衰老了，如今我最适宜做啥？醉酒，游玩，睡觉。言下之意，管家这类烦心事儿就不适宜俺了。从今往后，管家的事就交给你们了，特地叮嘱儿子：每年要趁早交纳租税，做个守法的良民；月月要量出为入，做到收支平衡。瞧瞧，稼轩挺有经济头脑的，精于算计。他可不是只会舞文弄墨的书呆子。不管家事了，管啥呢，稼轩也不忘公示自己的打算：管看竹，管游山，管玩水。一代老英雄，如今只落得"宜醉宜游宜睡""管竹管山管水"，令人悲怆。

浣溪沙

总把平生入醉乡。大都三万六千场。今古悠悠多少事，莫思量。 微有寒些春雨好①，更无寻处野花香。年去年来还又笑，燕飞忙。

【注释】　①些：语气词。读 suō。

【评点】　春雨微寒，野花未发，词人在野外闲游。笑那燕子年年飞来飞去，忙得不亦乐乎，何如我这闲云野鹤，想醉就醉，想醒就醒，想行就行，想坐就坐。古今万事，何必思量。表面看来，辛老爷子真够潇洒的。实际上内心深处，无时不想着悠悠今古兴亡事。"莫思量"，是越思量越烦恼，才自我提醒说不要思量，何必思量。除却醉乡不思量，醒来还是要思量。

定风波

大醉归自葛园①，家人有痛饮之戒，故书于壁

昨夜山公倒载归。儿童应笑醉如泥②。试与扶头浑未醒③。休问。梦魂犹在葛家溪④。　　千古醉乡来往路。知处。温柔东畔白云西⑤。起向绿窗高处看。题遍。刘伶元自有贤妻⑥。

【注释】　①葛园：在江西上饶。②昨夜二句：典出《晋书·山简传》：山简"镇襄阳，于时四方寇乱，天下分崩，王威不振，朝野危惧，简优游卒岁，唯酒是耽。诸习氏，荆土豪族，有佳园池，简每出游嬉，多之池上，置酒辄醉，名之曰高阳池。时有童儿歌曰：山公出何许，往至高阳池。日夕倒载归，酩酊无所知。时时能骑马，倒著白接䍦。举手问葛疆，何如并州儿"。李白《襄阳歌》："旁人借问笑何事，笑杀山公醉如泥。"倒载：倒着骑马。山公，即山简。③扶头：酒名。④葛家溪：即葛溪。《太平寰宇记》卷一二七："葛溪水，源出上饶县灵山，过当县李诚乡，在县西二里。昔欧冶子居其侧，以此水淬剑。又有葛元家焉，因曰葛水。"葛园，在葛溪畔。⑤温柔句：典出《赵飞燕外传》："是夜进合德，帝大悦，以辅属体，无所不靡，谓为温柔乡。谓嫕曰：吾老是乡

矣,不能效武皇帝求白云乡也。"温柔,即温柔乡,指迷人的美色。白云,即白云乡,指仙乡。⑥刘伶句:夫人劝其戒酒,故以刘伶之妻来调侃她。《世说新语·任诞》:"刘伶病酒,渴甚,从妇求酒。妇捐酒毁器,涕泣谏曰:'君饮太过,非摄生之道,必宜断之。'伶曰:'甚善,我不能自禁,惟当祝鬼神自誓断之耳。便可具酒肉。'妇曰:'敬闻命。'供酒肉于神前,请伶祝誓,伶跪而祝曰:'天生刘伶,以酒为名。一饮一斛,五斗解酲。妇人之言,慎不可听。'便引酒进肉,隗然已醉矣。"元自,原来;原本。

【评点】 词写醉酒,妙趣横生。稼轩酩酊大醉地从葛园回到瓢泉住处,夫人一见,又心疼又生气,叮嘱他今后不要再这般痛饮,免伤身体。稼轩赶忙答应。并借着酒劲,赋词一首,写在墙壁上。开篇说昨夜从葛园回来时,竟然是倒骑马而归,儿童都笑我像当年的山简那般烂醉如泥。稼轩用山简典,不光是显博学,还有提醒老妻之意:瞧瞧,爱喝醉的不是俺老辛一人,历史上喝酒常醉的人多得去了,山简就是榜样。俺老辛偶尔喝醉过一回两回,老妻你就别见怪哟。早上起来,家人问他,酒醒了没?答道:没呢,心思还在想着葛家的美酒呢。扶头,一语双关,既指扶头酒,又指醉后扶头的动作。醉中还在想着扶头酒,想着昨晚葛家溪痛饮的场面,可见他一点悔过不饮的意思都没有。

下片更为自己开脱:千年以来,哪个男士不在这醉乡路上来来往往,温柔乡你不让俺去,白云乡俺找不着,你不让俺去醉乡,上哪儿去呢?末句读之,令人忍俊不禁。刘伶的夫人见刘伶嗜酒,劝他别再饮酒,而且把家中的酒送人了,把饮酒器给砸碎了。刘伶说,好哇,可是我不能自个儿戒酒,你去准备好酒好肉,我祈祷鬼神帮我戒酒。刘夫人信以为真,准备好酒肉,让刘伶祈祷。没想到刘伶一边喝着酒,一边吃着肉,祈祷说:"天生刘伶,好酒出名。一饮一斛(十斗),五斗微熏。妇人之言,慎不可听。"饮罢又醉。稼轩说,俺老辛跟刘伶一样,也有如此贤妻,今后还怕无酒可醉么?

西江月

遣兴

醉里且贪欢笑,要愁那得工夫。近来始觉古人书。信著全无是处①。　　昨夜松边醉倒,问松我醉何如。只疑松动要来扶。以手推松曰去②。

【注释】　①近来二句:语出《孟子·尽心下》:"孟子曰:尽信书,则不如无书。"②以手句:典出《汉书·龚胜传》:"博士夏侯常见胜应禄不和,起至胜前谓曰:'宜如奏所言。'胜以手推常曰'去'!"

【评点】　稼轩是酒圣,常常醉酒,故写醉态,活灵活现。这不,昨夜他又喝高了,醉得东倒西歪,来到松树跟前,醉眼蒙眬地问松树:"我没喝醉吧?"松树答:"瞧你这样子,一定是喝醉了。"稼轩不服气:"我没醉!"他晃晃悠悠中,发现松树也在摇摇晃晃,以为松树要来扶他,很生气地用力一推说:"去你的!我没醉,倒不了。"结果如何?是用力过猛,像鲁智深那样把松树连根拔起,还是自个儿栽了一个大跟头,重重摔在地上,辛老夫子不好意思告诉你。"以手推松曰去"一句,有动作,有神态,有对话,真情实景的描绘,我们以为是辛老夫子脱口而出的大白话,谁知这是用《汉书·龚胜传》"以手推常曰去"的典故,而且只改了一个字,稼轩之用典,真是出神入化。他把古书读透了,读活了,所以用时信手拈来,自然活脱。你不知道这典故,照样可以理解词意,知道了它的出典,就越发佩服辛老夫子的手段。

沁园春

将止酒①、戒酒杯使勿近

杯汝来前,老子今朝,点检形骸②。甚长年抱渴③,咽如焦釜④,于今喜睡,气似奔雷。汝说刘伶,古今达者,醉后何妨死便埋⑤。浑如此⑥,叹汝于知己,真少恩哉⑦。　　更凭歌舞为媒。算合作平居鸩毒猜⑧。况怨无大小,生于所爱,物无美恶,过则为灾⑨。与汝成言⑩,勿留亟退,吾力犹能肆汝杯⑪。杯再拜,道麾之即去,招则须来⑫。

【注释】　①止酒:戒酒,停酒不喝。此词约作于庆元二年(1196)。②点检:审查,检查。形骸:躯体。韩愈《赠刘师服》:"丈夫命存百无害,谁能点检形骸外。"③抱渴:患酒渴病。《世说新语·任诞》:"刘伶病酒,渴甚,从妇求酒。"④咽如焦釜:喉咙干得像烧焦的铁锅。釜,铁制圆底有耳的锅。⑤汝说三句:《世说新语·文学》注引《名士传》谓刘伶"常乘鹿车,携一壶酒,使人荷锸随之,云:死便掘地以埋"。⑥浑如此:竟然如此,既然这样。⑦真少恩哉:语出韩愈《毛颖传》:"秦真少恩哉!"⑧更凭二句:屈原《离骚》:"吾令鸩为媒兮,鸩告余以不好。"《汉书·霍谞传》:"岂有触冒死祸,以解细微,譬犹疗饥于附子(按,一种有毒的草药),止渴于鸩毒,未入肠胃,已绝咽喉。岂可为哉!"⑨过则为灾:《左传》昭公元年:"六气曰阴、阳、风、雨、晦、明,分为四时,序为五节,过则为灾。"⑩成言:订约,约定。《左传》襄公二十七年:"楚公子黑肱先至,成言于晋。丁卯,宋向戌如陈,从子木成言于楚。"用诸侯国间的外交订约来写与酒杯的约定,大词小用,颇有调侃幽默之意。⑪吾力句:化用《论语·宪问》"吾力犹能肆诸市朝"句意。肆，放纵，此指痛饮。⑫麾之即去二句：《汉书·汲黯传》："其辅少主，守城坚深，招之不来，麾之不去。虽自谓贲、育（两位猛士），弗能夺也。"

【评点】　稼轩爱酒，不，是嗜酒，已经达到酒精依赖症的程度。他理智上想戒酒，但情感上难以割舍，生理上的渴望更难控制，于是戒酒就成了十分纠结的心理与生理的问题。这首《沁园春》词以幽默的态度，亦庄亦谐的语调，别开生面的艺术表达形式，呈现了他心中的这种纠结。他把自己想象为将军，把酒杯设想为士兵，命令酒杯说：酒杯，你前来，听我训话。本帅今天做了身体检查，感觉长时间地口干想喝酒，喉咙干燥得像烧焦的铁锅，近来精神也不佳，特想睡觉，呼噜打得像雷鸣。这是为什么？都是你在捣鬼作怪！酒杯说：大帅真是想不开，戒什么酒呢。人家刘伶，走到哪儿喝到哪儿，醉死后随时准备就地掩埋，那才是古今达者。辛说：如此看来，你是真知己，是我错怪你了。是啊，饮酒过量，也不能全怪你酒杯，时常有歌儿舞女侑觞助兴，想不多喝也难。平常大伙儿总是把酒当作鸩毒来防嫌，殊不知饮酒的多少全在人为掌控。无论大怨小怨，全因溺爱而生；物本无所谓好坏，过分偏爱就会酿成灾害。今日跟你沟通后，对你倒是有了新认识。好吧，今日跟你达成协议：你赶快离开。不走的话，我又禁不住拿你痛饮了。最妙的是结尾，酒杯说：得令！俺听大帅的，今日挥之即去，没准哪天想俺了，招之即来。酒杯看透了辛大帅的心思，并没有铁心戒酒，所以随时准备回来侍候。

　　词用主客问答体，已很新鲜，把酒杯想象成士兵招来训话，更是别出心裁，古来无二。表面上是责备数落酒和酒杯，实则是替酒开脱。这哪是戒酒令，俨然是祝酒辞。辛大帅，平时严肃得很，遇到知己酒，就忒活泼，忒幽默。后来刘过《沁园春·寄稼轩承旨》词，就是模仿此词别出心裁的构思："斗酒彘肩，风雨渡江，岂不快哉。被香山居士，约林和靖，与东坡老，驾勒吾回。坡谓西湖，正如西子，浓抹淡妆临镜台。二公者，皆掉头不顾，只管衔杯。白云天竺飞来。图画里、峥嵘楼观开。爱东西双涧，纵横水绕，两峰南北，高下云堆。逋曰不然，暗香浮动，争似孤山先探梅。须晴去，访稼轩未晚，且此徘徊。"刘过此词的创作背景是，稼轩在绍兴，派人到杭州请刘过前去相聚。刘过一时走不开，就写了此词说明逗留杭州的原因，原来是苏东坡、林逋、白居易约他去看西湖、游天竺、访孤山梅花。词用对话体，正是仿稼轩此词的体式。稼轩看后，十分欣赏，重金奖赏刘过。这虽是后话，却反映出此词的影响。

鹧鸪天

读渊明诗不能去手，戏作小词以送之

晚岁躬耕不怨贫①。只鸡斗酒聚比邻②。都无晋宋之间事③，自是羲皇以上人④。　千载后，百篇存⑤。更无一字不清真⑥。若教王谢诸郎在，未抵柴桑陌上尘⑦。

【注释】　①晚岁句：陶渊明《庚戌岁九月中于西田获早稻》："但愿长如此，躬耕非所叹。"陶渊明《癸卯岁始春怀古田舍》："先师有遗训，忧道不忧贫。"②只鸡句：陶渊明《归园田居》其五："漉我新熟酒，只鸡招近局。"陶渊明《杂诗》："得欢当作乐，斗酒聚比邻。"③都无：若无。晋宋之间事：陶渊明《桃花源记》中有："问今是何世，乃不知有汉，无论魏晋。"④羲皇以上人：陶渊明《与子俨等疏》："五六月北窗下卧，遇凉风暂至，自谓羲皇上人。"羲皇，即伏羲氏。古人想象远古时期人们都过着无忧无虑、没有争斗的生活。⑤百篇存：陶渊明现存诗一百二十首。⑥更无句：苏轼《和陶渊明饮酒》："渊明独清真。"清真，意为真实、自然、清新。⑦若教王谢二句：意思是号称风流的王谢子弟实在不如陶渊明门前路上的尘土。王谢诸郎，东晋两大望族王、谢家的子弟，以风流儒雅著称。柴桑，陶渊明的住处，在今九江市西南。陌上：路上。

【评点】　物质生活中的物品，稼轩最爱的是酒。精神生活中的历史人物，稼轩最爱的是陶渊明。陶渊明也爱酒。稼轩爱酒，是不是受他的偶像陶渊明的影响，稼轩翁虽然没有透露过，但爱酒与爱陶渊明之间，必定有某种联系。在稼轩心目中，偶像陶渊明是怎样的人物呢？一是安贫乐道，亲自躬耕劳作，不怕贫苦。二是为人天真而好酒，家中只要有一只鸡，一斗酒，就会设酒局，叫来邻里同饮共醉，不讲身份，不端架子，任性而为。三是诗文"清真"自然，所存百余篇诗，无一字不清真，无一句不天然。

有些作家，人品为人所重，作品未必为人所爱；有些作家，作品受人欣赏，但人品不受人敬重。陶渊明其人其诗，都深得稼轩爱赏敬重。北宋苏东坡也爱陶渊明，苏、辛二公，个人气质大是不同，时代环境也截然有异，为何都爱陶渊明？东坡心目中的陶渊明与稼轩心中的陶渊明一样乎，不一样乎？读者诸公试予思索。陶渊明在中国文学史上的崇高地位，跟苏、辛二人的激赏分不开。如果没有苏、辛这样的大腕名流揄扬，真不知道陶渊明这位草根明星的光芒什么时候才能放射出来。

贺新郎

邑中园亭，仆皆为赋此词。一日，独坐停云，水声山色，竞来相娱，意溪山欲援例者，遂作数语，庶几仿佛渊明"思亲友"之意云①。

甚矣吾衰矣②。怅平生、交游零落③，只今余几。白发空垂三千丈④，一笑人间万事⑤。问何物、能令公喜⑥。我见青山多妩媚⑦，料青山、见我应如是。情与貌，略相似。　　一尊搔首东窗里⑧。想渊明、停云诗就，此时风味。江左沈酣求名者⑨，岂识浊醪妙理⑩。回首叫、云飞风起⑪。不恨古人吾不见，恨古人、不见吾狂耳⑫。知我者，二三子⑬。

【注释】　①邑：县邑，指词人所居铅山县。此词：指《贺新郎》调。停云：辛弃疾在瓢泉所筑停云亭。意：猜想。援例：依照惯例。即为每个亭子赋词。庶几仿佛渊明"思亲友"之意：约略与陶渊明"思亲友"之意相似。思亲友，陶渊明《停云》诗序："停云，思亲友也。"②甚矣句：用《论语·述而》"子曰：甚矣吾衰矣"成句。③交游零落：指老友纷纷离世。欧阳修《江邻几文集序》："不独善人君子难得易失，而交游零落如此，反顾身世，死生盛衰之际，又可悲夫！"④白发句：语本李白《秋浦歌》："白发三千丈，缘愁似个长。"⑤人间万事：语出寇准《和蒨桃》诗："将相功名终若何，不堪急景似奔梭。人间万事何须问，且向樽前听艳歌。"⑥能令公喜：典出《晋书·温峤传》："时王珣为温主簿，亦为温所重。府中语曰：髯参军，短主簿，能令公喜，能令公怒。（任）超髯，（王）珣短故也。"髯，胡子多。短，身材矮小。身材矮小，古人习惯说"短"而不说"矮"，相貌长得难看，谓之"形陋"。⑦我见青山句：化用唐太宗语。《新唐书·魏征传》："帝曰：人言魏征举动疏慢，我但见其妩媚耳。"⑧搔首：语本陶渊明《停云》："静寄东轩，春醪独抚。良朋悠邈，搔首延伫。"⑨江左：江东，此指南朝。苏轼《和陶渊明饮酒二十首》："江左风流人，醉中亦求名。"⑩浊醪：浊酒。杜甫《晦日寻崔戢李封》："浊醪有妙理，庶用慰浮沉。"⑪云飞风起：汉高帝刘邦《大风歌》："大风起兮云飞扬，威加海内兮归故乡。"⑫不恨二句：《南史·张融传》："融善草书，常自美其能，帝曰：'卿书殊有骨力，但恨无二王法。'答曰：'非恨臣无二王法，亦恨二王无臣法。'""常叹云：不恨我不见古人，所恨古人又不见我。"⑬二三子：《论语》中的成句，是孔子对其弟子的称呼。如《述而篇》："子曰：二三子，以我为隐乎，吾无隐乎尔。"此处借指知己，也可理解为青山，因为青山是他的知己。

【评点】　人老了，爱怀旧，想故交。嘉泰元年（1201），时年62岁的稼轩翁，坐在自家的停云亭中，看着四周的水声山色，就像老朋友一样友善亲切，好像有所期待，忽然想起本县中的园亭都曾用《贺新郎》赋词一首，为之留影存照，这停云亭莫非也想照例为它写上一首？想到这，稼轩拿起笔来，写下这首名作。

"停云"，亭名。源自陶渊明的《停云诗》，而停云诗主要是"思亲友"，故此词的主旨也是思亲友。稼轩一生，年辈相近而又彼此投缘的朋友原本不是太多，而最要好的朋友如朱熹（1130—1200）、陈亮（1143—1194）等又都已先后去世，想想自己也日渐衰老，不禁想起欧阳修在《江邻几文集序》里所感叹的："不独善人君子难得易失，而交游零落如此，反顾身世，死生盛衰之际，又可悲夫！"开篇"甚矣吾衰矣"，虽然是用《论语》的成句，却也准确地表达了此时稼轩的身体状况，古今同感，所以借孔夫子的酒杯来浇自己的块垒了。平生故人多零落过世，如今只剩自己这白发老翁了。"笑"，其实是苦笑，一世英雄，到头来一事无成，空垂白发，几多苦涩，几多忧愤。人间社会没有了慰藉，唯有走向大自然的山山水水，从中获得解脱感、轻松感、亲近感。"我见青山多妩媚，料青山、见我应如是"，这种人与自然的和谐观念，早在八百多年前的辛稼轩有此深刻的感悟，实在是很超前的。今天我们提倡人与自然的和谐相处，稼轩此词，是最生动的广告词。当然，如果再往前追溯，李白的"相看两不厌，唯有敬亭山"，已然表达了同样的生态意识。

上片词情跌宕。先写"怅"人间友人友情的凋零，转写"喜"大自然的妩媚可亲。下片点题"停云"。陶渊明当年写停云诗，也是因为良朋不在，只能"静寄东轩，春醪独抚"，独自品味人生真谛。那些热衷名利的小人，永远难以理解陶渊明的意趣。词人以陶渊明自况，而"江左沉酣求名者"，则是对现实中那些但求个人利禄而不顾民族大义的执政者的隐喻与嘲讽。稼轩爱渊明，爱的就是他精神的独立、灵魂的自由，不为五斗米而向权贵折腰低头的刚直个性。稼轩宁可自守孤独，也不向那些"沉酣求名"者示好。虽然被人目为狂，但他以此自豪："不恨古人吾不见，恨古人、不见吾狂耳。"

据岳珂《桯史》记载，稼轩"每宴必命侍妓歌其所作，特好歌《贺新郎》一词，自诵其警句曰：'我见青山多妩媚，料青山见我应如是。'又曰：'不恨古人吾不见，恨古人、不见吾狂耳。'每至此，则抚髀大笑，顾问坐客何如？皆叹誉如出一口。"可见此词是稼轩的得意之作。

卷三　友情亲情词

木兰花慢

滁州送范倅①

老来情味减②,对别酒、怯流年③。况屈指中秋,十分好月,不照人圆。无情水、都不管,共西风、只等送归船。秋晚莼鲈江上④,夜深儿女灯前⑤。　　征衫。便好去朝天⑥。玉殿正思贤⑦。想夜半承明⑧。留教视草,却遣筹边⑨。长安故人问我⑩,道愁肠殢酒只依然⑪。目断秋霄落雁,醉来时响空弦⑫。

【注释】　①滁州:今属安徽。范倅:指滁州通判范昂。乾道八年(1172),辛弃疾任滁州知州,范昂为通判。《宋会要辑稿》职官一〇之九载:"(乾道)八年正月十四日,诏:'滁州州县官到任任满,依次边舒州州县官推赏。'先是,权通判滁州范昂陈请,故有是诏。"倅(cuì),州府通判的简称。范昂应诏入朝,故词中说"便好去朝天"。②情味:情趣。③怯流年:担心年华流逝。苏轼《江城子》:"对尊前,怯流年。"④莼鲈江上:用张翰典。《世说新语》载:吴郡人张翰在洛阳为官,见秋风起,乃思吴中菰菜莼羹鲈鱼脍,曰:"人生贵得适志,何能羁宦数千里以要名爵乎?"于是命驾而归。⑤夜深句:化用黄庭坚《寄上叔父夷仲三首》诗句:"弓刀陌上望行色,儿女灯前语夜深。"⑥征衫:征途所穿衣衫。朝天:朝见天子。⑦玉殿:宫殿。代指皇帝。时为孝宗皇帝。⑧承明:承明殿的旁屋,即侍臣值宿所居。《汉书·严助传》:"君厌承明之庐,劳侍从之事。"注曰:"承明庐在石渠阁外,直宿所止曰庐。"

⑨留教二句：留在朝中起草诏书，又派去筹划戍边事务。视草：起草诏书。王观国《学林》卷五："凡臣僚掌制诰文字，谓之视草。"⑩长安：汉唐的都城，此代指南宋都城临安。⑪道愁肠句：说我依然是借醉酒消愁。韩偓《有忆》："愁肠瀲酒人千里，泪眼倚楼天四垂。"瀲酒，醉酒。⑫目断：极目望尽，一直望到看不见。空弦：典出《战国策·楚策》：更嬴与魏王处京台之下，仰见飞鸟。更嬴谓魏王曰："臣为王引弓虚发而下鸟。"魏王曰："然则射可至此乎？"更嬴曰："可！"有间，雁从东方来，更嬴以虚发而下之。魏王曰："然则射可至此乎？"更嬴曰："此孽也。"王曰："先生何以知之？"对曰："其飞徐而鸣悲，飞徐者，故疮痛也。鸣悲者，久失群也。故疮未息而惊心未去也，闻弦音引而高飞，故疮陨也。"

【评点】 此词是乾道八年（1172）在滁州送通判范昂回朝廷任职而作。这年稼轩才三十三岁，却说"老来情味减"，有点人未老心先衰之意，心理年龄与生理年龄落差之所以如此之大，是因为感觉时光流逝太快，青春岁月不知不觉等闲流逝，一事无成，故而有老之将至的生命迫促感。"怯流年"，就是感叹流年虚度。三十三岁做知州，对一般人来说，该知足了，可稼轩是想干大事业的人，青春年华白白地耗在这种平凡普通的地方官场生涯中，深感生命的浪费，特别是友人回朝任职，而自己还待在滁州小郡，更觉不爽。屈指中秋将到，本是亲人团聚的时节，可偏偏在此时离别，人生几多无奈！中秋月不解人意，无情之水也不管人的难舍难分，偏偏跟西风一道等着送友人的归船远去。将离别双方心中的不舍，借月与水来表现，别有韵味。歇拍想象友人范昂乘船离去的情景，夜深灯前与儿女团聚，其乐融融。下片预祝友人回朝后获得重用，将在皇帝身边起草诏令，还会去边塞筹划军务。最后托友人带信临安故人，说我依然终日借酒消愁。结拍二句，写自己对当前处境和未来命运的忧虑。辛弃疾心事重重，似有不祥预感。

摸鱼儿

淳熙己亥，自湖北漕移湖南，同官王正之置酒小山亭①，为赋。

更能消②、几番风雨。匆匆春又归去。惜春长怕花开早，何况落红无数。春且住。见说道、天涯芳草无归路③。怨春不语。算只有殷勤，画檐蛛网④，尽日惹飞絮。　　长门事⑤，准拟佳期又误。蛾眉曾有人妒⑥。千金纵买相如赋，脉脉此情谁诉⑦。君莫舞。君不见、玉环飞燕皆尘土⑧。闲愁最苦。休去倚危栏⑨，斜阳正在，烟柳断肠处。

【注释】　　①淳熙己亥：即孝宗淳熙六年（1179）。漕：转运司的简称。时年辛弃疾由湖北转运副使移任湖南转运副使。王正之：名正已，字正之。时任湖北转运判官，是辛弃疾的同僚下属，故称之为"同官"。亦能诗，著有《酌古堂文集》，正之系楼钥的姑父。事迹参楼钥《攻媿集》卷五二《酌古堂文集序》、卷九九《朝议大夫秘阁修撰致仕王公墓志铭》。小山亭：在转运司官署内。据《舆地纪胜·荆湖北路鄂州》载："绍兴二年复置荆湖北路转运副使，治鄂州（按，今武汉市武昌区）。有副使、判官东西二衙。""小山，在东漕衙之乖崖堂。"而宋湖北漕司官署，在今武汉武昌区蛇山北麓。乖崖堂，为北宋名臣张咏所建。李焘《湖北漕司乖崖堂记》云："乖崖堂，为忠定张公复之（咏）作也。乖则违众，崖不利物，此复之自赞其画像云尔。像故在成都仙游阁上，或摹写置鄂之部刺史听事后屋壁间，迫隘嚣尘，与像弗称。余既更诸爽垲，并书所以作堂意，揭示来者。"（张咏《乖崖集》附录）当时知鄂州赵善括有和作。赵氏《摸鱼儿·和辛幼安韵》曰："喜连宵、四郊春雨。纷纷一阵红去。东君不爱闲桃李,春色尚余分数。云影住。任绣勒香轮,且阻寻芳路。农家相语。渐南亩浮青,西江涨绿,芳沼点萍絮。西成事,端的今年不误。从他蝶恨蜂妒。莺啼也怨春多雨,不解与春分诉。新燕舞。犹记得、雕梁旧日空巢土。天涯劳苦。望故国江山,东风吹泪,渺渺在何处。"②能消:能承受;经得起。③何况落红三句:化用苏轼词意。苏轼《桃源忆故人》词:"华胥梦断人何处。听得莺啼红树。几点蔷薇香雨。寂寞闲庭户。暖风不解留花住。片片著人无数。楼上望春归去。芳草迷归路。"④画檐蛛网:苏轼《虚飘飘》诗:"画檐蛛结网。"⑤长门事:用汉武帝陈皇后失宠居长门宫事。司马相如《长门赋序》:"孝武皇帝陈皇后时得幸,颇妒,别在长门宫,愁闷悲思。闻蜀郡成都司马相如天下工为文,奉黄金百斤为相如、文君取酒。因于解悲愁之辞,而相如为文以悟主上。陈皇后复得亲幸。"准拟:料想,希望。⑥蛾眉:女子美丽的容貌。代指美女。戴叔伦《宫词》:"贞心一任蛾眉妒,买赋何须问马卿。"此句借陈皇后之被妒,写自己累被人中伤。辛弃疾本年到湖南后所作《淳熙己亥论盗贼札子》即说:"臣孤危一身,久荷陛下保全,事有可为,杀身不顾。""但臣生平刚拙自信,年来不为众人所容。"可为印证。⑦千金二句:意谓即使用千金买一篇司马相如的赋,也难以诉说心中的愁恨。相如赋,指司马相如为陈皇后写的《长门赋》。⑧玉环:唐玄宗宠妃杨玉环。《新唐书·后妃传》:玄宗贵妃杨氏,始为寿王妃。开元二十四年,武惠妃薨,后廷无当帝意者,或言妃姿质天挺,宜充掖廷,遂召内禁中。异之,即为自出妃意者,丐籍女官,号太真。更为寿王聘韦昭训女。而太真得幸。善歌舞,邃晓音律,且智算警颖,迎意辄悟,帝大悦,遂专房宴。宫中号娘子,仪体与皇后等。天宝初,进册贵妃。飞燕:汉成帝皇后赵飞燕。《汉书·外戚传》:孝成赵皇后,本长安宫人,初生时,父母不举,三日不死,乃收养之,及壮,属阳阿主家。学歌舞,号曰飞燕。成帝尝微行,出过阳阿主,作乐,上见飞燕,而悦之,召入宫,大幸。有女弟,复召入,俱为婕妤。贵倾后宫。姊弟专宠十余年。后被废自杀。⑨倚危栏:李商隐《北楼》:"此楼堪北望,轻命倚危栏。"

【评点】 这是饯行酒宴上所赋离别词，然不在离别上着笔，而写人生感慨。写人生感慨，又不正面着笔，却从伤春惜春入手。首二句说伤春，意蕴层深。"春""归去"是一层感伤。春，象征着青春、年华、生命。春尽，意味着生命又流逝一年，青春又减却一年，敏感的古人，总是为之感伤。春"归去"，倒也罢了，却是"又"归去，意味着以前有若干春天归去，今年春"又"归去，一个"又"字，表达时间上的重复，前年如是，去年如是，今年如是，来年又如是。这是第二层感伤。"春又归去"也罢了，谁知是"匆匆"归去，归去得那么快速，那么决然，还没提防，还没意识到，春天就走了，这是第三层感伤。春天因何"匆匆归去"，原来是"几番风雨"摧残着春天，春天归去，不是安然无恙地离开，而是被风雨迫害，被外力摧残才归去的，这就更令人伤心了。有此四层感伤，故开篇说哪能承受春天在风雨的折磨中匆匆归去的命运！这是说春天么？是，又不是。是写春天，也是隐喻象征人生。由伤春而惜春。惜春人总怕花早开，也就是说，花还没开时，惜春人就担惊受怕，生怕花开早了就零落得早。何况如今花已全部凋零了呢！春已归去，花已飘零，遂生留春之念。期待春天暂留脚步，让惜春人有缘再睹春天春花的芳容。可无论词人怎样呼唤挽留，春天也不停留，更无言无语。因此又心生哀怨，春天何以这般不听人劝，走得如此匆忙而决然？幸有屋檐蛛网，稍通人意，晓得把飞絮网罗，留下一点春日的信息与见证。一种伤春惜春之情，写来千回百折，又层次井然，由伤春而惜春，由惜春而留春，由留春而怨春。

上片伤春惜春，隐喻人生的短暂、人生的无奈、年华时光的无法逆转。下片写受朝臣的谗言中伤，刚来湖北，欲有所为，就被调离，心中满腹怨愤，借着酒劲，面对友人一吐为快。但对小人的谗言中伤，不是直说，而是借历史故事来曲折表现。谗言害人的小人，稼轩心中定有所指，但读者不必对号入座，把它看成是古往今来一种普遍现象也可。

临江仙

再用前韵，送祐之弟归浮梁①

钟鼎山林都是梦②，人间宠辱休惊③。只消闲处过平生④。酒杯秋吸露，诗句夜裁冰。　　记取小窗风雨夜，对床灯火多情⑤。问谁千里伴君行。晚山眉样翠，秋水镜般明。

【注释】　①前韵：指同调《醉宿崇福寺，寄祐之弟，祐之以仆醉先归》："莫向空山吹玉笛，壮怀酒醒心惊。四更霜月太寒生。被翻红锦浪，酒满玉壶冰。小陆未须临水笑，山林我辈钟情。今宵依旧醉中行。试寻残菊处，中路候渊明。"祐之弟：名助，辛次膺之孙，范南伯之婿。辛弃疾族弟。浮梁：县名，宋属饶州，今属江西景德镇市。辛次膺南渡之后家居此地。《江西通志》卷九六："辛次膺，字起季，莱州人。幼孤，从母依外氏王圣美于丹徒。俊慧力学，日诵千言。甫冠，登政和二年进士第。历官为单父丞，值山东乱，举室南渡，寓居浮梁县之最高山。"辛助归浮梁，即归其故居。②钟鼎山林：指做官与闲居。语本杜甫《清明》诗："钟鼎山林各天性，浊醪粗饭任吾年。"③宠辱休惊：得失都不必在意。《旧唐书·卢承庆传》："承庆典选，校百官，考有坐漕舟溺者，承庆以失所载，考中下，以示其人，无愠也。更曰：'非力所及，考中。'中亦不喜。承庆嘉之曰：'宠辱不惊，考中上。'其能著人善类此。"④只消：只要。⑤记取二句：语本韦庄《寄江南逐客》："记得竹斋风雨夜，对床孤枕话江南。"

【评点】　此首别词，没有类型化的感伤，有的是开解与慰藉。开篇劝族弟祐之，要看透人生，无论是做官享受钟鸣鼎食的华贵，还是闲居山林享受人间的清闲，都是一个过程，都像梦一般短暂，不必太在意一时的荣辱得失，能悠闲自在地度过此生就是幸福。有酒时喝酒，有感时写诗，就是很风雅有趣的生活了。饮酒、赋诗，本很平常，但稼轩写来却不平常，说是"酒杯秋吸露，诗句夜裁冰"，仿佛不是人喝酒，而是酒杯自己吸吮深秋的甘露；不是人夜里写出冰清玉洁的诗句，而是诗句深夜里裁剪出玉壶冰心。反客为主，反常合道，造语新颖。下片说离开之后，回望今夜咱俩的对床夜话，途中你就不会寂寞了。虽然我不能陪伴你一路同行，但有多情的青山绿水一路陪伴，你也会开心的。词人不说青山绿水，而说晚山像美眉一样翠绿，秋水像明镜一般清亮，读来别开生面。"问谁"句，用问句宕开，词情顿挫生姿，比直接陈述更有味道。稼轩句法、章法之多变，真如神出鬼没。

贺新郎

别茂嘉十二弟①

绿树听鹈鴂②。更那堪、鹧鸪声住，杜鹃声切③。啼到春归无寻处，苦恨芳菲都歇④。算未抵、人间离别⑤。马上琵琶关塞黑⑥，更长门、翠辇辞金阙⑦。看燕燕，送归妾⑧。　　将军百战身名裂⑨。向河梁、回头万里，故人长绝⑩。易水萧萧西风冷，满座衣冠似雪。正壮士、悲歌未彻⑪。啼鸟还知如许恨⑫，料不啼清泪长啼血。谁共我，醉明月。

【注释】　①茂嘉十二弟：辛弃疾族弟，排行十二。名不详。②鹈鴂：鸟名。一说即杜鹃鸟。词人原注："鹈鴂、杜鹃实两种，见《离骚补注》。"洪兴祖《楚辞补注》说鹈鴂、杜鹃，实为两种不同的鸟。屈原《离骚》："恐鹈鴂之先鸣兮，使夫百草为之不芳。"③更那堪：更难忍受的是。鹧鸪、杜鹃：两种鸟的叫声都让人感伤。鹧鸪的叫声类似"行不得也哥哥",杜鹃的叫声则像"不如归"。④芳菲都歇:百花都凋零。晁补之《满江红·寄内》:"归去来、莫教子规啼,芳菲歇。"⑤算未抵:料想不如,比不上。⑥马上句:指王昭君出塞。杜甫《咏怀古迹》:"千载琵琶作胡语,分明怨恨曲中论。"李商隐《王昭君》:"马上琵琶行万里,汉宫长有隔生春。"杜甫《梦李白》:"魂来枫叶青,魂返关塞黑。"⑦更长门句:用陈阿娇失宠被打入冷宫事。长门宫,汉武帝皇后陈阿娇失宠后曾居此。司马相如《长门赋序》:"孝武皇帝陈皇后时得幸,颇妒,别在长门宫,愁闷悲思。"翠辇:用翠绿羽毛装饰的宫车,指阿娇所乘官车。金阙:皇帝住的宫殿。⑧燕燕:用卫庄姜送归妾故事。《诗经·邶风·燕燕》:"燕燕于飞,差池其羽。之子于归,远送于野。"毛传谓此诗是"卫庄姜送归妾也"。⑨将军:指西汉李陵。李陵身经百战,最后被俘,投降匈奴,身败名裂。司马迁《报任安书》:"李陵既降,隤其家声。"⑩向河梁二句:用李陵与苏武离别典故。《汉书·苏武传》载李陵送苏武时痛苦地说:"异域之人,一别长绝!"河梁:河上的桥梁。故人:指苏武。⑪易水三句:用荆轲去秦故事。《史记·刺客列传》:"太子及宾客知其事者,皆白衣冠以送之,至易水之上,既祖,取道,高渐离击筑,荆轲和而歌,为变徵之声,士皆垂泪涕泣。又前而歌曰:'风萧萧兮易水寒,壮士一去兮不复还。'复为羽声忼慨,士皆瞋目,发尽上指冠。于是荆轲就车而去,终已不顾。"⑫还知如许恨:如果知道这些愁恨。还,表假设,意为如其,假使。

【评点】 这是一首精心结撰的送别词,衬得前二首送别祐之弟的词显得有点漫不经心。结构上层层递进,大开大合,又首尾呼应。开篇说鹈鴂的叫声已很悲惨了,更悲惨的是鹧鸪和杜鹃的叫声。鹧鸪和杜鹃的啼叫声,啼得春天匆匆归去都无处可寻,啼得百草千花都凋零殆尽。这鹧鸪和杜鹃的叫声够悲惨了吧,可还比不上人间的离别。下面连用五个人间离别的故事:王昭君弹着琵琶辞亲出塞,陈阿娇被赶出皇后住的金殿移居冷宫长门宫,卫庄姜送归妾,李陵将军兵败被俘后在河梁与苏武诀别,太子丹易水送荆轲。这五个送别故事,五大送别情景,个个悲恨彻骨,场场痛彻心扉。然后说,鹈鴂、鹧鸪和杜鹃,如果知道人间还有这样的恨事伤心事,就啼的不是眼泪而是鲜血了，把离别的感伤推向高潮。离别是如此的痛苦，可茂嘉弟还是要离别远行，结拍点明题旨。"谁与我，醉明月"，意味深长。茂嘉弟离开之后，我只能在明月下沉醉，以淡化这离别的伤痛。"醉明月"，让我们想起李白的"举杯邀明月，独酌无相亲"的孤独。

五个离别的故事，都注意形象性、场面感和动作化。昭君马上弹琵琶，阿娇翠辇辞金阙，燕燕于飞送归妾，李陵河梁深情回头与苏武诀别，满座衣冠悲歌送荆轲，每件事着墨不多，却都刻画出人物、场面、动作。写来又各具面目，或隐括前人诗句，或提炼原始故事的关键情节和典型场景。笔法变化多姿。就构思之新奇，笔法之灵活，结构之缜密，技巧之难度而言，此词堪称稼轩"第一离别词"。

鹧鸪天

送人

唱彻阳关泪未干[1]。功名余事且加餐[2]。浮天水送无穷树，带雨云埋一半山[3]。　　今古恨，几千般。只应离合是悲欢[4]。江头未是风波恶[5]，别有人间行路难[6]。

【注释】　①唱彻：唱完。阳关：《阳关曲》，又名《阳关三叠》，由王维《送元二使安西》入乐而成。唐宋时期最流行的送别歌曲。②加餐：《古诗十九首》："努力加餐饭。"③浮天二句：句法出自宋初杨徽之《嘉阳川》诗名句："浮天水入瞿塘峡，带雨云归越隽州。"王辟之《渑水燕谈录》卷八："杨侍读徽之以能诗闻，太宗知其名，索其所著，以百篇献上，卒章曰：'少年牢落今何幸，叨遇君王问姓名。'太宗和赐，且语近臣曰：'徽之文雅可尚，操履端正。'拜礼部侍郎，选十联写于御屏。"梁周翰之诗曰："谁似金华杨学士，十联诗在御屏风。""浮花水"

一联即在其中。④今古恨三句：意为自古以来，愁恨有千万种，难道说只有悲欢离合才算是"恨"么？悲欢离合，此处实指悲伤和离别。"只应离合是悲欢"，依日常语序应是"只应离合悲欢是"。为协韵而改。从苏轼《水调歌头》"人有悲欢离合，月有阴晴圆缺，此事古难全"化出。⑤江头句：日常语序应是"江头风波未是恶"，为合平仄而改。意谓江头的风波不是最险恶的。⑥别有句：日常语序应是"人间行路别有难"，意即人世间的道路比江头风波更加艰难。

【评点】 此首送别词，上片以景胜，下片以理胜。"浮天"二句对偶工切，写景如画，又气势磅礴，极富动态美感。浮天水，写出江水暴涨、江面宽阔，江水"送"江边无穷之树，明写江畔之景，暗写船行之速。不说"云"遮蔽山、笼罩山，而说"埋"山，写出了江边远处山中云雾之重之密，而且富有动作感。"送"与"埋"两个动词，极炼字之功。上片是送行人，下片是劝行人。人生有几千种愁恨，悲欢离合只是其中一种而已，不必太过在意。江头风波虽然险恶，但跟人世间的艰难险阻比起来，就算不上什么了，所以也不必恐惧江头的风波。这是经历过人生种种挫折坎坷之后的深切体验。"浮天水送无穷树，带雨云埋一半山"，"江头未是风波恶，别有人间行路难"，堪称词中妙语名句。

菩萨蛮

西风都是行人恨。马头渐喜归期近。试上小红楼。飞鸿字字愁①。　　阑干闲倚处。一带山无数。不似远山横②。秋波相共明③。

【注释】 ①飞鸿句：语本秦观《减字木兰花》："困倚危楼，过尽飞鸿字字愁。"②远山：指眉。《西京杂记》："文君姣好，眉色如望远山。"③秋波：指眼。

【评点】　淳熙三年（1186）深秋，辛弃疾在赣州平定茶商军之后，想起家中太太，遂写此词。因离家许久，音讯不通，连西风都充满了离愁别恨，好在归期将近，不久就可回家与妻子团聚。首二句一恨一喜，词情跌宕。"试上"二句从对方着笔，想象妻子亦在家中翘首盼望，登上小红楼，期待鸿雁传来书信，可飞鸿没有带来书信，更生愁闷。大雁在空中常排成"人"字队形或"一"字队形飞行。见到雁写的"人"字，引发对伊人的思念，故说"飞鸿字字愁"。不说自己想念妻子，而说妻子在想念自己，这种对面着笔法，出自杜甫《月夜》："今夜鄜州月，闺中只独看。遥怜小儿女，未解忆长安。"过片回写自己，闲倚栏杆，群山遮目，遥望家乡而难见。结二句意思是说远山如眉黛，秋水如眼波，山水相映，眉目传情，但此时我与你被山水所隔，不像眼前的远山与秋水这样相望相对，共递情愫。想象奇，造语新。

武陵春

走去走来三百里，五日以为期①。六日归时已是疑。应是望多时。　　鞭个马儿归去也，心急马行迟②。不免相烦喜鹊儿。先报那人知。

【注释】　①五日以为期：《诗经·小雅·采绿》："五日为期，六日不詹。"詹，至。②马行迟：杜荀鹤《马上行》："五里复五里，去时无住时。日将家渐远，犹恨马行迟。"

【评点】　此词似是捎给夫人的短信。来回三百里，五日以为期。原来跟夫人约定，这次外出，五天就回来，第六天没到家，夫人已生疑，何况过了六天呢！五日、六日，看似明白如话，实则有所本，原是《诗经》中的经句。五日为期，六日不至，见出家中人在扳着指头数日子，天天盼着行人归家。原来数字也含情呢。上片写家人盼归，下片写行人报信。行人何尝不期待早日归家，只是人心急而马行迟。其实不是马行迟缓，而是心太急，觉得马儿走得太慢。因怕等不及,于是央求喜鹊儿先去报个喜讯。口语化的白描,也能写出深情至情,韵味十足,足见辛弃疾笔法的多变,表现功力的深厚。

念奴娇

书东流村壁①

野棠花落②,又匆匆、过了清明时节。划地东风欺客梦③,一夜云屏寒怯④。曲岸持觞⑤,垂杨系马⑥,此地曾轻别。楼空人去,旧游飞燕能说⑦。　　闻道绮陌东头⑧,行人长见,帘底纤纤月⑨。旧恨春江流不断,新恨云山千叠⑩。料得明朝⑪,尊前重见,镜里花难折⑫。也应惊问,近来多少华发⑬。

【注释】　①此首为题壁词。途中有感,遂题词于壁。东流:宋代池州东流县,今安徽东至县。村壁:指东流县某村之壁。东流县位于长江南岸,南宋人舟行常停泊此地。杨万里有《解舟雷江过东流县》诗,韩淲亦有《归舟过东流丘簿清足轩》。陆游《入蜀记》卷二也记载:"二十八日,过东流县,不入。自雷江口行大江,江南群山,苍翠万叠,如列屏障。凡数十里不绝。自金陵以西所未有也。是日便风,张帆舟行甚速,然江面浩渺,白浪如山,所乘二千斛舟,摇兀掀舞,才如一叶。"②野棠:野生海棠,春二月开白色花。沈约《早发定山》:"野棠开未落,山英发欲然。"③划(chǎn)地:无端地,平白地。欺客梦:惊客梦。④云屏:画有云山的屏风。寒怯:怯寒,怕冷。⑤曲岸持觞:语出王羲之《兰亭集序》:"引以为流觞曲水,列坐其次。"⑥垂杨系马:苏轼《渔家傲》:"垂杨系马恣轻狂。"⑦楼空二句:言人去楼空,物是人非,只有燕子能说当年的游踪。暗用燕子楼诗典,指当年的恋人美丽重情。

白居易《燕子楼》诗序："徐州故尚书张有爱妓曰盼盼，善歌舞，雅多风态。""尚书既没，归葬东洛，而彭城有张氏旧第，第中有小楼，名燕子。盼盼念旧爱而不嫁，居是楼十余年，幽独块然，于今尚在。"苏轼《永遇乐》："燕子楼空，佳人何在，空锁楼中燕。"旧游飞燕能说，即飞燕能说旧游，因平仄而变换句式。⑧绮陌：繁华的街道。此指风景秀美的乡间道路。⑨行人二句：从苏轼《江城子》"门外行人，立马看弓弯"化出。纤纤月，弯弯的月亮，代指美人足，借指佳人。卢仝《秋梦行》："台前空挂纤纤月。纤纤月，盈复缺。"⑩旧恨二句：秦观《江城子》："便做春江都是泪，流不尽，许多愁。"苏轼《王定国所藏烟江叠嶂图》："江上愁心千叠山，浮空积翠如云烟。"⑪料得：料想。⑫镜里花难折：喻面对佳人难亲近。黄庭坚《沁园春》："镜里拈花，水中捉月，觑着无由得近伊。"⑬华发：同"花发"，花白的头发。苏轼《念奴娇·赤壁怀古》："多情应笑我，早生华发。"

【评点】　无情未必真豪杰。辛弃疾是大英雄，也是多情种。年轻时曾在东流县一次曲水流觞的雅集上，有过一场艳遇，轰轰烈烈地爱过一女子。不久就离别而去。淳熙五年（1178），辛弃疾从江西南昌赴临安，途经东流，故地重游，想起当年那段情缘，恍如隔世。欲重温旧梦，而楼空人去，四处打听，终于找到她的行踪，有人见过她的情影。于是相约"明朝"见面。可今日之我，已非当年，久历宦海风波，尘满面，鬓如霜；心上人也已入籍为歌妓，明日即使"尊前重见"，因身分所限，也难重温旧梦，难续前缘，不禁悲从中来。"旧恨春江流不断，新恨云山千叠"二句，把往日的思念，今日的期盼，明日的遗憾，写得凄凄惨惨切切。可与李煜的"问君能有几多愁，恰似一江春水向东流"，秦观的"便做春江都是泪，流不尽，许多愁"并为千古名句。而从李煜的原创，秦观的翻新，再到辛弃疾的融合新变，可以体会古代词人艺术上不断求新求变的艺术创造精神。

此词有故事性，层次感、画面感极强。词从眼前写起，清明节刚过，原野的海棠又已凋零，投宿东流的词人，睡梦中仿佛回到当年的艳遇：一群男女，围着曲水流觞，英俊的词人正好骑马路过，其中一位靓丽少女吸引了他的眼球，让他心动不已，于是系马垂杨之下，尽欢而去。一梦醒来，楼空人去,旧欢不再。过片写打听寻找佳人踪迹,所幸伊人还在。"行人长见,帘底纤纤月",暗示她的身份已是歌女。帘后唱歌,帘底露出小绣鞋,似弯弯的纤纤月。得知伊人犹在,心中自是欣喜安慰。可宋代官员不准与歌妓私下往来,料想明朝重见,也只能是镜中花,可见而难亲近,又不免心生怅惘。缠绵情意,曲折道来,欲吐还吞,动人心魄。

一剪梅

记得同烧此夜香。人在回廊。月在回廊。而今独自睚昏黄①。行也思量。坐也思量。 锦字都来三两行②。千断人肠。万断人肠。雁儿何处是仙乡。来也恓惶③。去也恓惶。

【注释】 ①睚(yá):捱,熬。昏黄:黄昏。②锦字:指书信,情诗。《晋书·列女传》:"窦滔妻苏氏,始平人也。名蕙,字若兰。善属文,滔苻坚时为秦州刺史,被徙流沙。苏氏思之,织锦为回文旋图诗以赠滔,宛转循环以读之,词甚凄惋。"都来:总共。③恓惶:烦恼不安。

【评点】 大英雄辛弃疾,写起柔情来,一点不让小晏秦郎。词以今昔对比之法写相思。当日两情相悦、两人团聚时,夜里一同烧香,对天祝拜,在天愿作比翼鸟,在地愿为连理枝。人倚回廊,同赏回廊上的圆月,是何等幸福惬意。如今却天天独自挨过黄昏,行坐起卧,心都不安,走路也思量,坐着也思量。更恼人的是,当年在一起时甜言蜜语,有说不完的悄悄话,可如今寄来的情书,两三行而已,真是气断人肠,恨断人肠。莫非他已变心,跟我已无话可说?女主人公望着天空中带回书信的大雁,痴痴地问,雁儿你住在何方,可知道他的住处?咋就见到你来时心烦,去时也心烦呢?雁儿来时虽带来书信,可书信却短,故心烦。雁去,自己却不能随它去心上人所在的"仙乡",所以,也心烦。语言明白如话,情意却缠绵深沉。此词有李清照《一剪梅》的神韵,用平常语写深情,是易安词的擅长,稼轩词也深得其法。

祝英台近

晚春

宝钗分①,桃叶渡②。烟柳暗南浦③。怕上层楼,十日九风雨。断肠片片飞红,都无人管,倩谁唤、流莺声住。　　鬓边觑。试把花卜归期④,才簪又重数。罗帐灯昏,呜咽梦中语。是他春带愁来,春归何处。却不解、将愁归去。

【注释】　①宝钗分:情人分手时,女子将头上的金钗分为两股,双方各持一股以为信物。南宋盛行分钗定情之风。王明清《玉照新志》卷四载"春日,诸友同游西湖,至普安寺,于窗户间得玉钗半股、青蚨半文,想是游人欢洽所分授,偶遗之者"。又唐段成式《剑侠传·虬髯叟》载:唐吕用之在维扬日,佐高骈,专权擅政。有商人刘损妻裴氏,有国色,用之以阴事下刘狱,纳裴氏。刘献金百两免罪,虽脱非横,然亦愤惋,因成诗三首,曰:"宝钗分股合无缘,鱼在深渊日在天。得意紫鸾休舞镜,断踪青鸟罢衔笺。"②桃叶渡:在建康秦淮口。晋王献之曾在此与其妾桃叶分别。《诗话总龟》前集卷七《桃叶歌》:"桃叶,王献之爱妾名也。其妹曰桃根。词云:'桃叶复桃叶,桃叶连桃根。'今秦淮口有桃叶渡,即其事也。"③南浦:在今湖北鄂州市城区。江淹《别赋》:"送君南浦,伤如之何。"后泛指送别之地。④花卜:张泌《妆楼记·油花卜》载:"池阳上巳日,妇女以荠花点油,祝而洒之水中,若成龙凤花卉之状,则吉。谓之油花卜。"

【评点】　此词以女性身份写离愁春恨。首三句,用特写镜头写离别之地的环境以再现往日离别的情景。当年在桃叶渡口,与伊人擘分金钗,海誓山盟,四周烟笼柳暗,一片凄凉。多年前分手的情景仍历历在目,可见离愁别恨,一直难以忘怀。"怕上层楼"二句,回到眼前,十日有九日是风雨,如此天气,常人都难以忍受,何况是孤独寂寞之人!只好把自己封闭在室内。想上层楼遥望,却"怕上层楼",因为烟雨迷茫,上了层楼,只会更增孤寂。"断肠"三句,又将镜头转向户外,片片花飞,是开窗触目所见;流莺啼鸣,是开窗所闻。所见所闻,都令人伤感。片片飞花,意味是春光即将流逝。春光流逝,又象征着人的青春流逝、容颜老去,所以令人感伤得"断肠"。"片片飞红",是常见之景,不足为奇,但说"都无人管",就平添不少趣味。暮春时流莺扰人,也极平常,可说请何人让流莺闭口不唱,想象却极新颖,让人惊异。辛弃疾总能在平凡中变化出不平凡。

上片写离恨,下片写相思。过片用花卜伊人的归期,见出思念期盼之深切。白天盼归,夜里梦归,可伊人终未归来。结末四句,为名句,意蕴丰饶,用笔转斩层深。春只管将愁带来,春归去后,却不管把愁带着离去,偏偏留下春愁离恨让人受用。据南宋陈鹄《耆旧续闻》卷二说,稼轩这几句的句法是从时人赵彦端(德庄)的词里学来的:"余谓后辈作词,无非前人已道底句,特善能转换尔。……辛幼安词:'是他春带愁来,春归何处,却不解、带将愁去。'人皆以为佳。不知赵德庄《鹊桥仙》词云:'春愁元自逐春来,却不肯随春归去。'盖德庄又体李汉老《杨花词》:'蓦地便和春,带将归去。'"

稼轩词,既善转换,旧曲翻新,又极富动作感。开篇宝钗分的"分",上层楼的"上","飞红"之"飞",唤流莺之"唤",鬓边觑之"觑",花卜归期之"卜",才簪又重数的"簪""数""呜咽""语"等动词,都有很强的动作感、造型感。结拍带、归、解、归四个动词,也把抽象的摸不着的春天写得活灵活现,仿佛春天是拎着愁来却故意不拎着愁回去似的。稼轩语言的表现力,真的高超。宋末词人吴潜有和作,词题为《和辛稼轩宝钗分韵》,词曰:"雾霏霏,云漠漠。新绿涨幽浦。梦里家山,春透一犁雨。伤心塞雁回来,问人归未,怎知道蜗名留住。镜中觑。近年短发难簪,丝丝不禁数。蕙帐尘侵,凄切共谁语。被他轻暖轻寒,将人憔悴,正闷里,梅花残去。"意境的完整性与语言的表现力,都不及稼轩原唱。

清平乐

春宵睡重。梦里还相送。枕畔起寻双玉凤①。半日才知是梦。　　一从卖翠人还②。又无音信经年③。却把泪来做水,流也流到伊边④。

【注释】 ①玉凤:指凤钗。②一从:自从,打从。卖翠人:行走乡间的卖货郎。③经年:过了一年又一年。④却把二句:化用秦观《江城子》"便做春江都是泪,流不尽,许多愁"句意。

【评点】　　词写女性相思,别具一格。上片写梦中相送情郎远行,梦做得太真切,起来后在枕头畔找玉凤准备赠他做定情物,半天才发现原来是梦。人物的动作感强,颇具戏剧性。日常生活中,我们也常把梦中的事情当生活中的实事,或惊或喜,过了老半天才发现原来是梦。人们常说,日有所思,夜有所梦。梦中"还相送",表明当日送他远行的情景,让女主人公记忆深刻,一直魂牵梦绕。上片的主旨是写昔日相送,却以今日之梦境出之,有今有昔,有虚有实,将一时之相送变成长期之思念。用笔简约,而意韵丰饶。下片写今日相思,不直接点破相思,而说自从上次卖翠人带信回来后,又好几年没有音信了,害得主人公天天以泪洗面。写相思而流泪,诗词中太常见了,但说"却把泪来做水,流也流到伊边",却未经人道,想象新奇。结句显然是从秦观《江城子》"便做春江都是泪,流不尽,许多愁"句化用,秦词重在写愁苦之深,稼轩此词重在写流泪之多。秦观之泪,是虚拟的将来时态,稼轩词之泪,是已然发生的过去完成时态,泪水流到伊边,又写出对伊相思之深、相爱之切。比喻极贴切、极亲切。从李煜的"问君能有几多愁,恰似一江春水向东流",到秦观的"便做春江都是泪,流不尽,许多愁",再到稼轩的"却把泪来做水,流也流到伊边",可以体会词人在继承中努力创新的艺术创造精神。

南歌子

新开池，戏作

散发披襟处①，浮瓜沉李杯②。涓涓流水细侵阶。凿个池儿、唤个月儿来。　　画栋频摇动，红蕖尽倒开③。斗匀红粉照香腮④。有个人人、把做镜儿猜⑤。

【注释】　①散发披襟：散开头发，敞开衣襟。这是夏夜乘凉时比较随便的作派。语出《世说新语·德行》注引王隐《晋书》："魏末，阮籍嗜酒荒政，露头散发，裸袒箕居。"又《世说新语·文学》："王（逸少）披襟解带，留连不能已。"孟浩然《夏日南亭怀辛大》："散发乘夕凉，开轩卧闲敞。"②浮瓜沉李：将瓜、李浸泡于泉水中以求清凉爽口。曹丕《与朝歌令吴质书》："旅食南馆，浮甘瓜于清泉，沉朱李于寒水。"③红蕖：粉红色荷花。④斗匀：搽匀。⑤人人：对亲昵者的爱称。

【评点】　稼轩在自家庭院中开挖了一个小池塘。池塘还没见水呢，他就想象水满池塘后的情景了。凿个小池，水满后就可以唤月亮来照脸了。天热时在池边散发披襟乘凉，听着涓涓流水在台阶旁流过，品尝凉水里浸过的瓜儿李儿，那叫一个爽。由"涓涓流水"句，可以想象，池塘里引来的是山泉活水，泉水沿着台阶下流到池里，有动态，有声响，稼轩原来还是园林美学家。他的稼轩山庄，很像个私家园林，里面的亭台楼阁，都是他自己设计的，他曾把自家园林的设计图纸寄给洪迈，请洪迈为他写记文。洪迈《稼轩记》说："田边立亭，曰植杖，若将真秉耒耨之为者。东冈、西阜、北墅、南麓，以青径欹竹，以锦路行海棠，集山有楼，婆娑有堂，信步有亭，涤研有渚，皆约略位置，规岁月绪成之。而主人初未之识也。绘图畀予，曰吾甚爱吾轩，为我记。"稼轩园林里，东南西北各有布置，楼堂亭池，都约略位置，事先都是设计好的。可见稼轩对园林规划设计也是很精通的。要是辛弃疾手绘的《稼轩设计图》能留下来，那该是何等震撼！这流水小池，自然也是他本人设计建造的。下片进一步想象，池塘里常常可见摇动着的雕梁画栋的影子，倒着开花的红莲，更有一位可人儿，对着它梳妆匀粉照香腮。连水都没有见到，稼轩却把它写得天光云影共徘徊了。想象力真够丰富的。

卜算子

千古李将军，夺得胡儿马①。李蔡为人在下中，却是封侯者②。　芸草去陈根③，笕竹添新瓦④。万一朝家举力田⑤，舍我其谁也⑥。

【注释】　①千古二句：李将军，即李广。夺马故事，见《史记·李将军列传》："广以卫尉为将军，出雁门，击匈奴。匈奴兵多，破败广军，生得广。单于素闻广贤，令曰：'得李广，必生致之。'胡骑得广，广时伤病，置广两马间，络而盛卧广。行十余里，广佯死，睨其旁，有一胡儿骑善马，广暂腾而上胡儿马，因推堕儿，取其弓，鞭马南驰数十里，复得其余军，因引而入塞。匈奴捕者骑数百追之，广行取胡儿弓射杀追骑，以故得脱。"②李蔡二句：《史记·李将军列传》载："初，广之从弟李蔡与广俱事孝文帝。景帝时，蔡积功劳至二千石，孝武帝时至代相，以元朔五年为轻车将军，从大将军击右贤王有功，中率，封为乐安侯。元狩二年中，代公孙弘为丞相。蔡为人在下中，名声出广下甚远，然广不得爵邑，官不过九卿，而蔡为列侯，位至三公。"者，读 zhà。③芸草：除草。④笕（jiǎn）竹句：剖竹为瓦。笕，对剖竹子连接成引水的管道。⑤朝家举力田：朝廷像科举选士那样选种田的能手。《汉书·惠帝纪》："春正月，举民孝弟力田者，复其身。"⑥舍我其谁也：语出《孟子·公孙丑下》："如欲平治天下，当今之世，舍我其谁也。"

【评点】　这是一首幽默的俳谐词。俳谐词，自北宋神宗朝开始流行，多以滑稽有趣、好玩可笑为旨归。到了辛弃疾，才给俳谐词注入思想的含量，用来写人生的忧愤，抒发人世社会的不平。这首词上片借汉代名将李广和李蔡的不同命运，写贤愚的错位。李广是千古名将，身手不凡，一次兵败受伤被俘，两名匈奴骑兵并排用网络兜着他在两马中间行进。他先是装死，眯眼窥见旁边有少年骑着一匹骏马，走上十里多地，他突然从网里腾空跳起，推下少年骑手，抢来骏马和弓箭，飞驰而去。数百匈奴骑兵追捕他，却被他射杀而逃脱。如此好的身手，又曾身经百战，杀敌无数，可就是立不了功、封不了侯。而他的堂弟李蔡为人能力只是下中等，却晋爵封侯，官至宰相。社会的不公一至如此。稼轩也是天赋雄才，智勇双全，有胆略，有非凡的武功。可跟李广一样，始终无法建功立业，实现自己的人生理想。如今成了种地除草的老农，剖竹为瓦的工匠。拯救天下、一统江山没有我的份儿，如果朝廷选拔种田的能手高人，那可是舍我之外难有第二人了。这首词，字面上没有怨愤，甚至没有流露出任何主观的感受，只是平列两种现象，呈现自己的命运和生存状态。英雄沦落为农夫，能不令人感叹唏嘘！作为当事人的稼轩，此时是何等心情，自然不言自明。英雄命运的颠倒，反映出社会的荒唐滑稽！

踏莎行

赋稼轩，集经句

进退存亡①，行藏用舍②。小人请学樊须稼③。衡门之下可栖迟，日之夕矣牛羊下④。　去卫灵公，遭桓司马⑤。东西南北之人也⑥。长沮桀溺耦而耕⑦，丘何为是栖栖者⑧。

【注释】　①进退存亡：语出《易·乾文言》："知进退存亡而不失

其正者，其惟圣人乎！"②行藏用舍：《论语·述而》"用之则行，舍之则藏。"③小人句：日常语序应是"小人樊须请学稼"，为合平仄而调整。《论语·子路》："樊迟请学稼，子曰：'吾不如老农。'请学为圃，曰：'吾不如老圃。'樊迟出，子曰：'小人哉！樊须也！'"④衡门二句：《诗经》之《陈风·衡门》和《王风·君子于役》成句。衡门：以横木当门，没有门板。极言房屋简陋。栖迟：游处。⑤去卫二句：语出《论语·卫灵公》："卫灵公问陈于孔子，对曰：'俎豆之事，尝闻之矣，军旅之事未之学也。'明日遂行，在陈绝粮，从者病莫能兴。"《孟子·万章上》："孔子不悦于鲁卫，遭宋桓司马，将要而杀之，微服而过宋。是时，孔子当阨。"⑥东西句：语出《礼记·檀弓上》："今丘也，东西南北之人也。"东西南北之人，言居无定所，到处漂泊。也，读 yǎ，语助词。⑦长沮句：语出《论语·微子》："长沮、桀溺耦而耕，孔子过之，使子路问津焉。"⑧丘何为句：语出《论语·宪问》："微生亩谓孔子曰：'丘何为是栖栖者与？'无乃为佞乎！"栖栖：惶惶不安的样子。

【评点】 这是一首集句词。集句，是选取前人现成的诗句而重新集合成篇。集句诗，盛行于北宋，王安石最为擅长。而集句词，也是王安石开创的，他的《菩萨蛮》："数家茅屋闲临水。单衫短帽垂杨里。今日是何朝。看予度石桥。梢梢新月偃。午醉醒来晚。何物最关情。黄鹂一两声。"就是一首集句词。无论是集句诗还是集句词，都是从前人的诗中或词中集出成句，而辛弃疾则别创一格，从经书中集出成句，组合成新词。这首词的词句，分别集自于《易经》《论语》《诗经》和《礼记》。词的主题是赋咏他的稼轩，着重写他罢职闲居后以稼为生的生活状态。进退存亡，行藏用舍，人们都需要选择和适应。我则像樊须一样请学稼穑，生活简简单单，就栖居在衡门之下，每天放放牛养养羊，太阳下山了就赶着牛羊回家。我的人生像孔夫子一样，到处碰壁，居无定所，成年累月，栖栖惶惶。经书的句子，多是散文句式，往往是说理而无形象性，辛弃疾此词，经过巧妙的组合拼装，还是挺有形象性的。这不，一首小词，写了六个人物：樊须、卫灵公、桓司马、长沮、桀溺、孔丘，虽然稼轩没告诉咱们他们都长的咋样，但稼轩能把这些跟孔夫子有瓜葛的人物请上来同台亮相，足以引发我们丰富的联想。他们的身份不同,地位各异,卫灵公、桓司马是迫害者,栖栖惶惶的孔夫子是受害者,是稼轩此时的化身,樊须、长沮、桀溺,则是稼轩受迫害闲居后学稼的伙伴。不同人物扮演着不同的角色,形象不是挺鲜明的么?

水调歌头

将迁新居不成①,有感,戏作。时以病止酒,且遣去歌者。末章及之。

我亦卜居者,岁晚望三闾②。昂昂千里,泛泛不作水中凫③。好在书携一束④,莫问家徒四壁⑤,往日置锥无⑥。借车载家具,家具少于车⑦。　舞乌有,歌亡是,饮子虚⑧。二三子者爱我,此外故人疏⑨。幽事欲论谁共⑩,白鹤飞来似可,忽去复何如。众鸟欣有托,吾亦爱吾庐⑪。

【注释】　①迁新居:庆元二年(1196)由上饶带湖移居铅山县期思村。②卜居:一语双关,既指卜居建房者,又指《卜居》的作者。屈原有《卜居》,王逸《楚辞章句》:"卜己居世,何所宜行,故曰卜居也。"三闾:指屈原。王逸《楚辞章句》:"屈原与楚同姓,仕于怀王,为三闾大夫。"③昂昂二句:屈原《卜居》:"宁昂昂若千里之驹乎,将泛泛若水中之凫与波上下,偷以全吾躯乎?宁与骐骥亢轭乎?将随驽马之迹乎?宁与黄鹄比翼乎?将与鸡鹜争食乎?此孰吉孰凶,何去何从?"昂昂千里,千里马。凫:野鸭。④书携一束:即"携一束书"。韩愈《示儿诗》:"始我来京师,止携一束书。"⑤家徒四壁:家中穷得一无所有,只有四面墙壁。《史记·司马相如列传》:"文君夜亡奔相如,相如乃与驰归,家居徒四壁立。"稼轩因旧居遭火灾,故有家徒四壁之叹。

⑥往日置锥无：以前无置锥之地。《五灯会元》卷九："师又成颂曰：'去年贫，未是贫。今年贫，始是贫。'去年贫，犹有立锥之地，今年贫，锥也无。"⑦借车二句：孟郊《迁居》诗成句。⑧乌有、亡是、子虚：都是司马相如《子虚赋》中虚拟的人物。乌有，没有。亡是，无此。子虚，虚言幻语。⑨故人疏：化用孟浩然《岁暮归南山》"不才明主弃，多病故人疏"诗句。⑩幽事欲论谁共：日常句式为"欲谁共论幽事"。幽事，雅事。⑪众鸟二句：陶渊明《读山海经》诗成句。

【评点】 庆元二年（1196），辛弃疾因上饶带湖住所失火烧毁，于是计划迁往稍前在铅山县建好的新居。上年十月辛弃疾因言者弹劾，被罢福建路安抚大使，落职闲居。今年家中又受火灾，将迁新居又因故而未迁成，自己因生病而戒酒，可谓连受打击，心情之不痛快，可想而知。然而此词写来，却幽默轻松。幽默，是一种智慧。面对人生挫折，自我幽上一默，沉重的心灵会轻松许多，愁闷的心情会开朗许多。

词中写道，没想到晚年老境（稼轩时年57岁），我也学三闾大夫屈原，成了卜居者。我跟屈原一样，宁作昂昂千里之骏马，也不愿做随波逐流的水中野鸭。这是向政敌们宣示，无论受怎样的打击迫害，我也决不低头。虽然火灾之后家徒四壁，没了置锥之地，跟当年孟郊一样，借独轮车载家具，家具却还没装满。但所幸我还有书一束。物质生活虽一贫如洗，精神生活不能放弃，书还是有读的，而且娱乐也照旧，看舞，听歌，饮酒，一样都不少。一把火烧得他家徒四壁了，还有歌儿舞女陪伴，有美酒可饮？他在看谁舞，听谁歌，饮啥酒呀？辛老爷子自豪地告诉你：无有先生为我舞，无是公替我歌，喝的是子虚牌美酒。原来歌者、舞者、美酒都是子虚乌有，辛老爷子写来却煞有介事，你道幽默不幽默？

辛爷的幽默还不止此，他说俺穷而多病，朋友都疏远了，只有乌有先生、亡是公和子虚这二三子爱我，还跟我玩儿。眼下这些雅事乐事，跟谁分享呢？虽然有乌有、亡是、子虚几位朋友，毕竟他们在那遥远的地方来不了，那就跟白鹤们聊聊吧。可白鹤们此时也要飞走。白鹤飞来才对呀，怎么都要飞走呢。稼轩倒也大度，想走的、该走的都走吧。很高兴鸟们有了新的依托，我也爱我家，我还得守住这寒窑。白鹤飞去，喻歌者被遣去。

此词的幽默不仅体现在内容上,也体现在写法造语上。歇拍和结拍虽然是用孟郊和陶渊明诗的成句,却像是天然生成,传情达意,恰到好处。特别是用"众鸟欣有托",表达对歌女离去的理解与欣慰,令人忍俊不禁。"此外故人疏"句,化用孟浩然诗句"多病故人疏",点明照应题序中说的"以病止酒",既隐写"多病",又隐含落职罢官、"不才明主弃"之意,用典之妙,也是出神入化。

千年调

蔗庵小阁名曰卮言,作此词以嘲之①

卮酒向人时②,和气先倾倒。最要然然可可③,万事称好④。滑稽坐上,更对鸱夷笑⑤。寒与热,总随人,甘国老⑥。　　少年使酒,出口人嫌拗。此个和合道理,近日方晓。学人言语,未曾十分巧。看他门,得人怜,秦吉了⑦。

【注释】　①蔗庵:信州知州郑汝谐在上饶的居所。汝谐,字舜举,号蔗庵。青田(今属浙江)人,曾任大理少卿。陈亮晚年遭诬陷下狱几死,赖郑汝谐直其事而得免。著有《易翼传》和《论语意原》。卮(zhī)言:自由随意之言。语出《庄子·寓言》:"卮言日出,和以天倪。"②卮:一种圆形酒器。③然然可可:语出《庄子·寓言》:"恶乎然?然于然。恶乎不然?不然于不然。恶乎可?可于可。恶乎不可?不可于不可。物固有所然,物固有所可。无物不然,无物不可。"这里比喻对什么都点头认可,态度唯唯诺诺。④万事称好:典出《世说新语·言语》注引《司马徽别传》曰:"徽字德操,颍川阳翟人。有人伦鉴识,居荆州,知刘表性暗,必害善人,乃括囊不谈议时人,有以人物问徽者,初不辨其高下，每辄言佳。其妇谏曰：'人质所疑，君宜辨论。而一皆言佳，岂人所以咨君之意乎！'徽曰：'如君所言，亦复佳。'其婉约逊遁如此。"黄庭坚《次韵任道食荔支有感》："一钱不值程卫尉，万事称好司马公。"⑤滑稽、鸱（chī）夷：皆酒器。扬雄《酒赋》："滑稽鸱夷，腹如大壶。"⑥甘国老：中药甘草，又名国老。《证类本草》卷六："甘草（国老），味甘平，无毒，主五脏六腑、寒热邪气。"注引《药性论》云："甘草君，忌猪肉，诸药众中为君，治七十二种乳石毒，解一千二百般草木毒，调和使诸药有功，故号国老之名矣。"⑦秦吉了：鸟名。能学人言语。范成大《桂海虞衡志》："秦吉了，如鹩鸰，绀黑色，丹咮黄距，目上连顶，有深黄文，顶毛有缝，如人分发。能人言，比鹦鹉尤慧，大抵鹦鹉声如儿女，吉了声则如丈夫。出邕州溪洞中。"

【评点】 郑汝谐于淳熙十二年（1185）前后知信州，在住所蔗庵建小阁名曰卮言。稼轩作此词调侃。卮是圆形酒器，酒倒满之后向一边倾斜而出。于是稼轩由卮而生发联想，把卮想象成圆滑世故之人。说卮见人就弯腰鞠躬，和和气气，遇事从来不持异议，都是附和说"然"说"可"；从来不得罪人，就像《世说新语》里的司马徽，万事都说好。遇到圆乎乎的酒壶滑稽、鸱夷，更是如遇知音，相视而笑，又像那草药甘国老，调寒调热都行，总是随人愿。上片对卮的描写，可谓形神兼备，既切合卮的外形，又传神地写出卮的性格特点。似是写物，实是写人。下片对比着写我。说自己打年轻的时候起，喝酒后就好使性子，爱说直话，好顶撞人，出口总是让人讨嫌。直到今天才明白和事佬的窍门，可从来没学会阿谀奉承。瞧瞧那些学人说话的秦吉了，总是那么讨人喜欢。此词表面上是调侃酒卮，实际上是讽刺当时的官场风气，那些独立不倚、刚正不阿、正直敢言之士总是受排挤，遭冷落，而那些趋炎附势、唯唯诺诺、阿谀奉承者，却受青睐，受重用。南宋如此，后代何尝不然！本是一首平凡的应酬词，稼轩写来却诙谐有趣，特别有思想含量和艺术品位。

卷四　山水乡村词

菩萨蛮

赏心亭为叶丞相赋①

青山欲共高人语②。联翩万马来无数。烟雨却低回。望来终不来。　　人言头上发。总向愁中白。拍手笑沙鸥。一身都是愁③。

【注释】　①赏心亭：在建康（今江苏南京）。参前《水龙吟·登建康赏心亭》词注。叶丞相，指叶衡。叶衡字梦锡，婺州金华人。绍兴十八年（1148）进士及第，累官至右丞相兼枢密使。《宋史》卷三八四有传。淳熙元年（1174）叶衡知建康府兼安抚使，时辛弃疾在叶衡幕下为参议官。叶衡极赏识器重辛弃疾。此词题称"叶丞相"，当是后来所加。此词作于建康，而叶衡在建康是任知府，到十一月才拜相。②青山句：语出苏轼《越州张中舍寿乐堂》："青山偃蹇如高人，常时不肯入官府。高人自与山有素。不待招邀满庭户。卧龙蟠屈半东州，万室鳞鳞枕其股。"高人，指叶衡。③拍手二句：从白居易《白鹭》诗化出："人生四十未全衰，我为愁多白发垂。何故水边双白鹭，无愁头上亦垂丝。"

【评点】　此词是写站在赏心亭上看山。看山本来很平常，稼轩写来却别出心裁。不说人看青山，却说青山想来和高人谈话，这已经够新奇了，进而说青山像万马联翩奔腾而来，纷纷想跟高人打招呼、献殷勤，把静态的群山想象成奔腾的马群，这更出人意表了。群山迫不及待地想来向高人致意，又间接显出"高人"之非凡与崇高。明写山而暗写人，一笔而写出两面，非大手笔不能。三四句转折，说青山欲来，烟雨却在楼前流连不肯离去，以至于青山终究没有来到眼前。本是烟雨遮住了青山，看不清远山的真面目，却说是烟雨低回而使奔驰的群山停住了脚步。平平常常的青山烟雨，在稼轩笔下变得非同寻常，似乎都有了人一般的情感、人一般的动作。想象新奇，却合乎常情常理，不怪诞诡异。

上片写看山，下片写看山人。写看山人叶衡白发满头。人们常说头发白是因为愁苦而生，李白早就有"白发三千丈，缘愁似个长"的经典名句。稼轩反问，如果白发是因愁而生，那满身白毛的沙鸥，难道都是愁闷所致？"拍手笑"三字，最为传神，有动作，有神态，有情感。稼轩时年35岁，充满了乐观与自信，劝慰年已六十又一的叶衡（1114—1176）不要以白发为意。头发白是自然现象，跟愁苦无关。

沁园春

带湖新居将成①

三径初成②，鹤怨猿惊③，稼轩未来。甚云山自许，平生意气，衣冠人笑，抵死尘埃④。意倦须还，身闲贵早，岂为莼羹鲈鲙哉⑤。秋江上，看惊弦雁避，骇浪船回⑥。　东冈更葺茅斋。好都把轩窗临水开⑦。要小舟行钓，先应种柳，疏篱护竹，莫碍观梅。秋菊堪餐，春兰可佩⑧，留待先生手自栽⑨。沉吟久，怕君恩未许⑩，此意徘徊。

【注释】　①带湖新居：故址在今江西上饶市区之北。②三径：汉代蒋诩隐居时庭院开三径，后人以此为隐士园圃的代称。赵岐《三辅决录》曰："蒋诩字符卿，舍中三径，唯羊仲、求仲从之游。二仲皆推廉逃名之士。"陶渊明《归去来兮辞》："三径就荒，松菊犹存。"苏轼《次韵周邠》："南迁欲举力田科，三径初成乐事多。"③鹤怨猿惊：因稼轩尚未归隐，鹤也怨猿也惊讶。语出孔稚圭《北山移文》："蕙帐空兮夜鹤怨，山人去兮晓猨惊。"④衣冠：指官员、士大夫。抵死：总是，老是。尘埃：红尘，指官场。⑤岂为莼羹鲈鲙：意谓归隐，不是为了莼羹鲈鲙，而是对官场已疲倦，所谓"意倦须还"。《晋书·张翰传》载张翰在洛阳做官，因思故乡吴中莼羹鲈鱼脍，命驾而归。⑥惊弦雁避、骇浪船回：比喻官场仕途的险恶。白居易《送客南迁》："客似惊弦雁，舟如委浪萍。"⑦轩窗临水开：在水边开一扇窗户。苏轼《再和杨公济梅花十绝》："小轩临水为花开。"⑧秋菊二句：化用屈原《离骚》"夕餐秋菊之落英""纫秋兰以为佩"句意。⑨手自栽：王安石《书湖阴先生壁》："茅檐长扫静无苔，花木成畦手自栽。"⑩君恩未许：皇上未准许。叶梦得《再任后遣模归按石林四首》："岩石三年别，君恩未许归。"

【评点】 辛弃疾是极有远见的战略家、预言家。早在乾道八年（1172）33岁时就预言金朝60年后必亡，果不其然，62年后，金朝于1134年被蒙古人覆灭。他对自己的仕途危机，当然也会有些预感。淳熙八年（1181），他在南昌任江西安抚使。此时他在官场上摸爬滚打了近二十年，对官场的险恶深有洞察和感受，已预感到人生的危机不久就会到来，于是在上饶州城北郊带湖边上买了一块很平坦的土地，建起屋舍，做好罢职闲居的打算和准备。

辛弃疾既有宏观的战略眼光，又有务实的才干。他精通园林建筑规划设计，买的这块地，长1230尺、宽830尺。宋代一尺相当于现代的31.4厘米，以平方米折算，合计有100656.66平方米，如换算为亩，约为151亩。他亲自设计，房屋用地占去十分之四，房屋的左边规划为稻田，准备退休后躬耕其中。房屋的东南西北四面，各修竹径花蹊，分别种翠竹和海棠。屋舍有楼可居住，有堂可休闲，有亭可赏景，有水池可洗笔，都经过精心布局设计，功能不同，结构位置也不同。房屋设计好后，他命名为稼轩。并画上图纸，请洪迈给他写《稼轩记》。《稼轩记》写道："郡治之北可里所，故有旷土存，三面傅城，前枕澄湖，如宝带。其纵千有二百三十尺，其衡八百有三十尺。截然砥平，可庐以居。而前乎相攸者，皆莫识其处。天作地藏，择然后予。济南辛侯幼安最后至，一旦独得之，既筑室百楹，度财占地什四，乃荒左偏以立圃，稻田泱泱，居然衍十弓，意它日释位而归，必躬耕于是。故凭高作屋，下临之，是为稼轩。而命田边立亭曰植杖，若将真秉耒耨之为者。东冈、西阜、北墅、南麓，以青径欸竹，以锦路行海棠，集山有楼，婆娑有堂，信步有亭，涤研有渚，皆约略位置，规岁月绪，成之，而主人初未之识也。绘图畀予曰：吾甚爱吾轩，为我记。"

此词是带湖新居将要落成的时候写的，笔势腾挪翻转，跳跃动荡。开篇说隐居的房舍已初步建成，可主人稼轩还没归来，弄得鹤埋怨猿惊啼。平生不是自许喜欢住在云间山中，为何至今还在红尘中奔名逐利，不回山中，被士大夫们嘲笑？人生贵在适意，在官场上打拼疲倦了，应该还山，既然想过悠闲自在的生活，就该早些拿定主意，何必犹犹豫豫。君不见，秋日江上，鸿雁时时在躲避着暗箭，船在惊涛骇浪中回旋。用雁避惊弦、船回骇浪来比喻官场危机，贴切而形象，富有镜头感。

下片是想象，也是规划自家园林的布局。东面的小山冈上建个茅屋，临水的一面开扇窗户，成为亲水茅屋。想要乘小船在带湖垂钓，最好是在湖边种上柳树，既可观赏，又能遮阴。远处还需种上竹子、梅花，并用篱笆围住。篱笆不宜过高，不能影响观竹赏梅。回去之后，还要亲手种上秋菊、春兰，四季有花香，处处有竹伴。词中所写这些，进一步印证了辛弃疾对园林规划与设计是相当的在行。结拍说，想的倒是挺美，只怕皇恩不许自己这么快活。是主动请辞回去，还是等日后再说，有些犹豫不决。还没等辛弃疾主动请辞，这年冬天十一月，就被臣僚弹劾罢职，回上饶闲居。这一赋闲家居，就是十一年。

此词既有对官场生活的厌倦感，也有身在官场的深重危机感，更有进退抉择的犹豫感，还包含对隐退闲居生活的憧憬与期待。此时的辛弃疾，心情是矛盾纠结的。一方面厌倦了官场想退隐过悠闲自在的生活，另一方面人生理想、人生价值和社会责任没有实现，就此退隐又不甘心。这不只是辛弃疾个人的心理矛盾，也是整个宋代知识分子的一种普遍心态。宋代文士，既愿意担当社会责任，又想过独立自由的闲适生活，可二者不可兼得。罗大经《鹤林玉露》就说过："士岂能长守山林、长亲蓑笠，但居市朝轩冕时，要使山林蓑笠之念不忘乃为胜耳。陶渊明《赴镇军参军》诗曰：'望云惭高鸟，临水愧游鱼。真想初在襟,谁谓形迹拘。'似此胸襟,岂为外荣所点染哉!荆公拜相之日,题诗壁间曰:'霜松雪竹钟山寺,投老归欤寄此生。'只为他见趣高,故合则留,不合则拂袖便去,更无拘绊。山谷云:'佩玉而心若槁木,立朝而意在东山。'亦此意也。"

水调歌头

盟鸥

带湖吾甚爱,千丈翠奁开①。先生杖屦无事②,一日走千回③。凡我同盟鸥鸟,今日既盟之后④,来往莫相猜。白鹤在何处,尝试与偕来。　　破青萍,排翠藻,立苍苔。窥鱼笑汝痴计⑤,不解举吾杯。废沼荒丘畴昔⑥。明月清风此夜⑦,人世几欢哀。东岸绿阴少,杨柳更须栽⑧。

【注释】　①翠奁:翡翠做的梳妆盒。②杖屦:拄杖漫步。屦(jù),鞋子。③一日句:化用杜诗句意。杜甫《三绝句》:"门外鸬鹚去不来,沙头忽见眼相猜。自今已后知人意,一日须来一百回。"④凡我二句:语出《左传》僖公九年:"秋,齐侯盟诸侯于葵丘,曰:'凡我同盟之人,既盟之后,言归于好。'"用诸侯的盟约写与白鸥订约,本是调侃,却一本正经,甚有幽默感。⑤窥鱼:黄庭坚《刘邦直送早梅水仙花》:"白鹭窥鱼凝不知。"⑥废沼荒丘畴昔:此地往日是废池荒丘。⑦明月句:苏轼《后赤壁赋》:"月白风清,如此良夜何!"⑧东岸二句:化用杜甫诗意。杜甫《舍弟占归草堂检校聊示此诗》:"东林竹影薄,腊月更须栽。"

【评点】　淳熙八年(1181)冬天,辛弃疾被劾罢官后,到江西上饶带湖定居。此词是次年(1182)春天闲居带湖新居不久所作。题作《盟鸥》,

意思是跟带湖里的白鸥订立盟约。为什么是跟白鸥订立盟约而不是跟其他鸟们订约呢？原来鸥鸟只跟那些没有机心的人亲近，凡有猜忌玩弄之心的人，鸥鸟就敬而远之。鸥的这一特性，来源于《列子·黄帝第二》所载故事：有个海上之人很喜好鸥鸟，每天清晨到海上与鸥一同游处。每天来的鸥鸟有上百只。一日，此人的父亲说：听说鸥鸟都来跟你游玩，你取几只来，让我玩玩。明日再到海上，鸥鸟只在空中盘旋，再也不下来跟他相处了。所以后人常把白鸥视为隐士的伙伴。

辛弃疾刚从官场下来闲居，无事一身轻，心情大好。跟鸥订盟，本来就有调侃戏谑之意。词人说，带湖之水清清，远山倒映湖中，像是打开的千丈翠奁，美不胜收，俺是越看越爱。每天无事时，拄着枴棍，穿着麻鞋，在湖边走上千回。"凡我"三句，用《左传》里诸侯结盟的句式，写与鸥的结盟，大词小用，用十分隆重的语气跟白鸥订盟，甚是幽默。他与白鸥订立盟约说，以后咱们天天见面，就是盟友了，彼此往来，就不要再猜忌了。订盟之后，又跟鸥商量：你们知不知道白鹤住在何处，能不能试着引带几只来同住？"尝试"，是商量的语气，平等的态度。过片三句写白鸥在湖边捕食寻找小鱼的动作神态，特别生动。白鸥像个小渔翁似的，破开水面的青萍，推开水里的绿藻，站立在苍苔上盯着水面，窥探湖里的小鱼。"窥鱼笑汝痴计"，日常语序应是"笑汝痴计窥鱼"，意思是可笑你只知一味地窥探鱼儿的动静，却不懂得举起我的酒杯，和我分享饮酒的乐趣。接着写感慨。此地往昔是荒丘废池，今夜被我收拾得面貌焕然一新，明月高照，清风微拂，好不爽快！人世的欢乐与悲哀，历史的兴盛与衰亡，也是这般周而复始吧！何必计较一时的得失，顾虑一时的悲欢。沉思之际，忽然发现对岸树少绿阴不多，明儿赶紧种些杨柳，让"杨柳岸晓风残月"之景呈现于带湖之中，何其浪漫！

沁园春

灵山齐庵赋,时筑偃湖未成①

叠嶂西驰,万马回旋,众山欲东②。正惊湍直下③,跳珠倒溅,小桥横截,缺月初弓④。老合投闲⑤,天教多事,检校长身十万松。吾庐小,在龙蛇影外,风雨声中⑥。　　争先见面重重。看爽气朝来三数峰⑦。似谢家子弟⑧,衣冠磊落,相如庭户⑨,车骑雍容。我觉其间,雄深雅健,如对文章太史公⑩。新堤路,问偃湖何日,烟水蒙蒙。

【注释】　①灵山:在今江西上饶县北。《江西通志》十一:"灵山,在(信州)府城西北七十里,信之镇山也。道书第三十三福地,山有七十二峰,下有石井、石室溪,五派西流入江。"齐庵:辛弃疾在灵山所筑休憩之所。偃湖:在灵山下,正在修建的新湖,如今日之水库。②叠嶂三句:写灵山峰峦重叠,有如奔腾的骏马。《江西通志》卷十一载灵山上有天马峰,辛弃疾或由此峰而获得灵感。又苏轼《游径山》诗:"众峰来自天目山,势若骏马奔平川。中途勒破千里足,金鞭玉镫相回旋。"对稼轩构思也有启发。嶂,是指险峻陡峭、耸立如屏障的山峰。③惊湍:急流。此指瀑布。《江西通志》卷十一载:"石屏峰,居灵山中位,顶有龙池瀑布,高悬百丈。"④缺月初弓:形容小桥的形状如弯弯的月亮、初拉的弓箭。⑤老合投闲:老了本应退隐闲居。合,应该。⑥龙蛇影、风雨声:形容松树的形状与声音。语本石延年《古松》:"影摇千尺龙蛇动,声撼半天风雨寒。"⑦爽气西来:语出《世说新语·简傲》载王徽之任大司马桓温的参军,温谓王曰:"卿在府久,比当相料理。"初不答,直高视,以手版柱颊云:"西山朝来,致有爽气。"⑧谢家子弟:东晋谢安家族是高门大第，子侄都讲究衣着仪表。袁昂《古今书评》："王右军书，如谢家子弟，纵复不端正者，奕奕有一种风气。"⑨相如门户：司马相如门前。典出《史记·司马相如列传》："相如之临邛，从车骑雍容闲雅甚都。"⑩雄深雅健二句：语出《新唐书·柳宗元传》。传载韩愈评柳文曰："雄深雅健，似司马子长。"太史公，即司马迁，字子长。

【评点】　辛弃疾有超强的驾驶文字的能力，他的文字有质感，有动感，有造型感，有力度。他写山水，能把山水写活。此词写灵山的重峦叠嶂，像是万匹战马回旋奔驰，有的向东，有的向西，动感极强，场面震撼，极富视觉的冲击力。写瀑布水，是"惊湍"飞流从高空"直下"，在水面上、在四周石头上溅起的水珠四处蹦跳，同样造型感和动感十足。瀑布水形成溪流，溪上有座弯弯的小桥如残缺的月亮，如初拉的弓箭。"叠嶂"七句分写灵山的山、水、桥。"老合投闲"六句，写齐庵。齐庵建在松树林里，每天可看山、看水、看松。如果直说天天住在小屋看松林，那太平常而没有诗味，辛弃疾出人意表，说老了本应投闲置散，好好休闲，可老天爷不让我闲着，要让我管管事，天天来检阅一棵棵、一排排像战士一样挺立的高大松树。把山峰想象成马群已够新奇了，他又把松树林想象成挺拔的士兵队列，而他自己是将帅，来检阅这些士兵。只有行伍出身的将军，才有这种新鲜的想象。军人辛弃疾的人格个性，不仅体现在他的英雄情怀里，也体现在他独特的意象群中。"吾庐小"三句，写齐庵所在的位置，不直说小屋在松树林里，而说在"龙蛇影外、风雨声中"，既有视觉效果，又有听觉冲击力，让人仿佛看到月光下如龙蛇一样松树的身影，在风雨中发出阵阵响声的松林。

下片写在齐庵所见。所见无非是山、是树。可老辛笔下的山、树却非同寻常，不是老辛在屋前看山，而是远处重重叠叠的山带着"爽气"争先恐后地来看望老辛这大英雄、大词人，老辛是偶像，山、树是粉丝，天天来朝拜。东坡把西湖比作秀美的西子，稼轩则把山峰比作衣冠磊落的东晋谢家子弟，司马相如门前那些雍容闲雅的车骑，棵棵松树像太史公司马迁的文章那样雄深雅健。天天与这些磊落飒爽、雍容大度、雄深雅健的山友、树友们相处，何等快意！结句写尚未建成的偃湖，想象偃湖建成后将是一派烟水蒙蒙的景象。此词写山、写树，想象之奇，比喻之新，前无古人。

水调歌头

题张晋英提举玉峰楼①

木末翠楼出②,诗眼巧安排③。天公一夜,削出四面玉崔嵬④。畴昔此山安在,应为先生见晚⑤,万马一时来⑥。白鸟飞不尽⑦,却带夕阳回。　　劝公饮,左手蟹,右手杯⑧。人间万事变灭,今古几池台。君看庄生达者,犹对山林皋壤,哀乐未忘怀⑨。我老尚能赋,风月试追陪。

【注释】　①张晋英,名涛。洪迈《夷坚志》支志乙八《骆将仕家》载其事曰:"淳熙癸卯岁,张晋涛自西外宗教授入为敕令删定官,挈家到都城,未得官舍,僦冷水巷骆将仕屋暂处。"绍熙四年(1193)张涛任福建提举常平茶盐公事(《福建通志》卷二一),故称"提举"。玉峰楼:在建安县(今福建建瓯)。《福建通志》卷六三:"玉峰楼,在宋提举司后城壕之北。旧有多美楼、悠然堂,皆提举王柜所作。绍熙(原误作'绍兴')四年提举张涛合而一之,作玉峰楼。楼下有室,提举周颉扁其前曰'思贤',吴挺扁其后曰'岁寒'。又临濠有醒心亭,倚楼有绿静亭。"②木末翠楼出:即"翠楼出木末",意谓翠楼高出树杪。木末:树杪,树的顶端。杜甫《北征》:"我行已水滨,我仆犹木末。"③诗眼:诗中最关键最精彩的字句,用以形容玉峰楼建造布局的精致巧妙。语出苏轼《僧清顺新作垂云亭》:"天工争向背,诗眼巧争损。"④玉崔嵬:形容山石风景的奇美。语出王安石《次韵和甫咏雪》:"奔走风云四面来,坐看山垄玉崔嵬。"⑤畴昔:往日,从前。安在、见晚:典出《史记·平津侯主父列传》:天子召见主父偃、徐乐、严安三人,曰:"公等皆安在?何相见之晚也!"先生:此指张涛。⑥万马:形容远处山峰。⑦

白鸟句：反用李白《独坐敬亭山》"众鸟高飞尽"句意。⑧左手蟹二句：典出《世说新语·任诞》："毕茂世云：一手持蟹螯，一手持酒杯，拍浮酒池中，便足了一生。"⑨君看三句：语本《庄子·知北游》："山林与，皋壤与，使我欣欣然而乐与！乐未毕也，哀又继之。哀乐之来，吾不能御，其去弗能止。悲夫！世人直为物逆旅耳。"

【评点】　绍熙四年（1193），辛弃疾在福州任福建路安抚大使。其时福建提举常平茶盐公事张涛（字晋英）在提举常平司的治所建安建了一座玉峰楼。辛弃疾应约赋此词。开篇赞美玉峰楼楼体之高耸、结构之精巧。同样是写楼高，《水龙吟·过南剑双溪楼》开篇化用《古诗十九首》的诗句说"举头西北浮云"，谓双溪楼与浮云齐高；此词则说远远望去翠楼比树杪还高。仿佛让我们看到：在一片翠绿树林中，一座造型巧妙的观景楼拔地而起，傲然耸立。"天公"以下数句，想象登楼所见之景。站在高楼上，可以看到以前无法看到的高楼四面的奇妙风景，好像是一夜之间，天公在玉峰楼的四面削出奇峰秀岭。"四面玉崔嵬"，是从王安石"奔走风云四面来，坐看山垄玉崔嵬"诗句中化出，但王诗是坐看"玉崔嵬"，而辛词却是"天公"多情地"削"出"玉崔嵬"送给人看，变被动为主动；而"玉崔嵬"又是紧扣玉峰楼的楼名来写，构思真是新奇巧妙。天公多情，削出奇山来见；山也多情，因为楼的主人此前未见此山真面目，这次特地如"万马"齐发，"一时"奔来眼前。辛弃疾喜欢把山比喻成马，《菩萨蛮·赏心亭为叶丞相赋》说："青山欲共高人语。联翩万马来无数"，《沁园春·灵山斋庵赋时筑偃湖未成》也有"叠嶂西驰，万马回旋，众山欲东"的描写，此词则说"应为先生见晚，万马一时来"。比喻相同，但写法各异。由此可体悟词人多变的笔法。此山安在，相见恨晚，语似平常，却是用《史记》所载汉武帝问主父偃"公等皆安在？何相见之晚也！"的典故，用典而浑化无痕，确是高手。不知道此典故，完全不影响对原词的理解。知道此处用典，更能感受辛弃疾用典技术之高超，信手拈来，如盐着水。歇拍写夕阳下众鸟在楼前盘旋，更添动感和美感。下片劝主人张涛举杯痛饮，要像庄子那样看透人生，超然旷达。

千年调

开山径得石壁,因名曰苍壁,出望外,意天之所赐邪,喜而赋之。

左手把青霓①,右手挟明月。吾使丰隆前导,叫开阊阖②。周游上下,径入寥天一③。览玄圃④,万斛泉,千丈石。　钧天广乐,燕我瑶之席⑤。帝饮予觞甚乐⑥,赐汝苍璧。嶙峋突兀,正在一丘壑⑦。余马怀,仆夫悲⑧,下恍惚。

【注释】　①青霓:青云。②吾使二句:语出屈原《离骚》:"吾令风隆乘云兮,求宓妃之所止。""吾令帝阍开关兮,倚阊阖而望予。"丰隆,云师。阊阖,天门。③周游二句:游遍太空,直入天之最高处。周游句,语出《离骚》:"及予饰之方壮兮,周流观乎上下。"寥天一,浑然一体的高天。语本《庄子·大宗师》:"安排而去化,入于寥天一。"④玄圃:神山。《离骚》:"朝发轫于苍梧兮,夕余至乎县圃。"注:"县(悬)圃神山,在昆仑之上。"⑤钧天广乐:天上的音乐。《史记·赵世家》载赵简子曰:"我之帝所甚乐,与百神游于钧天,广乐九奏万舞,不类三代之乐。……帝甚喜,赐我二笥,皆有副。"瑶之席:瑶池中的宴席。瑶池在昆仑山上,是群仙宴饮处。《九歌·东皇太一》:"瑶席兮玉瑱,盍将把兮琼芳。"瑱,即镇。⑥饮予:即劝我饮。饮,读yìn,使动用法。⑦丘壑:即山谷。⑧余马二句:语本《离骚》:"仆夫悲余马怀兮,蜷局顾而不行。"

【评点】　辛弃疾的词,常常有超现实的浪漫幻想。这不,他在期思开山建房,偶然发现山中埋藏着一块石壁露出。这石壁原本很普通,只是事出意外,仿佛是上天所赐,他甚觉开心,于是喜而赋此词。石壁既是上天所赐,他干脆来个太空之旅。瞧他多威风:左手提青云,右手挟明月,让云师丰隆为前导在前面开路,叫开天门,进入太空之后,四处遨游,直达太空最高处。他仿佛屈原一样,游览了昆仑山的悬圃,看到了万斛的喷泉,欣赏了千丈高的巨石。这还不算,天帝特地在瑶池设宴为他接风,并让皇家乐队奏着天上最美的音乐侑觞,一边举杯劝他喝酒,一边说"把苍壁赏赐给你"。游过天空下凡时,还恋恋不舍,连马也留恋,御夫伤感。辛弃疾这想象,真是太神奇了。一块仿佛天上掉下的石头,竟然把他引向太空神游,看了天上的美景,听了天上的仙乐,喝了天上的美酒。

临江仙

苍壁初开,传闻过实,客有来观者,意其如积翠、清风、岩石、玲珑之胜①。既见之,乃独为是突兀而止也,大笑而去。主人戏下一转语,为苍壁解嘲。

莫笑吾家苍壁小,稜层势欲摩空②。相知惟有主人翁。有心雄泰华,无意巧玲珑③。　天作高山谁得料④,解嘲试倩扬雄⑤。君看当日仲尼穷。从人贤子贡,自欲学周公⑥。

【注释】　①积翠:指赵晋臣所有之积翠岩,参见《归朝欢·题晋臣敷文积翠岩》。清风:即清风峡。《江西通志》卷十一:"状元山在铅山县西北六里,其东曰桂林,西曰清风峡。辛弃疾有《满江红·游清风峡和赵晋臣敷文韵》。张栻有《憩清风峡》:'扶疏古木矗危梯,开始知经几摄提。还有石桥容客坐,仰看兰若与云齐。风生阴壑方鸣籁,日烈尘寰正望霓。从此上山君努力,瘦藤今日得同携。'岩石、玲珑:山名。为稼轩友人何异所有。陈振孙《直斋书录解题》卷八:"《何氏山庄次序本末》一卷，尚书崇仁何异同叔撰。其别墅曰三山小隐。三山者，浮石山、岩石山、玲珑山。其实一山也。周回数里，叙其景物次序，为此编。自号月湖，标韵清绝，如神仙中人。膺高寿而终。其山，闻今芜废矣。"②棱层：形容山石的高峻。③泰华：指泰山、华山。玲珑：玲珑山。④天作高山：语出《诗经·周颂·天作》："天作高山，大王荒之。"⑤解嘲句：汉扬雄作有《解嘲》。⑥君看三句：意谓孔子当年穷困，但有贤能的门生子贡，还想学周公。典出《论语·子张》："叔孙武叔语大夫于朝曰：'子贡贤于仲尼。'""陈子禽谓子贡曰：'子为恭也，仲尼岂贤于子乎！'"《论语·述而篇》："子曰：甚矣吾衰矣，久矣不复见周公。"从人：门人，门生。

【评点】　苍壁发现后，辛弃疾写了《千年调》为之做广告宣传，词一传出，人们以为苍壁十分雄奇，应该超过积翠岩、清风峡、岩石山、玲珑山等形胜。有位客人来看过之后，大失所望，不觉大笑而去。心想，你辛弃疾也太能吹了，就那么一块石头，也好意思叫苍壁。辛弃疾见状，再写此词，为苍壁辩护。辛弃疾对客人说，莫笑俺家苍壁小啊，那嶙峋突兀的气势可直达苍穹。你们不理解它，主人我可是它的知己。俺家苍壁有心跟泰山、华山争雄，本无意跟玲珑山斗巧。辛弃疾看重的、追求的，是雄浑的壮美、大美，而不是小巧精致的柔美。由此词可以看出辛弃疾的审美态度和审美理想，就像李清照《鹧鸪天》写桂花："暗淡轻黄体性柔。情疏迹远只香留。何须浅碧深红色，自是花中第一流。"李清照看重的是内在的气骨美、精神美，而不是外在的色彩美、形式美。"有心雄泰华，无意巧玲珑"，是辛弃疾审美理想的诗意表达。

生查子

独游西岩①

青山招不来,偃蹇谁怜汝②。岁晚太寒生③,唤我溪边住。　　山头明月来,本在高高处。夜夜入清溪,听读《离骚》去④。

【注释】　①西岩:在上饶县南六十里。②青山二句:从苏轼《越州张中舍寿乐堂》"青山偃蹇如高人,常时不肯入官府"化出。偃蹇,高耸貌。此指清高傲气。③生:语助词。④读《离骚》:用《世说新语》故实:"王孝伯言:名士不必须奇才,但使常得无事,痛饮酒,熟读《离骚》,便可称名士。"

【评点】　此阕与前词都是"独游西岩",但写来各具面目。独游,没有随从,没有呼朋唤侣的热闹,独自行游,独自与自然对话,与山水交流。西岩是平地上拔起的岩石,周边没有群山做邻居,所以辛弃疾说,青山都躲得远远的,招都招不来,西岩傲然挺拔在这里,谁怜惜你呀!是不是到了年末岁晚,觉得太寒冷孤单,特地唤我来溪边跟你同住啊。在稼轩心中笔下,岩石有了傲然独立的精神,孤高自赏的气质。毋宁说这西岩是他精神气度的投射。所谓"以我观物,物皆着我之色彩"。"昂昂千里,泛泛不作水中凫"的辛稼轩,怎么看这西岩,都觉得有自己的精气神在。于是乎稼轩成了西岩的知己,西岩成了稼轩的化身。皎洁的山头明月,也是西岩的知音,它本在高高的天上,却夜夜来清溪边陪伴西岩,听读《离骚》。月亮爱听读《离骚》,似乎心中也有磊落不平之气呢。如果说溪间明月照,就很平常,而稼轩说月入清溪听读《离骚》,则出人意表,不仅把月亮写活了,也把清溪写活了。清溪夜夜有潺潺流水之声,像是读《离骚》之声。这想象、这比喻也太新奇了,只有像辛稼轩这样充溢着郁塞不平之气的英雄人才想得出。

鹧鸪天

博山寺作①

不向长安路上行②。却教山寺厌逢迎。味无味处求吾乐③,材不材间过此生④。　　宁作我⑤,岂其卿⑥。人间走遍却归耕⑦。一松一竹真朋友,山鸟山花好弟兄⑧。

【注释】　①博山:在今上饶广丰县。《大清一统志》卷二四二:"博山,在广丰县西南三十余里,南临溪流,远望如庐山之香炉峰。"②长安:借指都城临安。③味无味:语出《老子》:"为无为,事无事,味无味。"第一个味为动词,即体味无味之味,以无味为味。④材不材间:材与不材之间。语出《庄子·山木》:"弟子问于庄子曰:'昨日山中之木,以不材得终其天年。今主人之雁,以不材死。先生将何处?'庄子笑曰:'周将处夫材与不材之间。'"⑤宁作我:《世说新语·品藻》:"桓公少与殷侯齐名,常有竞心。桓问殷:'卿何如我?'殷云:'我与我周旋久,宁作我。'"⑥岂其卿:意谓不依附公卿。语本《扬雄·法言》:"谷口郑子真不屈其志,而耕乎岩石之下,名震于京师。岂其卿!岂其卿!"郑子真以德有名,岂是依附公卿而得名?⑦人间句:语本苏轼《江城子》:"梦中了了醉中醒。只渊明。是前生。走遍人间,依旧却躬耕。"⑧一松二句:句法出自杜甫《岳麓山道林二寺行》:"一重一掩吾肺腑,山鸟山花吾友于。"友于,弟兄之代称。松竹为友,典出元结《丐论》:"古人乡无君子,则与云山为友;里无君子,则与松竹为友;坐无君子,则与琴酒为友。"

【评点】　词写人生感慨。好多年了,不去长安官场路上行,却常常来山寺转悠。连山寺都有些厌烦接待他了,可想来山寺次数之多。身为英雄,就此度过一生？他心有不甘，但转念一想，人生何必追求轰轰烈烈，在平淡中享受生活的清闲快乐，在材与不材之间求得生命的安宁自适，不也挺好？人生的价值非要做公卿后才能体现？陶渊明不也是走遍人间最终还是归耕于田园？就在此安身立命吧，此地松竹都堪为知己朋友，山间花鸟都是亲弟亲兄。有这些真朋友好弟兄相随相伴，何必去长安路上行！"一松一竹真朋友，山鸟山花好弟兄"，对偶工切，形象地表现出词人与大自然的亲和感。

玉楼春

戏赋云山

何人半夜推山去①。四面浮云猜是汝。常时相对两三峰，走遍溪头无觅处。　　西风瞥起云横度②。忽见东南天一柱③。老僧拍手笑相夸，且喜青山依旧住。

【注释】　①何人句：典出《庄子·大宗师》："夫藏舟于壑，藏山于泽，谓之固矣。然而夜半有力者负之而走，昧者不知也。"语本黄庭坚《次东坡壶中九华》："夜半有人持山去，顿觉浮风暖翠空。"②瞥：突然。③天一柱：唐曹唐《仙都即景》："孤峰应碍日，一柱自擎天。"铅山县有天柱峰，或指此。《江西通志》卷十一："天柱峰，在铅山县东南四十里，屹立如束笋，其境颇幽。"

【评点】　此词充满了天真童趣。题材是云雾遮山，景极平常，但稼轩写来，却具戏剧性、幽默感。开篇故作惊奇地问：是谁半夜里把天柱山给推走了？山能推走，设想新奇。暗用《庄子·大宗师》的典故，不露痕迹。知道用此典，更敬佩稼轩用典之妙之工，不知此典，也不影响对词意的理解。首句问，次句答。猜想是你们四面浮云干的事吧，好像是抓住了恶作剧的顽童，连猜带审问。俺平常经常看着那儿有两三座山峰的，今日走遍了溪水尽头都没见到山的影子。不是你们浮云捣蛋,怎么会见不着山峰呢?"常时"二句以自己的经历证明山的存在,侧面写出自己对溪山的爱好与亲近。经常见面的山峰忽然不见了,他竟然"走遍溪头"去寻找,就像好久不见了老朋友要去寻找来见面畅谈一样。稼轩对大自然的热爱,真像着了魔。无怪乎他说"我见青山多妩媚"了。

下片像是戏剧的第二幕。西风陡地刮起,云雾迅速散去,忽见东南边的天柱峰豁然耸立。这时身旁的老僧竟然掩饰不住内心的喜悦,拍手称道:好高兴耶!青山依旧在,没被人推走!连心如枯井的老僧都拍手称善,那一向爱山爱水的稼轩心情如何,可想而知。此词妙处有二,一是将云雾遮山想象是被人悄悄推走,云开雾散后山又重现峥嵘,具有情节性、戏剧感。二是设置老僧这个人物,而且夸张地让老僧"拍手笑",更增加了动作感和喜剧感。

西江月

夜行黄沙道中

明月别枝惊鹊①,清风半夜鸣蝉。稻花香里说丰年。听取蛙声一片②。　　七八个星天外,两三点雨山前③。旧时茅店社林边。路转溪头忽见。

【注释】　①明月句:语出苏轼《杭州牡丹开时仆犹在常润周令作诗见寄次其韵复次一首送赴阙》:"天静伤鸿犹戢翼,月明惊鹊未安枝。"②稻花二句:意思是"稻花香里听取一片蛙声说丰年"。③七八二句:从五代卢延让《松门寺》"两三条电欲为雨,七八个星犹在天"化出。如果是生活语言,应说"天外七八个星,山前二三点雨"。由此二句和稻花香二句可悟诗歌语言跟生活语言的区别,故有学者说诗歌语言是生活语言的变形。

【评点】 前首《鹧鸪天·黄沙道中》是写白天所见，此首则是书写夜行黄沙道中所见所闻。辛弃疾的词，不止有静态的画面，更像是动态的有音响的微电影，此词就像是乡村夏夜的风景纪录片，一个镜头接一个镜头地呈现。明月升起，路边树林里栖眠的鸟鹊被月光惊醒，发出躁动的响声。清爽的山风送来树上蝉的嘶鸣。走过山冈，来到平坦的原野，路两边是散发着稻香的块块稻田，田里青蛙像比赛似的一个劲地高唱，像是在预告今年早稻的丰收。蝉的嘶鸣，蛙的歌唱，此起彼伏，让宁静的乡村夏夜到处充满了生机。辛弃疾拿着摄像机录音机，录下了这来自大自然的交响曲。走了一会儿，来到一座小山前，突然下起了雨点，抬头见远处天空上还挂着稀稀落落的七八颗星呢。虽然词人知道这是阵雨，不会下得太久，但还是想寻找个地方避避雨。记得这附近社林边上有个小酒店的，曾经在那喝过村酒呢，夜色朦胧，看不清楚，词人加快了脚步，边走边张望，呵呵，转过溪头，就看到了尚有灯光的那间小酒店，不觉心头一喜。

此词镜头感强，内涵丰富，写出了光线的明暗变化，天气的晴雨变化，心情的忧喜变化。明月升起之前或被云层遮住时，大地一片黑暗，明月升起或冲破云层之后，大地变得明亮，连睡梦中的鸟鹊都被惊醒。此为光线的明暗变化。先是晴天，明月高照，后来两三点雨落下，此为天气晴雨的变化。沐浴着夏夜山间的清风，倾听着田间青蛙的歌唱，词人身心俱爽，兴致极高。忽然阵雨飘下，没带雨具，担忧打湿衣衫，心情转喜为忧。不一会儿，转过溪头，找到了避雨之地，悬着的心终于放下，再次转忧为喜。今年水稻丰收在望，农民可以过上温饱的日子，词人也发自内心地喜悦。特别提示，"听取蛙声"的是词人，"说丰年"的则是"蛙声"，不是词人，也不是田间的老农，半夜里怎会有老农现身？如果词人说丰年，老农说丰年，那都很平常。唯有蛙声说丰年，才新鲜，才有兴味。

浣溪沙

常山道中^①

北陇田高踏水频^②。西溪禾早已尝新^③。隔墙沽酒煮纤鳞^④。　忽有微凉何处雨，更无留影霎时云。卖瓜声过竹边村。

【注释】　①常山：今浙江常山县。嘉泰三年（1203）夏间辛弃疾从江西铅山赴浙江绍兴任绍兴知府兼浙江东路安抚使，途经常山，作此词。②陇：田垄，田埂。踏水：踏水车以引水灌溉。③禾早已尝新：指吃到了新稻米。④纤鳞：指小鱼。

【评点】　辛弃疾善于观察生活，观察自然，走到哪都留意当地的风情风景，并书写为词，如同当下的人们见了新鲜景致就拍照上传微信朋友圈与大家分享一样。所以，鹅湖寺道中、博山道中、黄沙道中，他都留下了影像纪录。嘉泰三年（1203）夏天，他从铅山到浙江绍兴去做知府，途经浙江常山，依旧兴致盎然，途中不时举起相机摄下一串串镜头：北边田垅位置较高，池塘里的水流不过去，农民正用水车踏水浇灌稻田，他驻足观看了好一会儿；西边的水稻成熟得早，已被主人收割尝鲜了，田里只剩下一堆堆稻草。走过田野，来到村庄，隔墙闻到有人家在煮鲜鱼沽酒，鱼香、酒香，让稼轩不觉停下脚步，莫非是酒店？或许他闻香牵马过去，准备饱餐痛饮一顿再赶路。正午时分，天热汗流，忽然感到一阵微凉，原来是天空下起了阵雨，抬头看天，雨云霎时散开，无影无踪，阵雨自然下过即停。走着走着，村头竹边传来一阵卖瓜人的叫声，或许他循声鞭马过去，准备买一个瓜儿解渴。八百多年前的乡村风情、农民劳作与生活的情景，就这样穿越历史，呈现在我们面前。

满江红

山居即事

几个轻鸥,来点破、一泓澄绿①。更何处、一双鸂
鶒,故来争浴②。细读《离骚》还痛饮③,饱看修竹何
妨肉④。有飞泉、日日供明珠,三千斛。　　春雨满,
秧新谷。闲日永,眠黄犊。看云连麦垄,雪堆蚕簇⑤。
若要足时今足矣,以为未足何时足⑥。被野老、相扶入
东园,枇杷熟。

【注释】　①几个二句:周邦彦《双头莲》词:"一抹残霞,几行新
雁,天染云断,红迷阵影,隐约望中,点破晚空澄碧。"辛词意境与之近
似,虽然一写雁,一写鸥。一泓澄绿,一片碧绿的池水。②故来争浴:
语出杜甫《春水》诗:"已添无数鸟,争浴故相喧。"鸂鶒(xīchì),水
鸟名,俗称紫鸳鸯。③细读句:典出《世说新语·任诞》:"王孝伯言:
名士不必须奇才,但使常得无事,痛饮酒,熟读《离骚》,便可称名
士。"④饱看句:语出苏轼《绿筠轩》诗:"可使食无肉,不可居无竹。
无肉令人瘦,无竹令人俗。人瘦尚能肥,人俗不可医。"⑤看云连二句:
语出王安石《绝句》:"缫成白雪桑重绿,割尽黄云稻正青。"⑥若要足时
二句:语出《三国志·魏志·王昶传》:"语曰:如不知足则失所欲,故知
足之足常足矣。"陈正敏《遁斋闲览》:"余尝于驿舍见人题壁云:'谋生待
足何时足,未老得闲方是闲。'余深味其言,服其精当,而愧未能行也。"

【评点】　此词是实录山居景事。开篇写轻鸥和鸂鶒最生动传神。写池
水,五代冯延巳有名句"风乍起,吹绉一池春水",让微风吹拂池面、波生
涟漪那稍纵即逝之景跃然纸上。稼轩此词亦写水池,但别具面目。池水澄清
碧绿,忽然几只轻鸥飞来,"点破"宁静的水面,激起小小水花。"点破"

二字，活脱脱地写出白鸥轻点水面的潇洒姿态，镜头感十足。史达祖《双双燕》写双燕"爱贴地争飞，竞夸轻俊"，稼轩笔下的这几个轻鸥，则是贴水轻飞，时而点击水面，时而在空中盘旋，似乎有股调皮劲儿。轻鸥飞过，又见一双鸂鶒"故来争浴"，还像是故意来抢镜，不让轻鸥独占风光，写来也是趣味盎然。在稼轩心中，一切自然物都是有情有意，轻鸥点破澄绿，是着意娱人；鸂鶒争浴，是故意来示恩爱、献殷勤，连那山中飞泉，也多情多义，天天供应三千斛明珠，让人赏心悦耳悦目。同样是把飞泉想象成明珠，另一首《沁园春》（叠嶂西驰）是"惊湍直下，跳珠倒溅"，而此处则是"日日供明珠三千斛"。将水比喻成明珠不算新奇，新奇的是说"供明珠"，这就把天然的泉水化成了有人情有意愿的灵物，泉水似乎不是自然流出，而是主动地有意地供应给稼轩居士观赏。真可谓着一"供"字，而境界全出。

山居不只有池塘，有轻鸥，有鸂鶒，有飞泉，还有春雨满田后，可以栽秧种水稻，山冈上连接云端的麦垄丰收在望，村头树下有黄牛卧眠，养蚕的人家一堆一堆的蚕茧像白雪堆积。到处是一片丰收祥和气象。知足者常乐，稼轩对此十分开心惬意，于是跟几位乡村野老相扶着到东园里去摘成熟的枇杷尝鲜。有景可赏，有粮可饱，有蚕可衣，更有枇杷可食。如此生活，若还未满足，那何时能够满足？

鹧鸪天

代人赋

陌上柔桑初破芽。东邻蚕种已生些①。平冈细草鸣黄犊②，斜日寒林点暮鸦③。　　山远近，路横斜。青旗沽酒有人家。城中桃李愁风雨，春在溪头荠菜花。

【注释】　①蚕种已生些：蚕种已孵化出幼蚕。些，读 shā。②鸣黄犊:黄牛鸣叫。王安石《题舫子》诗:"眠分黄犊草,坐占白沙鸥。"③点暮鸦:秦观《满庭芳》(山抹微云):"斜阳外,寒鸦数点,流水绕孤村。"

【评点】　词写江西上饶一带的乡村春景农事,极富生活气息和泥土气息。这是乡村人写自家风景,不是旁观的城里人写乡村风景,真情实感,不隔不虚。全词如风景短片,镜头不断切换,首先呈现的是一个叠印的镜头,一半镜头是乡村路上的桑树都已冒出浅绿色的幼芽,一半镜头是农家屋内的蚕种已孵出小蚕,白白的小蚕躺在柔嫩的桑叶上。接着镜头转向村头的土冈,几头黄牛犊正低头吃着细嫩的小草,时不时地叫几声,像是呼唤同伴,又像是寻找牛妈妈。夕阳下,树林里,时有几只乌鸦在空中掠过。"点",用作动词,极传神。过片把镜头切换到远处,远远近近重重叠叠的山,山中横横斜斜的小路。随即镜头转到路旁一户人家,门前青旗招展,上书一个大大的"酒"字,原来那是一家卖酒的小店。紧赶慢走,来到酒家,原来酒家门前还有条小溪,溪头的荠菜花正散发着春天的浪漫、春天的朝气。此时城中的桃李还没感受到春天的来临,而溪头的荠菜早已拥抱春天。

词中的镜头是流动的,视线不是定点的,而是移步换形,随着视点变化镜头也不断变化。全词镜头感十足。结拍将城中桃李与溪头荠菜对比,具有很强的象征性,城中桃李在愁风苦雨,而溪头荠菜却自由绽放,荠菜虽然微小不受人重视,但自由自在,无拘无束,城中桃李花虽然灿烂受人关注,却被禁锢圈在园中。桃李与荠菜,不同的命运,不同的处境,这是官场士大夫与乡村隐者不同得失的隐喻,还是不同人生命运的写照,读者可自行判断。

鹧鸪天

戏题村舍

鸡鸭成群晚不收。桑麻长过屋山头①。有何不可吾方羡,要底都无饱便休②。　　新柳树,旧沙洲。去年溪打那边流。自言此地生儿女，不嫁金家即聘周。

【注释】　①桑麻长：语本陶渊明《归园田居》："桑麻日已长。"屋山头：房屋两端的最高处。②要底：想要的，想得到的。饱便休：一饱就满足了，别无他求。黄庭坚《四休居士诗并序》："太医孙君昉字景初，为士大夫发药，多不受谢，自号四休居士。山谷问其说，四休笑曰：粗茶淡饭饱即休，补破遮寒暖即休，三平二满过即休，不贪不妒老即休。山谷曰：此安乐法也。"

【评点】　词自五代以来，一直是都市文学，是在都市的茶楼酒馆、私人宴集上歌唱的流行歌曲，故而灯红酒绿、俊男靓女是词作表现的主流对象，乡村生活、乡村人物很少进入词人的视野。辛弃疾因为中年以后长期生活在乡村，熟悉农村，也热爱农村，故而常常用词来表现他熟悉的农村生活和乡村风情。这不，连成群的鸡鸭都进入了他的镜头。唐诗里写鸡声的很多，如"鸡声茅店月，人迹板桥霜"，"晨鸡两遍报更阑，刁斗无声晓漏干"等，但没有人写过作为乡村生活中常见的鸡鸭，宋词中也唯有辛弃疾将鸡鸭写进词里。此词是乡村即事，将所见所闻题写在村舍的墙壁上，黄昏时分，村前成群的鸡鸭自由地蹓跶，主人还没收回家去。村头的桑麻苍翠茂盛，高过屋顶。去年词人曾经过此地，此回再来，村边的沙洲还是那个沙洲，可柳树已是新种的了，沙溪中的流水也已改道，去年从那边流，今年却从这边流了。村里的人家都是亲戚连亲戚，生了儿女，不是嫁到金家做媳妇，就是娶周家的女子为儿媳。这可能是一个比较封闭的乡村，娶媳嫁女，都在村内解决。词人也感觉有些奇怪，所以特地把这种当地人"自言"的风俗写进词里。

清平乐

茅檐低小①。溪上青青草。醉里吴音相媚好②。白发谁家翁媪③。　　大儿锄豆溪东。中儿正织鸡笼。最喜小儿亡赖④,溪头卧剥莲蓬。

【注释】 ①茅檐低小:语本杜甫《绝句漫兴》:"熟知茅斋绝低小,江上燕子故来频。"②吴音:此即上饶本地方言。上饶旧属吴地,故称吴音。③翁媪:犹今言爷爷奶奶。④亡(wú)赖:顽皮、调皮。语出《汉书·高帝纪》"始大人常以臣亡赖"注:"江淮之间谓小儿多诈狡狯为亡赖。"

【评点】 用46个字的小令,把一家人的家居环境、生活、劳动、娱乐的场面细节都写来,有没有可能?辛弃疾的回答是能!这首《清平乐》就是生动的答卷。这家人住在小溪边上,溪边青草茂密,一栋又矮又小的茅草屋坐落在溪头,门前坐着白发苍苍的老两口,面色红润,说话时透着酒气,醉眼蒙眬中亲昵地用吴侬软语话着家常。老两口的大儿子,在溪东头的庄稼地里给豆苗锄草,家中老二坐在门前空地上用竹子编着鸡笼,静静地听着老爸老妈聊天。最可爱的是小儿子,躺在溪头,剥莲蓬吃。一家五口,每人的动作情态、所处环境、劳作活路,都写得栩栩如生,跃然纸上,辛弃疾的表现能力真是超强。用词来写人物,本很少见,一两句就把两个人物之间的关系和老两口的头发、口音、醉态、亲昵都一一写出,用笔之细致,描写之真切,唐宋词中着实罕见。辛弃疾擅长写景物,写情感,也擅长写人物!

《清平乐》词调韵律非常有特点,上片四仄韵,句句押韵,韵位密集,节奏感强。下片四句,三句押平声韵,韵位稍疏,节奏相对舒缓。上急下缓,上仄下平,富有变化。而上片句式为四五七六,每句字数长短不齐,下片则为四个六言句,上片句式参差,下片句式整齐,又有变化。整齐中有变化,变化中有统一。此词调读来就感觉韵味悠长,若配乐演唱自然是更加动听。

清平乐

检校山园书所见[1]

连云松竹。万事从今足。拄杖东家分社肉[2]。白酒床头初熟[3]。　　西风梨枣山园[4]。儿童偷把长竿。莫遣旁人惊去,老夫静处闲看。

【注释】　①检校:巡视察看。山园:辛弃疾在上饶带湖居所的园林。洪迈《稼轩记》即说其居所"东冈西阜,北墅南麓",故称山园。②分社肉:《荆楚岁时记》:"社日四邻并结宗会社,宰牲牢为屋于树下,先祭神,然后享其胙。"③床:糟床,酿酒的用具。④西风:秋风。

【评点】　稼轩分了社肉归来,顺路察看园林。园林里松树翠竹高入云天,看着都心情爽快。梨子、枣子也都挂满枝头,阵阵凉风,送来果香,更是喜人。行走之间,稼轩忽见远处果树下有几个小孩偷偷地拿着长竿在打枣子,旁边的侍者随从正准备前去驱赶,稼轩急忙制止,他站在僻静的地方悠闲地看着那些儿童,等他们打够了才离开。辛弃疾一生为人强势强悍,嫉恶如仇,刚强自信,所以得罪了不少人。可对前来偷打他家梨子枣子的小孩却是慈眉善目,不但不怪罪不驱赶,反而任其所为,体现出英雄稼轩的仁慈与可爱。他童心不老,说不定此时他想到了少年时期也曾偷把长竿打过邻居家的枣子吧。笔者孩童时代就常常玩这些偷枣摸瓜的游戏,原来八百年前的小朋友也这么玩啊!读来倍感亲切好玩。辛弃疾几笔勾画,就让戏剧性的场景、老少三方各自的行为活动跃然纸上。三方,是指静处闲看的稼轩一方、欲上前呵斥制止的随从侍者一方、专心偷把长竿打枣没发现近处有人的儿童一方。四句词,居然把三方人物的动作情态心理表现得如此生动,这只有大手笔才做得到。

玉楼春

三三两两谁家女①。听取鸣禽枝上语。提壶沽酒已多时②,婆饼焦时须早去③。　　醉中忘却来时路。借问行人家住处。只寻古庙那边行,更过溪南乌桕树。

【注释】　①三三句:语出柳永《夜半乐》:"岸边两两三三,浣纱游女。"②提壶:即杜鹃鸟,提壶是其叫声的谐音。黄庭坚《演雅》诗:"提壶犹能劝沽酒。"③婆饼焦:鸟名。婆饼焦是拟其叫声。王质《绍陶录》卷下:"婆饼焦,身褐,声焦急,微清,每调作三语,初如云'婆饼焦',次云'不与吃',末云'归家无消息'。后两声若微于初声。"

【评点】　此词是乡间即景纪实之作。上片妙在以鸟的叫声谐音来写乡间女子的行为活动。首二句写三三两两的农家女子去赶集,路边树上的鸟儿叫得正欢,仿佛是在送往迎来。"提壶"二句,乍看上去,像是写农家女们提着酒壶买酒,已等候多时,家中婆婆做的饼子都快烧焦了,等着她们回去开吃呢。实际上"提壶"是杜鹃鸟的叫声,"沽酒"则是由"提壶"的谐声而生发的联想。"婆饼焦",也是鸟名,同时又是该鸟叫声的拟音。辛弃疾巧妙地把鸟的叫声与其拟音对应的人的行为方式糅合在一起,你可以说是写鸟叫,也可以说是写农家女子提壶去沽酒,婆婆烧饼快烧焦了。也可以是二者兼而写之。上片写所见所闻,下片写自己酒醉问路。辛弃疾随兴在乡间行走,累了就找个酒店品尝一下乡间土酒。不觉喝醉了,忘记了来时走的路向,于是问行人回家往哪儿走。连自家在哪都找不着北了,可以想象他醉的不轻。行人告诉他:你只往古庙那边走,过了溪南的乌桕树,就看见你家了。日常生活、日常口语入词,声口毕肖。

浣溪沙

父老争言雨水匀。眉头不似去年颦。殷勤谢却甑中尘①。　啼鸟有时能劝客,小桃无赖已撩人②。梨花也作白头新。

【注释】　①谢却:辞掉。此指不再像去年那样甑中生尘。甑中尘:蒸饭用的甑沾满了尘土,指无米下锅。典出《后汉书·范冉传》,范冉字史云,因遭党禁,结草室而居。所止单陋,有时粮粒尽,穷居自若,言貌无改,闾里歌之曰:"甑中生尘范史云,釜中生鱼范莱芜。"②无赖:本是贬义,此处则是似憎实爱。

【评点】　此词作于庆元六年(1200),也是纪实。上片写乡间父老都说今年风调雨顺,是个好年成,不像去年那样干旱,粮食歉收,弄得常常没饭吃,甑中生尘。今年年成好,可以吃饱肚子,不愁挨饿了。词人不是这般平铺直叙,而是用细节呈现父老们的神态。不说今年眉头舒展,而说"眉头不似去年颦",就一笔而含今年与去年,既写出了今年丰收在望,喜上眉梢,又写出了去年因干旱收成不好而眉头紧锁的情态。用笔简而丰。"殷勤"句,用典故,既显学问,又形象地写出了去年粮食不够吃的辛酸窘境。"甑中尘",具有可视性、镜头感,比直言忍饥挨饿更有质感。下片写景,写啼鸟,写桃花红、梨花白。这些常见景物,如果直叙,则了无诗味。词人却说啼鸟有时能劝客,就别出心裁,韵味十足。鸟儿鸣叫,像是劝客在此多多逗留,鸟也多情留客。鲜红的桃花,很撩拨人,则桃花的魅力可以想象。不直说梨花白,不说梨花满树,而说梨花也学俺这老头,装成白头模样,既新鲜,又幽默。

青玉案

元夕①

东风夜放花千树②。更吹落、星如雨。宝马雕车香满路。凤箫声动，玉壶光转，一夜鱼龙舞③。　　蛾儿雪柳黄金缕④。笑语盈盈暗香去。众里寻他千百度。蓦然回首，那人却在，灯火阑珊处⑤。

【注释】　①元夕：即元宵，正月十五夜。②东风句：写元夕临安灯火之盛。《武林旧事·元夕》："至二鼓，上乘小辇幸宣德门观鳌山，擎辇者皆倒行以便观灯。金炉脑麝，如祥云，五色荧煌，炫转照耀天地。山灯凡数千百种，极其新巧……官漏既深，始宣放烟火百余架。于是乐声四起，烛影纵横。大率仿宣和盛际，愈加精妙。"③玉壶、鱼龙：均指彩灯。《武林旧事·元夕》谓灯之品极多，"福州所进则纯用白玉，晃耀夺目，如清冰玉壶，爽彻心目"；"禁中尝令作琉璃灯山，其高五丈，人物皆用机关活动，结大彩楼贮之。又于殿堂梁栋窗户间为涌壁，作诸色故事，龙凤噀水，蜿蜒如生，遂为诸灯之冠"。④蛾儿雪柳：女子头上戴的饰品。《大宋宣和遗事》："京师民有似云浪，尽头上戴着玉梅、雪柳、闹蛾儿，直到鳌山下看灯。"《武林旧事》："元夕节物，妇人皆带珠翠、闹蛾、玉梅、雪柳、菩提叶、灯球、销金合、蝉貂袖项帕，而衣多尚白，盖月下所宜也。"宋侯寘《清平乐·咏橄榄灯球儿》词："缕金剪彩，茸绾同心带。整整云鬟宜簇戴，雪柳闹蛾难赛。"⑤阑珊：冷清，冷落。

【评点】　元宵节，是宋代人的狂欢节。无论是在北宋还是南宋，元宵节的京城，都是满城狂欢，男男女女，老老少少，都外出观灯。且看北宋李邴《女冠子·上元》所写北宋汴京的元宵节："帝城三五。灯光花市盈路。天街游处。此时方信，凤阙都民，奢华豪富。纱笼才过处。喝道转身，一壁小来且住。见许多、才子艳质,携手并肩低语。东来西往谁家女。买玉梅争戴,缓步香风度。北观南顾。见画烛影里,神仙无数。引人魂似醉,不如趁早,步月归去。这一双情眼,怎生禁得,许多胡觑。"词人似乎是初到汴京,从没见过如此热闹繁华的景象,满路的花灯纱笼,一对对的俊男靓女携手并肩,亲昵地说着情话。那些买玉梅争戴的妙龄女子,不断吸引着他的眼球。让他心动又让他难堪的是,画烛影里,花枝招展的妓女们频频向他送秋波,逗得他体酥魂醉。或许是初来乍到摸不清深浅,或许是身无分文,他经不住挑逗,只得尽快离开。李词很有纪实性和戏剧性。

　　辛弃疾这首《元夕》词写的则是南宋都城临安元宵夜的繁华热闹。但想象力比李词要丰富得多。同样是写灯,李词是直述"灯光花市盈路",而辛词则说这些花灯像是东风一夜吹开的鲜花,东风不仅催开了花,还吹落了流星雨。把灯花想象为自然之鲜花,而且是东风一夜吹开的,既出人意表,又切合元宵节的情景。"东风"二句写空中,"宝马"三句写地上。"宝马雕车香满路",不仅见出骏马名车之多,也写出马上车中人物的身份,车马过去留下一路"香",自然是"奢华豪富"之人所留。但留下的想象空间比李词的直述要大得多。"香",可以想象是花香,也可以想象是俊男美女所留下之体"香"。"凤箫声动",是写声响,鼓乐齐鸣,见出气氛之热烈。"玉壶"二句写出各种花灯闪烁,"光转""鱼龙舞"写出灯的动态变化,"鱼龙舞",是多人玩龙灯。没街而舞,如龙游动,十分壮观。上片声、光、色、态俱全。

　　上片如流动的镜头,不断切换景物,下片则用特写镜头写一女子。她穿戴时髦,盈盈缓步,不追逐热闹芳华,却独自笑语离去。"暗香",可以理解为她身上的幽香,也可以理解为她去寻找暗香浮动的梅花,她不喜欢灯市的繁华,而喜欢梅花的幽独。她不在华灯下、人丛中穿梭,只静静地守望在灯火冷清的街角,以至于在人丛中寻她千百回都看不到她的身影,而蓦然回头,才见她孤独而傲然地站在阴影的冷清里。这位孤独高洁的美人,在狂欢的氛围中、热闹的灯市里,却依然保持着一份清醒,一份孤独。跟李邴词中那位羡慕繁华的寒酸少年,精神境界截然不同。这位美人,与其说是词人追寻的对象,毋宁说是词人自己的写照。临安人彻夜狂欢,直把杭州作汴州。而英雄辛弃疾却保持着清醒的头脑,孤独而无奈地审视着这表面繁华却暗藏危机的社会现实。此词应是辛弃疾早年任职临安时所写,具体时间不可确考。

丛书简介

《国学经典丛书第二辑》推出了二十几个品种,包含经、史、子、集等各个门类,囊括了中国优秀传统文化的精粹。该丛书以尊重原典、呈现原典为准则,对经典作了精辟而又通俗的疏通、注译和评析,为现代读者尤其是青少年阅读国学经典扫除了障碍。所推出的品种,均选取了当前国内已经出版过的优秀版本,由国内权威专家郁贤皓、王兆鹏、朱良志、杨义等倾力编注,集经典性与普及性、权威性与通俗性于一体,是了解中华传统文化的一套优秀读本。

丛书主要撰写者

《李杜诗选》 郁贤皓(南京师范大学文学院教授 唐代文学学会副会长)

《李煜词全集》 王兆鹏(武汉大学文学院教授 词学大家唐圭璋弟子)

《子不语》 王英志(苏州大学教授 《袁枚全集》获第八届中国图书奖)

《陶渊明诗文选集》 杨义(中国社会科学院学部委员 中国社会科学院文学研究所博导)

《小窗幽记》 朱良志(北京大学哲学系教授 博导)

《苏东坡诗词文精选集》 李之亮(宋史研究专家教授 《宋代郡守通考》获第十三届中国图书奖)

《西湖梦寻》 李小龙(北京师范大学教授 《中国诗词大会》题库专家)

《阅微草堂笔记》 韩希明(南京审计学院教授 全国大学语文研究会会员)

《黄帝内经》 姚春鹏(曲阜师范大学哲学系教授 中国哲学史学会中医哲学专业委员会理事)

国学经典第二辑书目

《小窗幽记》 朱良志 点评
《格言联璧》 张齐明 注评
《阅微草堂笔记》 韩希明 注译
《战国策》 王华宝 注译
《西湖梦寻》 李小龙 注评
《说文解字选读》 汤可敬 注译
《子不语》 王英志 注评
《围炉夜话》 陈小林 注评
《鬼谷子·三十六计》 方弘毅 等注译
《了凡四训》 方弘毅 注译
《颜氏家训·朱子家训》 程燕青 注译
《黄帝内经》 姚丹 姚春鹏 注译
《本草纲目》 战佳阳 等注译
《西厢记》 (元)王实甫 著
《牡丹亭》 (明)汤显祖 著
《陶渊明诗文选集》 杨义 邵宁宁 注评
《李杜诗选》 郁贤皓 封野 注评
《苏东坡诗词文精选集》 李之亮 注评
《李煜词全集》 王兆鹏 注评
《历代诗词精华集》 叶嘉莹 等注评
《苏轼辛弃疾词选》 王兆鹏 李之亮 注评
《李煜李清照词集》 平阳 俊雅 注评
《李清照集》 苏缨 注评
《随园诗话》 唐婷 注译